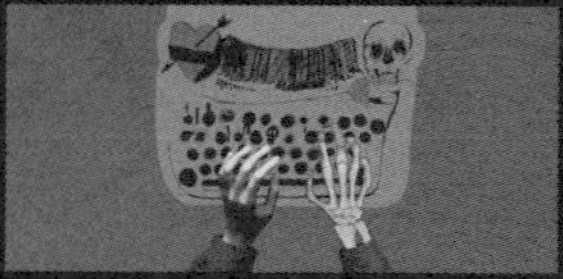

사랑 광기 그리고 죽음의 이야기

이 도서의 국립중앙도서관 출판예정도서목록(CIP)은 서지정보유통지원시스템 홈페이지(http://seoji.nl.go.kr)와
국가자료종합목록 구축시스템(http://kolis-net.nl.go.kr)에서 이용하실 수 있습니다.
(CIP제어번호: CIP2020032026)

세계문학전집
190

Horacio Quiroga : Cuentos de amor de locura y de muerte

사랑 광기 그리고 죽음의 이야기

오라시오 키로가 소설

엄지영 옮김

문학동네

일러두기

1. 번역 대본으로는 *Horacio Quiroga Cuentos Completos I*(Horacio Quiroga, Edición a cargo de Carlos Dámaso Martínez, Seix Barral, 1997)를 사용했다.
2. 주석은 모두 옮긴이주다.
3. 원서의 과라니어 및 기타 언어 부분은 이탤릭체로 처리했고, 강조 부분은 고딕체로 처리했다.

차례

사랑의 계절

I

봄

사육제* 마지막날이었다. 네벨이 축제 행렬 속으로 들어온 때는 어둑해질 무렵이었다. 그는 종이띠 포장을 벗기면서도 눈앞의 마차에서 눈을 떼지 못했다. 전날 오후까지만 해도 못 보던 얼굴이 타고 있어서, 네벨은 옆에 있는 친구들에게 물었다.

"누구지? 못생긴 것 같지 않은데."

"무슨 헛소리야! 엄청난 미인이지. 아무래도 아리사발라가 박사의 조카 같아. 어제쯤 여기 도착한 모양이더라고……"

네벨은 아름다운 그녀의 눈동자를 빤히 쳐다보았다. 아직 소녀티를

---

* 카니발. 사순절에 앞서 3일 내지 일주일 동안 행해지는 축제.

벗지 못한 앳된 모습이었다. 열네 살쯤 됐을까 싶었지만 전체적으로 조숙한 분위기를 풍겼다. 검은 머리카락 아래로 드러난 얼굴은 백옥처럼 뽀얀데다, 비단결처럼 고운 피부를 가진 이들이 그렇듯이 잡티 하나 없이 매끈했다. 짙은 눈썹 아래 자리잡은 파란 눈은 또 얼마나 큰지 관자놀이까지 길게 이어졌다. 미간이 다소 넓은 편이라서 반질반질 윤이 나는 이마와 더불어, 기품 있으면서도 완고한 인상을 주었다. 그녀의 눈동자는 이미 농염한 자태에 아름다움을 더했다. 그녀의 눈동자를 바라보던 네벨은 그 아름다움에 취해 한동안 정신을 차릴 수가 없었다.

"저토록 아름다울 수가!" 그는 마차 좌석의 쿠션에 한쪽 무릎으로 선 채 꼼짝도 할 수 없었다. 잠시 후 환호성과 함께 형형색색의 종이띠가 절정을 향해 날아올랐다. 마침내 두 마차는 종이로 된 현수교에 의해 하나로 연결되었다. 그녀는 매력적인 청년을 향해 이따금 미소를 지었다.

그런 상황에서 주변 사람들이나 마부, 그리고 마차 따위가 그의 눈에 들어올 리 없었다. 그사이에도 종이띠는 빗줄기처럼 쉴새없이 떨어졌고, 마차 뒷좌석에 앉은 두 사람은 아예 몸을 돌리고 미소를 머금은 채 그를 유심히 살펴보고 있었다.

"저 사람들은 누구지?" 네벨이 조용히 물었다.

"아리사발라가 박사야…… 넌 잘 모를 거야. 저 여자는 네가 점찍은 여자의 어머니인데…… 박사의 제수지."

청년들이 젊은 혈기를 이기지 못하고 염치없이 쳐다보는데도, 아리사발라가 박사와 부인이 해맑게 웃어주자, 네벨은 문득 저들에게 인사를 건네야겠다는 생각이 들었다. 환하게 웃는 낯으로 답해주는 세 사람에게 어떤 식으로든 보답을 해야 한다는 의무감이 들었기 때문이다.

두 연인의 애틋한 사랑이 시작되는 순간이었다. 석 달 남짓한 시간 동안 네벨은 마음속으로 끓어오르는 연모의 정을 모두 쏟아부었다. 어쨌거나 콩코르디아*의 축제 행렬은 늦은 밤까지 이어졌다. 내내 네벨은 앞을 향해 쉴새없이 손을 뻗었고, 그 바람에 풀어헤친 소맷부리가 손 위에서 춤을 추었다.

이튿날에도 축제는 계속되었다. 그날 밤 축제는 꽃들의 전쟁으로 시작했다. 네벨은 커다란 광주리 네 개에 든 꽃을 십오 분 만에 모두 던져버렸다. 아리사발라가 박사와 부인이 환한 웃음을 지으며 연신 뒤를 돌아보는 동안, 여자아이는 네벨에게서 눈을 떼지 못했다. 네벨은 텅 비어버린 광주리를 아쉬운 표정으로 내려다보았다. 그런데 마차 좌석 위에 꽃다발 하나가 외롭게 놓여 있는 게 눈에 들어왔다. 스타티세와 재스민을 묶어놓은 꽃다발이었다. 네벨은 꽃다발을 집으려고 마차 바퀴 위로 뛰어오르다 하마터면 발목을 삘 뻔했다. 아무튼 네벨은 쾌재를 부르며 달려갔다. 숨이 가쁘고 온몸이 땀으로 흠뻑 젖었지만, 꽃에서 잠시도 눈을 떼지 않았다. 여자아이 앞에 이른 그는 꽃다발을 건넸다. 예상치 못한 그의 행동에 당황한 그녀는 보답할 것을 찾으려고 주변을 두리번거렸지만 아무것도 없었다. 그녀 주변에 있던 이들은 그 모습을 보고 웃음을 터뜨렸다.

"저런, 애야!" 옆에 있던 어머니가 딸의 가슴 쪽을 가리키며 말했다. "거기 하나 있잖니!"

---

* 아르헨티나 엔트레리오스주 북쪽에 위치한 도시로, 우루과이와의 접경지역이다.

그 순간, 그녀가 탄 마차가 갑자기 움직이기 시작했다. 조금 전 마차 디딤판에서 허겁지겁 뛰어내렸던 네벨은 그녀가 마차 밖으로 몸을 내밀다시피 해서 건넨 꽃묶음을 간신히 잡았다.

네벨은 부에노스아이레스에서 고등학교를 마치고 사흘 전 그곳에 도착했다. 공부하느라 칠 년이나 부에노스아이레스에 머무른 탓에 지금 콩코르디아 사정에는 어두운 편이었다. 그는 보름간 그곳에 머물 예정이었다. 한창때이니만큼 몸은 어쩔 수 없겠지만, 머리라도 식힐 겸해서 말이다. 하지만 이틀째 되는 날부터 계획이 완전히 틀어졌다. 모처럼 편히 쉬기는커녕 그녀에게 마음을 온통 사로잡히고 만 것이다!

"그토록 아름다울 수가!" 그는 그날 마차에서 본 한줄기 빛, 아니 한 송이 꽃 같던 그녀의 아름다운 모습이 떠오를 때마다 속으로 중얼거렸다. 그는 자신이 그녀에게 완전히 마음을 빼앗겼음을, 사랑에 푹 빠졌음을 깨달았다.

그녀도 사랑에 빠진 거라면……! 그녀도 그를 사랑하고 있을까? 이런 생각으로 마음을 졸일 때마다, 네벨은 그녀의 가슴에 걸려 있던 꽃묶음과 자기에게 뭔가를 보답하려고 당황스러운 표정으로 주변을 두리번거리던 그녀의 모습을 떠올렸다. 그가 꽃묶음을 잡으려고 달려갔을 때 그녀의 눈동자에 일던 광채와 애타게 그를 기다리던 표정, 그리고 그에게 꽃묶음을 건넬 때 언뜻 드러난 풋풋한 가슴골이 눈앞에 선명하게 떠올랐다.

아, 그런데 모든 것이 한순간에 끝나고 말았다! 그녀는 그다음날 몬테비데오*로 떠난다고 했다. 그녀가 없다면, 콩코르디아나 어릴 적 친구들이나 아버지가 그에게 무슨 의미가 있단 말인가? 네벨은 정 안 되면 그녀와 함께 부에노스아이레스로 떠날 생각까지 했다.

둘은 정말로 여행을 떠났다. 여행하는 내내, 네벨은 사랑에 빠진 열여덟 살짜리 남자가 느낄 수 있는 최대치의 열정에 사로잡혔다. 그녀의 어머니는 두 아이의 순수한 사랑을 흐뭇한 표정으로 바라보았다. 말은 거의 하지 않고 서로의 얼굴을 바라보면서 웃기만 하는 아이들의 모습을 볼 때마다 그녀의 입가에 잔잔한 미소가 피어올랐다.

이별의 순간은 짧았다. 네벨이 그녀를 따라가고 싶은 마음을 억누르며 침착한 태도를 잃지 않으려고 안간힘을 썼기 때문이다.

그녀와 그녀의 어머니는 겨울에 다시 콩코르디아로 돌아와 한철을 보낼 것이다. 그도 돌아올까? "아, 난 안 올 거야!" 네벨이 부두를 따라 무거운 발걸음을 옮기는 동안, 그녀는 뱃전에 몸을 기댄 채 고개를 낮추고 점점 희미해져가는 그의 모습을 눈으로 좇았다. 갑판에 있던 선원들은 어린 연인의 애틋한 사랑을 보면서, 그리고 멀리 내다보느라 점점 짧아지는 어린 여자아이의 치마를 보면서 웃음 지었다.

여름

6월 13일, 네벨은 콩코르디아로 돌아왔다. 리디아가 그곳에 있다는 사실은 처음부터 알고 있었지만, 일주일간은 그녀를 보고 싶다는 생각이 들지 않았다. 네 달이면 모든 것을 휩쓸어버릴 것 같던 열정의 파도도 지나가고 남을 시간이다. 그런데 영혼이 잠잠하게 가라앉기가 무섭

---

* 우루과이의 수도.

게 마지막으로 남은 불꽃이 그의 자존심에 다시 불을 붙였다. 갑자기 그녀가 보고 싶어진 것이다. 사소한 일로 일어난 허영심 때문에 다시 마음이 흔들리기 시작했다. 첫번째 일요일, 이제 어엿한 청년이 된 네벨은 성당 구석에 앉아 미사가 끝나기를 기다리고 있었다. 마침내 전례가 모두 끝나자 마지막 줄에 앉아 있던 이들은 고개를 들고 앞을 바라보았다. 바로 그 순간 남자들 틈에서 걸어나오는 리디아와 그녀의 어머니가 눈에 띄었다.

그녀의 모습을 본 그는 눈이 휘둥그레졌다. 다시 사랑의 열정에 불을 지핀 그녀를, 아름다움으로 더욱 충만해진 그녀를 단번에 빨아들이기라도 할 것처럼 말이다. 네벨은 사람들 사이에 있는 자신을 그녀가 너무 기쁘고 놀라 눈빛을 반짝거리면서 발견해주기를 초조하게, 아니 고통스러우리만큼 간절하게 기다렸다.

그러나 그의 간절한 마음에도 불구하고 그녀는 차갑게 앞만 바라보며 그의 곁을 지나쳐갔다.

"벌써 널 잊은 모양인데." 그의 곁에서 이 연애사를 지켜봐온 친구가 말했다.

"물론 그렇겠지!" 네벨이 미소를 지으며 대답했다. "그래도 저렇게 가버리니까 무척 서운하군. 저 여자애를 정말로 사랑했는데 말이야."

하지만 혼자 남게 되자 그는 북받치는 설움에 눈물을 터뜨리고 말았다. 모처럼 다시 만났는데 대체 이게 무슨 일이란 말인가! 그녀를 얼마나, 얼마나 지극하게 사랑했던가! 그는 더이상 그녀를 마음에 두지 않겠노라 다짐에 다짐을 거듭했다! 전부 다 끝이다! "땅, 땅, 땅!" 그는 자기도 모르게 같은 말을 중얼거렸다. "땅! 이제 다 끝이야!"

그런데 그 순간 또다른 생각이 고개를 들었다. "혹시 나를 못 본 게 아닐까?…… 맞아! 그래, 그게 분명해!" 그의 얼굴에 다시 생기가 돌았다. 확실한 증거는 없었지만 그는 이를 사실처럼 받아들였다.

오후 세시에 그는 아리사발라가 박사네 집 대문을 두드렸다.

그가 그곳에 간 의도는 분명했다. 일단 아무 핑계나 대고 변호사와 상담을 한 다음, 기회가 되면 그녀를 만나볼 심산이었다.

그래서 다짜고짜 그녀의 집으로 찾아간 것이다. 문을 두드리자 누군가 안마당에서 급히 뛰어오는 소리가 들렸다. 리디아였다. 그녀는 호흡을 가다듬으려고 유리문을 꽉 잡았다. 유리문 너머로 언뜻 비친 네벨의 모습을 본 그녀의 입에서 가느다란 탄성이 흘러나왔다. 가벼운 옷차림이었던 터라 그녀는 팔로 옷을 여민 다음 황급히 자리를 피했다.

잠시 후 리디아의 어머니가 변호사 사무실의 문을 열어주었다. 그녀는 네 달 전보다 더 환한 미소로 네벨을 맞아주었다. 예상 밖의 환대에 네벨은 몹시 기뻤다. 부인은 네벨이 묻고자 하는 법률문제에는 관심이 없어 보여서, 그는 차라리 그녀가 아리사발라가 박사 곁에 있어주기를 내심 바랐다.

하여간 그의 마음은 행복감으로 뜨겁게 타오르고 있었다. 아직 열여덟 살밖에 되지 않는 그는 넝쿨째 굴러온 행운을 혼자서, 그리고 영원히 누리고 싶은 마음뿐이었다.

"이렇게나 빨리 만나게 되다니요!" 부인이 먼저 입을 열었다. "안 그래도 다시 보고 싶었는데…… 그렇죠?"

"그렇고말고요!"

"우리 식구들도 모두 기뻐할 거예요…… 그럼요, 모두들 반가워할

테죠! 우리 가족을 만나보셔야죠?" 그녀는 약간 짓궂은 미소를 지으며 물었다.

"아, 물론이죠!" 네벨은 주저 없이 대답했다.

"리디아! 어서 이리 와보렴! 네가 아는 분이 찾아왔단다."

리디아가 모습을 드러내자 네벨은 자리에서 일어섰다. 리디아는 행복에 겨운 눈망울로 천천히 네벨에게 다가와 쭈뼛거리며 커다란 제비꽃 꽃다발을 건넸다.

"괜찮다면," 그녀의 어머니가 말했다. "월요일마다 우리집에 와줄 수…… 있겠어요?"

"물론 좋지요, 부인!" 네벨이 대답했다. "금요일에도 올 수 있어요…… 그래도 되나요?"

부인은 까르르 웃었다.

"성격도 급하기는! 글쎄요…… 리디아한테 한번 물어보죠. 리디아, 어떻게 할까?"

네벨에게서 눈을 떼지 못하던 리디아가 얼굴에 희색을 띠면서 "좋아요!"라고 대답했다. 왠지 그렇게 대답해야 할 것 같았다.

"좋아요. 네벨, 그럼 다음주 월요일에 만나요."

네벨은 부인의 말에 이렇게 대꾸했다.

"혹시 오늘밤에 오면 안 될까요? 오늘은 특별한 날이라서요……"

"당연히 되죠! 그럼 오늘밤에 오도록 해요! 리디아, 문 앞까지 배웅해드리렴."

하지만 마냥 들떠 있던 네벨은 한사코 배웅을 사양하고 그 자리에서 작별인사를 나눈 뒤, 이미 끄트머리가 시들해진 꽃다발을 들고 곤장 집을 나섰다. 마치 구름 위를 걸어가는 기분이었다.

II

두 달 동안 네벨과 리디아는 열렬히 사랑했다. 만날 때는 물론이고, 떨어져 있을 때도 서로를 잊지 못했다. 안마당을 촉촉이 적시는 가랑비에도 기분이 울적해질 정도로 감상적인 네벨에게, 천사 같은 얼굴에 푸른 눈동자, 그리고 농염한 자태를 지닌 리디아는 이 세상에서 가장 이상적인 여인의 자질을 모두 합쳐놓은 존재처럼 보였다. 리디아에게 네벨은 남자다울 뿐만 아니라 똑똑하고 선량한 청년이었다. 네벨의 나이가 어리다는 점만 빼면 두 사람의 사랑에는 아무런 문제가 없었다. 그는 오로지 그녀와 결혼하고 싶은 마음뿐, 학업이나 사회 진출과 같은 그 밖의 자질구레한 것들은 신경쓰지 않았다. 그의 머릿속에는 딱 두 가지 생각밖에 없었다. 리디아 없이 산다는 것은 정말이지 상상할 수조차 없고, 이를 방해하는 것은 무엇이든 가만두지 않겠다는 생각. 그런데 왠지 처참하게 실패할 것 같은 불길한 예감이—아니 느낌이—들었다.

사육제에 다녀온 뒤 반쯤 얼이 빠진 아들이 내심 마음에 들지 않았던 아버지는 양단간에 결정을 내려야 했다. 8월 말, 그는 아들을 불러 단호하게 말했다.

"듣자하니 요즘 아리사발라가 집에 들락거린다던데, 사실이냐? 네가 도통 입을 열지 않으니 말이다."

네벨은 아버지의 근엄한 목소리에 밴 분노를 느낄 수 있었다. 대답하려는 순간 목소리가 조금 떨렸다.

"아버지, 말씀드려봐야 괜히 기분만 상하실 것 같아서 말을 못했던 거예요."

"뭐라고! 그러니까 날 생각해서 말을 안 했다, 이거지…… 그런데 대체 무슨 꿍꿍이속으로 그 집에 들락거리는 거냐? 그 집에 네 여자친구라도 있는 거냐?"

"네."

"그 집에선 널 제대로 대접해주냐?"

"그런 것 같아요……"

아버지는 그를 뚫어지게 바라보면서 손가락으로 탁자를 또닥거렸다.

"그래! 그럼 됐다!…… 하지만 아버지로서 가만히 지켜보고만 있을 수는 없구나. 네가 지금 무슨 짓을 하고 있는지 알기나 하니? 그러니까 앞으로의 일에 대해 생각이나 해봤느냐, 이 말이야."

"앞으로의 일이라니…… 무슨 말씀이시죠?"

"그 여자아이와 결혼하는 문제 말이다. 내 말 잘 들어라. 너도 이제 스스로 생각할 만한 나이잖니. 그 여자가 어떤 사람인지, 어디 출신인지 제대로 알기나 해? 또 그 집안이 몬테비데오에서 어떻게 사는지 아는 사람이나 만나봤어?"

"아버지!"

"흥! 제깟 것들이 거기서 해봐야 무슨 일을 하겠어! 그런 표정 짓지 마라…… 나는 지금 네…… 여자친구 얘기를 하는 게 아니니까. 하기야 갠 아직 어린애니까, 자기가 무슨 짓을 하는지도 모를 거야. 그런데 넌 걔 부모가 뭘 하는 사람들인지 전혀 모르는 거냐?"

"몰라요! 저하곤 아무 상관 없는 문제니까요. 그런데 아버지, 어떻게 그런……"

"알았어, 알았다고! 어쩔 도리가 없군! 그 얘긴 나중에 하도록 하자. 난 지금 네 아버지로서가 아니라 남자로서, 그리고 너보다 인생을 더 산 사람으로서 말하는 거야. 그리고 아까 내가 물어본 것 가지고 화를 내니까 하는 말인데, 네 여자친구의 어미와 그 시숙이 대체 어떤 사이인지 아는 사람을 찾아서 한번 물어봐라!"

"네! 저도 이미 알고 있다고요……"

"아! 그 여자가 아리사발라가의 정부라는 사실을 안다고? 그러면 그나 다른 이가 몬테비데오에 있는 그녀 집안을 먹여 살리고 있다는 것도 알겠네? 너 그사이에 참 뻰뻰스러워졌구나!"

"……!"

"그러니까 넌 전부 알고 있었다는 거구나! 물론 네 여자친구는 그 문제와 아무 상관이 없지! 그 정도는 나도 안다. 하! 이처럼 아름다운 순애보가 또 어디 있을까…… 하여간 정신 바짝 차려. 안 그러면 남보다 뒤처지고 말 거다…… 아냐, 아냐. 오해하진 마라! 네 여자친구를 모욕할 생각은 전혀 없으니까 말이다. 내가 봐도 그 아이는 썩은 내를 풍기는 주변 사람들과는 달리 아직 순진해. 그런데 그 어미는 말이야, 장차 네가 물려받을 재산을 노리고 그 아이를 너한테 팔아버릴 생각인지도 몰라. 그럴 경우에 대비해 미리 그 집에 단단히 일러두는 게 좋을 거야. 이 네벨 영감은 그 따위 거래에 응할 용의가 없고, 너를 그런 집에 장가 보내느니 차라리 악마한테 갈 거라고 말이다. 이제 너랑 더 할 얘기가 없다."

이처럼 아버지의 성격은 네벨과 달라도 너무 달랐다. 하지만 소년은 아버지를 무척 사랑했다. 네벨은 분을 삭이지 못하고 밖으로 뛰쳐나갔다. 이렇게 화를 내는 것이 옳지 않다는 생각이 들수록 더 분노가 치밀었다. 그는 이미 오래전부터 모든 사실을 알고 있었다. 리디아의 어머니는 남편이 살아 있을 때 아리사발라가와 불륜 관계를 맺었다. 이따금 만나 사랑을 나누던 관계는 사오 년 동안이나 계속되었다. 그러나 아무리 엉큼한 노인네라고 해도 관절염으로 거동조차 불편한 홀아비 신세인 터라 이제 마음과 달리 제수의 환심을 사기가 어려웠다. 그럼에도 그가 부인과 딸의 기찻삯을 계속 대준 것은, 그간의 일에 대해 고마운 마음을 표하고 싶었을 뿐만 아니라, 사람들 사이에 떠도는 소문을 사실로 확인시켜줌으로써 허영심을 채우고 싶었기 때문이다.

네벨은 그녀의 어머니를 떠올렸다. 결혼한 여자를 볼 때마다 전율을 느끼는 남자아이 특유의 망상이 엄습하자, 그는 어느 날 저녁 그녀와 나란히 앉아 삽화 책을 뒤적였던 기억이 떠올랐다. 불시에 그녀와 살이 스치자 안 그래도 팽팽하게 긴장되어 있던 그의 몸 깊숙한 곳에서 강렬한 욕망이 솟구쳐올랐다. 고개를 들자 그녀의 멍한 시선이 그의 눈 위로 무겁게 내려앉았다.

그가 착각한 것일까? 그녀의 어머니는 엄청나게 히스테릭했지만, 그렇다고 심각한 발작에 이른 경우는 거의 없었다. 일단 신경이 사나워지면 속을 부글부글 끓이다가, 평소와는 전혀 다른 사람으로 변해 얼토당토않는 말만 골라서 내뱉었다. 그리고 전구증상* 단계에 이르면 집착이 심해지면서 경련을 일으키는 등, 전적으로 비이성적인 상태에 휩싸였다. 그럴 때마다 그녀는 고통에서 벗어나기 위해, 그리고 겉으로 티를 내지 않으려고 모르핀을 찾았다. 그녀의 나이는 서른일곱이었다. 그녀는 키가 크고 입술이 도톰한 편이었는데, 끊임없이 침을 발라 입술이 언제나 촉촉했다. 큰 눈이랄 수는 없었지만, 눈매와 긴 속눈썹 때문에 커 보였다. 더군다나 강렬한 빛을 뿜어내는 그녀의 검은 눈동자는 보는 이들의 감탄을 자아냈다. 젊은 여자처럼 곱게 단장하고 옷을 차려입으면 더더욱 고혹적인 분위기를 풍겼다. 그녀는 분명 여자로서 깊은 매력을 지니고 있었다. 하지만 이제는 히스테리 증세 때문에 그 아름답고 매력적인 육체도 많이 망가진 상태였다. 말할 것도 없이 그녀는 심각한 복통에 시달렸다. 모르핀 약효가 다 떨어지면, 그녀는 얼이 빠진 사람처럼 멍한 표정만 짓고 있었다. 자세히 보면 헤벌어진 입가와 둥그런 눈가에 잔주름이 가득했다. 이처럼 신경을 쇠약해질 대로 쇠약하게 만들었지만, 히스테리는 그녀의 삶을 지탱해주는 유일하고도 불가사의한 버팀목이었다.

그녀는 리디아를 마음속 깊이 사랑했다. 만약 그녀가 당시의 히스테릭한 부르주아 여자들과 다르지 않았다면 오로지 딸의 행복을 위해, 다시 말해 딸을 행복하게 만드는 데 필요한 모든 것을 주기 위해 리디아를 천박한 여자로 만들 수도 있었을 것이다.

* 어떤 병이나 증세가 일어나기 전에 나타나는 증상.

물론 네벨의 아버지는 이런 문제 때문에 그녀를 탐탁하게 여기지 않았고, 사랑에 빠진 네벨은 마음에 적잖은 상처를 입었다. 그런데 리디아는 이를 어떻게 피했던 걸까? 돌이켜보면 백옥처럼 깨끗한 피부와 영롱한 눈빛에서 샘물처럼 솟아오르던 진정한 열정은 더이상 그녀가 순수하다는 증거로 볼 수 없었다. 그건 썩은 식물의 끄트머리에 대롱대롱 매달린 채 자신에게 도움의 손길을 청하는 꽃을 구해주기 위해 그가 당당하게 올라가던 고결한 기쁨의 계단이었다.

오로지 그녀를 구해야 한다는 생각에 네벨은 그녀에게 입을 맞추지도 않았다. 어느 날 오후, 점심을 먹은 후 갑자기 리디아가 미칠 듯이 보고 싶어진 그는 아리사발라가 씨 집을 찾아갔다. 그때 그의 가슴에 차오르던 행복은 이루 말로 다할 수가 없을 정도였다. 왜냐하면 그녀가 집에 혼자 있었기 때문이다. 가운 차림에, 물기가 채 가시지 않은 곱슬머리가 발그스레한 뺨 위로 찰랑거렸다. 네벨은 그녀를 벽으로 떠밀었다. 그의 돌발적인 행동에 당황한 그녀는 벽에 기댄 채 어색한 미소를 지었다. 소년은 떨리는 손으로 그녀의 얼굴을 부드럽게 쓰다듬었다. 때묻지 않은 순수한 사랑—하지만 마음만 먹으면 언제라도 쉽게 더렵혀질 수 있던 사랑—의 감정이 손끝을 타고 전해지자, 그는 행복에 겨워 몸이 스르르 녹아내리는 것 같았다.

어쨌든 당장 그녀와 결혼할 수만 있다면 얼마나 좋을까! 결혼이 현실로 다가오면서 그의 마음은 점점 급해졌다. 그는 그 당시 막 성인이 된 터라, 외가로부터 유산을 물려받을 수도 있었다. 그 정도 돈이면 풍족하게는 아니더라도 두 사람이 살기에는 충분했다. 그러니 아버지만 허락하면 나머지 문제는 그녀의 어머니가 다 알아서 해결해주기로 했다.

콩코르디아에 아는 사람이 전혀 없는 리디아의 어머니로서는 우선 딸의 시아버지가 될 사람부터 만나 결혼 허락을 받는 게 급선무였다. 거북한 상황이었지만 그녀는 내심 그곳 사람들의 코를 납작하게 만들고 싶었다. 그 기회를 통해 부르주아 도덕을 강요함으로써 그들의 기를 꺾어놓고, 그녀 자신이 경멸하던 무례한 태도를 보여줌으로써 그들의 무릎을 꿇게 만들고 싶었던 것이다.

그녀는 은연중에 "내 사위"라든지, "우리집 새 식구" "딸의 시누이"라는 말을 불쑥 내뱉음으로써, 네벨과 리디아의 결혼을 이미 기정사실로 받아들이고 있음을 드러냈다. 그럴 때마다 네벨은 잠자코 있었지만, 리디아 어머니의 눈동자에서는 강한 불꽃이 일었다.

그러던 어느 날 네벨은 가슴속에서 치솟는 사랑의 불길에 완전히 사로잡히고 말았다. 내친김에 네벨은 결혼식 날짜를 10월 18일로 잡았다. 그때까지는 아직 한 달여가 남아 있었지만 그녀의 어머니는 네벨의 아버지가 그날 밤 결혼식에 반드시 참석해야 한다고 분명하게 못박았다.

"그건 좀 어려울 것 같아요." 한동안 침묵을 지키던 네벨이 겨우 입을 뗐다. "아버지는 밤에는 나오기 힘드세요…… 밤에는 일절 외출을 하지 않으세요."

"아, 그렇군요!" 그녀의 어머니는 입술을 깨물며 말했다. 다시금 침묵이 흘렀다. 두 사람 사이에 왠지 묘한 기운이 감돌았다.

"비밀리에 결혼식을 올릴 생각은 없는 거군요, 그렇죠?"

"아, 네!" 네벨은 어색한 미소를 지으며 대답했다. "아버지가 절대로 용납하지 않으실 거예요."

"그럼 어쩌죠?"

또다시 살얼음판 같은 침묵이 흘렀다.

"부친께서 결혼식에 못 오시는 게 혹시 나 때문인가요?"

"아니에요. 그건 절대로 아닙니다!" 네벨은 조바심을 참지 못하고 소리쳤다. "원래 그런 분이라서…… 원하시면, 제가 다시 아버지께 말씀드려볼게요."

"내가 원하면요?" 그녀는 코를 벌름거리며 미소를 지었다. "그건 알아서 하도록 하고요…… 참, 네벨. 이제 가야 하지 않아요? 내가 몸이 좀 안 좋네요."

네벨은 쓴맛을 다시며 그녀의 집을 나섰다. 아버지에게 뭐라고 해야 할까? 두 사람의 결혼을 한사코 반대하는 아버지한테 말이다. 선택의 기로에 선 네벨은 아버지의 반대를 뿌리치기로 이미 마음을 먹은 상태였다.

"물론 넌 너 하고 싶은 대로 할 수 있지. 그런데 말이다, 그런 말도 안 되는 여자를 장모로 모시고 살도록 나한테 허락을 해달라고? 어림도 없지!"

사흘 뒤, 제자리걸음을 면치 못하고 있던 혼사 문제를 서둘러 마무리짓기로 결심한 네벨은 리디아가 집을 비운 틈을 이용했다.

"아버지께 말씀드렸어요." 네벨이 입을 뗐다. "그런데 도저히 결혼식에 참석할 수가 없다고 하시더군요."

그 말을 듣자 그녀의 얼굴이 살짝 창백해졌다. 그러더니 불현듯 눈에서 광채가 일며 눈초리가 날카로워졌다.

"아, 그래요! 그런데 이유가 뭐죠?"

"잘 모르겠어요." 네벨은 기어들어가는 목소리로 대답했다.

"그러니까…… 부친께서는 이번 혼사로 자기 얼굴에 먹칠하고 싶지 않다 이 말이로군요."

"전 잘 모르겠어요!" 네벨은 자기도 모르게 고집부리듯 같은 말을 되풀이했다.

"그분의 행동은 아무 근거도 없이 우리를 모욕하는 꼴이에요. 네벨은 어떻게 생각하죠?" 갑자기 그녀의 목소리가 높아졌고, 입술도 파르르 떨리고 있었다. "우리한테 이렇게 함부로 대해도 되는 거예요?"

그녀가 자기 집안 얘기를 들먹이자 네벨은 별안간 반발심이 치밀어 올랐다.

"뭘요? 전 잘 모르겠다니까요!" 그는 홧김에 내뱉듯 말했다. "솔직히 말씀드리면 참석만 안 하시겠다는 게 아니라, 우리 결혼도 허락하실 수 없답니다."

"뭐라고요? 뭘 못하겠다고요? 이유가 뭐예요? 대체 어떤 사람이기에 그렇게 매사를 자기 멋대로 하는 거죠?"

네벨은 자리를 박차고 일어났다.

"부인은……"

그녀도 자리에서 벌떡 일어났다.

"그래요, 그래! 지금 보니 아직 아버지 품에서 벗어나지 못한 애송이로군요! 지금 당장 당신의 잘난 아버지한테 가서 물어보세요. 그 많은 재산이 어디서 났는지 말이에요. 손님들 주머니에서 훔쳐 번 주제에 잘난 척하기는! 양심에 거리낌없이 떳떳하게 살았다고요? 그 잘난 당신네 집안은 그렇게 배를 채운 거란 말이에요! 당신네 가족은요!…… 그리고 그 잘난 사람이 결혼 전에 당신 어머니와 같이 자려고 몇 번이나 담을 뛰어넘었는지 알기나 해요? 당장 그 사람한테 가서 내가 그러더라고 말해요! 아, 하긴 그렇게 보면 당신네 집안은 우리하고 딱 어울리네요!…… 할말 다 했으니, 어서 가봐요! 그동안 고상한 척하느라 나도 힘들었으니까! 그럼 잘 가요!"

III

네벨은 그후 나흘 동안 절망의 늪에서 허우적거렸다. 더이상 뭘 바랄 수 있겠는가? 닷새째 되는 날 땅거미가 질 무렵 그는 편지 한 통을 받았다.

옥타비오*

리디아가 몹시 아파요. 당신이 와야만 그 아이의 상태가 좋아질 것 같아요.

마리아 S. 데 아리사발라가

그녀의 어머니가 꾸민 계략이 틀림없었다. 하지만 리디아가 정말 아픈 거라면……

* 네벨의 이름.

그날 밤, 네벨은 고민 끝에 그녀의 집을 찾았다. 그녀의 어머니는 놀랄 정도로 조심스럽게 그를 맞이했다. 유난스레 호들갑을 떨지도 않고, 그렇다고 눈에 띄게 겸연쩍어하지도 않았다.

"그애를 보고 싶으면……"

네벨은 그녀와 함께 방안으로 들어갔다. 사랑스러운 그녀가 두 무릎을 세운 채 침대에 가만히 누워 있었다. 화장기 하나 없는 얼굴은 그야말로 열네 살짜리 소녀의 모습이었다.

그는 그녀의 옆에 앉았다. 그녀의 어머니는 문간에 우두커니 선 채 두 사람이 무슨 얘기라도 나누기를 기다렸지만 허사였다. 둘은 서로 바라보며 미소만 지을 뿐이었다.

그 순간 방안에 그녀와 단둘이 남은 줄로만 알았던 네벨은 여전히 문 앞에 버티고 서 있는 그녀의 어머니를 보고는 눈이 휘둥그레졌다. "어렵게 사랑을 되찾아서 그런지 정신이 없군요. 하여간 이제 결혼은 피할 수 없는 운명이 된 것 같아요." 하지만 결혼을 대가로 미리 얻은 마지막 쾌락의 순간에 이 열여덟 살짜리 소년은—사실 또다시 막다른 골목에 몰리고 만 셈이지만—목가시牧歌詩의 아름다운 분위기에 젖은 채 순수한 사랑의 즐거움을 만끽했다.

네벨은 엄청난 고통과 좌절 끝에 행복이 찾아온 것이 도저히 믿기지 않는다는 말만 되풀이했다. 그는 며칠 전 그녀의 어머니가 자기에게 저주에 가까운 분노와 비난의 말을 퍼부은 일마저 모두 잊은 상태였다. 하지만 그 순간에도 냉정을 잃지는 않았는지, 일단 결혼하고 나면 그녀의 어머니를 멀리해야겠다는 생각이 들었다. 침대에 누워 조용히 미소 짓고 있는 그녀. 너무도 순수하고 마음 여린 그녀의 모습을 보는 순간,

조금만 더 기다리면 떳떳하게—이토록 사랑스러운 보석을 너무 일찍 빼앗지 않으려고 얼마나 애를 썼던가—육체적 쾌락을 누릴 수 있으리라는 희망이 부풀어올랐다.

다음날 저녁, 네벨은 다시 아리사발라가 씨 집을 찾아갔다. 그런데 집안에 아무도 없는지 현관에 불이 꺼져 있었다. 잠시 후 하녀가 창문을 반쯤 열더니 얼굴을 빼꼼 내밀었다.

"다들 외출하셨나요?" 네벨이 의아한 표정으로 물었다.

"아뇨. 몬테비데오에 가신다고 했는데…… 침대차를 타고 살토*로 떠났어요."

"아, 이럴 수가!" 그녀의 말을 듣고 화들짝 놀란 네벨은 중얼거리듯 말했다. 하지만 아직 한 가닥 희망이 남아 있었다.

"박사님은요? 잠깐 만나뵐 수 있을까요?"

"지금 안 계세요. 클럽에 가셨거든요. 모르긴 해도 저녁 드시고……"

거리에 어둠이 내려앉을 무렵, 네벨은 발걸음을 돌렸다. 뜻밖의 소식에 너무 실망한 나머지 어깨를 축 늘어뜨리고 터덜터덜 걸었다. 이젠 끝장이다! 얼마 전에 간신히 되찾은 행복도, 그리고 삶의 기쁨도 눈앞에서 영원히 사라지고 말았다! 이번만큼은 달리 뾰족한 수가 없을 것 같은 예감이 들었다. 안 그래도 오락가락하던 그녀의 어머니가 히스테리로 거의 정신줄을 놓고 만 이상, 그로서도 더는 어찌해볼 도리가 없었다.

그는 길모퉁이 쪽으로 걸어가 가로등 아래에 멈춰 선 채, 분홍빛 집

* 우루과이 북서부에 있는 도시로, 아르헨티나의 콩코르디아와 맞닿아 있다. 과거에는 살토 오리엔탈이라고 불렸다.

을 멍하니 쳐다보았다. 그는 동네를 한 바퀴 돈 다음, 다시 그 가로등 아래에 멈춰 섰다. 안 돼! 더이상은 절대 안 돼!

열한시 반경, 그는 다시 한번 동네를 돈 다음, 가로등 아래에서 넌더리를 치며 머리를 흔들었다. 결국 집으로 돌아간 그는 책상에서 권총을 꺼내 탄알을 장전했다. 그 순간 불현듯 과거의 일이 떠올라 동작을 멈췄다. 몇 달 전, 삽화를 그리는 어느 독일인과 한 약속 때문이었다. 만약 네벨이 자살하기로—그가 한창 사춘기에 접어들 무렵이었다—마음을 먹으면, 실행에 옮기기 전에 반드시 그를 찾아가기로 했었다. 오랜 시간 철학에 관한 대화를 나누면서 쌓은 우정으로 그는 기예르모*—지금은 나이가 들었지만 과거에는 군인이었다—와 하나가 되었다.

다음날 아침 해가 뜨자마자 네벨은 독일인이 사는 허름한 집을 찾아갔다. 네벨을 맞이하는 그의 표정에 이렇게 이른 시간에 자기를 찾아온 이유를 직감했음이 훤히 드러났다.

"지금 결심이 선 거냐?" 아버지뻘 되는 기예르모가 네벨의 손을 꼭 쥐면서 물었다.

"네! 어쨌든!……" 소년은 딴 데를 쳐다보며 대답했다.

그러자 독일인은 자신이 젊은 시절에 겪은 사랑 이야기를 차분한 목소리로 들려주었다.

"그러니 일단 집으로 돌아가게나." 그가 이야기를 마무리지었다. "만약 열한시가 되었는데도 생각이 바뀌지 않으면 다시 여기로 오게. 함께 점심을 먹으면서 어떻게 하는 게 좋을지 이야기를 나눠보자고. 그다음

---

* Guillermo. 독일 이름인 빌헬름의 스페인어식 표기.

엔 자네 마음대로 하게나. 약속할 수 있겠나?"

"알겠습니다." 네벨이 대답했다. 당장이라도 울음이 터져나올 것 같았지만 꾹 참고 그와 굳게 악수를 나누었다.

집에 도착하니 리디아가 보낸 엽서가 그를 기다리고 있었다.

사랑하는 옥타비오

지금 저는 이루 말로 다할 수 없을 만큼 깊은 절망에 빠져 있답니다. 엄마는 제 앞날을 걱정하세요. 만약 제 뜻대로 당신과 결혼한다면 엄청난 고통이 닥쳐올 거라고 말이죠. 전 엄마가 왜 그런 생각을 하시는지 잘 알고 있어요. 지금으로서는 헤어지는 것이 최선의 방법이라는 생각이 듭니다. 하지만 어떤 일이 있어도 당신을 잊지는 않을 거예요.

그대의

리디아

"결국 이렇게 됐군!" 소년은 소리를 질렀고, 거울에 비친 자신의 얼굴을 보고는 흠칫 놀라 뒤로 물러섰다. 그 편지를 쓰게 한 건 바로 그녀의 어머니였다! 아, 미치광이 여인 때문에 일이 이렇게 틀어지다니! 리디아는 어머니의 성화에 못 이겨 편지를 쓸 수밖에 없었을 것이다. 오, 가엾은 리디아. 상처 입은 마음에 편지를 쓰면서 얼마나 울었을까? "아! 언젠가 그녀를 다시 만날 수만 있다면, 내가 그녀를 얼마나 사랑했는지, 아니 지금도 얼마나 뜨겁게 사랑하고 있는지 말해주련만…… 오, 사랑하는 임이여, 어쩌면 좋단 말인가!"

그의 절규에 곁에 있던 촛불마저 파르르 떨렸다. 마침내 그는 권총을 집어들었다. 하지만 그 순간 독일인과 한 약속이 머리를 스치고 지나갔다. 그는 얼빠진 사람처럼 멍하게 선 채, 손톱으로 권총의 둥그런 탄창을 긁었다.

가을

어느 날 오후, 네벨은 부에노스아이레스에서 전차를 탔다. 자리에 앉아 책을 읽던 네벨은 갑자기 전차가 멈춰 서자 이상한 느낌이 들어 고개를 들었다. 한 여자가 통로를 따라 느릿느릿 걸어오고 있었다. 몸이 불편한지 힘겨운 기색이었다. 잠시 그녀를 훑어본 네벨은 다시 책을 읽기 시작했다. 그런데 그 부인이 네벨의 옆자리에 앉으며 그를 주의깊게 살펴보았다. 그는 자기를 향한 시선이 몹시 거슬렸지만 모른 척하고 계속 책을 읽었다. 하지만 결국 화가 치민 그는 고개를 들어 그녀를 바라보았다.

"그런데 당신은," 부인이 외치듯 말했다. "내가 잘못 본 건지 모르겠는데…… 혹시 나 모르겠어요? 잘 생각해봐요."

"아니," 대답을 하던 네벨의 눈이 휘둥그레졌다. "아리사발라가 부인……"

그녀는 놀라움을 숨기지 못하는 네벨을 빤히 바라보았다. 아직도 네벨에게 잘 보이고 싶은 마음이 드는지 마치 귀족이라도 되는 양 고상하고 우아한 분위기를 풍기면서 온화한 미소를 지었다.

과거 모습 그대로인 것은—마지막으로 본 게 십일 년 전이지만—

눈뿐이었는데, 그마저도 나이가 들면서 더 움푹 꺼지고 예전의 빛나던 광채도 사라진 모습이었다. 누렇게 뜬—그림자가 드리워진 부분에는 푸르스름한 빛이 감돌았다—얼굴에는 주름이 깊게 패였다. 광대뼈는 보기 싫을 정도로 불거져나왔고, 워낙에 도톰한 입술이 충치로 엉망이 된 치열을 간신히 가려주었다. 약해질 대로 약해진 신경과 동맥 사이로는 여전히 모르핀이 흐르고 있는 듯했다. 어느 날 저녁 옆에 앉아 삽화책을 뒤적이던 젊고 매력적인 여인의 모습은 온데간데없고, 애처로울 정도로 초라하고 여윈 몰골이었다.

"그래요. 내가 많이 늙었죠…… 더구나 몸도 성치 않아요. 신장병을 앓고 있거든요…… 그런데 당신은," 그녀는 다정한 눈길로 네벨을 바라보며 덧붙였다. "예나 지금이나 변함이 없군요! 아직 서른이 넘지는 않았겠지만요…… 하긴 리디아도 예전 그대로예요."

네벨은 눈을 들어 그녀를 보았다.

"아직 결혼을 안 했습니까?"

"네…… 네벨 씨를 만난 걸 알면 걔도 정말 기뻐할 거예요! 그런데 혹시 가엾은 리디아가 싫어진 건가요? 언제 시간 되면 우리집에 한번 놀러오지 않겠어요?"

"물론 찾아봬야죠……" 네벨은 중얼거리듯 대답했다.

"좋아요. 그럼 빠른 시일 내에 꼭 오셔야 해요. 우리한테 네벨 씨가 어떤 존재인지 잘 알잖아요…… 참, 우리집은요, 보에도 지구* 1483번지 14동이에요…… 워낙 허름한 동네라서……"

---

* 부에노스아이레스 남쪽에 위치한 지구로, 과거에는 노동자 및 빈민이 모여 살았다.

"아!" 네벨은 그녀의 말을 끊고 자리에서 일어났다. 그는 전차에서 내리면서 조만간 찾아뵙겠다고 약속했다.

십이 일 후, 네벨은 농장으로 돌아가야 했지만 그전에 그녀와 한 약속을 지키고 싶어서 그녀가 말해준 곳으로 갔다—변두리에 있는 아주 빈곤한 동네였다. 아리사발라가 부인이 그를 맞이하는 동안 리디아는 화장을 하고 있었다.

"그러고 보니 십일 년 만이네요!" 리디아의 어머니가 말했다. "시간이 어찌나 빠른지! 그때 리디아와 결혼했더라면 아들딸을 줄줄이 낳았을 텐데!"

"아마 그랬겠죠." 네벨은 주변을 둘러보면서 웃었다.

"아! 우린 이렇게 살고 있답니다! 그건 그렇고 네벨 씨 집은 어떤지…… 들리는 말로는 사탕수수 농장을 계속 하신다고 하던데…… 그럼 지금은 그 사업만 운영하나요?"

"네…… 그리고 엔트레리오스에도……"

"정말 좋겠네요! 만약에 우리도…… 우린 단 몇 달만이라도 시골에서 지내고 싶답니다. 비록 마음뿐이기는 하지만 그게 우리 두 사람의 유일한 소망이에요!"

아리사발라가 부인은 말을 멈추고 네벨을 힐끗 쳐다보았다. 가슴이 답답했지만 십일 년 전 추억이 주마등처럼 머릿속을 스쳐지나갔다.

"아는 사람이 없어서 이렇게 된 거라고요…… 그런 상황에서는 친구 하나 만들기도 힘드니까요!"

네벨은 시간이 갈수록 가슴이 더 답답해졌다. 바로 그 순간 리디아가 모습을 드러냈다.

그사이 그녀의 모습은 많이 달라져 있었다. 하긴 열네 살짜리 소녀의 솔직하고 풋풋한 모습이 스물여섯 살이 된 지금까지 남아 있기를 바라는 것 자체가 무리였다. 하지만 여전히 아름다웠다. 그녀의 가녀린 목선과 부드럽고 차분한 눈빛, 그리고 말로 표현할 수 없지만 희미한 옛사랑을 불러일으키는 그 무언가를 보자 네벨은 남자의 직감으로 느꼈다. 그가 알고 있던 리디아의 모습을, 애틋한 첫사랑의 추억을 앞으로도 영원히 가슴속에 간직해야 한다는 것을 말이다.

이제 어엿한 성인이 된 두 사람은 조심스럽게 이야기를 나누었다. 그녀가 잠시 자리를 뜨자, 그 틈을 이용해 아리사발라가 부인이 다시 입을 열었다.

"보다시피 몸이 많이 쇠약해졌어요…… 시골에 가서 살고 싶다는 것도 다 저 아이 건강 때문이에요. 거기 가면 금방 기력을 회복할 것 같아서…… 저기, 옥타비오 씨. 솔직히 말해도 될까요? 잘 알다시피 나는 당신을 친아들만큼 아낀답니다…… 그래서 말인데, 한철만이라도 당신의 농장에서 보내면 안 될까요? 그러기만 하면 리디아는 금방 나을 거예요!"

"전 이미 결혼한 몸입니다." 네벨이 말했다.

순간 부인의 얼굴에 복잡한 감정이 스쳐지나갔다. 비록 짧은 순간이었지만 그녀는 실망감을 감추지 못했다. 하지만 이내 정색을 하고 팔짱을 꼈다.

"결혼을 했다고요! 아, 이럴 수가. 이런 불행한 일이! 잠깐만요, 잘 알겠지만!…… 내가 무슨 말을 하려고 했더라…… 그러면 농장에서 부인과 함께 살고 있단 말인가요?"

“네. 대개 그렇죠…… 하지만 지금은 유럽에 있습니다.”

“아니, 이게 무슨 일이람! 그러니까요…… 옥타비오 씨!” 그녀는 팔짱을 풀며 말했다. 그녀의 눈에 눈물이 맺혀 있었다. “그래도 당신을 내 친아들처럼 여겼는데…… 맙소사! 이보다 더 비참한 운명이 있을까! 어째서 리디아를 나 몰라라 하려는 거죠? 아무리 그래도 난 네벨 씨에게 어머니 노릇을 할 겁니다.” 그녀는 인자한 미소를 지으며 나직한 목소리로 말했다. “당신은 리디아의 마음이 어떤지 잘 알 거예요, 그렇죠?”

그녀는 네벨이 무슨 말이라도 해주기를 기다렸지만, 그는 입을 굳게 다물고 있었다.

“그래요! 당신은 리디아의 마음이 어떤지 잘 알겠죠! 리디아가 그때 일을 다 잊어버릴 여자로 보이나요?”

그녀는 자기 의도를 암시하려는 듯 살짝 윙크를 했다. 그 순간, 네벨은 자칫 불행의 나락으로 떨어질 뻔했던 과거의 상황이 떠오르면서 눈앞이 아찔했다. 그녀의 어머니는 그때나 지금이나 변함이 없었다. 나잇살과 모르핀, 그리고 가난 탓에 더 교활해진 것만 빼면 말이다. 그런데 리디아는…… 오래간만에 리디아를 다시 만나자 목이 메고 가슴이 찡해지면서 그녀에 대한 욕망이 타올랐다. 누군가 아무리 유리한 조건으로 계약을 제시한들, 네벨은 운명의 여신이 자신에게 선사한 절호의 기회를 놓치고 싶지 않았다.

“그거 아니, 리디아?” 딸이 돌아오자 어머니는 갑자기 신이 나서 소리쳤다. “옥타비오 씨가 자기 농장에서 한철을 보낼 수 있도록 우리를 초대하셨단다. 넌 어떠니?”

어머니의 말을 듣고 리디아는 눈썹을 찌푸렸지만 이내 원래 표정으로 돌아왔다.

"저야 좋죠, 엄마……"

"아! 그리고 그거 아니? 옥타비오 씨가 결혼하셨다는구나. 아직 저렇게 젊은데! 우린 한 가족이나 마찬가지야……"

리디아는 네벨에게로 시선을 돌려 고통스러우리만큼 심각한 표정으로 빤히 쳐다보았다.

"오래됐나요?" 그녀가 중얼거리며 물었다.

"사 년 됐어요." 그는 나직한 목소리로 대답했다. 하지만 그녀를 똑바로 쳐다볼 용기는 나지 않았다.

겨울

네벨이 사전에 세심하게 계획을 세워놓은 대로 그들은 기차에 따로 앉아서 갔다. 하지만 역을 나와서는 모두 네벨의 사륜마차를 탔다. 농장에 혼자 있을 때, 네벨은 보통 나이든 인디오 하녀에게만 시중을 들게 했다. 그건—몸에 밴 검소한 생활 습관 탓도 있지만—그의 부인이 하인들을 모두 데려갔기 때문이었다. 집에 도착한 뒤, 그는 하녀에게 건강을 되찾기 위해 요양차 온 친척 아주머니와 딸이라고 함께 온 일행을 소개했다.

하녀로서는 그의 말을 액면 그대로 믿을 수밖에 없었다. 왜냐하면 아리사발라가 부인이 현기증이 나는지 그 자리에서 비틀거렸기 때문이다. 사실 그녀는 긴 여행에 지칠 대로 지친 터라, 몸이 천근만큼 무거워 발걸음을 제대로 옮기지도 못할 정도였다. 더군다나 네벨의 간곡한 요청 때문에 네 시간 동안이나 모르핀을 맞지 못해 얼굴이 고통으로 심하게 일그러져 있었다. 산송장이나 다름없는 자기 몸속으로 제발 모르핀을 조금만이라도 넣어달라고 절규하는 듯한 표정이었다.

네벨은 아버지가 돌아가시고 어쩔 수 없이 학업을 중단하긴 했지만 조만간 그녀에게 큰 불행이 닥치리라는 걸 모를 정도로 무지하지는 않았다. 이미 심하게 손상된 그녀의 신장은 이따금 아무 기능도 하지 못할 만큼 위험한 상태였다. 모르핀은 그저 일시적으로 신장의 움직임을 재촉할 뿐이었다.

아까 마차를 타고 올 때도, 그녀는 더이상 고통을 견딜 수 없었던지 애처로운 눈빛으로 네벨을 바라보았다.

"옥타비오, 제발…… 더이상은 못 참겠어요! 리디아, 이리 와서 내 앞을 가려주렴."

리디아는 담담한 표정으로 어머니의 앞을 가려주었다. 아리사발라가 부인이 허벅지에 주사를 놓기 위해 치마를 사납게 걷어올리는 소리가 들렸다.

갑자기 그녀의 눈동자가 번쩍 빛났다. 그러더니 가면을 한 꺼풀 덮어쓴 듯 고통으로 잔뜩 일그러졌던 얼굴에 생기가 돌았다.

"휴…… 이제 좀 살 것 같아요! 많이 좋아졌어요."

"이제 그것 좀 끊으세요." 네벨은 곁눈으로 그녀를 살짝 보면서 단호하게 말했다. "집에 도착하면 더 심해질 텐데 어쩌려고 그러세요?"

"아, 안 돼요! 그럴 바에는 차라리 지금 죽어버릴 거예요."

네벨은 온종일 기분이 언짢았고, 가능한 한 리디아와 그녀의 어머니를 가엾은 환자로만 여기면서 지내야겠다고 마음먹었다. 그러나 땅거미가 질 무렵, 발톱을 날카롭게 갈기 시작하는 야수들처럼 욕정이 그를 사로잡자 온몸에 전율이 흘렀다.

그들은 평소보다 일찍 저녁식사를 마쳤다. 기진맥진한 그녀의 어머니가 빨리 잠자리에 들고 싶어했기 때문이다. 더군다나 그녀에게 우유만 마시라고 할 수도 없는 노릇이었다.

"휴! 정말 지긋지긋해! 이제 더이상 견딜 수가 없어요. 지금 당장 편하게 죽을 수만 있다면 나머지 인생쯤이야 포기하는 편이 낫지 않을까요?"

리디아는 그런 말을 듣고도 눈 하나 깜짝하지 않았다. 리디아와 네벨은 거의 말을 나누지 않았다. 커피를 마신 뒤, 네벨이 빤히 쳐다보자 그녀는 급하게 시선을 내리깔았다.

네 시간 후, 네벨은 조용히 리디아의 방문을 열었다.

"누구예요!" 방 안쪽에서 떨리는 목소리가 들렸다.

"나예요." 네벨이 거의 들릴락 말락 한 목소리로 대답했다.

그의 말이 끝나기 무섭게 그녀가 침대에서 벌떡 일어나 옷을 주섬주섬 챙겨 입는 소리가 들렸다. 그러고는 또다시 무거운 침묵이 흘렀다. 그러나 어둠 속을 더듬거리던 네벨의 손끝이 맨살이 드러난 그녀의 팔에 닿자 리디아의 온몸이 바르르 떨렸다.

* * *

네벨은 자기를 만나기 전부터 사랑이 무엇인지 알고 있던 그녀 곁에 가만히 앉아 있었다. 그는 순수하기 이를 데 없는 눈빛으로 자기를 바라보는 이 사랑스러운 여인에게 키스는커녕, 손끝 하나 건드리지 않았다는 사실에 깊은 자부심을 느꼈다. 그전까지만 해도 전혀 이해하지 못했던 도스토옙스키의 말이 절실하게 가슴에 와닿았다. "삶에서 순수한 추억보다 아름답고, 우리를 단단하게 단련시켜주는 것은 없다." 네벨은 열여덟 살 때의 아름다운 추억을, 때묻지 않은 순수함을 여태껏 가슴에 묻고 살아왔다. 그런데 그 추억이 지금 비탄에 젖은 채, 하녀나 쓰는 허름한 침대 위에 힘없이 쓰러져 있었다.

그의 목덜미로 눈물 두 방울이 소리 없이 무겁게 떨어져내렸다. 그녀도 과거를 더듬고 있으리라…… 리디아의 눈에서 하염없이 눈물이 흘러내렸다. 자신에게 마지막으로 남은 행복의 꿈이 돌무덤처럼 와르르 무너져내리듯이 말이다.

IV

네벨이 거의 대부분의 시간을 밖에서 보내서 그런 탓도 있지만, 하여간 그후로 특별한 일 없이 열흘이 지났다. 그렇게 하기로 암묵적 동의를 했는지는 몰라도, 그와 리디아가 단둘이 있는 경우는 드물었다. 저녁시간에 만나도 아무 말 없이 서로 얼굴만 멀뚱하게 쳐다보다 자러 들어가곤 했다.

리디아는 몸져누운 어머니를 간호하느라 눈코 뜰 새가 없었다. 네벨이 보기에 이제 그녀의 어머니는 소생할 가망이 전혀 없어 보였고, 이런 식으로 계속 모르핀에 의존하다보면 자칫 더 큰 위험이 닥칠 것 같았다. 고민 끝에 그는 아예 모르핀을 치워버리기로 했다. 하지만 어느 날 아침 그는 자신의 계획을 단념할 수밖에 없었다. 그가 아무런 기척도 내지 않고 식당으로 들어갔을 때, 리디아는 급하게 치마를 내리고 있었다. 리디아는 손에 주사기를 든 채 놀란 눈으로 그를 빤히 쳐다보았다.

"맞은 지 오래됐나요?" 마침내 네벨이 침묵을 깨고 물었다.

"네." 리디아가 기어들어가는 목소리로 말했다. 그녀는 떨리는 손으로 주삿바늘을 구부러뜨리고 있었다.

네벨은 그녀를 바라보다 어깨를 으쓱했다.

그 당시 그녀의 어머니는 점점 심해지는 통증을 달래기 위해 수시로 모르핀 주사를 맞았다. 이러다가는 신장이 아니라 모르핀 때문에 끝장날 판이었다. 지지리 복도 없는 그 여인을 살려내려면 지금으로서는 모르핀을 빼앗는 것이 유일한 방법이었다.

"옥타비오! 지금 날 죽이려는 거예요?" 그녀가 잘 나오지도 않는 목소리로 간절하게 애원했다. "오, 옥타비오, 당신은 내 아들이나 마찬가지잖아요! 난 그것 없이는 단 하루도 버틸 수가 없어요!"

"계속 그러면 앞으로 두 시간도 못 버틸 거라고요!" 네벨도 물러서지 않았다.

"괜찮다니까요, 옥타비오! 어서 줘요. 내 모르핀 내놓으라니까요!"

아리사발라가 부인은 거듭 그에게 손을 내밀었지만, 네벨은 본체만체하며 리디아를 데리고 밖으로 나가버렸다.

"지금 어머니가 얼마나 심각한 상태인지 알고 있죠?"

"네…… 이미 의사들한테 들었어요……"

그는 그녀를 빤히 쳐다보았다.

"당신이 생각하는 것보다 상태가 훨씬 심각해요."

핏기 하나 없는 창백한 얼굴의 리디아는 그의 시선을 애써 외면하며 울음을 참느라 입술을 꽉 깨물었다.

"여긴 의사가 없나요?" 그녀가 중얼거렸다.

"여긴 없습니다. 반경 10레구아* 안에는 병원이 없어요. 하지만 어디든 알아봐야죠."

그날 오후, 단둘이 식당에 앉아 있는데 편지가 도착했다. 네벨은 그 자리에서 편지를 뜯었다.

"편지가 왔나요?" 리디아는 고개를 들고 불안한 눈빛으로 그를 쳐다보면서 물었다.

"그래요." 네벨은 계속 편지를 읽어내려가며 대답했다.

"의사한테서 온 건가요?" 리디아는 조금 전보다 훨씬 더 불안한 모습으로 물었다.

"아뇨. 아내한테서 온 편지입니다." 그는 고개도 들지 않고 무뚝뚝하게 말했다.

밤 열시경, 리디아가 네벨의 방으로 달려왔다.

"옥타비오! 아무래도 엄마가 돌아가실 것 같아요!……"

두 사람은 그녀의 방으로 달려들어갔다. 그녀의 얼굴은 이미 죽은 사람처럼 납빛이었다. 시퍼레진 입술은 제대로 말도 못할 정도로 부어

---

* 옛날의 거리 단위로, 1레구아는 대략 5,572미터에 해당한다.

있었다. 그때 입술 사이로 희미한 목소리가 새어나왔다. 마치 입안에 음식을 가득 물고 말하는 것 같았다.

"이제 좀 살…… 살 것…… 살 것 같……"

바로 그때 침대 옆 탁자에 놓인 모르핀 약병이 네벨의 눈에 들어왔다. 병은 거의 비어 있었다.

"이런 맙소사! 대체 왜 그런 짓을! 대체 누가 저걸 준 겁니까?" 그가 소리쳤다.

"난 몰라요, 옥타비오! 조금 전에 무슨 소리가 나서…… 당신이 없는 틈을 타서 당신 방에 들어간 게 분명해요…… 엄마! 가엾은 엄마!" 리디아는 흐느끼면서 바닥에 주저앉았다. 아리사발라가 부인의 팔은 침대 아래로 축 늘어져 있었다.

네벨은 그녀의 맥을 짚어보았다. 심장은 더이상 뛰지 않았고 몸은 싸늘하게 식어가고 있었다. 부어오른 입술 사이로 조금 전까지 간신히 새어나오던 희미한 소리도 이제 들리지 않았다. 피부에는 벌써 자줏빛 반점이 나타나기 시작했다.

새벽 한시, 그녀는 결국 숨을 거두었다. 그날 오후 장례식을 치른 뒤, 밖에서 짐꾼이 가방을 마차에 싣는 동안 네벨은 그녀가 옷을 갈아입고 나오기를 기다렸다.

"이거 받아요." 그녀가 곁에 오자 네벨은 만 페소*짜리 수표를 건넸다.

리디아가 몸을 부르르 떨더니 벌겋게 충혈된 눈으로 그를 노려보았

---

* 아르헨티나의 화폐 단위.

다. 하지만 네벨은 그녀의 시선을 피하지 않았다.

"어서 받아요!" 그는 다시 한번 말했다.

결국 리디아는 수표를 받고 가방을 집어들었다. 네벨은 그녀를 향해 고개를 숙였다.

"날 용서해요." 그가 말했다. "날 너무 나쁘게 생각지는 마요."

역에는 이미 기차가 와 있었다. 두 사람은 기차가 출발할 때까지 입구 계단 앞에 선 채 아무 말도 하지 않았다. 마침내 종소리가 울리자 리디아는 그에게 손을 내밀었다. 네벨은 가만히 그녀의 손을 잡았다. 손을 놓지 않은 채, 리디아의 허리를 잡고 입술에 진한 키스를 했다.

결국 기차는 역을 떠났다. 네벨은 그 자리에서 꿈쩍도 않고 점점 멀어져가는 차창을 눈으로 좇았다.

하지만 리디아는 단 한 번도 모습을 드러내지 않았다.

엘 솔리타리오*

* El solitario. '외알 다이아몬드'와 '고독한 남자'라는 두 가지 의미가 있다.

보석세공사 카심은 병약한 사람이었다. 비록 가게는 차리지 못했지만, 각종 보석을 가공하는 데 발군의 실력자라 주로 부자들로부터 주문을 받아 일을 했다. 이 세상에 카심만큼 섬세한 손재주를 가진 사람은 아마 없을 것이다. 만약 추진력과 사업 수완만 좀더 있었더라면, 큰돈을 모으고도 남았을 터다. 하지만 서른다섯 살의 나이에도 그는 여전히 작업실로 쓰는 작은 방에서 일했다.

카심은 몸집이 왜소했고, 듬성듬성 난 검은 턱수염 때문에 안 그래도 핏기 없이 창백한 얼굴이 늘 어두워 보였다. 반면 그의 아내는 아름다우면서도 무척이나 정열적인 기질을 지닌 여자였다. 그녀는 천한 출신이었지만 자신의 미모를 무기 삼아 상류계급으로 신분 상승을 이루고 싶어했다. 그녀는 뭇 남성들을 유혹하고, 동네 여자들의 질투심을 부채질하면서 스무 살이 되기를 기다렸다. 그러나 결국 두려움에 사로잡힌 채 안절부절못하며 카심을 남편으로 받아들였다.

하지만 그마저도 사치스러운 꿈에 지나지 않았다. 그녀의 남편—예술가이기도 한—은 손재주가 뛰어나기는 하지만 절대 큰돈을 벌 위인이 아니었기 때문이다. 그가 몸을 잔뜩 구부린 채 핀셋으로 작업을 하고 있으면, 그녀는 턱을 괸 채 그의 모습을 찬찬히 뜯어보곤 했다. 그러다 돌연 자리를 박차고 일어나 창가로 다가가서는 때마침 집 앞을 지나가던 돈 많은 남자—잘만 했으면 자기의 남편이 될 수도 있었던—를 눈으로 좇았다.

그렇다고 카심의 돈벌이가 시원찮았던 것도 아니다. 사실 그가 벌어다주는 돈만으로도 부부가 살기에는 충분했다. 조금이라도 더 벌어다주고 싶은 마음에 그는 일요일에도 일을 했다. 어느 날 마리아가 보석이 갖고 싶다고 하자—무슨 욕심이 그다지도 많을까!—그는 밤샘 작업을 해서 만들어주었다. 다음날 기침이 심해지고 옆구리가 끊어질 듯이 아팠지만, 보석을 본 그녀의 눈에는 강렬한 불꽃이 일었다. 매일같이 보석을 만지작거리다보니 그녀도 남편이 하는 일이 점점 더 좋아졌다. 그래서 보석 조각을 하나씩 이어 목걸이를 만드는 남편의 섬세한 손길을 열심히 지켜보았다. 그러나 작업이 끝나면—이제 그 목걸이는 누군가의 품으로 떠나야 했다. 그녀에게 선사하려고 만든 것이 아니기 때문이다—그녀는 결혼생활에 대해 깊은 환멸을 느꼈다. 그녀는 보석 목걸이를 목에 건 채 거울에 비친 자신의 모습을 우두커니 바라보았다. 마침내 그녀는 목걸이를 내려놓고 아무 말 없이 자기 방으로 가버렸다. 잠시 후, 흐느끼는 소리가 들려와 카심은 일감을 내려놓고 그녀의 방으로 갔다. 그녀는 침대에 얼굴을 묻은 채 그가 무슨 말을 해도 들으려 하지 않았다.

"시간 나는 대로 당신 것도 만들어줄게요." 마침내 그가 쓸쓸한 목소리로 말했다……

그러자 그녀는 더 크게 흐느끼기 시작했다. 카심은 다시 작업대로 터덜터덜 걸어갔다.

이런 일이 반복되자 카심은 더이상 그녀를 달래주러 가지도 않았다. 그녀를 달래주다니! 대체 뭘 달래준단 말인가? 오히려 카심은 더 많은 돈을 벌어다주겠다는 일념으로 밤샘 작업을 밥먹듯 했다.

그는 원체 말수가 적은데다, 맺고 끊는 데가 없이 우유부단한 남자였다. 그녀는 말없이 자기 일에만 전념하는 남편을 매섭게 노려보았다.

"그러고도 당신이 남자예요!" 그녀가 중얼거리듯 말했다.

카심은 아무 대꾸도 하지 않고 하던 일을 계속했다.

"마리아, 당신은 나하고 사는 게 전혀 행복하지 않은 모양이군요." 잠시 후 그가 입을 열었다.

"행복이라고요! 참, 아직도 그런 말을 할 배짱이 남아 있나요! 누가 당신 같은 남자하고 살면서 행복할 수 있겠어요?…… 천만에요! 눈을 씻고 찾아봐도 아무도 없을 거예요!…… 세상에 이런 딱한 양반이 있을까!" 말을 마친 그녀는 신경질적인 미소를 흘리며 자리를 떴다.

그날 밤 카심은 새벽 세시까지 작업을 계속했다. 그러자 한동안 입술을 꽉 깨물고 생각에 잠겨 있던 그녀의 눈에 또다시 강렬한 불꽃이 일었다.

"아니…… 정말 멋진 티아라잖아요?…… 근데 이건 언제 만든 거죠?"

"화요일부터요." 그는 무덤덤한 눈빛으로 그녀를 쳐다보며 말했다. "당신이 자는 동안, 밤에 말이에요……"

"저런, 잠도 못 자고 이걸 만들다니!…… 와, 이렇게 큰 다이아몬드는 처음 봐요!"

사실 마리아가 탐난 것은 카심이 관에 끼워넣고 있는 커다란 보석이었다. 그녀는 어서 작업이 끝나기를 바라면서 카심의 분주한 손놀림을 말없이 지켜보았다. 그러고는 그가 작업을 마치기 무섭게 보석을 집어 들고 거울 앞으로 달려갔다. 그러더니 갑자기 흐느껴 울기 시작했다.

"모름지기 남편이라면 자기 아내를 기쁘게 해주려고 어떤 희생도 마다하지 않는 법이라고요! 그런데 당신은…… 당신이란 사람은…… 나한테 싸구려 옷 한 벌 제대로 사준 적 없잖아요!"

여자가 남자를 존중하는 마음을 한번 잃어버리면 하지 말아야 할 말도 스스럼없이 내뱉게 되는 법이다.

카심의 아내도 보통 여자와 다를 바가 없었다. 빛나는 다이아몬드를 본 후로 심경의 변화를 느낀 그녀는 결코 넘지 말아야 할 선을 넘어버리고 말았다. 어느 날 오후, 보석과 장신구를 정리하던 카심은 브로치 하나가 없어졌다는 사실을 알게 되었다. 다이아몬드가 두 개나 박혀 있어, 5천 페소나 나가는 물건이었다. 그는 서랍을 다시 한번 샅샅이 뒤졌다.

"마리아, 혹시 여기 있던 브로치 못 봤소? 분명 여기다 뒀는데."

"네. 물론 봤죠."

"어디 있소?" 그의 눈이 휘둥그레졌다.

"여기요!"

그녀는 옷에 단 브로치를 뽐내며 자리에서 일어났다. 그녀의 눈에는 강렬한 빛이 이글거렸고, 입술은 비웃기라도 하듯 입꼬리가 올라가 있었다.

"아주 잘 어울리는군." 잠시 뜸을 들이던 카심이 말했다. "그럼 다시 여기 넣어둡시다."

마리아가 웃음을 터뜨렸다.

"안 돼요! 이건 내 거예요."

"장난치는 거죠?……"

"그래요, 장난이에요! 장난이라고요! 혹시라도 내가 어떻게 할까봐 안절부절못하는군요!…… 내일 돌려줄 테니까 걱정 말아요. 하지만 오늘은 이걸 달고 극장에 갈 거예요."

카심의 안색이 변했다.

"그러다 흠이라도 나면 어쩌려고…… 게다가 사람들 눈에 띄기라도 하면 이 바닥에서 난 끝장이오."

"오, 맙소사!" 그녀는 진절머리가 난다는 듯 소리를 지르고는 문을 쾅 닫고 나가버렸다.

극장에서 돌아온 그녀는 브로치를 침대 옆 탁자에 올려놓았다. 카심은 자리에서 벌떡 일어나 그것을 작업실에 갖다놓은 뒤, 문을 아예 열쇠로 잠가버렸다. 침실로 돌아오니 그녀가 침대에 걸터앉아 있었다.

"내가 훔쳐가기라도 할까봐 겁이 나나봐요! 내가 무슨 도둑년이라도 된단 말이에요?"

"그런 눈으로 쳐다보지 마요…… 다만 당신이 좀 경솔하게 굴어서 그런 것뿐이니까."

"아, 그래요? 그러니까 당신은 사람들의 신뢰를 한몸에 받고 있다는 거군요! 이런 당신이 말이에요! 아내가 당신에게 애정 표현을 좀 해달라는 것뿐인데, 그 한마디 말을 듣고 싶었을 뿐인데…… 나를 도둑으로 몰다니! 이렇게 억울할 수가!"

그녀는 울부짖다가 겨우 잠이 들었다. 그러나 카심은 잠을 이룰 수가 없었다.

어느 날, 한 손님이 찾아와 외알 다이아몬드를 내밀더니 그걸로 장신구를 만들어달라고 했다. 여태 본 것 중에서 최고의 다이아몬드였다.

"이것 좀 봐요, 마리아. 정말 눈부시지 않아요? 이렇게 훌륭한 다이아몬드는 처음이야."

그녀는 아무 말도 하지 않았다. 하지만 카심은 그녀가 다이아몬드를 보며 깊은 한숨을 내쉬는 것을 알아차렸다.

"투명도나 광택으로 봐서 어디 하나 흠잡을 데가 없어……" 그는 말을 이었다. "못해도 구천에서 만 페소 정도는 나갈 거야."

"그럼 반지를 만들면 되겠군요!" 그녀가 중얼거리며 말했다.

"아냐. 이건 남자 거예요…… 장식핀을 만들어야겠어요."

그가 다이아몬드로 작업을 하는 동안, 그녀는 속에서 끓어오르는 분노와 설움을 참으며 그의 뒷모습을 노려보았다. 그녀는 하루에도 열 번씩 일하는 남편에게서 다이아몬드를 빼앗아 거울 앞으로 달려가곤 했다. 그러곤 온갖 옷에다 대보았다.

"나중에 하면 안 될까……" 하루는 카심이 용기를 내어 말했다. "주기로 약속한 날까지 얼마 남지 않아서 말이오."

그녀가 대답해주기를 기다렸지만 허사였다. 그 순간 그녀가 발코니

문을 열었다.

"안 돼, 마리아! 사람들이 보면 어쩌려고!"

"참, 아니꼬워서! 자, 받아요!"

그녀가 내던진 다이아몬드가 바닥을 데굴데굴 굴렀다.

카심은 얼굴이 하얗게 질린 채 다이아몬드를 주워 살펴보았다. 그는 바닥에서 일어나 아내를 노려보았다.

"그런데 왜 그런 눈빛으로 날 쳐다보는 거죠? 그 보석이 어떻게 되기라도 했어요?"

"아니오." 카심이 대답했다. 그는 곧바로 작업실로 가서 일을 시작했다. 손이 부들부들 떨리더니 급기야는 슬픔이 복받쳐올랐다.

그는 결국 일을 하다 말고 자리에서 일어나, 신경이 극도로 날카로워진 아내를 보러 방으로 들어갔다. 그녀는 머리를 풀어헤친 채, 초점 잃은 눈으로 멍하게 있었다.

"다이아몬드 내놔요!" 그녀가 고함을 질렀다. "어서 내놓으라니까요! 우리, 그것 가지고 달아나요! 제발 저를 봐서라도 그렇게 하자고요! 어서 내놔요!"

"마리아……" 카심은 그녀의 손길을 뿌리치느라 말을 더듬거렸다.

"아!" 그의 아내는 미친듯이 울부짖었다. "당신은 도둑놈이야! 당신 같이 파렴치한 남자가 어디 있을 줄 알아? 내 인생을 송두리째 앗아가 버린 주제에! 당신은 도둑놈이야, 도둑이라고! 당신은 애당초 내가 원하는 걸 들어줄 마음도 없었어…… 나쁜 놈!" 목이 메는지 그녀는 두 손을 목에 갖다댔다. 카심이 방에서 나가려는 순간, 그녀는 침대에서 몸을 날려 뒤에서 그를 덮쳤다. 그의 손에서 다이아몬드를 빼앗으려고 했다.

“이젠 이판사판이야! 그 다이아몬드, 어서 내놔요! 그것만 주면 돼요! 카심, 제발, 그건 내 거란 말이에요!”

핏기 하나 없이 창백해진 카심은 그녀를 일으켰다.

“마리아, 당신은 지금 정상이 아니야. 나중에 얘기하도록 하고…… 일단은 자리에 누워요.”

“내 다이아몬드!”

“알았어요. 그렇게 할 수 있을지 좀 두고 봅시다…… 우선 누워요.”

“어서 내놔요!”

다행히 그녀의 신경 발작 증세가 다소 가라앉았다.

카심은 다시 일을 하기 위해 작업실로 갔다. 워낙 섬세한 손재주를 가진 터라, 이제 몇 시간 안에 작업이 마무리될 것 같았다.

배가 고픈지 마리아가 침대에서 일어났다. 카심은 늘 그랬듯이 그녀가 부탁한 대로 저녁상을 차려주었다. 식사를 마친 그녀는 그를 빤히 쳐다보았다.

“카심, 아까 한 말은 거짓말이죠?” 그녀가 말했다.

“맙소사!” 카심이 미소를 지으며 대답했다. “그럴 리가 있나.”

“틀림없이 거짓말일 거야!” 그녀도 순순히 물러서지 않았다.

카심은 빙긋이 미소를 지으며 어색하게나마 그녀의 얼굴을 쓰다듬어주었다. 그러곤 다시 일을 하기 위해 자리에서 일어섰다. 얼굴 위로 남편의 손길이 스치는 동안에도, 그녀는 남편에게서 시선을 떼지 않았다.

“아직 분명하게 대답하지 않았어요……” 그녀가 중얼거리듯 말했다.

기분을 맞춰줄 줄 모르고 무기력할 뿐만 아니라 둔하기 짝이 없는 남편을 생각할수록 속에서 구역질이 치밀었지만, 그녀는 꾹 참고 자기 방으로 갔다.

그녀는 제대로 잠을 이루지 못했다. 늦은 밤 잠이 깨는 바람에 거실로 나가보니, 남편의 작업실에서 빛이 새어나오고 있었다. 그때까지 쉬지 않고 계속 일을 하고 있었던 것이다. 그로부터 한 시간 뒤, 카심은 비명소리를 들었다.

"내놓으란 말이야!"

"그래, 알았어. 이건 당신 거야. 그러니까 조금만 기다리라고, 마리아." 그는 자리에서 일어서면서 황급히 대답했다. 그러나 그녀는 가위에 눌려 비명을 지른 것이었고 이내 다시 잠이 들었다.

새벽 두시, 카심은 작업을 끝마쳤다. 그의 눈앞에서 다이아몬드가 당당한 자태를 뽐내며 눈부시게 빛났다. 그는 아내가 깨지 않게 살금살금 침실로 가서 탁자 위에 있는 전등을 켰다. 마리아는 차가워 보일 정도로 하얀 시트 속에서, 새하얀 잠옷을 입고 똑바로 누워 자고 있었다.

그는 다시 작업실로 갔다가, 잠시 후 침실로 돌아왔다. 그는 훤히 드러나다시피 한 그녀의 하얀 가슴을 한동안 바라보다가, 얼굴에 엷은 미소를 띤 채 이미 벌어진 잠옷의 앞섶을 좀더 풀어헤쳤다.

그녀는 잠에 취해 의식이 없었다.

한줄기 빛도 들어오지 않는 침실은 칠흑 같은 어둠으로 뒤덮여 있었다. 일순간 카심의 얼굴이 돌처럼 굳었다. 다이아몬드가 박힌 장식핀이 맨살이 훤히 드러난 그녀의 가슴 위에서 한동안 멈춰 있었다. 잠시 후 그는 못을 박듯이 수직으로 핀을 아내의 심장 속으로 끝까지 힘있게 찔러넣었다.

순간 그녀는 눈을 부릅떴지만 이내 눈꺼풀이 천천히 감겼다. 움켜쥔 주먹도 곧 스르르 풀렸다. 모든 게 순식간이었다.

그녀의 살갗에 오롯이 남은 다이아몬드가 신경 경련으로 인해 한동안 불규칙하게 떨렸다. 카심은 잠시 기다렸다. 다이아몬드가 더이상 떨리지 않자 그는 소리 나지 않게 문을 닫고 밖으로 나갔다.

이졸데의 죽음

〈트리스탄과 이졸데〉* 1막이 끝났다. 온종일 마음이 뒤숭숭해서 밖으로 나가기도 귀찮았다. 나는 좌석에 그대로 앉은 채 혼자만의 고독을 즐기고 있었다. 극장 안을 둘러보던 중, 아래쪽 특별관람석에 시선이 끌렸다.

거기 앉은 두 사람은 부부가 틀림없었다. 남편인 듯 보이는 남자는 속물적인 분위기를 풍기는데다, 아내와 나이 차가 많아 보여서 그런지 선뜻 호감이 가지 않았다. 반면 옆에 앉은 젊은 여자는 유난히 창백한 얼굴에 눈과 입, 그리고 목이 완벽한 조화를 이루었고, 눈을 반쯤 내리감은 자태 또한 빼어났다. 그저 얼굴만 예쁘다기보다는—물론 상당한

* 중세 유럽의 전설로, 두 남녀의 이룰 수 없는 사랑과 비극적 죽음을 다룬 이야기다. 바그너가 1865년 오페라로 만들었다.

미인이었다—뭔가 깊은 매력을 풍기는 여인이었다. 한마디로 전혀 선정적인 느낌을 주지 않으면서도 남자들의 마음을 단번에 사로잡는 여인이었다. 같은 여자들로서는 도저히 이해할 수 없는 그런 매력을 지닌 여자였다.

그녀의 모습이 눈에 잘 들어왔기 때문에 나는 오랫동안 그녀의 맑은 눈을 바라보았다. 남자가 여성의 아름다운 육체를 간절히 원할 때에는 망원경처럼 나약한 수단은 안 쓰는 법이다.

2막이 시작되었다. 하지만 나는 여전히 그녀의 모습에서 눈을 떼지 못하고 있었고, 그러다 간간이 시선이 마주치기도 했다. 극장 안 여기저기를 둘러보던 중 우연히 그녀의 매혹적인 시선을 발견한 후로, 나는 그녀 또한 내게 특별한 관심을 보이고 있다는 것을 직감으로 느꼈다. 잠시 동안이나마 나는 여태껏 한 번도 누려보지 못한 황홀한 기분에 빠져들었다.

그렇게 들뜬 기분도 그리 오래가지는 못했다. 그녀는 재빨리 내 시선을 피했지만, 내가 눈을 떼지 않고 계속 쳐다보자 두어 번 정도 내게 슬쩍 시선을 보냈다.

그녀의 남편이 되는 꿈을 꾸면서 맛본 행복감이 물거품처럼 사라지자, 돌연 실망감이 밀물처럼 밀려왔다. 그녀가 다시 내 쪽을 바라보았는데, 그 순간 내 왼쪽에 앉은 사람도 그녀를 응시하고 있다는 사실을 깨달았다. 한동안 꼼짝도 않던 두 사람은 마침내 인사를 나누었다.

이젠 나 자신을 이 세상에서 가장 행복한 남자로 상상할 수 있는 최소한의 권리마저 빼앗긴 상황이었다. 나는 옆자리의 남자를 찬찬히 뜯어보았다. 나이는 서른다섯이 넘어 보였고, 금빛 턱수염에 눈은 맑은 파란색이었다. 그는 집요한 시선으로 자신의 의사를 분명하게 표현하고 있었다.

'서로 아는 사이였군.' 나는 속으로 생각했다. '그것도 대충 아는 사이가 아닌 모양이야.'

2막이 절반쯤 지나갔을 무렵, 조금 전까지만 해도 무대에서 한 번도 시선을 떼지 않던 내 옆의 남자는 어느새 그녀가 있는 특별관람석에 시선을 고정하고 있었다. 그녀도 어둠을 틈타 고개를 약간 뒤로 젖히고 그를 쳐다보았다. 그녀의 얼굴은 아까보다 더 창백해 보였다. 그들은 꼼짝 않고 앉아 서로를 뚫어지게 응시했다. 두 사람의 영혼을 연결하는 시선은 평행선을 그리며 세상과 그들을 단절시켰다.

3막 내내 남자는 아예 고개를 돌리지도 않고 그녀만 바라보았다. 그러더니 3막이 끝나기도 전에 옆쪽 통로로 나갔다. 아래쪽 관람석을 내려다보니, 그녀도 자리를 떠나고 없었다.

"아름다운 사랑도 끝났군." 나는 울적해져 혼잣말을 했다.

그는 다시 돌아오지 않았고, 자리는 텅 비어 있었다.

* * *

"그래요. 모든 게 반복해서 일어나는 거죠." 그는 오랫동안 머리를 설레설레 저었다. "연극에 나오는 상황은 모두 반복될 수 있어요. 아무리 터무니없는 장면이라도 말이죠. 그래도 일단은 사는 게 중요하죠. 더구나 당신은 아직 젊지 않습니까…… 그리고 그대, 트리스탄이 만나게 될 운명의 여인들도 마찬가지겠죠. 그렇기는 해도 인간의 영혼이 내지르는 격정의 날카로운 비명소리까지 막을 수는 없을 겁니다…… 나도 당신만큼이나 그 작품을 사랑합니다. 아뇨, 어쩌면 당신보다 더 좋아할지도 모르죠…… 잘 알겠지만, 나는 지금 트리스탄의 드라마를 말하는 게 아니에요. 그건 틀에 박힌 서른두 개의 상황을 제외하면 모두 같은 이야기의 반복일 뿐이니까요. 내가 말하려는 건, 악몽처럼 되풀이되는 그 장면, 이미 지나가버린 행복에서 헤어나지 못하는 인물들입니다. 그건 그렇고…… 당신도 같은 장면이 되풀이되는 서막을 봤을 거예요…… 어떤 장면을 말하는지 생각이 날 겁니다…… 그때까지만 해도 우린 당신이 있는지도 모르고 있었죠…… 미리 알았더라면 당신한테 귀띔이라도 해줬을 텐데! 하지만 당신은 내 행동을 보고 오해한 나머지 내가 무척이나 행복하다고 믿어버린 거죠…… 행복하다니요! 이봐요, 잠시 후면 배가 출발해요. 지금 떠나면 다시는 이곳에 돌아오지 않을 생각입니다…… 내가 마치 편지라도 쓰듯이 장황하게 당신에게 이런 이야기를 하는 데에는 두 가지 이유가 있어요. 첫번째로, 당신은 과거의 내 모습과 놀라울 정도로 닮았기—다행히 좋은 점만 닮았죠—때문입니다. 그리고 두번째 이유는, 젊은 친구여, 당신은 결코 그녀의 마음을 사로잡을 수 없기 때문이죠. 그러니 내 말을 잘 들어두기 바랍니다.

내가 그녀를 만난 건 십 년 전 일이에요. 연인으로 지낸 여섯 달 동안, 나는 그녀를 내 여자로 만들기 위해 혼신의 노력을 다했습니다. 내가 그녀를 사랑했던 것만큼 그녀도 나를 무척이나 사랑했어요. 그런데 어느 날 갑자기 사랑의 불꽃이 약해지더니, 싸늘하게 식어버렸습니다.

문제는 우리 둘이 살아가던 사회적 환경이 너무 달랐다는 겁니다.

그녀가 내 명성에 반해 행복해하는 와중에도—당시만 해도 주변에서는 나를 꽤 훌륭한 청년으로 여겼죠—나는 돈 많은 유명 가문의 여자들, 특히 아름다운 여자들을 유혹하려고 애쓰는 그런 세계에 살고 있었죠.

언젠가 그런 여자들 중 하나가 가든파티 파라솔 아래에서 심할 정도로 나를 가지고 놀더군요. 나는 기분이 상해 진지하게 그녀를 유혹했죠. 그런 놀음을 즐기긴 해도, 나는 늘 마지막에 운이 따라주지 않아서 다 잡은 기차를 놓치기 일쑤였어요. 그때의 경험으로 나는 이런 사실을 뼈저리게 깨달았습니다.

내 판단이 옳았습니다. 정말이에요. 그래서 나는 그녀의 친구에게 집적대기 시작했죠. 그녀보다 훨씬 못생긴데다, 10센티미터 간격으로 얼굴을 맞대고 노는 데는 정말이지 숙맥인 여자였어요. 그녀가 가진 재주라곤 상대 남자를 자기 주인으로 모심으로써 정신을 못 차리게 만드는 것밖에 없었죠. 그래서 그때는 전과 달리 자존심이 상하지는 않았어요.

승리감에 도취된 나머지, 나는 이네스와 헤어질 방도를 궁리했습니다. 그래도 계속 그녀를 만나기는 했어요. 내 사랑이 식어가고 있다는 걸 그녀도 모를 리 없었지만, 나를 만날 때마다 행복에 겨운 눈빛을 숨기지 못했습니다. 그 정도로 나에 대한 사랑이 깊었던 거죠.

그녀의 어머니는 우리를 그냥 내버려두었어요. 무슨 일이 있어도, 못 본 체하고 넘어가는 경우가 많았죠. 딸 덕에 신분 상승을 할 수도 있다는 실낱같은 희망을 놓치고 싶지 않았던 겁니다.

그러던 어느 날 밤, 나는 그녀와 헤어지기로 단단히 마음을 먹고 그녀의 집을 찾았습니다. 그녀는 나를 보자 포옹을 하려고 달려나왔어요.

그런데 잔뜩 굳은 내 표정을 보고는 걸음을 멈추었어요. 순간 그녀의 얼굴이 창백해지더군요.

'왜 그래요?' 그녀가 물었어요.

'아무것도 아니야.' 나는 억지웃음을 지으며 대답하고 그녀의 얼굴을 쓰다듬었죠. 그녀는 내 손길에는 관심 없이 내 얼굴만 빤히 쳐다보았습니다. 마침내 그녀가 시선을 거두었고, 우리는 함께 집안으로 들어갔어요.

그녀의 어머니가 나왔지만, 뭔가 심상치 않은 분위기를 직감한 듯 금세 자리를 뜨더군요.

헤어지자는 말은 참 짧고 간단하지만, 막상 꺼내기가……

우리는 자리에 앉았지만 아무 말도 하지 않았습니다. 이네스가 갑자기 고개를 숙이며 얼굴을 쓰다듬던 내 손을 조용히 치우더군요. 그러고는 내 속내를 살피려는 듯 눈을 뚫어지게 쳐다봤어요. 그녀의 표정이 고통으로 일그러졌습니다.

'분명하군요!……' 그녀가 중얼거리듯 말했죠.

'뭐가 말이에요?' 나는 차갑게 물었습니다.

내 목소리보다 무덤덤한 표정이 그녀에게 더 큰 상처를 주었던 모양입니다. 그녀의 안색이 변하더군요.

'더이상 나를 사랑하지 않는군요!' 그녀는 절망한 듯 천천히 고개를 저으며 말을 꺼냈습니다.

'그 말을 한 게 벌써 오십 번도 넘을 거예요.' 나는 대꾸했지요.

사실 그녀에게 이보다 더 심한 말을 할 수는 없었어요. 어찌됐든 간에 이제 물꼬는 튼 셈이었습니다.

이네스는 마치 낯선 사람 보듯 나를 바라보았어요. 그러더니 갑자기 담배를 든 내 손을 떼어놓으면서 말하더군요. 그녀의 목소리가 심하게 갈라졌습니다.

'에스테반!'

'왜 그래요?' 나는 당황해 되물었지요.

하지만 더이상 아무 말도 할 필요가 없었어요. 그녀는 천천히 내 손을 놓으면서 소파에 몸을 기댔어요. 창백한 얼굴은 여전히 전등을 향해 있었습니다. 잠시 후, 그녀는 얼굴을 옆으로 기울이더니 잔뜩 긴장된 내 팔 아래를 지나 등받이로 쓰러지더군요.

그녀는 한동안 꼼짝도 하지 않았습니다. 그러자 이런 식으로 비열한 짓을 일삼는—적어도 그녀의 입장에서는 내 행동이 올바르게 보이진 않았겠죠—나 자신이 혐오스러워서 견딜 수가 없더군요. 그녀의 눈에 눈물이 고이는 소리가 들리자, 아니 느꼈다고 하는 게 좋겠군요, 나는 일부러 소리 나게 혀를 차며 자리를 박차고 일어났습니다.

'우리 사이가 이렇게 될 줄 몰랐어요.' 나는 거실을 이리저리 서성거리며 말했죠.

그녀는 아무 말도 하지 않더군요. 그래서 한마디 더 해야겠다는 생각이 들었습니다.

'이게 마지막이 될 거라는 사실도.'

그녀는 울음을 그친 듯했어요. 잠시 후 그녀는 눈물을 글썽이며 말했습니다.

'좋을 대로 하세요.'

하지만 그녀는 이내 소파에 얼굴을 묻고 흐느끼기 시작했어요.

'내가 당신한테 뭘 잘못했다고 이러는 거죠? 내가 무슨 잘못을 했냐고요!'

'당신이 잘못한 거 없어요!' 나는 대답했죠. '그렇다고 다 내 잘못도 아니지만…… 당신이나 나나 피차일반이에요. 나는 이제 이런 일에 진절머리가 난다고요!'

그때 내가 뱉은 말에 비해 목소리는 한층 더 격했던 것 같습니다. 그러자 이네스는 천천히 몸을 일으키더니 소파의 팔걸이에 기대면서 같은 말을 되풀이하더군요. 얼음같이 차가운 목소리였죠.

'좋을 대로 하세요.'

그녀가 이별을 고하는 순간이었습니다. 곧 모든 게 끝날 터였죠. 예상보다 빨리 관계를 정리하게 됐어요. 자기애, 아직 살아 있던 알량한 자존심 때문에 나는 이렇게 대답했습니다.

'그래요, 그럼 갈게요. 부디 행복하기를…… 다시.'

하지만 내 말뜻을 제대로 이해하지 못했는지 그녀는 어리둥절한 표정으로 나를 바라보았어요. 내 생애 처음으로 파렴치한 짓을 저지르고 만 겁니다. 스스로 명예를 더럽혔다는 생각이 들자 갑자기 어지럼증이 나더군요.

'아무렴!' 나는 단호한 말투로 소리를 버럭 질렀습니다. '여태껏 나한테 섭섭했던 적 한 번도 없잖아요…… 안 그래요?'

말하자면 나는 당신의 연인으로서 부끄러운 짓 한 적 없어. 그러니 당신은 나한테 고마워해야 한다고. 뭐, 이런 뜻이었죠.

그녀는 그 말보다 내 얼굴에 번지던 미소를 보고 속셈을 알아차린 것 같았어요. 내가 모자를 찾으러 복도를 걸어가는 사이, 그녀의 육신과 영혼은 거실에서 힘없이 무너져내리고 말았죠.

그런데 복도를 가로질러가던 바로 그 순간, 내가 그녀를 무척이나 사랑하고 있다는 사실을 깨달았습니다. 방금 그녀에게 한 짓이 한없이 부끄럽게 느껴지더군요. 호화스러운 생활에 대한 갈망, 풍족한 결혼생활에 대한 환상, 그 모든 것이 마치 내 영혼에 난 상처처럼 도드라져 보였죠. 속물적이고 추악한 것에 스스로를 도매금으로 넘겨버리고 나 자신을 팔려고 내놓은 나는 우리 둘의 관계를 너무나도 원했던 여인의 마음에 영원히 지울 수 없는 치욕적인 상처를 남긴 겁니다…… 감람산에 오르면서 나약해지는 마음이나 원래 고상하던 남자가 비루해지는 순간은 모두 같은 결말을 맞게 됩니다. 바로 희생에의 열망, 자신의 가치를 보다 높은 차원에서 되찾으려는 갈망, 그러고 나서 사랑하는 여인을 따뜻하게 안아주고, 연이은 키스로 그녀의 눈물을 닦아주고 싶은 간절한 마음을 느끼게 되는 것이죠. 그러면 상처 입은 그녀의 얼굴에 환하게 피어오르는 미소가 가장 아름다운 빛으로 변해 남자의 가슴에 넘쳐흐를 테니까요.

어쨌든 모두 끝났어요! 방금처럼 또다시 여자의 마음에 상처를 줄 수는 없었습니다. 나는 그녀와 어울리지 않을뿐더러, 그녀의 연인이 될 자격이 없었죠. 나는 어떤 남자든 자기 자신에 대해 느낄 법한 가장 순수한 사랑마저 눈 깜짝할 사이에 더럽히고 말았던 겁니다. 그리고 우리 둘을 누구보다 깊이 사랑하는 이를 가질 수 있는 행복을—다시는 찾을 수 없는 행복을—이네스와 더불어 영원히 놓쳐버린 셈이었죠.

나는 절망감과 치욕에 사로잡힌 채 문 앞으로 지나갔어요. 그 순간 소파에 쓰러져 팔에 얼굴을 묻고 흐느끼는 그녀가 보였죠. 이네스! 이렇게 당신을 놓치고 마는군! 떠나가버린 행복에 서러워 몸을 들썩이며 흐느끼던 그녀와 그녀의 사랑을 보면서 나는 절망의 나락에 떨어진 듯한 느낌이 들더군요. 나는 나도 모르게 걸음을 멈추었어요.

'이네스!' 나는 그녀를 불렀습니다.

하지만 내 목소리는 예전과 달랐어요. 그리고 그녀도 분명 그 점을 알아차렸을 겁니다. 점점 더 큰 소리로 흐느끼던 와중에도 그녀의 영혼은 나의 사랑으로부터 터져나오는 절망적인 외침을 느꼈을 테니까요. 그래요, 이번에는 정말로 한없는 사랑을 느꼈어요!

'안 돼요, 안 된다고요……' 그녀가 대답하더군요. '너무 늦었어요!'"

* * *

파디야는 말을 멈추었다. 말을 마쳤을 때 그의 눈동자에 어른거리던 것보다 더 메마르고 고요한 슬픔을 나는 본 적이 없다. 나는 관람석 의자에 앉아 흐느끼는 그의 매력적인 얼굴에서 눈을 뗄 수 없었다.

"내 말을 들어보면 이해가 될 거예요." 파디야가 다시 입을 열었다. "자기 자신이 마음에 들지 않는 독신자가 그렇듯이, 당시 나는 며칠 밤을 뜬눈으로 새우다시피 했어요. 내 앞에 그렇게 그녀를 두고 떠나다니…… 나는 점찍어둔 돈 많은 여자 외에는 아무도 만나지 않고 서둘러 부에노스아이레스를 떠났습니다…… 그러곤 팔 년 만에 돌아왔더니, 그녀가 결혼했다는 소식이 들리더군요. 내가 떠나고 육 개월 뒤 결혼했다는 겁니다. 그래서 다시 떠났다가, 한 달 전에 돌아왔어요. 이젠 아무렇지도 않고 편해요.

그후로 다시는 그녀를 만나지 않았습니다. 그녀는 내 첫사랑이나 마찬가지였죠. 그녀는 여성 편력이 많은 남자에게 순결한 사랑이 불러일으키는 고귀한 아름다움의 화신이었어요…… 만약 당신도 나처럼 여인의 사랑을 받은 적이 있다면, 그리고 나처럼 여인에게 수치심을 안겨준 적이 있다면, 내 기억에 남아 있는 사내의 순수함이 무엇인지 잘 알 겁니다.

그러던 어느 날 밤, 그녀와 우연히 마주쳤어요. 그래요, 극장에 간 바로 그날 밤이었어요…… 보아하니 남편은 돈 많은 장사꾼 같더군요. 내가 우카얄리*로 떠났을 때 서둘러 결혼식을 올렸다는 사실을 알아차렸죠…… 하지만 다시 그녀를 보자, 20미터 앞에서 나를 쳐다보는 그녀를 보자, 영원히 내 곁을 떠난 그녀를 보자, 고요히 잠들어 있던 내 영혼에서 피맺힌 슬픔이 복받쳐오르더군요. 마치 십 년 전 그날로부터 단 하루도 지나지 않은 것처럼 말입니다. 이네스! 이 세상 어떤 여자들 사이에 있어도 단연 돋보이던 그녀의 미모와 눈빛은 나의 것, 정말로 나의 것이었죠. 그녀는 오로지 나 하나만을 바라보고 살았으니까요. 지금 내가 무슨 말을 하는지 시간이 지나면 알게 될 겁니다.

나는 그녀를 잊기 위해 할 수 있는 일은 다 했어요. 어금니를 꽉 깨문 채 무대 장면에만 정신을 집중하려고 했습니다. 하지만 바그너의 장엄한 음악, 열정에 찬 병적인 절규가 결국 잊고자 했던 것의 불씨를 살려내고 말았어요. 2막인가 3막에 이르자 나는 더이상 견딜 수 없어 그녀를 향해 고개를 돌렸죠. 그녀 역시 바그너 음악에 취해 나를 쳐다보더

* 페루 동부에 위치한 주로, 브라질과 국경을 접하고 있다.

군요. 내 사랑, 이네스! 삼십 초 동안, 그녀의 입과 손은 내 입과 눈 아래에 있었어요. 짧은 시간이나마 그녀의 창백한 얼굴에 십 년 전 잃어버린 행복한 표정이 떠올랐어요. 오, 영원한 트리스탄이여, 이미 굳어버린 우리의 기쁨 위로 초인적인 열정의 함성을 질러라!

그때 나는 자리에서 벌떡 일어나 몽유병자처럼 비칠거리며 관람석을 가로질러갔습니다. 나는 그녀를 보지 않고—물론 그녀도 나를 보지 않았어요—복도를 따라 그녀에게 다가갔어요. 지난 십 년 동안 내가 그토록 비참하고 가련하게 살았다는 게 거짓말처럼 느껴지더군요.

그래서인지 십 년 전처럼 손에 모자를 쥐고 그녀 앞으로 지나가는 것 같은 착각이 들기도 했어요.

특별관람석 문이 열려 있기에 안으로 들어갔습니다. 그러고는 정신을 잃은 것처럼 자리에 멈춰 섰어요. 십 년 전과 마찬가지로 그녀, 이네스는 바그너 음악의 격정에 취해, 그리고 처참하게 무너져버린 자신의 행복을 떠올리며 대합실 소파에 쓰러진 채 흐느끼고 있었죠.

이네스!…… 그 순간 나는 결정적인 운명의 순간을 맞이했음을 직감했습니다. 아! 십 년이라니!…… 정말로 십 년이라는 시간이 흘렀단 말인가? 아냐, 그럴 리가 없어. 오! 나의 이네스!

그때 나는 몸을 들썩이며 흐느끼던 그녀의 모습에서 진정한 사랑을 느꼈어요. 나는 그녀를 불렀습니다.

'이네스!'

십 년 전과 마찬가지로, 그녀는 소리 내어 흐느끼기 시작했어요. 그리고 그때처럼 두 팔에 얼굴을 묻은 채 대답하더군요.

'안 돼요, 안 된다고요…… 너무 늦었어요!……'"

목 잘린 닭

마시니페라스 부부에게는 아이가 넷 있었는데 모두 백치였다. 아이들은 온종일 앞마당에 있는 벤치에 앉아 시간을 보냈다. 하는 일이라고는 늘 입을 헤벌리고 혀를 내민 채 초점 없는 멍한 시선으로 주변을 두리번거리는 것이 고작이었다.

아이들이 앉아 있는 앞마당도 그럴싸한 정원이라기보다는 서쪽을 벽돌담으로 막아놓은 맨땅에 불과했다. 아이들은 담에서 5미터 떨어진 곳에 놓아둔 벤치에서 꼼짝도 않고 그 벽돌만 빤히 쳐다보았다. 해가 서쪽 언덕 뒤로 사라질 무렵이면 아이들은 자기들만의 잔치를 벌였다. 처음에는 앞이 안 보일 정도로 눈부신 햇빛에 관심을 보이다가 서서히 눈에 생기가 감돌고, 마침내 흥분에 들떠 벌겋게 상기된 얼굴로 시끄럽게 웃어댔으며 마치 먹을 수 있는 음식인 양 태양을 바라보면서 짐승들처럼 즐거워했다.

또 어떤 때는 벤치에 나란히 앉아 지나가는 전차를 흉내낸답시고 몇 시간 내리 윙 하는 소리만 내기도 했다. 가끔씩 담 너머로 들려오는 시끄러운 소리가 활기라곤 없는 이들의 생활을 뒤흔들어놓을 때면 아이들은 입을 다문 채 우 하는 이상한 소리를 내면서 마당을 이리저리 뛰어다녔다. 하지만 이러한 짧은 몇 순간을 제외하면 아이들은 종일 벤치에 앉아 다리를 흔들거나 질질 흐르는 찐득한 침으로 바지를 축축하게 적시면서 무기력하고 멍한 어둠의 세계에 빠져 지냈다.

가장 큰 아이가 열두 살이고 막내는 여덟 살이다. 더럽고 무력한 아이들의 몰골을 보면 어머니가 전혀 돌보지 않는다는 사실을 알 수 있다.

하지만 이 네 백치 아이도 한때는 부모의 인생에 커다란 기쁨이었다. 결혼한 지 세 달이 지났을 무렵, 마시니와 베르타는 남편과 아내로서 진실한 사랑을 확인하면서 더 중요한 미래를 위해 길을 떠났다. 그 결실로 부부는 아들을 얻었다. 어떤 다른 목적도 없이, 둘만의 사랑이라는 저속한 이기주의에서 벗어나 진실된 마음으로 서로를 위해 모든 걸 쏟아붓던 이들 부부에게 이보다 더 큰 행복이 어디 있었을까? 이처럼 새로운 미래에 대한 희망이 없다면 사랑도 온전하지 못한 법이다.

마시니, 베르타 부부는 그렇게 생각했다. 결혼한 지 열네 달 만에 첫 아들이 태어났을 때 그들은 그토록 애타게 찾아온 행복을 손에 넣었다고 믿었다. 일 년 반이 지나는 동안 아이는 예쁘게 자라났다. 그러나 이십 개월이 되던 어느 날 밤, 아이에게 심한 경련이 일어나더니 다음날 아침엔 아빠, 엄마조차도 알아보지 못하는 지경이 되었다. 왕진을 온

의사는 심각한 표정으로 진찰을 하더니, 아이가 저렇게 된 건 부모의 병 때문이라는 충격적인 진단을 내렸다.

며칠이 지나자 팔다리의 마비 증세는 호전되었지만, 지능과 정신, 심지어 본능은 영원히 돌아오지 않았다. 아이는 늘 어머니의 무릎에 기댄 채 죽은듯이 축 늘어져 지내야만 하는 백치가 되고 말았다.

"얘야! 네가 어쩌다가 이렇게 된 걸까!" 어머니는 이상하게 변해버린 아이를 보며 흐느꼈다.

아버지는 절망감에 빠져 의사를 배웅했다.

"이런 말씀을 드려도 될지 모르겠습니다만, 저 아이는 절망적인 상태입니다. 어느 정도까지는 나아질 수도, 또 교육을 받을 수도 있겠지만 그 이상은 힘들 겁니다."

"네!…… 네!" 마시니는 고개를 끄덕였다. "그런데 저 아이의 병이 유전이란 말입니까? 그렇다면……"

"아드님을 처음 봤을 때, 부계 유전에 의한 병이라는 생각이 들더군요. 그런데 아이 어머님 말입니다, 폐 한쪽에 문제가 있는 것 같습니다. 아직 그 이상은 잘 모르겠습니다만, 숨소리가 좀 거친 듯해서 말이죠. 정밀검사를 받아보세요."

할아버지의 방탕한 생활 때문에 저 어린것이 백치가 되다니 죄책감으로 가슴이 찢어질 듯이 아팠지만, 그 일을 계기로 마시니는 그 아이를 더욱더 사랑하게 되었다. 젊은 나이에 엄마로서 마음의 상처를 깊게 받은 베르타를 위로하는 일도 그의 몫이었다.

어느 누구라도 그랬겠지만, 이 부부는 새로운 아이에게 삶의 희망을 걸어보기로 했다. 그 결과 아이가 태어났고, 아이의 건강한 모습과 천진난만한 미소는 암울했던 부부의 삶을 다시 환하게 밝혀주었다. 그러나 십팔 개월이 되던 어느 날 밤, 이 아이에게도 첫아이 때와 같은 경련이 일어나더니 다음날 아침엔 백치가 되어 있었다.

부모는 더 깊은 절망감에 빠졌다. 그들의 핏줄, 그들의 사랑이 이런 저주를 받다니! 다른 것도 아닌 그들의 사랑이! 스물여덟 살의 마시니, 스물두 살의 베르타. 둘은 서로를 열렬히 사랑했건만, 보통 아이 하나 가질 수 없었다. 그들이 바란 건 예쁜 아이도 똑똑한 아이도 아니었다. 그저 아이 하나, 다른 아이들처럼 평범한 아이 하나를 원했을 뿐이다!

다시 불행이 닥치자 고통스러운 사랑의 불길이 새롭게 타오르기 시작했다. 그들은 고결한 사랑의 결실을 단번에 되찾고 싶은 광적인 욕망에 사로잡혔다. 결국 쌍둥이가 태어났지만, 이들마저 형들이 겪은 과정을 차례로 반복했다.

부모로서의 슬픔도 이만저만이 아니었지만, 마시니와 베르타는 네 자식들이 가여워 견딜 수가 없었다. 지능은 고사하고 동물처럼 끔찍한 상태에서 최소한 인간의 본능만이라도 되살려야 했다.

아이들은 음식을 삼키거나 걷기는커녕, 심지어 앉지도 못했다. 기껏 걸음마를 배웠지만 장애물을 인식하지 못해 여기저기에 부딪히기 일쑤였다. 더군다나 얼굴이라도 씻길라치면 고래고래 악을 쓰는 통에 얼굴이 시뻘게지곤 했다. 그래도 이젠 웬만큼 먹을 줄도 알고 밝은 색깔을 구별해내고 천둥소리를 알아낼 정도가 되었다. 그러다가도 때때로 혀를 내밀고 침을 줄줄 흘리면서 짐승같이 번득이는 눈빛으로 웃었다. 대신 아이들에게는 특이한 모방능력이 있었지만, 그게 다였다.

쌍둥이를 끝으로 이 집안에 내려진 끔찍한 저주도 다 끝난 듯했다.

그러나 삼 년이 흐른 뒤, 마시니와 베르타 부부는 또다시 아이를 갖기를 간절히 원했다. 시간이 꽤 흘렀으니 자신들의 팔자도 좀 풀렸기를 바랐다.

그들의 마음속에는 아직 성취하지 못한 희망의 불꽃이 살아 있었다. 아무런 결실을 거두지 못하자 그들의 갈망은 더 뜨겁게 타올랐고, 그럴수록 마음이 더 쓰라렸다. 그때까지만 해도, 부부는 아이들의 불행에 대해 각자가 감당해야 할 몫을 다하고 있었다. 하지만 자기 몸으로 낳은 짐승 같은 자식 넷을 구원할 수 있으리라는 희망이 사라지자, 부부는 그 모든 운명을 남의 탓으로 돌릴 수밖에 없었다. 이러한 태도는 열등한 존재의 고유한 특성이다.

호칭부터 달라졌다. "당신 아이들 말이야……" 그들은 이렇게 말했다.

이후 부부는 트집이나 욕설은 물론이고, 서로에게 마음의 상처를 주는 폭언도 서슴지 않았다. 집안 분위기는 이루 말할 수 없을 정도로 무거워져만 갔다.

"내 생각엔," 어느 날 밤, 집에 돌아온 남편이 손을 씻은 뒤 입을 열었다. "당신이 좀더 신경을 썼더라면 녀석들도 저런 몰골을 하고 있지는 않을 거야."

베르타는 남편 말을 아예 못 들은 양 계속 신문만 읽었다.

"처음 보네." 한참 뒤, 아내가 무심한 표정으로 대답했다. "당신이 당신 아이들 상태에 신경쓰는 거."

마시니는 억지웃음을 지으며 아내를 쳐다보았다.

"우리 아이들이겠지."

"좋아, 그럼 우리 아이들이라고 하지. 그럼 됐나?" 그녀는 눈을 치켜뜨면서 대꾸했다. 그러자 이번에는 마시니가 속내를 드러냈다.

"이게 다 내 탓이라고 말하려는 건 아니겠지, 안 그래?"

"물론 그건 아니지!" 베르타의 창백한 얼굴에 묘한 미소가 떠올랐다. "하지만 내 탓도 아니야, 물론…… 그럴 리가 없지!……" 그녀가 중얼거렸다.

"그럴 리가 없다니, 무슨 말이야?"

"우리 둘 중 한 사람 탓이라 해도, 나는 아니라고. 무슨 말인지 알겠어?"

남편은 짓밟아버리고야 말겠다는 눈빛으로 아내를 노려보았다.

"관두자!" 남편은 손을 닦으며 힘겹게 말을 꺼냈다.

"좋을 대로 해. 그래도 할말이 있으면……"

"베르타!"

"좋을 대로 하라니까!"

부부의 첫 싸움은 이렇게 일단락되었지만 이후로도 싸움이 끊이지 않았다. 싸운 뒤 화해를 하고 나면 부부는 또 아이를 갖고 싶은 욕망의 불길에 함께 휩싸이곤 했다.

그렇게 해서 딸아이가 태어났다. 그들은 또다시 재앙이 닥쳐오지 않을까 마음을 졸이며 이 년을 보냈다.

하지만 신기하게도 이번에는 아무 일도 일어나지 않았다. 부부에게 이 아이는 세상에서 가장 큰 즐거움이자 기쁨이었다. 그래서 아이가 응석을 부려대도 죄다 받아주면서 더없이 귀하게 키웠다.

얼마 전까지만 해도 베르타는 네 아들을 보살폈지만, 딸아이가 태어난 후로는 거의 내팽개치다시피 했다. 네 아들을 떠올리기만 해도, 마치 끔찍한 일을 저지르기라도 한 듯 소름이 끼쳤다. 정도는 덜했지만 마시니도 그녀와 크게 다르지 않았다. 부부는 좀처럼 마음의 평화를 얻지 못했다. 혹시라도 아이를 잃을지 모른다는 두려움 때문에, 딸아이가 조금만 아파도 모자란 자식들 때문에 생긴 마음의 응어리가 일시에 터져나왔다. 그사이 그들의 가슴에 켜켜이 쌓인 응어리가 얼마나 팽팽하게 부풀어올랐던지 살짝만 건드려도 분노와 한이 밖으로 쏟아졌다. 처음 가시 돋친 말을 주고받은 후로 그들 사이에는 서로를 아끼고 존중하는 마음이 싹 사라져버렸다. 누구든 묘하게 끌리는 것이 있다면, 그건 다른 이를 무참하게 짓밟으면서 느끼는 잔인한 쾌감이리라. 예전에는 두 사람 모두 간절히 원하던 바를 이루지 못했기 때문에 그런 마음이 들어도 꾹 참고 넘어갔다. 하지만 그토록 바라던 바를 이루자, 그들은 서로 자기의 공으로 돌리며 상대의 결함 때문에 백치로 태어난 네 명의 아이를 제일 큰 수치로 여겼다.

사정이 이러하다보니, 네 아들에 대한 애정은 이미 식은 지 오래였다. 입히고 먹이고 재우는 일 등은 모두 하녀의 몫이었다. 하지만 하녀는 아이들을 마치 짐승 다루듯 거칠게 대했을 뿐만 아니라, 씻겨주는 일도 드물었다. 부모로부터 버림받다시피 한 아이들은 거의 하루종일 벽돌담 앞에 앉아 시간을 보냈다.

딸아이 베르티타도 어느덧 네번째 생일을 맞이했다. 그날 밤, 베르티타는 생일이라 부모가 차마 안 줄 수 없던 과자를 먹은 뒤 오한과 고열에 시달렸다. 아이가 혹시나 죽지 않을까, 아니면 오빠들처럼 백치가 되지는 않을까 하는 두려움에 사로잡혀, 이제 겨우 아물어가던 과거의 상처가 또다시 벌어지고 말았다.

언쟁을 벌인 부부는 세 시간 동안 한 마디도 하지 않았다. 늘 그랬듯이 발단은 마시니의 시끄러운 발소리였다.

"제발! 좀 조용히 걸을 수 없어? 몇 번을 말해야……"

"알았어, 깜박 잊었지 뭐야. 그만해! 일부러 그런 것도 아니잖아."

그녀의 입가에 경멸어린 미소가 피어올랐다.

"천만에. 당신은 능히 그러고도 남을 사람이야!"

"뭐야? 당신도 나보다 나을 거 없어. 폐병쟁이 주제에……"

"뭐라고? 방금 뭐라고 했어?"

"아무것도 아냐!"

"아니긴 뭐가 아니야! 다 들었다고! 분명히 말하지만, 난 무슨 짓을 해서라도 당신 아버지 같은 사람을 아버지로 두지 않아."

그 순간 마시니의 표정이 돌변했다.

"기어코!" 마시니는 이를 악물고 중얼거렸다. "기어코, 이 못된 년이, 그런 말까지 하다니!"

"그래, 난 못된 년이야! 하지만 내 부모님은 다 정상이었다고. 알겠어? 다들 건강했다고! 적어도 우리 아버진 돌아가실 때 그런 망령을 부리진 않았어! 나도 다른 사람들처럼 정상적인 아이를 낳았을 거라고! 저애들은 당신 자식들이야, 넷 다!"

마시니도 결국 참았던 분노를 터뜨렸다.

"폐병쟁이 여편네! 방금 내가 말한 대로야. 당신한테 꼭 해주고 싶던 말이라고! 못 믿겠으면 당장 물어봐. 당신 자식들이 뇌막염에 걸린 게 누구 때문인지 의사한테 가서 물어보란 말이야! 정말로 우리 아버지 때문인지, 아니면 벌레 먹은 당신의 폐 때문인지. 이 폐병쟁이 여편네야!"

분위기는 갈수록 험악해졌다. 그러다 갑자기 베르티타의 입에서 가는 신음소리가 새어나와, 그들은 곧바로 입을 다물었다. 새벽 한시경, 아이의 가벼운 소화불량 증세는 말끔히 사라졌다. 서로를 끔찍이도 아끼고 사랑하는 젊은 부부가 다 그러하듯이, 두 사람도 다시 화해했다. 서로에게 준 큰 상처만큼이나 화해도 뜨겁게 이루어졌다.

이튿날 아침해가 환히 돋을 무렵 베르타는 자리에서 일어나면서 각혈을 했다. 분명 어젯밤 감정이 격해져서 잠을 제대로 못 잔 것이 가장 큰 원인이었다. 마시니는 슬프게 흐느끼는 그녀를 오랫동안 따뜻하게 안아주었다. 그러나 어느 누구도 쉽게 입을 떼지 못했다.

열시쯤 그들은 점심을 먹고 외출하기로 했다. 시간이 넉넉하지 않아 하녀에게 급히 닭 한 마리를 잡으라고 일렀다.

유난히 햇빛이 눈부시던 그날, 무슨 이유에서인지 백치 아이들은 항상 죽치고 앉아 있던 벤치에서 벌떡 일어났다. 하녀가 부엌에서 닭의 목을 자르고 조금씩 피를 뽑아내고 있는데(이 방법은 베르타가 친정어머니에게서 배운 것인데, 이렇게 하면 닭고기를 신선하게 보관할 수 있었다), 별안간 뒤에서 숨결 같은 것이 느껴졌다. 하녀가 뒤를 돌아다보니, 네 백치 아이가 다닥다닥 붙어선 채 넋을 잃은 듯 멀거니 그 장면을 보고 있었다. 시뻘게…… 시뻘게……

"부인! 아이들이 부엌으로 들어왔어요!"

베르타가 달려왔다. 그녀는 아이들더러 절대로 부엌에 발을 들여놓지 말라고 여러 차례 당부했다. 이제 지난날의 허물을 다 잊고 서로를 용서하면서 겨우 행복을 되찾았건만, 어째서 이런 끔찍한 장면을 봐야 한단 말인가! 남편과 딸아이에 대한 사랑과 애착이 강해질수록, 괴물 같은 아이들이 더 짜증스럽게 느껴졌다.

"다들 나가! 마리아, 애들 내쫓아! 당장 내쫓아버리라고!"

하녀가 사납게 밀쳐내자 짐승 같은 네 아이는 벤치로 돌아갔다.

점심을 먹은 후, 모두 외출했다. 하녀는 부에노스아이레스로 가고, 부부는 별장이 모여 있는 곳으로 산책을 하러 나갔다. 해질녘이 다 되어서야 집으로 돌아오다가, 베르타는 길에서 우연히 만난 이웃집 여자들과 잠시 이야기를 나누었다. 그사이 딸아이는 집으로 뛰어갔다.

반면 백치 아이들은 하루종일 벤치에 앉아 꼼짝도 하지 않았다. 해가 담 너머로 뉘엿뉘엿 넘어가는 동안, 평소보다 더 늘어져 있던 아이들은 붉은 담벼락만 계속 쳐다보았다.

바로 그 순간이었다. 뭔가가 그들의 시선과 담 사이로 불쑥 들어왔다. 여동생이었다. 다섯 시간 동안 아빠, 엄마와 함께 산책을 한 탓에 지친 베르티타는 혼자서 집안을 둘러보고 싶었던 모양이다. 붉은 담 앞에 멈춰 선 아이는 담 위를 한동안 물끄러미 바라보았다. 아이는 담 위로 기어올라가고 싶어하는 것이 분명했다. 아이는 결국 엉덩받이가 빠진 의자 하나를 가져와, 거기에 발을 디디고 올라가려 했지만 여전히 손이 닿지 않았다. 그러자 어디선가 석유통을 가져와, 지형학적 감각으로 의자 위에 석유통을 세워 얹더니 마침내 담 위로 올라갔다.

백치들은 어린 여동생이 얼마나 끈덕지게 몸의 균형을 잡는지, 그리고 까치발을 하고 두 손으로 담벼락을 꽉 잡은 채 어떻게 담 위로 턱을 들어올리는지를 무심한 표정으로 지켜보았다. 또한 동생이 사방을 둘러보면서 더 올라가기 위해 발을 디딜 곳을 찾는 모습도 지켜보았다.

그러다 어느 순간, 초점 없이 멍하던 아이들의 시선에서 활기가 살아났다. 아이들의 눈동자에서 강렬한 빛이 뿜어나왔다. 여동생의 모습을 뚫어져라 쳐다보는 아이들의 얼굴이 오랜만에 먹이를 찾은 짐승처럼 탐욕스럽게 실룩이기 시작했다. 아이들은 천천히 담 쪽으로 다가갔다. 간신히 발 디딜 곳을 찾은 베르티타는 담 위에 걸터앉은 뒤, 반대편으로 뛰어내리려고 했다. 바로 그때 누군가가 한쪽 다리를 잡아채는 느낌이 들었다. 아래에서 자기를 뚫어지게 쳐다보는 여덟 개의 눈동자를 보자, 베르티타는 덜컥 겁이 났다.

"날 놔줘! 놔달란 말이야!" 베르티타는 비명을 지르며 발버둥을 쳤지만, 끝내 아이들의 손아귀에 잡히고 말았다.

"엄마! 엄마, 살려줘! 엄마, 아빠!" 아이는 미친듯이 울부짖었다. 담 모서리라도 붙잡으려고 안간힘을 썼지만 역부족이었다. 점점 아래로 끌려내려가던 아이는 결국 바닥으로 떨어졌다.

"엄마! 엄마……!" 더는 소리칠 수가 없었다. 아이들 중 하나가 베르티타의 목을 누르더니, 닭털이라도 되는 양 머리채를 움켜잡았다. 그러는 사이, 다른 아이들은 베르티타의 다리 한쪽을 잡고 부엌으로 질질 끌고 갔다. 그날 아침에 잡은 닭의 피가 여전히 고여 있는 부엌에서 아이들은 베르티타를 꽉 붙잡은 채, 몸에서 서서히 생명의 기운을 빼냈다.

건너편 집에 있던 마시니는 딸아이의 목소리를 들은 것 같았다.

"베르티타가 당신을 부르는 것 같은데." 그가 베르타에게 말했다.

그들은 왠지 불길한 예감이 들어 귀를 기울였지만, 더이상 아무 소리도 들리지 않았다. 아무튼 그들은 잠시 후 이웃과 작별인사를 나눴다. 베르타가 모자를 두러 간 사이, 마시니는 안마당에 들어갔다.

"베르티타!"

아무 대답이 없었다.

"베르티타!" 그는 떨리는 목소리로 더 크게 불러보았다.

마당에 감도는 음산한 기운 탓인지 갈수록 마음이 불안해지더니, 문득 불길한 예감이 들면서 등골이 오싹해졌다.

"얘야! 어디 있는 거니?" 그는 집 뒤편으로 미친듯이 달려갔다. 부엌 앞을 지나치는 순간, 마시니는 피가 흥건히 고여 있는 부엌 바닥을 보고야 말았다. 반쯤 닫혀 있던 부엌문을 세차게 밀어젖힌 그는 공포에 사로잡혀 비명을 질렀다.

베르타는 남편이 딸아이를 애타게 찾는 소리를 듣고 이상한 느낌이 들어 부엌 쪽으로 달려가는 중이었다. 뒤이어 그의 처절한 비명소리가 들리자, 그녀는 자신도 모르게 따라서 비명을 질렀다. 그녀가 부엌으로 뛰어들어가려는 순간, 마치 시체처럼 창백한 표정으로 얼어붙어 있던 마시니는 그녀가 들어오지 못하게 앞을 가로막았다.

"들어오지 마! 들어오면 안 돼!"

베르타도 결국 벌건 피로 물든 바닥을 보았다. 아이의 머리라도 만져보려는 듯 몇 차례 팔을 휘저어보았지만, 이내 끅끅대는 숨소리를 내면서 남편의 품속으로 쓰러지고 말았다.

사람들을 자살하게 만드는 배

바다에서 버려진 배를 만나는 것보다 더 소름 끼치는 일도 없을 것이다. 사실 대낮에는 크게 위험한 일이 없지만, 밤에는 한 치 앞도 분간하기 어려울 정도로 어둡기 때문에 다른 배가 접근하면 충돌을 피할 길이 없다.

이런저런 이유로 바다 한복판에 버려진 배들은 돛이 펼쳐져 있으면 해류나 바람의 방향을 따라 움직이기 마련이다. 따라서 그런 배들은 제멋대로 방향을 바꾸면서 바다를 떠돈다.

맑은 날 항구에 도착하지 못한 배가 있다면, 오는 길에 제멋대로 돌아다니는 배와 충돌했을 가능성이 적지 않다. 바다 한복판에 나가보면 그런 배를 매 순간 발견할 수 있다. 해류 때문인지 유령선들은 보통 해초류가 많은 쪽으로 밀려간다. 그런 곳에 들어서면 배는 곧 멈춰 서고,

해초류밖에 없는 사막 같은 곳에 영원히 붙박인 채 서서히 썩어간다. 하지만 매일같이 또다른 배가 밀려들어와 조용히 자기 자리를 차지하기 때문에, 고요하고 을씨년스러운 그곳은 늘 붐빈다.

유령선이 많은 이유는 분명 폭풍우나 화재 때문이다. 항해 도중 이런 사고를 당한 배들은 시커먼 해골처럼 흉측한 모습으로 바다를 이리저리 떠다닌다. 하지만 좀 특이한 이유로 그렇게 된 배도 있다. 마리아마르가리타호가 대표적인 경우다. 1903년 8월 24일 뉴욕항을 출발한 이 배는 26일 오전 부근을 지나가던 전함과 교신했고, 그때까지만 해도 아무런 이상이 없었다. 그런데 네 시간 후, 항로를 따라가던 정기 여객선이 배를 발견하고 신호를 보냈을 때는 응답이 없었다. 왠지 불길한 예감이 든 선장은 선원 몇 명을 소형 보트에 태워 마리아마르가리타호에 접근하도록 지시했다. 그런데 배에는 아무도 없었다. 뱃머리에는 선원들이 말리려고 널어놓은 셔츠가 보였다. 주방의 조리 기구에는 여전히 불이 켜져 있었다. 누군가 조금 전까지 재봉질을 하고 있었던 것처럼, 재봉틀 바늘이 옷감 바로 위에 멈춰 있었다. 치고받고 싸웠다거나 공포에 질린 흔적은 눈을 씻고 봐도 없었다. 모든 게 원래 그대로였다. 그런데 사람은 단 한 명도 없었다. 대체 무슨 일이 있었던 걸까?

이 소식을 들은 날 밤, 우리는 배의 함교에 모여 있었다. 유럽으로 향하는 동안, 선장은 자기가 배를 타면서 겪은 이야기—그건 분명 사실이었다—를 우리에게 들려주었다.

주변에 모여 있던 여자들은 속삭임처럼 귓전을 감도는 파도 소리에 홀린 듯, 잔뜩 겁을 집어먹은 표정으로 선장의 이야기를 들었다. 불안감에 휩싸인 여자아이들은 자기도 모르는 사이에 뱃머리에 모여 떠드는 선원들의 걸걸한 목소리에 귀를 기울였다. 그때 젊은 부인—갓 결혼한 여자 같았다—이 불쑥 끼어들었다.

"혹시 독수리들이 한 짓 아닐까요?……"

선장은 온화한 미소를 지으며 대답했다.

"천만에요, 부인. 독수리가 어떻게 선원을 죄다 물고 갈 수 있겠습니까?"

선장의 말을 듣고 모두들 웃음을 터뜨리자, 젊은 부인도 겸연쩍은지 따라 웃었다.

다행히 그 사건에 관해 조금 아는 승객이 하나 있었다. 우리는 호기심 가득한 표정으로 일제히 그의 얼굴을 바라보았다. 여행하는 내내 우리에게 아주 훌륭한 벗이 되어준 사람으로, 말수는 적었지만 언제나 신중하고 책임감 있는 모습을 보여주어 신망이 높았다.

"아! 선생님께서 말씀해주시면 좋겠네요!" 조금 전 독수리의 짓이 아닐까요, 하고 말한 부인이 청했다.

"그 사건에 관해서라면 내가 이야기해도 큰 지장은 없을 거예요." 매사에 신중을 기하는 사람이었지만, 이번에는 부인의 청을 흔쾌히 받아들였다. "간단히 말씀드리죠. 전에 북쪽 바다에 나갔다가 선장님이 말씀하신 마리아마르가리타호와 비슷하게 생긴 범선 한 척을 발견한 적이 있습니다. 우리는 그때 돛을 펼치고 항해중이었는데, 그 배 곁을 지나가게 되었죠. 오랜 세월 방치된 듯 배에서는 음산하고 괴괴한 기운이 풍겼어요. 그런 배는 금세 눈에 띄기 마련입니다. 우린 속도를 줄여 배를 자세히 살펴보았죠. 그러다 결국 소형 보트를 타고 가 배 위로 올라갔습니다. 그런데 배에는 아무도 없었어요. 모든 게 원래 그대로였지요. 항해일지에 마지막으로 기록된 날짜가 나흘 전이라는 것 외에, 딱히 이상한 점은 없었습니다. 그때만 해도 항해 도중 갑자기 선원들이 사라지는 유명한 괴현상에 대해 잘 모르던 터라 그냥 웃어넘겼죠.

우리 선원 중 여덟 명이 거기에 남아 배를 조종하기로 했습니다. 그 배를 호송해서 항구까지 가기로 한 거죠. 저녁이 되자, 그 배가 별안간 제멋대로 항로를 벗어나는 바람에 우리와 거리가 벌어지고 말았습니다. 다음날 그 배를 겨우 따라잡긴 했지만, 조타실에는 아무도 보이지 않았어요. 이상한 느낌이 들어 다시 소형 보트를 보내 배 안을 샅샅이 뒤지도록 시켰죠. 그런데 배에 타고 있던 선원이 모두 사라지고 없었습니다. 물건들은 다 제자리에 있는데, 사람만 감쪽같이 사라진 거죠. 그날 바다에는 바람 한 점 없어 파도도 잠잠했어요. 게다가 주방에는 감자를 넣은 솥이 펄펄 끓고 있었습니다.

물론 그 모든 게 미신에 지나지 않을 뿐이라고 생각할 수도 있겠죠. 하지만 당시 우리는 공포에 질려 얼굴이 사색이 되었습니다. 마침내 우리 중 여섯 명이 용기를 내 사라진 동료들의 빈자리를 채우기로 했습니다. 나도 그들과 함께 갔죠. 배에 오르자마자, 그들은 두려움을 잊기 위해 술을 벌컥벌컥 들이켜기 시작하더군요. 모두들 둥그렇게 둘러앉아 있었는데, 대부분 노래를 흥얼거렸습니다.

정오가 되고 시에스타 시간도 지나갔습니다. 네시쯤 산들바람이 멎자 우린 돛을 내렸습니다. 한 선원이 뱃전에 다가서서 기름처럼 번들거리는 바다를 바라보더군요. 이미 모두 자리에서 일어나 이리저리 서성거리고 있었지만, 아무도 선뜻 입을 열려고 하지 않았어요. 어떤 이는 구부정한 자세로 뱃전에 걸터앉아 셔츠를 벗더니, 한동안 말없이 옷을 꿰매더군요. 그러다 갑자기 자리에서 일어나 휘파람을 불기 시작했어요. 휘파람소리를 듣고 모두들 그에게로 고개를 돌렸죠. 그러자 그도 놀란 표정으로 그들을 멍하니 바라보더니, 다시 자리에 앉더군요. 잠시 후 그는 셔츠를 벗어놓고 뱃머리로 걸어가더니 바닷속으로 뛰어들었습니다. 풍덩하는 소리가 들리자, 모두들 살짝 눈썹을 찌푸린 채 그쪽으로 고개를 돌렸습니다. 하지만 언제 그런 일이 있었냐는 듯 이내 잊고 모두 무관심해졌습니다.

얼마 후 어떤 이가 기지개를 켜더군요. 그러곤 눈을 비비며 걸어가 바닷속으로 뛰어들었습니다. 그 일이 있고 삼십 분이 지나자 해가 저물기 시작했어요. 그 순간 누군가 내 어깨를 툭 쳤습니다.

"몇시지?"

"다섯시예요." 내가 대답했죠. 내게 시간을 물어본 늙은 선원은 못 믿겠다는 표정을 지으며 나를 빤히 쳐다보더군요. 그는 주머니에 손을 찔러넣은 채, 내 앞에 서서 몸을 약간 구부려 한참 동안 내 바지를 살펴보았습니다. 그러더니 갑자기 바닷속으로 뛰어들었어요.

남은 세 명이 한데 모여 방금 늙은 선원이 빠진 곳을 내려다보았어요. 그들은 뱃머리에 앉아 저 먼 곳을 망연히 바라보며 천천히 휘파람을 불었습니다. 그러던 중, 한 사람이 뱃머리에서 내려오더니 함교에 이르자 피로를 이기지 못하고 그만 쓰러졌습니다. 나머지도 하나씩 사라져버렸어요. 여섯시쯤, 마지막으로 남은 이가 (자리에서 일어나 옷매무새를 가다듬고) 헝클어진 머리를 뒤로 쓸어넘기면서 꿈꾸는 듯한 표정으로 걸어가더니 결국 바닷속으로 뛰어들고 말았습니다.

이제 그 배에는 저밖에 없었어요. 마치 바보처럼 멍한 표정으로 망

망대해를 바라보고 있었죠. 조금 전까지만 해도 곁에 있던 이들이 영문도 모른 채, 다들 몽유병에 걸린 것처럼 배 안을 이리저리 떠돌아다니다가 바닷속으로 몸을 던졌으니까요. 더군다나 누군가가 바다에 뛰어들면, 다들 무언가 기억난 듯 잠시 걱정스러운 표정을 짓다가 이내 잊어버렸습니다. 그렇게 하나둘 모두 바닷속으로 사라지고 말았죠. 그 전날 그 배에 타고 있던 선원들뿐만 아니라, 그 이전의 선원들도, 그리고 다른 유령선에 타고 있던 이들도 모두 같은 운명을 겪었으리라는 생각이 들더군요. 이게 전부입니다."

우리는 어리둥절한 표정으로 그 기묘한 남자를 바라보았다.

"그럼 선생은 이상한 느낌이 전혀 들지 않았나요?" 나와 같은 선실을 쓰던 남자가 물었다.

"당연히 느꼈죠. 만사에 의욕이 사라지면서 집요하다 싶을 정도로 같은 생각만 들더군요. 하지만 그것 말고는 없었습니다. 왜 다른 느낌이 들지 않았는지는 나도 모르겠습니다. 아마 이런 이유 때문이 아닐까 싶습니다. 그런 상황에서 이상한 느낌에 사로잡히면 선원이든 아니든 무슨 수를 써서라도 정신줄을 놓지 않으려고 안간힘을 쓰다 부지불식간에 진이 빠지기 마련이죠. 그 대신 나는 이미 내 존재가 사라진 것처럼 최면상태로 다가오는 죽음을 받아들였을 뿐입니다. 과거에 그 유명한 기병대의 위병들이 밤마다 차례차례 목을 맨 기이한 사건이 있었지요. 그들도 분명 이와 비슷한 경험을 했을 겁니다."

그의 설명을 선뜻 받아들이기가 어려워 누구도 입을 열지 않았다. 잠시 후 그는 자기 선실로 돌아갔다. 그러자 선장은 잠시 곁눈질로 그의 뒷모습을 지켜보았다.

"허풍쟁이 같으니!" 그가 나직하게 중얼거렸다.

"아뇨. 저 사람 말은 결코 허풍이 아닙니다." 병색이 완연한 승객이 말했다. 그는 고향에서 죽음을 맞이하기 위해 가는 길이었다. "만약 저 사람 말이 다 허풍이라면, 그 또한 집요하게 떠오르는 생각에 휘말려 결국 바닷속으로 뛰어들었을 테니까요."

깃털 베개

그녀의 신혼생활은 몸서리가 날 만큼 두려운 나날이었다. 남편의 냉혹하고 모진 성격 때문에 천사처럼 온순한 금발 신부가 어릴 적부터 동경해온 신혼의 꿈은 꽁꽁 얼어붙고 말았다. 그녀는 남편을 무척이나 사랑했다. 그러나 함께 밤거리를 따라 집으로 돌아오는 길에도, 남편은 한 시간 전부터 입을 굳게 다물고 있었다. 그녀는 키가 큰 호르단을 슬쩍슬쩍 쳐다볼 때마다 약간 오싹한 기분이 들었다. 겉으로 표현하지는 않았지만 호르단 역시 그녀를 가슴 깊이 사랑했다.

4월에 결혼식을 올린 두 사람은 석 달 동안 아주 특이한 신혼생활을 보냈다.

물론 그녀는 남편이 차갑고 엄격한 성격을 좀 누그러뜨리고 아이처럼 천진난만하게 사랑을 표현해주기를 바랐을 것이다. 하지만 남편의 무표정한 얼굴을 보면 그런 생각이 싹 달아나곤 했다.

그들이 사는 집 또한 그녀가 두려움을 느끼는 데 한몫했다. 고요한 안마당은 온통 하얀색—프리즈*와 기둥, 그리고 대리석상—으로 둘러싸인 탓인지 마법에 걸린 궁전의 가을 풍경 같은 인상을 풍겼다. 안쪽으로는 높은 벽들이 서 있는데, 작은 흠집 하나 없이 깨끗한데다 하얗게 회칠을 한 벽면에서 얼음처럼 차가운 광채가 이는 바람에 으스스한 냉기가 감돌았다. 이 방 저 방을 돌아다니다보면, 발소리가 온 집에 메아리처럼 울려퍼졌다. 마치 오랫동안 사람이 살지 않은 집에 소리가 더 날카롭게 울려퍼지듯 말이다.

이처럼 이상한 사랑의 보금자리에서 알리시아는 가을을 보냈다. 그곳에서 그녀는 오랫동안 마음속으로 키워온 꿈을 결국 꽁꽁 숨기기로 하고, 남편이 돌아올 때까지 아무 생각도 하지 않고, 그토록 을씨년스러운 집에서 오로지 잠만 자며 지냈다.

당연히 그녀의 몸은 점점 더 여위어만 갔다. 그러던 중 가벼운 독감에 걸렸는데 며칠이 지나도 떨어지지 않았다. 알리시아는 병에서 회복될 기미가 없었다. 어느 날 오후, 그녀는 남편의 팔에 의지한 채 간신히 정원에 나갈 수 있었다. 그녀는 무덤덤한 표정으로 사방을 쭉 둘러보았다. 이윽고 호르단이 부드러운 손길로 그녀의 머리를 천천히 쓰다듬어주자, 알리시아는 그의 목을 와락 껴안으면서 흐느끼기 시작했다. 작은 애정 표현에 그동안 참아온 눈물이 터지고 만 것이다. 그녀는 그동안 두려움에 떨던 마음이 다 가라앉을 때까지 한참을 울었다. 그의 목

* 건물의 내벽이나 외벽에 두르는 띠 모양의 장식.

에 얼굴을 파묻은 채, 꼼짝도 않고 말없이 계속 흐느끼기만 했다.

그날은 알리시아가 자리에서 일어난 마지막날이 되었다. 다음날 새벽, 그녀는 결국 의식을 잃고 말았다. 환자를 면밀하게 살펴보던 호르단의 가정의는 안정과 휴식이 절대적으로 필요하다고 말했다.

"확실하게는 모르겠지만," 의사는 대문을 나서며 호르단에게 나직한 목소리로 말했다. "환자의 몸이 극도로 쇠약해진 상태예요. 그런데 왜 그런지 이해할 수가 없군요. 구토도 하지 않고, 별다른 증상도 없는데 말입니다…… 내일 아침에도 오늘처럼 잠이 깨면, 제게 즉시 연락을 주십시오."

하지만 다음날 알리시아의 상태는 더 악화되었다. 결국 의사가 다시 왔다. 그는 여러 증상으로 봐서 급성빈혈이 분명한데, 왜 갑자기 이렇게 되었는지 전혀 알 수가 없다고 했다. 더이상 의식을 잃지는 않았지만 알리시아의 병세는 눈에 띄게 악화되어갔다. 그녀의 얼굴에 죽음의 그림자가 어른거리는 듯했다. 하루종일 불을 환하게 켜놓았지만, 그녀의 침실은 깊은 적막에 잠겨 있었다. 몇 시간이 흘러도 바람 스치는 소리조차 들리지 않을 정도였다. 알리시아는 내내 잠만 잤다. 호르단은 그녀의 침실과 마찬가지로 불을 환하게 켜놓은 거실에서 거의 살다시피 했다. 그는 잠시도 쉬지 않고 거실을 서성거렸다. 카펫은 그의 발소리마저 집어삼켰다. 이따금 그는 그녀의 침실에 들어가 말없이 침대 주위를 맴돌았다. 그러다 침대 모서리에서 잠시 걸음을 멈추고는 그녀를 물끄러미 내려다보곤 했다.

곧 알리시아의 눈에 허깨비가 보이기 시작했다. 무언가가 희미하게 공중을 떠다니다 바닥에 내려앉았다. 알리시아는 휘둥그레진 눈으로 침대맡 좌우의 바닥에 깔린 카펫을 바라보기만 했다. 그러던 어느 날 밤, 그녀는 갑자기 카펫을 뚫어지게 쳐다보았다. 잠시 후 그녀는 소리라도 지르려는 듯이 입을 벌렸다. 그녀의 코와 입술은 땀으로 범벅이 되어 있었다.

"호르단! 호르단!" 그녀가 소리를 질렀다. 겁에 질려 온몸이 굳어버렸지만, 단 한순간도 카펫에서 눈을 떼지 않았다.

호르단은 급히 침실로 달려갔다. 그런데 그가 오는 모습을 본 알리시아가 겁에 질려 비명을 질렀다.

"나야, 알리시아! 나라고!"

하지만 알리시아는 멍한 표정으로 그를 바라보더니 곧 카펫을 내려다보았고, 그러곤 다시 그에게로 시선을 돌렸다. 한동안 아연실색한 표정으로 남편을 쳐다보던 그녀는 마침내 안정을 되찾았다. 그녀의 얼굴에 희미한 미소가 피어올랐다. 그녀는 떨리는 손으로 남편의 손을 붙잡고 반시간 동안이나 어루만졌다.

그녀의 눈앞에 가장 끈질기게 나타나던 환각은 유인원 같은 짐승이 손가락으로 카펫을 짚고서 그녀의 눈을 빤히 노려보는 모습이었다.

여러 의사가 협진을 했지만 아무 소용이 없었다. 그들은 어찌할 바를 모른 채 피 흘리며 하루하루, 시시각각으로 생명의 불꽃이 꺼져가는 한 여인을 지켜볼 뿐이었다. 의사들이 마지막으로 진찰을 왔을 때, 알리시아는 의식이 혼미한 상태로 누워 있었다. 의사들은 힘없이 축 늘어진 그녀의 손목을 이리저리 돌리면서 맥박을 쟀다. 그들은 한동안 말없이 그녀를 지켜보다가 식당으로 향했다.

"휴……" 그녀의 주치의는 안 그래도 축 처진 어깨를 더 움츠렸다.

"상태가 위중한데…… 더이상 손쓸 방도가 없습니다."

"할 수 있는 말이 그것밖에 없단 말이오!" 호르단은 잔뜩 화가 나서 씩씩거렸다. 그러다가 테이블을 거칠게 내리쳤다.

알리시아는 저녁이면 빈혈로 인한 반착란상태가 악화되다가 새벽에 호전되는 악순환 속에서 서서히 죽어가고 있었다. 다행히 낮 동안에는 병세가 더이상 악화되지 않았지만, 그녀는 핏기 하나 없는 창백한 얼굴을 한 채 혼미한 상태로 매일 아침을 맞이했다. 그러나 밤만 되면 생명이 피의 파도처럼 그녀의 몸에서 빠져나가는 것 같았다. 잠에서 깨어날 때마다 그녀는 백만 킬로그램의 무게에 짓눌려 아래로 꺼지는 듯한 느낌이 들었다. 사흘째 되던 날부터는 아예 하루종일 온몸이 꺼지는 느낌에서 벗어나지 못했다. 고개만 간신히 움직일 수 있는 정도였다. 그녀는 사람들이 침대를 건드리는 것도, 베개를 정리하는 것도 싫어했다. 새벽에 엄습하는 공포는 괴물의 모습을 하고 침대 쪽으로 기어와 힘겹게 매트리스를 타고 올라왔다.

얼마 후 그녀는 의식을 잃었다. 마지막 이틀 동안, 그녀는 나직한 목소리로 쉴새없이 헛소리를 늘어놓았다. 거실과 침실에는 음산한 불빛이 계속 켜져 있었다. 무거운 적막에 휩싸인 집안에는 침대에서 새어나오는 단조로운 신음소리와 초조한 듯 이리저리 서성거리는 호르단의 조용한 발소리만이 어지러이 울려퍼지고 있었다.

결국 알리시아는 세상을 뜨고 말았다. 이제 텅 비어버린 침대를 정리하러 들어온 하녀는 뭔가 이상한 느낌이 들어 한동안 베개를 물끄러미 내려다보았다.

"주인님!" 그녀는 작은 목소리로 호르단을 불렀다. "베개에 피 같은 얼룩이 묻어 있어요."

호르단은 재빨리 달려와 몸을 숙이고 베개를 살펴보았다. 하녀의 말대로 베갯잇에, 더 자세히 말하자면 알리시아의 머리에 눌린 자국 양옆으로 거무스름한 얼룩이 남아 있었다.

"벌레한테 물려서 난 핏자국 같아요." 그 자리에 서서 꼼짝도 않고 베개를 살펴보던 하녀가 중얼거리듯 말했다.

"들어서 불에 비춰봐." 호르단이 말했다.

하녀는 베개를 들어올리자마자 그대로 떨어뜨리고 말았다. 그러곤 얼굴이 하얗게 질린 채 바들바들 떨면서 호르단을 쳐다보았다. 호르단도 왠지 모르게 등골이 오싹해졌다.

"왜 그래?" 호르단이 잠긴 듯한 목소리로 물었다.

"엄청나게 무거워요." 하녀는 여전히 벌벌 떨면서 간신히 대답했다.

호르단이 베개를 들어올렸는데, 정말 엄청나게 무거웠다. 그들은 베개를 들고 밖으로 나갔다. 그는 베개를 테이블 위에 올려놓고, 베갯잇과 속을 단칼에 갈랐다. 윗부분에 있던 깃털이 공중으로 날아오르자 겁에 질린 하녀는 입을 벌린 채 바들바들 떨던 손으로 눈을 가리며 비명을 질렀다. 베개 바닥을 채운 깃털 사이로 털이 부숭부숭 난 다리들이 꿈틀거리고 있었다. 아! 베개 안에 끈적거리는 공 모양의 괴물이 살고 있었던 것이다. 그런데 그 괴물의 몸이 얼마나 탱탱하게 부풀어 있던지 입이 어디 붙었는지조차 분간하기 어려웠다.

알리시아가 병석에 누운 후, 이 괴물은 밤이면 밤마다 자기 입, 아니 주둥이를 그녀의 관자놀이 부분에 몰래 갖다대고 피를 빨아먹었던 것이다. 괴물에게 물린 자국은 너무 작아서 눈에 띄지도 않을 정도였다.

처음만 하더라도 그녀가 매일 베개를 이리저리 움직인 덕분에 큰 피해를 막을 수 있었다. 그러나 그녀가 꼼짝도 할 수 없게 된 때부터, 괴물은 놀랄 만큼 빠르게 피를 빨아먹기 시작했다. 결국 괴물은 닷새 만에 그녀의 피를 몽땅 다 빨아먹었다.

일반적으로 새의 몸속에 기생하는 이 벌레는 대개 매우 작지만, 특정한 조건하에서는 몸집이 엄청나게 불어나기도 한다. 인간의 피가 그 벌레에게 특히 좋은 모양인지 그런 벌레들이 깃털 베개 속에서 발견되는 경우가 드물지 않다.

표류

뭔가 물컹한 것을 밟는 순간 남자는 발을 물린 느낌이 들었다. 그는 앞으로 펄쩍 뛰었다가 욕지거리를 내뱉으며 뒤를 돌아보았는데, 독사 한 마리가 똬리를 튼 채 재차 공격할 태세를 취하고 있었다.

남자는 발을 힐끗 내려다보았다. 뱀에게 물린 곳에 피 두 방울이 맺혀 있었다. 그는 곧바로 허리춤에서 마체테*를 꺼냈다. 이를 본 독사는 똬리 속으로 머리를 웅크리며 방어 자세를 취했다. 하지만 그의 칼이 뱀의 등에 내리꽂히면서 등뼈를 두 동강 내고 말았다.

그는 몸을 숙여 핏방울을 닦아낸 다음 잠시 상처를 들여다보았다. 진보랏빛으로 변한 상처 두 곳에서 날카로운 통증이 느껴지더니 이내

* 밀림에서 벌목용으로 사용하는 칼.

발 전체로 퍼져나가기 시작했다. 그는 급히 손수건으로 발목을 묶은 다음 오솔길을 따라 집으로 향했다.

발이 퉁퉁 부어오른데다 갈수록 통증이 심해졌다. 상처 부위를 바늘로 두어 번 찌르기라도 한 것처럼 날카로운 통증이 눈 깜짝할 사이에 종아리까지 퍼져나갔다. 이젠 다리를 움직이는 것조차 힘들었다. 목구멍이 싸하게 쓰리는가 싶더니, 이내 목이 타는 듯한 갈증이 느껴졌다. 남자는 다시 욕지거리를 내뱉었다.

마침내 집에 도착한 그는 사탕수수 압착기를 돌리는 물레방아 위에 털썩 주저앉았다. 발 전체가 흉하게 부어올라 두 개의 진보랏빛 상처는 파묻혀 보이지도 않았다. 살갗이 얇아질 정도로 팽팽해져 당장이라도 터져버릴 것만 같았다. 그는 아내를 부르려고 했지만, 목이 타서 목소리가 갈라졌다. 갈증이 나서 견딜 수가 없었다.

"도로테아!" 간신히 소리를 질렀지만, 목에서 가래 끓는 소리가 났다. "카냐* 좀 가져와!"

아내는 가득 채운 술잔을 들고 달려왔다. 그는 술잔을 세 모금 만에 다 비웠다. 그런데 아무런 맛도 느낄 수가 없었다.

"카냐를 달라니까. 물 말고!" 그가 으르렁거렸다. "당장 카냐를 가져와!"

"파울리노, 그게 카냐예요!" 아내가 놀란 표정으로 대답했다.

"아냐. 아까 건 물이었어! 카냐 달라니까!" 다시 집안으로 달려간 아내는 병을 통째로 가져왔다. 남자는 연거푸 두 잔을 마셨지만, 목구멍

* 사탕수수로 빚은 술.

에 아무런 느낌도 없었다.

"이거 참, 보기 흉하네……" 그때 남자가 검붉게 변해 맨들거리는 발을 보면서 말했다. 그의 발은 이미 속부터 썩어가고 있었다. 발목이 흉측하게 생긴 순대처럼 부풀어올라서 묶어놓은 손수건조차 잘 보이지 않았다.

바늘로 발을 콕콕 찌르는 듯한 통증이 계속 이어지더니, 이제는 사타구니까지 퍼졌다. 안 그래도 바짝 말라붙은 목이 뜨거운 숨결을 내쉴 때마다 타들어가듯 고통스러웠다. 몸을 추스르고 일어서려고 하자, 갑자기 속이 울렁거려 물레방아에 이마를 기대고 삼십 초 동안 속에 있는 것을 죄다 토해냈다.

어쨌든 그는 죽고 싶지 않았다. 그는 간신히 몸을 가누고 강변으로 내려가 나룻배에 올라탔다. 배 뒷전에 자리를 잡고 파라나강 한가운데로 노를 젓기 시작했다. 이구아수강 입구까지는 6마일 정도 떨어져 있으니 강을 따라가면 다섯 시간 안에 타쿠루푸쿠*에 도착할 터였다.

남자는 있는 힘을 다해 겨우 강 한가운데에 이르렀다. 그러나 손에 힘이 빠지는 바람에 노를 놓치고 말았다. 그는 또다시 구토를 하기 시작했는데, 이번에는 피가 나왔다. 고개를 들어 하늘을 쳐다보니 해가 뉘엿뉘엿 서산으로 넘어가고 있었다.

다리가 허벅지까지 흉하게 생긴 덩어리처럼 딱딱하게 부풀어올라 당장이라도 옷이 터질 것만 같았다. 남자는 칼로 묶어놓은 손수건을 자르고 바짓가랑이를 찢었다. 아랫배도 팽팽하게 부풀어오르고 군데군

---

* 파라과이 동부에 위치한 지금의 알토파라나. 열대우림에서 벌목한 목재를 파라나강을 따라서 수송하던 곳이다.

데 검붉은 반점이 돋아나 있었다. 날카로운 것으로 후벼파기라도 하듯 통증이 극심했다. 혼자서는 도저히 타쿠루푸쿠까지 갈 수 없겠다는 생각이 들었다. 그래서 그는 오랫동안 서먹서먹하게 지낸 사이이기는 하지만 일단 알베스에게 도움을 청하기로 마음먹었다.

강물이 브라질 쪽으로 급하게 흐르는 덕분에 남자는 강기슭에 쉽게 배를 댈 수 있었다. 그는 오르막으로 이어진 오솔길을 거의 기다시피 해 올라갔다. 그러나 20미터쯤 가자 온몸에 힘이 다 빠져 그만 땅바닥에 풀썩 엎어지고 말았다.

"알베스!" 그는 있는 힘을 다해 소리를 질렀지만, 아무 대답도 들리지 않았다. "이보게, 알베스! 제발 나 좀 도와주게!" 그는 간신히 고개를 들고 다시 소리를 질렀다. 하지만 정적에 잠긴 밀림에서는 바스락거리는 소리조차 들리지 않았다. 남자는 사력을 다해 배가 있는 곳으로 되돌아갔고, 그가 탄 배는 강물을 타고 빠르게 떠내려가기 시작했다.

100미터 높이의 절벽으로 둘러싸여 음산한 분위기를 풍기는 파라나강은 거대한 구렁 속으로 흘러들어가고 있었다. 검은 현무암으로 이루어진 강변 위쪽으로는 시커먼 숲이었다. 전후좌우 어디를 둘러봐도 음산한 장벽뿐인데다, 그 한가운데에는 쉴새없이 질퍽한 거품을 일으키는 흙탕물이 소용돌이치면서 빠르게 흘러가고 있었다. 인간으로서 감히 넘볼 수 없을 정도로 위압적인 느낌을 주는 풍경 속에는 죽음과도 같은 정적만이 무겁게 흘렀다. 그러나 해질 무렵 고즈넉한 아름다움이 깃들자, 그곳만의 장엄한 모습이 되살아났다.

해가 완전히 지자, 뱃바닥에 반쯤 누워 있던 남자는 뼛속 깊이 파고드는 한기를 느꼈다. 그러다 불현듯 놀라 힘겹게 고개를 들었다. 아까

보다는 조금 나아진 듯했다. 다리의 통증도 거의 느낄 수 없었고, 갈증도 그다지 심하지 않았다. 그는 가슴을 펴고 천천히 숨을 들이마셨다.

독 기운이 사라지고 있는 게 틀림없었다. 이제 거의 다 나은 것 같았다. 아직 손을 마음대로 움직일 정도는 아니었지만, 밤이슬을 맞으면서 서서히 제정신을 되찾았다. 머릿속으로 계산해보니 앞으로 세 시간 후면 타쿠루푸쿠에 도착할 것 같았다.

몸 상태는 점점 나아졌다. 남자는 몽롱한 정신으로 지난날을 되돌아보았다. 다리와 배는 마비된 듯 아무 감각도 없었다. 친구 가오나는 아직도 타쿠루푸쿠에 살고 있을까? 잘하면 예전 고용주 도갈드 씨와 현장감독도 만날 수 있을 것 같았다.

곧 도착할 수 있을까? 이제 서쪽 하늘은 완연히 금빛으로 빛나고, 강물도 아름다운 금빛으로 물들었다. 이미 어둠이 깔리기 시작한 파라과이 쪽 강변에서 황혼녘의 상쾌한 바람이 달콤한 오렌지 꽃향기와 천연꿀 냄새를 싣고 강으로 불어왔다. 앵무새 한 쌍이 하늘을 가로지르며 파라과이 쪽으로 유유히 날아갔다.

저 아래, 금빛으로 물든 강물을 타고 나룻배가 빠른 속도로 떠내려가고 있었다. 그러다 가끔씩 소용돌이를 만나면 빙그르르 돌기도 했다. 배에 탄 남자는 시간이 흐를수록 몸이 가뿐해졌다. 그는 옛 고용주인 도갈드 씨를 못 본 지 얼마나 됐는지 잠시 생각해보았다. 삼 년쯤 됐으려나? 아니야, 그렇게까지 되진 않았어. 한 이 년 구 개월쯤 됐을까? 아마 그럴 거야. 아니지. 정확히 말하자면 팔 개월 반이지. 맞아, 이 년하고 팔 개월 반이 분명해.

남자는 갑자기 가슴께까지 몸이 얼어붙은 것 같았다.

무슨 일이지? 하지만 아직도 숨은……

도갈드 씨의 목재를 관리 감독하던 로렌소 쿠비야는 아마 성금요일날 푸에르토 에스페란사에서 처음 만났을 거야…… 금요일이 맞던가? 아니면 목요일이었나……

서서히 남자의 손가락에 힘이 풀렸다.

"목요일이던가……"

그리고 남자의 숨이 멎었다.

일사병

올드라는 이름의 강아지가 문밖으로 나와 안마당을 느릿느릿 가로질러갔다. 풀밭 끄트머리에 이른 녀석은 등을 쭉 펴고 기지개를 켠 다음, 눈을 게슴츠레 뜨고 코를 벌름거리면서 조용히 자리에 앉았다. 그러고는 눈앞에 단조롭게 펼쳐진 차코*의 평원을 바라보았다. 풍경은 평원과 산, 그리고 산과 평원이 번갈아가며 이어질 뿐이고, 짙은 크림색의 풀밭과 거무스레한 산 말고는 아무것도 없는 터라 색깔마저 단조롭기 짝이 없었다. 200미터 앞쯤에 지평선을 가로막고 선 산이 농장의 삼면을 둘러싸고 있다. 서쪽으로는 벌판이 넓게 펼쳐져 있지만, 저멀리 음울한 빛을 띤 선에 의해 피할 수 없는 운명처럼 에워싸여 있다.

* 아르헨티나 북동부에 위치한 지방.

워낙 이른 시간이라 사방이 고요했지만, 저 먼 지평선에서는 푸르스름한 새벽빛이 밝아오고 있었다. 바람은커녕 구름 한 점 없는 맑은 날씨였다. 잠잠한 은빛 하늘 아래, 벌판은 상쾌한 기운을 발산하고 있었다. 다시 건조한 날씨가 이어질 것이 분명했다. 뼈빠지게 일해봐야 아무 소용이 없다는 생각에 가슴 저리는 슬픔이 꾸역꾸역 밀려왔다.

그때 밀크—올드의 아빠다—가 안마당을 가로질러와 올드 옆에 앉았다. 잘 잤다는 듯 끙 하는 소리를 냈다. 개 두 마리는 그 자리에 꼼짝도 않고 앉아 있었다. 평소 성가시게 굴던 파리가 다 어디 갔는지 한 마리도 눈에 띄지 않았다.

한동안 산기슭을 바라보던 올드가 마침내 입을 열었다.

"오늘따라 산이 새로워 보여요."

밀크는 멍하니 눈을 깜박이며 아들의 시선이 향한 곳을 바라보았다. 잠시 후, 밀크가 말했다.

"저 나무 위에 매가 두 마리 있구나."

그들은 어슬렁거리며 지나가는 황소를 무덤덤한 표정으로 힐끗 쳐다보고는 늘 그래왔듯 다른 데로 시선을 돌렸다.

그러는 사이, 자줏빛으로 물든 동녘 하늘이 부챗살처럼 퍼져나갔고, 조금 전까지 선명하게 보이던 지평선의 윤곽은 점차 흐릿해졌다. 밀크가 앞다리를 포개자, 가벼운 통증이 일었다. 발가락을 한참 살펴보던 그는 결국 냄새를 맡아보기로 마음먹었다. 전날 그는 발에 있던 벼룩 한 마리를 잡았다. 그때 겪은 고통을 떠올리며 아픈 발을 핥았다.

"어젠 걸을 수도 없었지." 그가 마침내 소리쳤다.

올드는 아빠가 무슨 말을 하는지 이해하지 못했다. 밀크가 덧붙였다.

"벼룩이 우글거려."

올드는 그제야 아빠의 말을 이해했다. 그는 곰곰이 생각한 끝에 다음과 같은 결론을 내렸다.

"벼룩이 참 많아요."

둘은 득의만만한 표정을 지으며 다시 입을 다물었다.

어느새 날이 훤히 밝았다. 눈부신 햇빛에 몸을 담근 새들이 맑은 공기를 가르며 떠들썩하게 노래를 불러대기 시작했다. 비스듬하게 비친 햇빛을 받아 금빛을 띠는 개들도 게슴츠레 뜬 눈을 껌벅이며 여유를 만끽했다. 시간이 흐르며 개들이 한 마리 두 마리 모여들었다. 말수는 적지만 다른 개들에게 사랑을 듬뿍 받는 딕, 곰한테 물려 윗입술이 날아가는 바람에 이빨이 훤히 보이는 프린스, 인디오 이름을 가진 이손두 등이 왔다. 하지만 폭스테리어 다섯 마리는 행복에 겨운 표정으로 늘어지게 자고 있었다.

한 시간이 지나서야 그들은 고개를 들었다. 이층으로 된 멋진 농가—아래층은 진흙으로, 위층은 나무로 만들었고, 회랑뿐 아니라 샬레*식 난간도 달려 있었다—맞은편에 누워 있던 그들은 주인의 발소리를 들었다. 주인은 집 모퉁이에 이르자, 걸음을 멈추고 중천에 뜬 해를 바라보았다. 평소와 달리 혼자서 밤을 새우고 위스키를 폭음한 탓인지, 눈이 여전히 반쯤 풀린데다 입꼬리도 축 처져 있었다.

그가 세수를 하는 동안, 개들은 슬그머니 그에게 다가가 꼬리를 살랑살랑 흔들면서 구두에 코를 대고 킁킁거렸다. 다른 가축들과 마찬가지

* 스위스식 작은 산장 혹은 소주택으로 목조 난간을 붙인 발코니가 따른다.

로, 개들 역시 주인이 조금만 취해도 금세 알아차린다. 개들은 슬슬 꽁무니를 빼면서 원래 있던 곳으로 햇살을 쬐러 돌아갔다. 하지만 날씨가 점점 더워지자 그들은 회랑의 그림자가 드리워진 곳으로 자리를 옮겼다.

그날도 날씨가 전날과 다르지 않았다. 한 달 내내 그 모양이었다. 구름 한 점 없이 맑고 건조한 날씨가 이어지는 것도 모자라, 이 세상을 모두 녹여버리기라도 할 것처럼 하루에 열네 시간씩 뙤약볕이 사정없이 내리쪼였다. 그 바람에 물기를 조금이라도 머금은 땅은 이내 갈라지면서, 허연 부스럼 딱지처럼 흉하게 변해버렸다. 세수를 마친 존스 씨는 농장으로 가서 전날 작업한 것을 살펴본 다음, 다시 집으로 돌아왔다. 그는 오전 내내 아무 일도 하지 않았다. 점심을 먹은 뒤에는 낮잠을 자러 방으로 올라갔다.

두시 정각, 일꾼들이 도착했다. 불볕더위 때문에 일하기는 무리였지만, 목화밭에 잡초가 너무 많이 자라서 그냥 내버려둘 수도 없는 형편이었다. 그들이 일을 하러 가자 개들이 졸래졸래 뒤를 따랐다. 지난겨울, 쟁기질을 하면서 땅 위로 드러난 하얀 벌레들을 독차지하기 위해 매를 쫓아내는 방법을 터득한 뒤로, 개들은 인부들이 밭에 나갈 때면 꼬리를 흔들며 따라가곤 했다. 곡괭이로 땅을 내리치는 소리만 나면 개들은 숨을 헐떡거리며 곧장 목화나무 아래로 달려들었다.

시간이 갈수록 날씨는 점점 더워졌다. 사방이 쥐죽은듯 고요했고, 강한 햇빛 때문에 눈이 부신데다 여기저기 아지랑이가 피어올랐다. 인부들이 땅을 팔 때마다 뜨거운 김이 솟아올랐다. 찌는 더위를 견디기 위해 귀까지 수건으로 가린 인부들은 입을 다문 채 일에 열중했다. 개들은 더 시원한 그늘을 찾아 나무 아래를 이리저리 헤맸다. 마침내 자리를 잡은 개들은 대자로 뻗었지만, 땅에서 올라오는 열기 때문에 이내 일어설 수밖에 없었다. 숨이라도 제대로 쉬려면 앉아 있어야 했다.

그들 앞으로 조그마한 황무지가 햇빛을 받아 반짝였다. 온통 진흙 천지여서 농사지을 엄두도 내지 못하는 땅이었다. 그런데 그때, 올드는 나무 그루터기에 걸터앉은 채 자기를 빤히 쳐다보는 존스 씨를 발견했다. 녀석은 꼬리를 흔들면서 자리에서 일어났다. 그러자 다른 개들도 따라 일어났지만 다들 겁을 먹은 눈치였다.

다른 개들의 표정을 보고 놀란 올드가 소리쳤다. "주인아저씨야!"

"아냐. 주인이 아니야." 딕이 말했다.

개 네 마리가 존스 씨에게서 시선을 떼지 않은 채 나직이 으르렁거렸다. 존스 씨는 그 자리에서 꼼짝도 않고 계속 개들을 바라보기만 했다. 딕의 말이 못 미더웠는지, 올드는 그를 향해 걸어가기 시작했다. 그러자 이번에는 프린스가 올드를 향해 날카로운 이빨을 드러내 보였다.

"주인이 아니라니까. 저건 '죽음의 사자'야."

그 말을 듣자 올드는 겁이 덜컥 나면서 온몸의 털이 주뼛 섰다. 녀석은 결국 다른 개들이 있는 곳으로 돌아왔다.

"그럼 주인아저씨가 죽은 거야?" 그가 떨리는 목소리로 물었다. 다른 개들은 아무 대답도 하지 않고, 두려움을 느낄 때면 그러듯 사납게 짖어대기 시작했다. 그런데 그 순간 존스 씨가 아물거리던 아지랑이 속으로 감쪽같이 사라져버렸다.

개들이 짖는 소리를 듣고 인부들은 고개를 들어 앞을 쳐다봤지만 아무것도 없었다. 인부들은 혹시 밭에 말이라도 들어왔나 해서 주변을 돌아봤다가 아무 일도 없자 다시 몸을 숙여 일손을 바쁘게 놀리기 시작했다.

폭스테리어들이 집 쪽으로 발걸음을 옮겼다. 하지만 여전히 겁에 질린 올드는 안절부절못한 채 종종걸음으로 제자리만 왔다갔다했다. 뭔가가 죽기 직전에 눈앞에 나타난다는 것을 다른 개들한테서 들었기 때문이다.

"조금 전에 본 사람이 살아 있는 주인아저씨가 아니라는 걸 어떻게 알아요?" 그가 물었다.

"그건 분명 주인이 아니었으니까." 개들이 무뚝뚝한 목소리로 대답했다.

주인이 정말 죽는다면, 그러면 새 주인이 와서 고함을 지르고 발길질을 해댈지도 모르는데, 이를 어쩐다! 개들은 그날 오후 내내 주인 곁을 떠나지 않았다. 그들은 한결같이 침울한 얼굴이었지만, 한시도 긴장의 끈을 놓지 않았다. 주변에서 바스락거리는 소리만 나도 이빨을 드러내며 으르렁거렸다. 존스 씨는 자기를 지켜주려고 최선을 다하는 충견들의 듬직한 모습을 보고 흡족한 기분이 들었다.

이글거리던 태양도 마침내 개울 너머 야자나무 뒤로 모습을 감추었다. 어둠과 고요 속에 잠긴 밤에도 개들은 집 주변을 떠나지 않았고, 존스 씨는 그날 밤에도 위층에서 위스키를 들이켰다. 깊은 밤, 주인의 발소리가 들렸다. 이윽고 구두 두 개가 마룻바닥에 떨어지는 소리와 함께 불이 꺼졌다. 이제 주인이 세상을 뜰 시간이 임박했음을—따라서 주인 없이 세상에 홀로 내버려질 시간이 다가오고 있음을—직감적으로 느낀 개들은 불 꺼진 집 바로 아래에서 목놓아 울기 시작했다. 그들은 마치 합창이라도 하듯이 울어댔다. 발작하듯이 목메어 울다가, 때로는 뭔가를 씹는 듯이 나직하게 흐느끼기도 했다. 프린스가 사냥개답게 큰 소리로 울부짖으면, 다른 개들도 따라 흐느꼈다. 하지만 올드는 작은 소리로 짖는 것 말고는 달리 할 수 있는 게 없었다. 밤이 깊어갔고, 나이 든—조금 뒤 세상을 뜰 주인 덕분에 그동안 잘 먹고 듬뿍 사랑받은—개 네 마리는 환한 달빛 속에서 주인의 죽음을 슬퍼하는 듯 주둥아리를 들썩거리며 계속 울었다.

다음날 아침, 존스 씨는 노새에 멍에를 씌우고 밭에 나가 아홉시까지 일했다. 하지만 기분이 그다지 흡족하지는 않았다. 밭이 잘 갈리지 않았고, 날도 너무 무뎌져 있었기 때문이다. 더군다나 노새가 조금이라도 빨리 움직이면 쟁기가 곧장 튕겨오르기 일쑤였다. 그는 집으로 돌아와 쟁기날을 갈았다. 그러나 칼날을 쟁기에 고정시키면서, 원래도 시원찮던 나사못 하나가 결국 부러지고 말았다. 그는 일꾼을 불러 인근 가게에 가서 나사못을 사오라고 시켰다. 그러면서 말을—좋은 말이지만 성격이 예민한 편이었다—살살 다루라고 당부했다. 존스 씨는 고개를 들어 온 세상을 녹일 듯이 이글거리는 태양을 한 번 쳐다보더니, 최대한 말을 천천히 몰라고 재차 일렀다. 그는 집에서 점심을 먹은 뒤 방으로 올라갔다. 오전 내내 주인 곁을 한시도 떠나지 않던 개들은 여전히 복도에 모여 있었다.

뜨거운 햇빛과 정적에 짓눌렸는지, 모두가 낮잠을 자는 시간에도 무거운 분위기가 감돌았다. 숨도 못 쉴 만큼 뜨거운 날씨 때문에 주변이 온통 뿌옇게 보였다. 하얗게 말라붙은 집 주변 땅은 강한 햇빛을 받아 눈이 부셨다. 마치 온 세상이 부글부글 끓어오르면서 흉하게 이지러지는 듯했다. 그 와중에도 폭스테리어들은 눈을 끔벅거리며 졸고 있었다.

"더이상 안 보이는군." 밀크가 입을 열었다.

보인다*라는 말을 듣자마자 올드는 귀를 쫑긋 세웠다.

정말로 유령이 나타나기라도 한 것처럼, 올드는 자리에서 벌떡 일어나 허공을 향해 짖어댔다. 하지만 괜히 저 혼자 짖어댄 것이 쑥스러웠는지 이윽고 조용히 자기 자리로 돌아와 앉았다. 그러고는 언제 그랬냐는 듯이 다른 개들과 함께 파리를 쫓아내느라 여념이 없었다.

"더이상 나타나지 않는구먼." 이번에는 이손두가 나서며 말했다.

"아까 저 그루터기 밑에 도마뱀 한 마리가 있더군." 프린스가 기억을 떠올리며 말했다.

그때 암탉 한 마리가 부리를 벌리고 날개를 어중간하게 편 채 하얗게 빛나는 안마당을 가로질러갔다. 녀석도 더운지 걸음이 유난히도 무거워 보였다. 프린스가 졸린 눈으로 닭을 좇았는데, 갑자기 닭이 푸드득 날갯짓을 하며 달아나버렸다.

"다시 나타났다!" 프린스가 고함을 질렀다.

아닌 게 아니라 안마당 북쪽에서 일꾼이 타고 나갔던 말이 혼자 터덜터덜 걸어오고 있었다. 개들은 몸을 활처럼 굽히고 다가오는 '죽음의 사자'를 향해 사납게, 하지만 조심스럽게 짖어대기 시작했다. 고개를 푹 숙인 채 걸어오는 말은 어디로 갈지 갈피를 잡지 못하는 모양이었다. 말은 집을 지나 우물이 있는 쪽으로 몇 걸음을 옮기더니 놀랍게도 눈부신 햇빛 속으로 서서히 사라져버렸다.

---

* "더이상 안 보이는군(No ha aparecido más)"이라는 밀크의 말에서 'aparecido'는 '나타나다(aparecer)'라는 동사의 과거분사이나 명사로는 '유령'을 뜻한다.

그때 존스 씨가 내려왔다. 전혀 잠을 안 잔 얼굴이었다. 그가 멍에를 씌울 채비를 하고 있는데, 일꾼이 말을 타고 오는 모습이 보였다. 천천히 몰라고 그렇게 일렀건만, 이 시간에 도착하는 걸 보면 마구 달린 게 분명했다. 가엾은 말. 겉으로는 표가 나지 않았지만 말의 심장은 금방이라도 터질 듯이 요동치고 있었다. 이제 겨우 힘든 일을 마치고 한숨 돌리는가 싶었는데, 말은 갑자기 고개를 떨구며 온몸을 부르르 떨더니 옆으로 쓰러지고 말았다. 일꾼이 계속해서 잘못을 빌자—물론 진심에서 우러나온 사과도 아니었다—부아가 치민 존스 씨는 손으로 채찍을 꽉 쥔 채 그를 당장 밭으로 보내버렸다.

하지만 개들은 그제야 마음이 놓였다. 그들의 주인을 찾아다니던 '죽음의 사자'가 대신 말을 제물로 데려갔으니 그럴 만도 했다. 이제 한시름 던 개들은 기분이 홀가분했다. 그들이 일꾼을 따라 밭으로 나가려던 찰나, 저멀리서 나사못을 내놓으라고 고함을 지르는 주인의 목소리가 들렸다. 엎친 데 덮친 격으로 일꾼은 나사못도 사지 못했던 모양이다. 가게 주인이 낮잠을 자는지, 가게 문이 닫혀 있었다고 횡설수설 변명을 늘어놓았다. 존스 씨는 대꾸도 하지 않고 손에 들고 있던 멍에를 내던진 뒤 직접 나사못을 사러 집을 나섰다. 머리가 타들어갈 정도로 볕이 뜨거웠지만 그에게는—일꾼과 마찬가지로—큰 문제가 되지 않았다. 더구나 화를 삭이는 데는 산책만한 것도 없었다.

개들도 그를 따라나섰지만 얼마 못 가 구주콩나무 그늘 아래 숨어버리고 말았다. 날씨가 너무 더웠던 탓이다. 그들은 걸음을 멈추고 인상을 찌푸린 채 점점 멀어져가는 주인의 모습을 바라보았다. 하지만 잠시라도 주인과 떨어지기가 싫었는지 녀석들은 결국 지친 발걸음으로 그를 따라갔다.

존스 씨는 나사못을 산 다음 다시 집으로 향했다. 조금이라도 더 빨리 가기 위해, 먼지가 풀풀 날리는 꼬부랑길 대신 밭을 가로질러 걷기 시작했다. 그는 개울을 건너, 갈대숲으로 들어갔다. 살라디토천* 범람원에서 자라나는 갈대는 오랜 세월 사람 키만큼 자랐다가 시들고 또다시 새싹이 돋아나기를 반복했지만 불 한 번 나지 않았다. 보통 사람 가슴 높이까지 자라서 구부러지는 갈대는 사람들의 침입을 막으려는 듯 촘촘히 우거져 있었다. 선선한 날씨에도 거길 가로질러간다는 것은 보통 힘든 일이 아닌데, 하물며 이 시간에는 두말할 나위가 없었다. 존스 씨는 따끔거리는 질산 증기 때문에 숨이 막히고 탈진할 지경이었지만, 개울물이 넘칠 때 밀려온 진흙이 말라붙으면서 허연 먼지를 뒤집어쓴 갈대를 헤쳐나가는 데 전력을 다했다.

마침내 갈대숲을 벗어나 숲가에 멈춰 섰다. 하지만 체력이 바닥나서 땡볕 아래 계속 있을 수는 없었다. 그는 다시 걸음을 뗐다. 불볕더위가 사흘 연속 계속되는 가운데, 습도까지 높아져 숨이 막혔다. 태양이 작열하는 하늘은 온통 하얀빛이었고, 바람 한 점 불지 않았다. 그는 갑자기 숨이 가빠졌다. 가슴에 통증이 밀려오면서 제대로 숨을 쉴 수가 없었다.

존스 씨는 더이상 견디기 어렵다는 사실을 직감했다. 조금 전부터 경동맥이 뛰는 소리가 요란하게 귓전을 울렸다. 허공에 둥둥 떠 있는 느낌마저 들었다. 마치 머리 안쪽에서 두개골을 위로 밀어낸 것 같았다.

---

* 아르헨티나 북부 차코주에 있는 하천으로 주변에 범람원이 펼쳐져 있다.

풀밭을 바라보는데 현기증이 밀려왔다. 그는 불쾌한 느낌을 떨쳐내려고 걸음을 재촉했다…… 다행히 곧 제정신이 들었지만, 정신을 차리고 보니 엉뚱한 곳이었다. 자기도 모르게 반 쿠아드라*나 걸어간 셈이었다. 뒤를 돌아보자 또다시 현기증이 엄습했다.

그사이, 개들은 혀를 길게 빼문 채 잰걸음으로 그의 뒤를 따라가고 있었다. 가다가 숨이 턱까지 차오르면, 덤불 그늘 아래에 들어가 혀를 내밀고 헥헥거렸다. 하지만 한숨 돌리기가 무섭게 곧바로 이글거리는 햇빛 아래로 돌아갔다. 마침내 저 앞에 집이 보이자, 개들은 걸음을 빨리했다.

바로 그 순간, 앞장서서 걸어가던 올드의 눈에 하얀 옷을 입은 주인 아저씨의 모습이 어른거렸다. 밭에 둘러친 철조망 뒤에 있던 존스 씨가 그들을 향해 천천히 걸어왔다. 전날 다른 개들에게 들은 이야기가 떠오른 녀석은 고개를 돌려 주인을 쳐다보았다.

"'죽음의 사자'다, '죽음의 사자'야!" 올드가 울부짖었다.

두 눈으로 그 모습을 똑똑히 본 다른 개들도 두려움에 휩싸여 사납게 짖어대기 시작했다. 그들 눈에는 분명 존스 씨가 철조망을 넘어가고 있었다. 뭔가 일이 잘못되어가고 있는 게 분명했다. 100미터 앞에 이르자 그는 갑자기 걸음을 멈추고, 파란색 눈으로 그들을 빤히 쳐다보더니 곧장 앞으로 걸어갔다.

"주인님, 너무 빨리 가면 안 돼요!" 프린스가 소리를 질렀다.

"저러다 마주치겠어!" 개들은 다 같이 울부짖었다.

---

* 라틴아메리카의 거리 단위로, 1쿠아드라는 0.25마일에 해당한다.

또다른 주인은 잠시 멈칫하더니 계속 걸어왔다. 그러나 전처럼 그들이 있는 곳으로 곧바로 오지 않고, 약간 사선을 그리며 다가왔다. 얼핏 보기엔 엉뚱한 방향으로 가는 것 같았으나 그리로 계속 가면 존스 씨와 맞닥뜨리게 되어 있었다. 개들은 이제 모든 게 끝장이라는 생각이 들었다. 주인은 아무것도 모른 채 유령이 오는 쪽으로 터덜터덜 걸음을 옮기고 있었기 때문이다. 이제 그 환영이 존스 씨 코앞에 다다랐다. 개들은 꼬리를 말고 울부짖으며 옆쪽으로 달아났다. 마침내 둘의 몸이 하나가 되었다. 그 순간, 존스 씨는 발걸음을 멈추고 휘청하더니 그 자리에 풀썩 쓰러졌다.

그 모습을 본 일꾼들이 그를 둘러메고 집으로 옮겼다. 급한 대로 물을 먹이고 별수를 다 써보았지만, 아무 소용이 없었다. 존스 씨는 의식을 회복하지 못한 채 세상을 뜨고 말았다. 외사촌인 무어 씨가 그의 부음을 듣고 부에노스아이레스에서 한걸음에 달려왔다. 한 시간 동안 밭을 둘러본 그는 나흘 만에 존스 씨의 재산을 다 팔아버리고 다시 부에노스아이레스로 돌아갔다. 개들은 인디오 일꾼들이 나눠 갖기로 했다. 이후 영양실조에 걸려 삐쩍 마른데다, 온몸에 벌레가 우글거릴 정도로 비참한 처지로 전락한 개들은 밤마다 남의 밭에 몰래 들어가 땅에 떨어진 옥수수 낟알로 굶주린 배를 채울 수밖에 없었다.

가시철조망

구렁말은 지난 보름 동안 목장에서 도망간 친구를 찾느라 샛길을 이 잡듯 뒤져보았지만 아무 소용이 없었다. 제 앞을 가로막고 있는 이차림—수풀이 사라졌다가도 금세 싹을 틔우는 이상한 땅이다—은 들어가기는커녕 고개를 들이밀 수도 없을 정도로 오싹한 기분이 드는 곳이었다. 아무리 생각해도 흰둥이*가 그곳으로 들어갔을 리는 절대 없었다.

구렁말은 불안한 표정으로 주변을 두리번거리며 밭 여기저기를 돌아다녔다. 친구를 보고 싶은 간절한 마음에 가끔씩 떨리는 목소리로 울부짖었다. 그런데 숲 깊숙한 곳에서 흰둥이의 울음소리가 들렸다. 녀석

* 원문은 'malacara'로, 얼굴만 희다는 뜻이나 '흰둥이'로 옮긴다.

의 울음소리는 짧고 빠르게 끊어졌는데, 그건 분명 의좋게 약속한 대로 그곳에 먹을 것이 많다는 뜻이었다. 구렁말의 애를 태우려고 작정을 했는지 흰둥이는 물을 마시기 위해 하루에 두어 번 모습을 드러냈다. 그때마다 구렁말은 절대로 흰둥이를 놓치지 않겠노라고 속으로 다짐했고, 둘은 몇 시간 동안 다정하게 풀을 뜯어먹기도 했다. 그런데 어느 정도 시간이 지나면 흰둥이는 몸에 묶인 줄을 질질 끌고 또다시 치르카* 숲속으로 들어가버렸다. 구렁말은 흰둥이가 사라진 걸 알아차리고 이내 쫓아갔지만, 울창한 수풀이 앞을 가려 녀석의 그림자조차 찾을 수 없었다. 하지만 구렁말이 안쪽으로 조금씩 발걸음을 옮기면서 절망적으로 울부짖자, 말썽꾸러기 흰둥이가 입안에 먹이를 가득 문 채 무성의하게 대꾸했다. 소리로 봐서는 꽤나 가까운 곳에 있는 듯했다.

그날 오전, 늙은 구렁말은 숲에 난 틈을 너무도 쉽게 찾아냈다. 치르카 숲 앞쪽을—숲에서 평지로 50미터쯤 이어져 있었다—가로질러가던 중, 숲으로 비스듬하게 이어진 어슴푸레한 샛길을 본 것이다. 그 길을 따라가보니 흰둥이가 나뭇잎을 뜯어먹고 있었다.

간단했다. 어느 날, 흰둥이는 뿌리째 뽑힌 치르카 꽃에서 나는 은은한 향기에 이끌려 치르카 숲속으로 들어가다가 우연히 좁은 길을 발견했다. 녀석은 치르카 숲을 이리저리 헤매던 중 마침내 수풀 사이로 난 작은 터널 입구에 다다르게 된 것이다. 그전까지 흰둥이는 구렁말과 함께 터놓은 옛길로만 다녔다. 구렁말이 치르카 숲속에서 헤맬 수밖에 없던 것도 바로 이 때문이다. 새로 발견한 샛길은 전에 말들이 지나다니

* 아메리카대륙에서 자라는 관목. 진액이 흐르는 잿빛 줄기 끝으로 가지가 여러 갈래로 벌어지고, 잎이 뾰족하며 금빛 꽃이 핀다.

던 길에서 비스듬하게 나 있어서, 남쪽에서 북쪽으로 이어진—북에서 남이 아니라—옛길로만 다니던 구렁말은 당연히 그 틈을 발견할 수가 없었다.

잃어버린 줄로만 알았던 친구를 발견하자, 늙은 구렁말은 너무나 반가워 한걸음에 달려갔다. 둘은 꼭 붙어서 어린 야자 잎을 마음껏 뜯어 먹었다. 모처럼 자유를 만끽한 두 마리 말은 여태껏 자신들을 비참하게 가두어놓은 목장을 영영 떠나기로 마음먹었다.

숲은 안으로 들어갈수록 나무가 듬성듬성해서 말들이 나아가기에도 그리 어렵지 않았다. 막상 들어가보니 겉보기와는 달리 폭이 200미터밖에 안 되는 작은 숲에 불과했다. 그 뒤쪽 땅은 이 년 정도 자란 야생 담배나무로 뒤덮여 있었다. 한창때 사람의 발길이 닿지 않는 숲속을 제멋대로 쏘다니다 여섯 달 동안 길을 잃고 헤맨 적도 있는 늙은 구렁말은 앞장서서 그곳으로 향했다. 녀석들은 그곳에 있는 담배나무 잎—적어도 그들 목덜미 높이에 있던 나뭇잎은 다—을 단 삼십 분 만에 깡그리 먹어치웠다.

늙은 구렁말과 흰둥이가 닥치는 대로 먹어치우고 여기저기를 기웃거리면서 숲속을 걸어가는데, 갑자기 철조망이 앞을 가로막았다.

"철조망이잖아." 구렁말이 말했다.

"그러네. 철조망이네." 흰둥이가 고개를 끄덕였다. 둘은 철조망 제일 위쪽에 고개를 들이밀고 전방을 찬찬히 살펴보았다. 오래전에 개간한 듯한 목초지가 뽀얗게 서리에 뒤덮여 있었다. 바나나와 신종 작물을 심은 밭 같았다. 그다지 끌리지는 않았지만, 둘은 그곳을 물끄러미 쳐다보더니 철조망을 따라 오른쪽으로 걷기 시작했다.

이 분 뒤, 그들은 불에 타 죽어 철조망 위로 쓰러져 있는 나무 앞을 지나쳤다. 서리가 하얗게 뒤덮인 풀밭을 가로질러갔는데, 땅이 젖어 있어 발소리가 나지 않았다. 서리 때문에 보통 때보다 불그스레하게 변한 바나나 밭에 이르자, 새로 심어놓은 식물이 뭔지 가까이에서 볼 수 있었다.

"이건 그냥 잡초네." 흰둥이가 질긴 이파리를 씹어먹느라 주둥이를 실룩거리며 말했다.

워낙 먹성이 좋은 말들이라 속으로는 크게 실망했을 수도 있지만, 맛있는 풀을 꿈꾸면서 다시 걸음을 옮기기 시작했다. 그런데 잡초 밭을 비스듬하게 가로질러가던 중 또다른 철조망이 앞을 가로막았다. 상당히 성가셨지만, 그들은 인내심을 발휘해 차분하게 철조망을 빙 둘러갔다. 한참을 걸어 마침내 나무 울타리 앞에 이르렀고, 다행히 문이 열려 있어 밖으로 나갔더니 난데없이 사람들이 지나다니는 한길이 나타났다.

둘은 이처럼 대단한 일을 해낸 자신들이 대견스럽기까지 했다. 목장에서의 지루한 생활과 진정한 자유를 누리는 지금 사이에는 엄청난 차이가 있었다. 하지만 이에 만족하지 않고 계속 자유를 누리고 싶었다. 그래서 그들은 주변을 느긋하게 둘러본 다음, 서로 목덜미에 낀 하얀 비듬을 털어주고 넉넉한 마음으로 또다시 모험의 길을 떠났다.

정말이지 그날의 날씨는 모험을 떠나기에 안성맞춤이었다. 아침 내내 미시오네스 지방*을 잔뜩 뒤덮고 있던 안개가 싹 걷히면서, 파란 하

---

* 아르헨티나 북동부 끝에 위치한 지방으로 파라과이 및 브라질과 국경을 이루고 있다.

늘 아래 햇살을 받아 반짝이는 풍경이 드러났다. 그들이 선 언덕에서 시작된 불그스레한 빛깔의 흙길은 앞쪽으로 펼쳐진 목초지를 반듯하게 가르면서 하얗게 서리가 내린 저 아래 계곡으로 내려갔다가, 거기서 다시 저 먼 산 위로 이어졌다. 산에서 차가운 바람이 불어와 금빛으로 물든 아침 공기가 한층 더 상쾌하게 느껴졌다. 아직은 수평선에 떠 있는 태양을 마주보고 선 말들은 환한 햇빛에 눈이 부셔 눈을 가늘게 떴다.

두 마리 말은 자유를 한껏 즐기면서 눈부신 햇살이 쏟아지는 길을 따라 걸어갔다. 산꼭대기의 모퉁이를 돌아서니, 놀랍게도 푸른 초원이 길 양편으로 넓게 펼쳐져 있었다. 목초지인가? 분명하다. 그런데 한겨울에 어떻게……

둘은 놀라서 코를 벌름거리며 철조망 쪽으로 다가갔다. 그곳은 아주 좋은, 아니 어디 하나 나무랄 데 없이 훌륭한 목초지였다! 이제 자유의 몸인 말들은 곧장 풀밭으로 뛰어들어갔다!

여기서 우리는 구렁말과 흰둥이가 그날 새벽부터 자신감에 충만해 있었다는 점을 주목해야 한다. 나무 울타리나 철조망도, 산이나 숲을 베어 만든 개간지도 그들을 막을 수 없었다. 꼭두새벽부터 놀라운 일을 여러 차례 겪은데다 험난한 역경도 꿋꿋하게 이겨냈기에, 그들은 앞으로 아무리 혹독한 시련이 닥친다 해도 눈썹 하나 까딱하지 않을 만큼 강한 자신감에 차 있었다.

그들이 의기양양하게 걸어가는데, 100미터 앞 굵은 말뚝 다섯 개를 박아서 만든 울타리 안에 소 몇 마리가 옹기종기 모여 있는 모습이 눈에 띄었다. 가까이 가보니, 소들은 꼼짝도 않고 바로 코앞에 두고도 갈

수 없는 푸른 낙원을 물끄러미 바라보고 있었다.

"왜 울타리를 넘어가지 않는 거죠?" 구렁말이 소들에게 물었다.

"저긴 가면 안 돼요." 그들이 대답했다.

"우린 원하는 곳 어디든 갈 수 있어요." 구렁말이 거드름을 피우며 말했다. "한 달 전부터 우린 마음 내키는 대로 돌아다니고 있답니다."

그들은 모험에 푹 빠져 시간이 어떻게 가는지도 모를 지경이었다. 하지만 소들은 난데없이 나타난 말들에게 눈길 한 번 주지 않았다.

"저래서 말들은 안 된다니까." 잠시도 가만히 있지 못하는 어린 암송아지가 불쑥 내뱉었다. "말은 저렇게 하지만, 막상 멍석을 깔아주면 아무데도 못 갈걸. 물론 우린 마음만 먹으면 어디든 갈 수 있지."

"쟤네 좀 봐. 밧줄을 질질 끌고 다니네." 나이든 엄마 소가 고개를 돌리지도 않고 한마디 거들었다.

"무슨 소리예요. 난 밧줄에 묶이지 않았다고요!" 구렁말이 펄쩍 뛰면서 말했다. "얼마 전까지 목장에서 살다가 나왔단 말이에요."

"맞아요. 우린 자유를 찾아 울타리를 넘어왔어요! 그런데 당신들은 그러지도 못하잖아요."

어린 송아지가 또다시 끼어들었다.

"며칠 전에 주인이 그랬어요. '말 따윈 말이야, 가는 철삿줄 하나만 있어도 못 나가'라고 말이죠. 그 말이 맞죠?…… 당신들도 못 넘어가죠?"

"그렇겠죠. 그런 게 있으면 우리도 못 나가죠." 송아지의 말에 흰둥이가 고개를 끄덕이며 수긍했다.

"무슨 소리야! 우린 나갈 수 있어!"

소들이 아무리 대담하고 영악한데다 농촌의 법규를 어기고 남의 밭을 제멋대로 밟고 다닌다 해도 이 울타리를 함부로 넘지는 못할 거라는 생각이 정직한 흰둥이의 머릿속을 스치고 지나갔다.

"이놈의 울타리가 문제라니까요." 엄마 소가 구렁말의 주장에 제동을 걸었다. "근데 저 소는 넘어갈 수 있어요! 저 큰 뿔로 말뚝을 들이받고 나갈 수 있죠."

"누구 말이에요?" 구렁말이 물었다.

소들의 시선이 일제히 한 황소에게 쏠렸다.

"황소 바리구이! 바리구이라면 철조망보다 더한 것도 너끈히 빠져나갈 수 있죠."

"철조망을요?…… 그걸 빠져나간다고요?"

"뭐든지 가능하죠! 뾰족한 가시철조망이라도 문제없어요. 일단 저 소가 나가고 나면, 우린 그 뒤를 따르기만 하면 돼요."

그 말을 듣고, 가는 철삿줄 하나만 있어도 못 나가는 원래의 고분고분한 상태로 돌아온 두 마리 말은 가시철조망도 뚫고 나갈 수 있다는 대단한 황소에게 완전히 매료되었다. 가시철조망을 단숨에 뚫고 나간다니, 다른 동물들에게는 상상도 못할 일이었다.

갑자기 암소들이 느릿느릿 자리를 피했다. 천천히 앞으로 나온 황소는 고집스러워 보이는 납작한 이마를 곧장 울타리에 갖다댔다. 그 모습을 본 구렁말과 흰둥이는 자기들이 한 수 아래임을 인정할 수밖에 없었다.

암소들이 양편으로 물러서자, 바리구이는 말뚝 아래로 머리를 들이밀더니 말뚝을 옆으로 밀치기 시작했다.

두 마리 말은 놀라 귀를 쫑긋 세웠다. 하지만 말뚝은 꿈쩍도 하지 않았다. 황소는 나름대로 머리를 쓴다고 이리저리 용을 썼지만 소용이 없었다. 사실 밭 주인—귀리를 재배하며 행복하게 사는 사람이었다—이 전날 쐐기를 단단히 박아둔 터라, 말뚝이 쉽사리 흔들릴 리가 없었다.

황소는 더이상 힘을 쓰지 않았다. 그는 느긋하게 고개를 돌리더니 눈을 게슴츠레 뜨고 코를 킁킁거리며 먼 곳의 냄새를 맡았다. 잠시 후, 그는 들릴까 말까 할 정도로 희미한 콧소리를 내며 울타리 옆으로 쳐진 철조망을 따라 느릿느릿 걸음을 옮겼다.

울타리 앞에 서 있던 말과 암소들은 황소를 멍하니 바라보았다. 그런데 그 순간 황소가 뿔을 가시철조망 아래 집어넣더니 사납게 위로 들어올렸다. 녀석은 등을 구부려 철조망 사이로 난 틈으로 빠져나갔다. 단 네 걸음 만에 황소는 귀리 밭에 들어섰다. 그러자 바라만 보던 암소들도 한 마리씩 철조망 앞으로 모여들었다. 그러나 암소들은 가시에 긁혀 피라도 나면 어쩌나 하는 걱정에 감히 넘어갈 엄두를 내지 못했고, 철조망 사이로 머리를 들이밀었다가도 이내 고개를 설레설레 저으며 뒷걸음질쳤다.

둘은 그 모습을 지켜보았다.

"못 넘어가네." 흰둥이가 입을 열었다.

"황소는 넘어갔는데 말이야." 구렁말이 한마디 거들었다. "그런데 저 녀석 무지 먹어대는군."

둘은 평소 습관대로 철조망을 따라 걸었다. 그런데 그때 황소의 울음소리가 들렸다. 조금 전과 다르게 아주 큰 소리로 울부짖는 소리였다. 말들이 놀라 고개를 돌리니, 황소가 귀리 밭에서 마치 누군가를 향해 덤벼들기라도 하듯 몸을 펄쩍거리며 소리를 지르고 있었다. 자세히 보니, 밭 주인이 손에 몽둥이를 든 채 녀석을 잡으러 오고 있었다.

"고약한 녀석![*]…… 몽둥이로 후려갈겨버릴 테다……" 남자는 고함을 질러댔다.

사람만 나타나면 언제나 거칠게 울부짖으면서 펄쩍펄쩍 뛰는 바리구이는 이번에도 남자의 몽둥이질을 요리조리 잘 피했다. 50미터가량을 그렇게 쫓고 쫓기면서 난리를 피운 끝에, 마침내 남자는 녀석을 철조망 쪽으로 몰아넣었다. 그러나 이번만큼은 절대 잡히지 않겠다고 작심한 듯, 녀석은 콧김을 세차게 내뿜으면서 철조망 사이로 머리를 디밀고는 철조망 가시와 20미터마다 박힌 꺾쇠에 살이 찢기면서도 그 사이로 빠져나갔다.

둘은 밭 주인이 서둘러 집으로 돌아갔다가, 하얗게 질린 얼굴로 다시 나오는 모습을 지켜보았다. 그런데 이번에는 철조망을 뛰어넘더니 자기들 쪽으로 왔다. 주인이 결연한 태도로 뚜벅뚜벅 걸어오자 놀란 말들은 그의 밭 쪽으로 슬금슬금 뒷걸음질치기 시작했다.

그러다 안 되겠는지 구렁말과 흰둥이는 고분고분하게 남자 앞으로 걸어갔고, 황소 주인의 밭에 이르렀을 때 두 사람이 나누는 대화가 들려왔다.

그들의 대화를 통해 알게 된 사실은 이러했다. 밭 주인은 폴란드인의 황소 때문에 그간 말도 못하게 시달렸다. 녀석이 못 들어오게끔 깊은 숲속에 밭을 일궈놓아도, 철조망을 촘촘하게 엮어 밭 주변에 빙 둘

* 원문은 'Añá'로, 남아메리카 과라니 인디오의 신화에 나오는 악마를 가리킨다.

려쳐도 소용이 없었다. 녀석은 밭에 남아 있는 곡식을 깡그리 먹어치워야 직성이 풀리는 모양이었다. 마을 사람들이 사고만 치고 다니는 황소와 그 주인에 대해 진절머리를 칠 법도 했다. 황소로 인한 피해가 끊이지 않자 마을 사람들은 어렵사리 뜻을 모아 지방 치안판사에게 이를 알렸지만, 녀석은 계속해서 동네 밭의 곡식이란 곡식은 죄다 먹어치웠다. 그런데 신기하게도 자기 주인의 밭은 절대 건드리지 않았다. 그래서인지 폴란드인은 오히려 녀석을 대견히 여기는 듯했다.

그렇게 말들은 화가 머리끝까지 치민 밭 주인과 낯두꺼기 짝이 없는 폴란드인 사이에 오간 대화를 모조리 보고 들었다.

"자닌스키 씨, 보다시피 당신 황소가 내 귀리 밭을 다 짓밟아놓았소. 이번이 마지막인 줄 알아요! 더는 봐주지 않을 테니까!"

큰 키에 파란 눈을 가진 폴란드인은 콧소리가 섞인 부드러운 목소리로 말했다.

"아, 참 못된 소예요! 나, 어떻게 할 수가 없어요! 내가 잡아요, 그런데 금세 도망가요! 저놈의 암소 때문이에요! 황소는 암소 뒤만 따라다니니까요!"

"내겐 암소가 없어요. 당신도 알잖소!"

"아뇨! 라미레스네 암소요! 미친 황소는 내 거고요!"

"이봐요, 당신도 잘 알겠지만 문제는 당신네 황소가 철삿줄을 죄다 망가뜨리는 거요."

"아, 철조망을요! 그런데 나 잘 몰라요!……"

"좋소! 이봐요, 자닌스키 씨. 난 이웃과 문제를 일으키고 싶지 않아요. 마지막으로 하는 부탁인데, 황소 관리만 좀 잘해주세요. 저 안쪽에 있는 철조망을 넘어오지 않도록 말이오. 가는 길에 철조망을 고쳐놓을 테니, 앞으로는 이런 일 없도록 해주시오. 제발 부탁이오."

"황소는 길로 다녀요! 안쪽에 가지 않아요!"

"조금 전에 봤겠지만 녀석은 길로 다니지 않아요."

"저놈은 다 넘어가요! 가시철조망, 못 넘어요, 절대로요! 그것 말고는 다 지나다녀요!"

"또다시 밭으로 들어오지는 못할 겁니다."

"들고 있는 게 뭐죠?"

"가시철조망이요…… 그나저나 다시는 철조망을 넘지 못할 거예요."

"가시철조망, 절대 못 지나가요!"

"알겠소. 하여간 황소가 밭에 들어오지 못하도록 단속 좀 잘해주시오. 이 철조망을 넘으면 녀석도 다칠 테니까 말이오."

밭 주인은 자리를 떠났다. 영악한 폴란드인은 남의 밭만 골라서 망쳐놓는 황소 때문에 웃음이 나왔지만, 황소가 들어오지 못하도록 철조망을 치러 가는 이웃 사람의 뒷모습을 보자 측은한 마음이 들었다. 그는 두 손을 비비며 중얼거렸다.

"황소가 귀리 밭을 다 먹어치워도 이번만큼은 나한테 아무 말 못할 거야."

두 마리 말은 밭을 뒤로하고 또다시 길을 떠났다. 잠시 후 그들은 바리구이가 난장판을 벌였던 곳에 다다랐다. 녀석은 여전히 길 한가운데 꼼짝도 않고 버티고 서 있었다. 십오 분 전부터 저멀리 어딘가를 빤히 바라보고 있는 놈의 표정은 엄숙하다 못해 멍해 보이기까지 했다. 황소 뒤에 늘어선 암소들은 따스한 햇볕을 쬐면서 꾸벅꾸벅 졸거나 되새김

질을 하고 있었다.

가엾은 말들이 길을 따라 터덜터덜 걸어오자, 암소들은 일제히 업신여기는 듯한 시선으로 그들을 쳐다보았다.

"말들이로군. 쟤네도 철조망을 넘어간다고 그랬지. 밧줄에 묶인 주제에 말이야."

"하지만 바리구이는 철조망을 넘어갔다고!"

"말 따윈 가는 철삿줄 하나만 있어도 못 나가."

"저렇게 삐쩍 말라가지고 뭘 하겠어?"

이 말을 듣고 마음에 큰 상처를 받은 구렁말이 고개를 돌렸다.

"우린 마르지 않았어. 당신들이나 그렇지. 아무리 잘난 체해봐야 여기부터는 한 걸음도 더 못 나갈걸?" 구렁말은 바리구이가 쓰러뜨린 철조망을 가리키며 말했다.

"바리구이는 어디든 갈 수 있어! 우린 그의 뒤를 따라가기만 하면 돼. 더이상 못 가는 건 우리가 아니라 바로 당신들이야."

"아냐. 이제는 넘어갈 수 없을 거야. 조금 전에 밭 주인이 그랬어."

"바리구이는 그 사람의 귀리를 다 먹어치웠어. 우린 그의 뒤를 따라갔고."

친밀함으로 따진다면 말은 암소보다야 인간과 훨씬 더 가까운 사이다. 그래서 흰둥이와 구렁말은 밭 주인이 세울 거라고 한 철조망에 믿음이 갔다.

둘은 걸음을 재촉했다. 잠시 후, 눈앞으로 넓은 들판이 펼쳐지자 그들은 괜히 시비를 걸던 암소 따윈 모두 잊고 풀을 뜯기 시작했다.

늦은 오후, 해가 넘어갈 무렵에 둘은 갑자기 옥수수가 떠올라 왔던

길을 되돌아갔다. 가는 길에 그들은 철조망을 맨 말뚝을 모두 바꾸고 있는 밭 주인을 보았다. 그의 곁에는 한 금발 남자가 말에 올라탄 채 그가 일하는 모습을 바라보고 있었다.

"아무리 그래봐야 녀석은 금방 넘어갈 거라니까요." 금발 남자가 말했다.

"이제 두 번 다시는 못 넘어갈 걸세." 밭 주인이 대답했다.

"두고 보면 알겠죠! 폴란드 놈의 황소한테는 장난 같은 거라니까요. 보세요. 금세 넘어갈 테니까!"

"두 번 다시는 못 넘어갈 거야." 밭 주인은 생각을 굽히지 않고 또 한 번 말했다.

둘은 계속 길을 가는데, 두 사람이 나누는 말소리가 띄엄띄엄 들려왔다.

"……웃겠어요!"

"……두고 보면 알겠지."

이 분 뒤, 말을 탄 금발 남자가 잉글랜드식 트롯*으로 그들 곁을 지나갔다. 처음 보는 동작에 놀란 흰둥이와 구렁말은 계곡 쪽으로 빠르게 사라져가는 남자를 멍하니 바라보았다.

"참 희한하네!" 한참을 지켜보던 흰둥이가 말했다. "정작 말은 잰걸음으로 가는데, 사람은 전속력으로 질주하는 모양새라니."

그들은 계속 걸었다. 어느새 그들은 그날 아침에 왔던 언덕 꼭대기에 다다랐다. 하늘빛이 희미해지고 쌀쌀해지자, 흰둥이가 앞장서고 구

---

* 기수가 말의 걸음의 두 박자마다 안장에서 몸을 떼는 동작.

렁말은 그 뒤를 바짝 따랐다. 고개를 푹 숙인 채 걸어가는 그들의 검은 그림자가 땅에 길게 늘어졌다. 눈을 뜰 수 없을 정도로 강한 햇살이 내리쬐던 낮과 달리 땅거미가 내려앉은 지금은 거의 무색의 음울한 대기가 그들을 에워싸고 있었다. 바람이 완전히 잦아들면서 사방은 쥐죽은 듯 고요해졌고, 수은주가 곤두박질쳤다. 더구나 그늘진 곳에서 스멀스멀 피어오른 짙은 안개로 인해 이미 얼어붙은 계곡 구석구석 습기가 배어 있었다. 차가워진 땅에서는 서리를 하얗게 뒤집어쓴 겨울 풀 냄새가 다시 풍겨왔다. 산 쪽으로 구불구불하게 이어진 길을 따라 걸음을 옮길수록 기온이 떨어지고 습해졌지만, 풀과 레몬 꽃에서 나는 짙은 향기가 공기를 가득 메우고 있었다.

둘은 밭으로 난 문을 통해 들어갔다. 그런데 마당에서 옥수수가 든 상자를 흔들던 남자아이가 녀석들의 불안한 발소리를 들었다. 늙은 구렁말은 그날 무모한 모험을 감행한 대가로 밧줄에 묶이는 영광을 안게 되었다. 쉽게 빠져나올 수 있는 허술한 밧줄이긴 했지만 말이다.

다음날 아침, 짙은 안개 때문에 다소 늦춰지기는 했지만 둘은 또다시 탈출을 감행했다. 그들은 야생 담배 밭을 가로질러, 서리가 내려앉은 목초지를 소리 없이 밟으며 여전히 열려 있던 문으로 나갔다.

이미 중천에 걸린 해가 이글거리며 온 세상을 환하게 비추고 있었다. 아침부터 푹푹 찌는 걸로 봐서 곧 날씨가 돌변할 게 분명했다. 언덕을 넘어가자마자 길가에 모여 있는 암소들이 눈에 띄었다. 그들은 전날 오후에 있었던 일이 떠올라 귀를 쫑긋 세우고 걸음을 재촉했다. 밭 주인이 철조망을 어떻게 만들어놓았는지 보고 싶었다.

하지만 막상 도착해서 보니, 여간 실망스럽지 않았다. 새로 박은 말뚝—거무죽죽한데다 잔뜩 뒤틀린 나무였다—에 가시철조망 두 개만 달랑 둘러놓은 모양새였다. 전보다 더 두꺼운 것 같기는 했지만, 그 두 개가 다였다.

가끔 그렇게 시시한 모험을 떠남으로써 아무런 변화도 없이 무료한 숲속 생활을 달래기도 하지만, 말들은 경험으로 울타리에 대해 어느 정도 알고 있었다. 그들은 철조망 울타리를, 특히 새로 박은 말뚝을 유심히 살펴보았다.

"나무는 아주 좋은 걸 썼네." 흰둥이가 운을 뗐다.

"맞아. 나무에서 단단한 심을 꺼내 불에 그슬린 모양이야." 구렁말이 한마디 거들었다. 다시 한번 찬찬히 살펴본 뒤, 흰둥이가 말했다.

"철조망을 말뚝 중간에 둘러놓았어. 그런데 이번에는 꺾쇠를 박지 않은 모양이네."

"게다가 철조망을 거의 붙여놓다시피 했어."

대신 말뚝을 아주 촘촘히 박아두었다. 대략 3미터 간격이었다. 하지만 말들은 철조망을 다섯 개나 쳐두었던 이전 울타리와는 달리, 이번에는 두 개밖에 없어서 실망이 컸다. 어떻게 저다지 허술한 철조망을 가지고 그 사나운 황소를 막을 수 있다고 생각한 걸까?

"그런데 어제 주인이 분명히 그랬어. 황소가 절대 못 넘어갈 거라고." 흰둥이도 속으로는 영 못 미더웠지만 잠자코 있을 수만은 없어 불쑥 내뱉었다. 녀석은 주인의 총애를 받아 다른 말보다 옥수수를 더 많이 먹었기 때문에, 사람 말이라면 철석같이 믿는 편이었다.

길가에 서 있던 암소들이 그 말을 들었다.

"말들이로군. 여전히 밧줄에 묶여 있네. 재네는 여기를 절대 못 넘어

가. 바리구이야 당연히 넘어갔지만 말이야."

"벌써 넘어갔다고요? 여기로 말이에요?" 흰둥이는 기가 죽은 표정으로 물었다.

"저 안쪽으로 빠져나갔어요. 물론 이쪽으로도 충분히 넘어가겠지만 말이에요. 그러고는 밭에 있는 귀리를 몽땅 먹어치웠죠."

어느새 수다스럽던 암송아지가 철조망 사이로 머리를 집어넣으려고 애를 쓰고 있었다. 암송아지는 온몸을 부르르 떨더니 뿔로 철조망을 세게 들이받았다. 그 모습을 본 두 말은 아연실색했다.

"철조망이 엄청나게 팽팽한데." 한동안 유심히 살펴보던 구렁말이 입을 열었다.

"그러게. 끊어질 것처럼 팽팽해……"

두 마리 말은 철조망에서 눈을 떼지 못하고 덩치 큰 황소가 어떻게 철조망 사이로 빠져나갈 수 있었을지 추측해보았지만 도저히 납득이 가지 않았다.

그사이, 암소들은 서로 용기를 북돋아주었다. 어제 황소가 철조망을 넘어갔어. 그것도 가시철조망을 말이야. 우린 그의 뒤를 따르기만 하면 돼.

"암소들은 어제도 못 넘어갔잖아. 자기들 말로는 할 수 있다지만 턱도 없어." 구렁말이 말했다.

"조심해! 여기 가시가 있어! 바리구이가 넘어갔으니까 힘내! 아, 저기 바리구이가 온다!"

그때 황소가 200미터 앞쪽에 있는 숲에서 나와 귀리 밭을 향해 어슬렁어슬렁 걸어왔다. 울타리 앞으로 일제히 모여든 암소들은 황소의 움직임을 유심히 지켜보았다. 말들은 귀를 쫑긋 세운 채 그 자리에서 꼼짝도 하지 않았다.

"귀리를 다 먹어치웠어! 다시 넘어오려나봐!"

"철조망이 엄청나게 팽팽한데……" 무슨 일이 일어날지 정확하게 알아야 직성이 풀리는 흰둥이가 혀를 끌끌 차며 말했다.

"귀리를 다 먹었어! 밭 주인이 온다! 그가 오고 있다고!" 수다스러운 암송아지가 소리를 질렀다.

정말 밭 주인이 집에서 나와 황소 쪽으로 걸어가고 있었다. 손에 몽둥이를 들고 있기는 했지만, 화가 나 보이지는 않았다. 그는 아주 심각한 표정으로 얼굴을 잔뜩 찌푸리고 있었다.

황소는 그가 다가오기를 기다리고 있다가 남자가 자기 앞에 다다르자 뿔을 세우고 사납게 고함을 지르기 시작했다. 남자가 한 발짝 더 다가서자 황소는 슬금슬금 뒷걸음질치더니, 큰 소리로 울부짖으며 미친 듯이 귀리 밭을 짓밟고 뛰어다녔다. 녀석은 10미터가량 질주하다가 갑자기 멈춰 섰다. 그러고는 남자를 향해 천천히 몸을 돌리더니 마지막으로 사나운 울음을 토해냈다. 마치 결투를 앞두고 적을 조롱하는 듯한 소리였다. 마침내 녀석은 철조망을 향해 사납게 돌진했다.

"바리구이가 달려온다! 곧 넘어올 거야! 암, 그렇고말고! 아무리 튼튼한 가시철조망이라도 문제없이 넘을 거라고!" 암소들이 이구동성으로 외쳤다.

엄청나게 큰 황소는 달려오던 힘을 이용해 머리를 숙이더니 철조망 사이로 뿔을 쑥 밀어넣었다. 정말이지 굉장한 힘을 가진 놈이었다. 그러자 철사가 뒤틀리는 소리가 났다. 온몸에 소름이 돋을 정도로 날카로운 소리가 구석까지 울려퍼졌고, 황소는 마침내 철조망을 넘어왔다.

하지만 살이 깊게 찢기는 바람에 등은 물론이고 배—가슴에서 엉덩이까지 일자로 찢어졌다—에서도 피가 폭포처럼 쏟아져내렸다. 의식이 혼미한지 녀석은 한동안 멍한 표정으로 온몸을 부들부들 떨었다. 황소는 풀밭을 피로 물들이면서 무거운 발걸음을 옮겼지만, 20미터도 채 못 가 거친 숨을 내쉬면서 바닥에 풀썩 쓰러지고 말았다.

정오 무렵, 폴란드인이 그 소식을 듣고 밭으로 나왔다. 그는 냉담한 밭 주인 앞에서 거짓 울음을 터뜨렸다. 어느 정도 시간이 지나자 황소는 자리에서 일어나 걸을 수 있었다. 하지만 폴란드인은 그날 오후 황소를 도살해버렸다. 사실 얼마든지 녀석을 치료할 수 있었지만, 그에게는 그럴 마음도 여력도 없었다. 그다음날, 죽은 황소 고기 2킬로그램을 등에 지고 집으로 돌아오는 일은 흰둥이의 몫이었다.

멘수들*

* Los mensú. '멘수'는 남아메리카의 밀림에서 벌목과 원목 가공 작업을 하는 계약직 노동자를 가리킨다. 월 단위로 임금을 받는 노동자를 의미하는 'mensualero'에서 유래한 것으로 추정되는데, 이 작품에서는 일정 기간 계약을 맺고 고된 일을 하는 인부에 가깝다. 원래의 의미를 살리기 위해 여기서는 '멘수들'로 옮긴다.

벌목장에서 일하는 카예타노 마이다나와 에스테반 포델레이는 인부 열다섯 명과 함께 실렉스호를 타고 포사다스*로 돌아가고 있었다. 그곳에서 아홉 달 동안 벌목 일을 한 포델레이는 계약 기간이 끝나 공짜로 배를 얻어 타고 가는 길이었다. 한 달 단위로 돈을 받고 일한 카예**도 공짜로 배를 타기는 했지만, 선금으로 받은 돈을 갚느라 일 년 반 만에 돌아가는 셈이었다.

둘 다 비쩍 마른데다 머리카락은 부스스하게 헝클어져 있고, 반바지 차림에 셔츠 앞섶은 죄다 풀어헤친 모습이었다. 배에 타고 있던 대부분의 인부들과 마찬가지로 맨발에 누추하고 꾀죄죄한 몰골로, 두 멘수는

---

* 미시오네스주의 주도로, 파라나강 좌안에 위치해 있다.

** 카예타노의 애칭.

자신들의 삶에서 예루살렘이자 골고다와 다름없는 밀림의 수도를 탐욕스러운 눈빛으로 바라보았다. 무려 아홉 달 만에 저기로 가는구나! 일 년 반 만에 돌아가다니!

어찌됐든 그들은 마침내 그곳으로 돌아가고 있었다. 벌목장에서 도끼질을 하며 보낸 고된 시간도 그곳으로부터 불어오는 환희의 바람 앞에 한 줌의 재가 되어 날아가버렸다.

백 명이나 되는 일꾼 중에서 어느 정도 밑천을 챙겨 포사다스에 도착한 사람은 그 둘뿐이었다. 그들은 계약금 조로 미리 받은 돈으로 일주일 동안 저 강 아래쪽에서 쾌락을 즐길 기대에 잔뜩 부풀어 있었다. 강변에는 뚜쟁이이자 도우미를 업으로 하는 쾌활한 성격의 여자들이 떼로 모여 그들을 기다리고 있었다. 환락에 눈이 먼 멘수들은 그녀들을 보자마자 더이상 참을 수 없다는 듯 연방 탄성을 질러댔다.

이미 질펀한 분위기에 흠뻑 취한 카예와 포델레이는 여자 서넛에게 둘러싸인 채 비틀거리며 배에서 내렸다. 얼마 지나지 않아, 그들은 멘수라면 누구나 갖고 있는 욕망을 채우기 위해 카냐를 마구 들이켜기 시작했다.

잠시 후 그들은 얼마 전에 서명한 계약서만 믿고 술이 거나하게 취해 있었다. 대체 그들은 어떤 일을 하기로 한 걸까? 게다가 어디서? 그들은 그런 것 따위를 알 리도 없었을뿐더러 신경조차 쓰지 않았다. 하지만 수중에 40페소나 있고, 저당잡힐 수 있는 물건도 제법 있다는 것쯤은 알았다. 술기운이 온몸에 퍼지면서 긴장이 풀어졌는지 두 사람은 침을 질질 흘리고 휘청거리면서도 고분고분하게 여자들을 따라 옷가게로 갔다. 이 철두철미한 여자들은 자기가 올린 매상에서 일정 비율을 나눠 먹기로 한 가게나, 미리 계약을 맺어둔 사람이 하는 상점으로 남자들을 데려갔다. 여자들은 이때를 이용해 평소 갖고 싶었던 화려한 옷과 멋들어진 머리장식, 그리고 허리띠 등을 장만했다. 이 모든 것은 자기와 한패인 알코올 나리의 도움을 받아, 태연스럽게 훔친 것들이었다. 사실 멘수가 가진 재주라고는 돈을 펑펑 써대는 것밖에 없기도 했다.

카예는 필요 이상으로 많은 향수와 화장수, 그리고 향유를 사서 새로 산 옷에 뿌렸다. 얼마나 향이 진한지 구역질이 날 정도였다. 반면 그나마 분별이 있는 포델레이는 양털로 만든 옷 한 벌만을 샀다. 그런데 계산대에 종이쪽지가 수북하게 쌓여 있는 걸 보면 두 사람은 가격을 정확히 알아보지도 않고 상점 주인이 달라는 대로 다 준 모양이었다. 어찌됐건 한 시간 후, 그들은 전혀 딴사람이 돼서 덮개 없는 차에 탔다. 번쩍거리는 새 구두에, 어깨에는 판초를 걸치고, 허리춤에는 44구경 권총을 폼나게 찬 채 담배를 꼬나물고 있었다. 옷 여기저기 담배가 가득 들어 있었고, 주머니마다 색색의 손수건이 살짝 삐져나와 있었다. 한몫 단단히 잡은 두 여자도 뿌듯한 듯 그들을 따라 차에 올랐다. 하지만 그들의 얼굴에는 후덥지근한 거리에 밤낮을 가리지 않고 독한 담배 연기와 벌목장 냄새를 풍기고 다니는 멘수들이 진절머리난다는 표정이 역력했다.

마침내 밤이 되자, 여자들은 술을 마시자고 두 멘수를 꼬드겨 댄스홀에 갔다. 선불로 받은 돈으로 지갑이 두둑했던 그들은 맥주 한 병에 10페소씩이나 뿌려대는가 하면, 잔돈으로 받은 1페소 40센타보는 확인도 하지 않고 주머니에 집어넣었다.

멘수들이 왕이라도 된 양 방탕을 일삼는 것은 벌목장에서 보낸 참담한 생활을 어떻게든 보상받고 싶어서였다. 하여간 선불로 받은 돈을 일주일 만에 탕진해버리고 나면 그들은 또다시 실렉스호를 타고 상류로 거슬러올라가야 했다. 카예는 자기와 놀던 여자를 데리고 갔다. 다른 인부들과 마찬가지로 술에 잔뜩 취한 세 사람은 선창에 주저앉았다. 거기에는 노새 열 마리가 가방과 짐짝, 그리고 개와 남자 여자 사이에 끼여 있었다.

다음날 술이 깨자 카예와 포델레이는 장부부터 살펴보았다. 장부를 직접 확인한 것은 계약한 후로 처음이었다. 카예는 현금으로 받은 120페소 중에서 35페소를, 그리고 포델레이는 130페소 중에서 75페소를 이미 써버린 뒤였다.

둘은 깜짝 놀란 표정으로 서로의 얼굴만 멀뚱히 바라보았다. 진정한 멘수라면 그 정도 일로 눈도 꿈쩍 안 하겠지만 말이다. 그들은 5분의 1쯤 되는 돈을 어디다 썼는지 전혀 기억이 나지 않았다.

"이런 빌어먹을!……" 카예가 중얼거렸다. "이젠 일이고 뭐고 다 때려치울 거야!"

그 순간부터 그는 그곳을 도망칠 궁리만 했다. 그 많은 돈을 일주일 만에 탕진해버렸으니 자업자득이었다.

아무리 그래도 카예는 포사다스에서 없어서는 안 될 존재였다. 그런데 자기보다 포델레이에게 더 많은 돈을 선불로 주었다는 사실에 그는 분한 마음을 삭일 수가 없었다.

"자넨 운이 참 좋군……" 그가 말했다. "그렇게 선금을 많이 받았으니 말일세."

"자넨 계집을 하나 잡았잖나." 포델레이가 대꾸했다. "그러려면 당연히 쌈짓돈을 풀어야지……"

카예는 여자를 물끄러미 바라보았다. 사실 멘수들은 여자를 고를 때 미모와 도덕적인 측면은 거의 안 따졌지만, 카예는 자신이 고른 여자가 몹시 마음에 들었다. 윤이 반지르르하게 나는 비단옷에 초록색 치마, 그리고 노란색 블라우스를 입은 그녀는 정말로 눈부시게 아름다웠다. 꼬질꼬질한 목에는 세 겹의 진주목걸이가 빛났다. 어디 그뿐인가. 루이 15세 스타일의 구두와 진하게 분을 바른 두 뺨, 눈을 살며시 뜬 채로 입에 꼬나문 궐련까지 뭐 하나 빠지는 데가 없었다.

카예는 그 여자와 44구경 권총을 떠올렸다. 수중에 가진 물건 중에서 그래도 값나가는 것이라고는 권총 하나밖에 없었다. 도박판에 끼어들 생각은 별로 없었지만, 마지막으로 남은 44구경 권총도 선금처럼 언제 날아갈지 모르는 일이었다.

2미터쯤 떨어진 곳에서 한 무리의 멘수들이 트렁크를 뒤집어놓고 몬테*를 하고 있었다. 표정이 사뭇 진지한 걸 보면 가진 돈을 전부 건 모양이었다. 인부들이 함께 어울려 술을 마실 때면 어떤 이유에서든 늘 웃는 것처럼, 카예도 웃음을 지으며 한동안 그들을 바라보다가 트렁크 쪽으로 다가가 카드 한 장에 담배 다섯 개비를 걸었다.

처음만 해도 무모하게 덤비지는 않았다. 그러나 시간이 흐르면서 선불로 받아 쓴 돈을 다 메우는 것은 물론, 다시 그 배를 타고 포사다스로 내려가 새로 받은 선금을 흥청망청 쓰고도 남을 정도로 판이 커졌다.

하지만 그 판에서 지는 바람에 그는 담배를 날렸고, 결국에는 가지

---

* 블랙 잭과 비슷한 카드놀이.

고 있던 나머지 담배와 5페소, 어깨에 걸쳤던 판초, 여자의 진주목걸이, 새로 산 구두, 그리고 44구경 권총까지 모두 잃었다. 그다음날, 사정사정해서 구두는 간신히 되찾았지만, 나머지는 어림도 없었다. 졸지에 목걸이를 빼앗긴 여자는 분통이 터지는지 경멸하는 눈초리로 담배만 연신 피워댔다.

반면 포델레이는 연거푸 이겼다. 문제의 목걸이와 향기가 좋은 비누 한 상자가 여러 사람의 손을 거친 끝에 그의 손에 들어왔다. 그 대신 마체테와 양말 여섯 켤레를 잃기는 했지만, 만족스러운 결과였다.

그들은 마침내 목적지에 다다랐다. 배에서 내린 인부들은 낭떠러지 쪽으로 끝없이 이어진 황톳길을 따라 올라갔다. 절벽 위에서 아래를 내려다보자, 실렉스호가 쓸쓸한 강물에 둥둥 떠 있는 장난감 배처럼 초라해 보였다. *이런 빌어먹을!* 인부들은 과라니어*로 고함과 욕설을 내뱉으면서 (그러나 모두 즐거운 표정이었다) 증기선을 향해 손을 흔들었다. 나흘 동안 그들이 배 안에 남긴 갖가지 오물, 파슬리 향과 병든 노새의 악취를 없애려면 못해도 세 시간은 물청소를 해야 할 것이다.

숲에 들어가 벌목을 하는 포델레이의 일당은 7페소로 올랐다. 별로 힘든 일도 아닌데 말이다. 당시만 해도 회사측이 인부들의 작업량을 측정할 때 비리를 저지르는 경우가 다반사였는데, 포델레이는 그런 사실을 뻔히 알면서도 눈감아주는 대가로 상당한 혜택을 받았다. 다음날 밀림의 작업 구역이 정해지자 그는 곧바로 새 일에 뛰어들었다. 그는 우선 기다란 야자나무 이파리로 오두막—오두막이라고 해봤자 남쪽을

---

* 아마존과 라플라타강 일대의 과라니 인디오들이 사용한 언어.

막아놓은 벽과 지붕이 전부였다—을 만들었다. 그리고 장대 여덟 개를 묶어 간이침대를 만든 다음, 양 갈래 진 나뭇가지에 일주일치 보급품을 매달아놓았다. 그리고 나서 곧장 기계적으로 일과를 시작했다. 매일 아침 잠자리에서 일어나면 아직 어둠이 가시지 않았어도 말없이 마테차를 들이켰다. 찻주전자에서 손이 떨어질 새가 없을 정도로 연거푸 마셨다. 그리고 나무를 찾아 돌아다니다가, 여덟시가 되면 아침으로 곡물가루, 돼지비계, 그리고 육포를 먹었다. 그런 뒤 웃통을 벗어젖힌 채 몇 시간 동안 도끼질을 하노라면 온몸에 땀이 비 오듯 흘러 등에와 나방파리, 모기가 들러붙곤 했다. 점심은 없어서는 안 될 돼지비계에 강낭콩과 옥수수 알갱이를 얹어 먹었다. 식사를 마치고 나면 둘레 8피트에 길이가 30피트에 달하는 나무와 한바탕 싸움을 벌여야 했다. 하루 일이 다 끝나면, 오두막에서 점심때 남은 찌꺼기로 저녁을 때웠다.

그의 구역에 침입한 동료 인부들과 다투는 경우나 장마 때문에 며칠 동안 찻주전자 앞에 웅크리고 있을 때를 제외하고는 토요일 오후까지 쉼없이 작업을 계속했다. 토요일 오후에는 보통 밀린 빨래를 하고, 일요일에는 다음주 식량과 생필품 등을 사러 상점에 갔다.

일요일은 멘수들이 꿀맛 같은 휴식을 즐길 수 있는 유일한 시간이었다. 삶이 아무리 고되도 그들은 원주민 언어로 욕을 한 바가지 퍼붓고는 깨끗하게 잊어버렸고, 생필품 가격이 점점 올라 등골이 빠질 지경이 되어도—가령 마체테는 개당 5페소, 그리고 검은 빵은 80센타보로 올랐다—인디오들의 후예답게 주어진 운명을 묵묵히 받아들이면서 견뎌냈다. 이처럼 모든 일을 팔자소관으로 돌리는 데 익숙한 그들인지라, 웬만한 일에는 이 정도 가지고 뭘! 하는 듯이 동료들을 보며 씩 웃고 넘어갔지만, 마음속으로는 하루빨리 벌목장에서 벗어나 두 다리 펴고 편하게 살리라 다짐을 했다. 물론 거기서 일하는 인부들 모두 그런 마음을 품고 있었던 건 아니다. 하지만 모두들 기회만 오면 저 못된 주인놈을 절대 가만히 두지 않겠다고 단단히 벼르고 있었다. 분위기가 심상치 않게 돌아가자, 주인은 밤낮을 가리지 않고 일꾼들, 특히 계약직 노동자들의 동태를 감시했다.

멘수들은 선착장에서 나무를 굴리느라 한눈팔 새가 없었다. 숲에서 베어낸 나무들이 시시각각 저 높은 절벽 위에서 도르래를 타고 전속력으로 내려왔다. 빠르게 내려오는 나무의 힘에 밀려 노새들이 넘어지고 자빠지는 바람에 나무와 동물들, 그리고 달구지가 한데 엉기면서 난장판이 될 때마다 멘수들은 악다구니를 써댔다. 그러나 신음소리를 내며 바닥에 엎어진 노새들을 불쌍히 여기는 이는 거의 없었다. 그들은 계속해서 악을 쓰고 고함을 질렀다.

카예는 연신 싱글거리면서도 내심 달아날 궁리만 했다. 이제 더이상 저런 미친놈들과 같이 있기도, 찌꺼기 같은 음식을 먹기도 싫었다. 그러나 언젠가부터 도망칠 생각만 해도 속이 거북해졌다. 고심 끝에 그는 탈출 계획을 잠시 접기로 했다. 수중에 권총이 없으니 어찌할 도리가 없었다. 더군다나 현장감독이 늘 윈체스터 엽총을 어깨에 메고 다니는 터라 당장은 꿈도 꿀 수 없는 처지였다. 44구경 권총만 가지고 있었다면!……

그러던 어느 날, 예상치도 못한 곳에서 행운이 찾아왔다.

카예가 데려온 여자는 포사다스에서 산 화려한 옷을 벗어던지고 인부들의 옷을 세탁해주면서 돈을 벌었다. 그러더니 급기야는 집을 나가 아예 다른 놈의 품에 안기고 말았다. 이틀 동안 잠자코 기다리던 카예는 사흘째 되는 날, 새 남자의 오두막에 찾아가 그녀를 흠씬 두들겨팼다. 두 남자는 한동안 얘기를 나눈 끝에 셋이서 함께 살기로 뜻을 모았다. 다시 말해, 새 남자가 카예의 오두막에 들어와 산다는 얘기였다. 그렇게 하면 돈도 아낄 수 있으니 일석이조의 효과를 얻는 셈이었다. 그 남자가 여자를 진심으로 사랑하고 있다는 걸—사실 멘수들 사이에서 이런 경우는 매우 드물다—눈치챈 카예는 절묘한 제안을 내놓았다. 여자를 팔 테니 권총 한 자루와 총알을 가게에서 구해달라는 것이었다. 워낙 간단한 거래라 그 남자로서는 재고 자시고 할 것도 없었다. 그러나 마지막 순간에 카예가 씹는담배 1미터를 얹는 바람에 계약이 깨지기 직전까지 갔다. 그 멘수의 입장에서 씹는담배 1미터는 너무 과한 요구였기 때문이다. 우여곡절 끝에 둘은 결국 계약을 맺었다. 신혼부부가 그 오두막에서 신접살림을 차리는 동안 카예는 조심스럽게 44구경 권총에 총알을 장전하고, 비가 추적추적 내리는 오후에 함께 마테차를 마시러 그들에게 갔다.

* * *

가을이 서서히 끝나가고 있었다. 오 분간 폭우가 쏟아진 뒤 잠시 잠잠하던 하늘에 먹구름이 몰려오더니 또다시 비가 내리기 시작했다. 습기가 차서 그런지 멘수들의 어깨가 부어올랐다. 그때까지만 해도 멀쩡하던 포델레이는 통나무를 놓아둔 곳에 이르자 별안간 짜증이 치밀어 올랐다. 마음을 가라앉힐 겸 주변을 쭉 둘러보았지만, 어찌할 바를 몰라 얼쯤하니 서 있었다. 아무것도 하고 싶지 않았다. 오두막으로 발길을 돌리는데, 갑자기 등이 간지러웠다.

그는 왜 짜증이 나고 등짝이 간지러운지, 그 이유를 잘 알고 있었다. 자리에 앉아 생각에 잠긴 채 조용히 마테차를 마셨다. 삼십 분쯤 지나자 심한 오한이 등줄기를 타고 흘러내렸다.

그가 할 수 있는 일은 아무것도 없었다. 그는 부들부들 떨면서 침대 위로 풀썩 엎어졌다. 판초를 온몸에 둘둘 말았지만, 이가 저절로 딱딱 부딪혔다.

다음날, 해질 무렵까지는 별일이 없기를 바랐지만 정오쯤 다시 발작을 일으켰다. 포델레이는 간신히 몸을 추스르고 키니네*를 사러 상점에 갔다. 그의 안색으로 봐서는 말라리아 증세가 분명한 듯 보였다. 그래서 상점 점원은 제대로 살펴보지도 않고 곧장 약상자를 꺼냈다. 포델레이는 말없이 그가 준 약을 입안에 털어넣었다. 약이 끔찍하게 써서 얼굴이 잔뜩 구겨졌다. 숲으로 돌아가는 길에, 그는 벌목장 관리인과 맞닥뜨렸다.

"자네도 걸렸군!" 관리인이 그를 보고 말했다. "벌써 네 명째야. 다른 이들은 별로 중요치 않으니까 상관없지만…… 자넨 정말 믿을 만한 사람인데 말이야…… 그건 그렇고 나한테 빚진 돈이 얼마나 되지?"

"이제 얼마 안 남았는데, 몸이 이래서 일을 할 수가 없네요……"

"뭔 소린가! 하루빨리 나을 생각을 해야지. 별일 아닐 테니 너무 걱정 말게…… 그럼 내일 보세."

---

* 말라리아 치료제.

"내일 봬요." 인사를 건네고 돌아서려는데 이번에는 발뒤꿈치가 간지러웠다. 포델레이는 걸음을 재촉했다.

그로부터 한 시간 후, 세번째 발작이 일어나자 포델레이는 온몸에 힘이 다 빠져나가버렸는지 죽은 사람처럼 멍하니 한곳만 바라보고 누워 있었다. 1, 2미터 앞도 보이지 않는 듯한 눈빛이었다.

사흘 동안 꼼짝도 않고 쉬었건만—고된 노동에 시달리는 멘수들에게 휴식은 더할 나위 없이 좋은 선물이었다—그는 온몸을 이불로 둘둘 만 채 이만 덜덜거리는 짐짝으로 변해버렸다. 얼마 전까지만 해도 열이 정확하게 주기적인 리듬을 따라 오르락내리락했는데, 포델레이는 그것이 앞으로 닥쳐올 끔찍한 증상의 전조임을 전혀 몰랐다. 이젠 쉴새없이 발작이 일어났고, 한번 올라간 열은 떨어질 줄 몰랐다. 만약 키니네 덕분에 두번째 발작을 막지 못했다면, 상류의 꼬불꼬불 굽이진 산길에서 꼼짝도 못하고 죽음을 기다리는 처지가 되고 말았을 것이다. 그는 상점에 가기 위해 다시 마을로 내려갔다.

"자네 아직도 그러고 있구먼!" 관리인이 그를 보자마자 대뜸 소리를 질렀다. "이거 예삿일이 아니군…… 키니네는 먹었나?"

"그럼요…… 그런데도 열이 내려가지 않네요…… 이젠 도끼질할 힘도 없어요. 어려운 부탁인줄 알지만, 저 아래 읍내 병원에 가보게 뱃삯 좀 보태주세요. 몸이 좋아지면 곧바로 갚을게요……"

관리인은 뼈만 남은 그의 몰골을 한참 바라보았다. 보아하니 조금만 있으면 영락없이 황천길로 갈 듯했다.

"자네가 갚을 돈이 얼마나 되나?" 그가 다시 물었다.

"이제 20페소 남았죠…… 지난 토요일에 조금 갚았으니까…… 그런데 지금 몸이 너무 안 좋아서요……"

"자네도 잘 알겠지만, 빚을 다 갚을 때까진 여기서 한 발짝도 나갈 수 없네. 함부로 저 아래로 내려갔다간…… 죽을 수도 있어. 그러니 여기서 치료하고, 어서 밀린 돈이나 갚으라고."

이처럼 지독한 병을 옮은 곳에서 치료하라고? 말도 안 되는 소리였다. 하지만 어떤 멘수라도 일단 여길 벗어나면 생각이 바뀌어 종적을 감추기가 십상이니 관리인만 탓할 수는 없는 일이었다. 관리인 입장에서는 빚쟁이가 멀리 도망가는 것보다 차라리 여기서 죽는 게 훨씬 속 편할 테니까.

포델레이는 돈을 안 갚은 적이 지금껏 단 한 번도 없었다. 이것이야말로 멘수가 고용주 앞에서 당당히 내세울 수 있는 유일한 자존심이기도 했다.

"난 말이야, 자네가 전에 돈을 얼마 갚았는지 따위에는 관심이 없네!" 관리인이 말했다. "우선 빚을 다 갚고 이야기하자 이걸세!"

포델레이는 아무렇지도 않게 이런 말을 내뱉는 관리인에게 복수심이 불타올랐다. 그는 곧장 카예의 오두막으로 갔다. 카예와는 비교적 마음이 잘 맞으니 잠시 그와 같이 지낼 생각이었다. 둘은 이번 일요일에 함께 도망치기로 뜻을 모았다.

"너 마침 잘 만났다!" 그날 오후 관리인은 포델레이와 마주치자마자 버럭 소리를 질렀다. "어젯밤에 세 놈이 달아났어…… 너도 그러려고 했지, 안 그래? 놈들도 내 돈을 떼어먹고 달아난 거라고! 너처럼 말이야! 하지만 꿈도 꾸지 마. 네놈은 숲에서 도망치기 전에 죽고 말 테니까! 너나 여기 있는 놈들 모두 내 말 명심해! 다들 알아들었지!"

여기서 도망치는 것과 그에 따른 위험부담은—어떤 멘수든 이를 다 헤쳐나가려면 혼신의 힘을 바쳐야 했다—지독한 열보다 더 심각한 결과를 초래할 수도 있었다. 어쨌든 운명의 일요일이 다가왔다. 휴일이니 밀린 빨래도 하고 오두막에서 한가롭게 기타나 뜯는 척하면서 감시의 눈길을 피할 수 있었다. 그 틈을 타 포델레이와 카예는 상점에서 1킬로미터 떨어진 곳까지 갔다.

누가 쫓아오는 것 같지는 않았지만 그들은 걸음을 멈추지 않았다. 그러나 몸이 성치 않은 포델레이는 제대로 걸을 수가 없었다. 그렇지만……

어느 순간, 숲속 저멀리서 걸걸한 목소리가 울려퍼졌다.

"어서 잡아! 두 놈이야!"

얼마 지나지 않아 현장감독과 인부 세 명이 숲길을 따라 달려오는 모습이 눈에 띄었다…… 인간 사냥이 시작된 셈이었다.

카예는 달리면서 권총의 노리쇠를 당겼다.

"야 이놈들아, 당장 항복해!" 현장감독이 소리질렀다.

"숲으로 들어가자." 포델레이가 가쁜 숨을 몰아쉬며 말했다. "이젠 마체테를 들 힘조차 없어."

"돌아와. 안 그러면 쏜다!" 또다른 목소리가 들렸다.

"놈들이 더 가까이 오면……" 카예가 말했다. 그런데 그때 윈체스터 엽총 탄환이 기분 나쁜 소리를 내며 지나갔다.

"어서 들어가!" 카예가 포델레이에게 소리쳤다. 곧바로 나무 뒤에 몸을 숨긴 카예는 자기들을 추적하는 자들을 향해 권총 다섯 발을 쏘았다.

저쪽에서 날카로운 비명소리가 들렸다. 그러더니 윈체스터 총알이 또하나 지나가면서 나무껍질이 떨어져나갔다.

"빨리 항복하지 않으면, 당장 네놈들 머리통을 날려버릴 테다!……"

"저 안쪽으로 뛰어!" 카예가 포델레이에게 소리쳤다. "나도 따라 갈……"

그는 총 한 방을 쏜 뒤 숲속으로 달아났다.

일꾼들은 총소리에 놀라 잠시 주춤했지만, 이내 윈체스터 엽총을 연발로 쏘아대며 그들이 달아난 방향으로 달려갔다.

한편 카예와 포델레이는 오솔길에서 옆으로 100미터가량 떨어진 수풀을 따라 달아나고 있었는데, 덩굴에 걸리지 않도록 몸을 잔뜩 굽힌 채 움직였다. 추적자들은 그들의 움직임을 어느 정도 예측했다. 그러나 이런 울창한 숲속에서 선불리 공격에 나섰다가는 이마 한가운데 총을 맞고 뻗을 확률이 백배나 크다는 걸 현장감독은 너무나 잘 알고 있었기 때문에, 고함을 질러 겁을 주면서 윈체스터 엽총이나 계속 쏘아대는 수밖에 없었다. 빗나간 총알이 사방팔방으로 날아가면서 일요일 밤하늘을 환하게 밝히고 있었다……

일단 위기는 넘긴 듯했다. 녹초가 된 두 사람은 자리에 풀썩 주저앉았다. 포델레이는 한기가 드는지 판초로 온몸을 둘둘 만 채 카예의 등에 몸을 기댔다. 몸도 성치 않은데 너무 무리한 탓일까. 그는 두 시간 동안 지독한 말라리아의 열에 시달렸다.

그러고 나서 그들은 무거운 몸을 일으켜 다시 오솔길 옆 수풀을 따라 도망가기 시작했다. 밤이 깊어 야영을 했다. 카예가 비상식량 삼아 가지고 온 치파*를 데우기 위해 포델레이는 불을 피웠다. 이 나라에선 인간은 말할 것도 없고, 공작나비를 비롯해 빛을 보고 쫓아오는 것들이 천 가지도 넘는 터라 밤에 불을 피울 엄두를 내기 어려운데도 불을 피웠다.

다음날 해가 중천에 떴을 때, 그들은 마침내 개울가에 이르렀다. 도망자들에게 그 개울은 처음이자 마지막 희망이나 마찬가지였다. 카예는 눈에 보이는 대로 대나무 열두 그루를 잘랐고, 포델레이는 마지막 남은 힘을 다해 덩굴을 베어냈다. 하지만 일을 다 끝내기도 전에 그는 온몸을 뒤틀면서 부들부들 떨기 시작했다.

카예는 하는 수 없이 혼자서 뗏목을 만들었다. 뗏목이라고 해봐야 방금 잘라낸 대나무 열두 개를 칡덩굴로 엮은 다음, 양쪽 끝에 가로대로 묶은 것이 전부였다.

십 초 후, 그들은 뗏목에 올라탔다. 뗏목은 어설프나마 물결을 타고 파라나강으로 흘러들었다.

그 무렵, 밤이 되면 공기가 싸늘해졌다. 발이 물에 잠긴 탓에 두 멘수는 서로 껴안고 추위를 이겨내야만 했다. 최근에 쏟아진 비로 강물이 눈에 띄게 불어난데다 물살도 여간 세지 않았다. 작은 뗏목은 소용돌이 치는 물결에 휩쓸려 이리저리 떠다니다 결국 덩굴로 대충 묶은 매듭이 서서히 풀렸다.

그다음날 그들이 하루종일 먹은 음식이라곤 딱 두 개 남은 치파밖에 없었다. 포델레이는 그마저 먹는 둥 마는 둥 했다. 대나무 여기저기 구멍을 뚫어놓아 조금씩 가라앉던 뗏목은 어둠이 내릴 무렵 물속에 거의

* 옥수수 가루나 만디오카 가루를 치즈와 섞어 만든 빵.

잠기고 말았다.

짙은 어둠이 깔리자 숲이 시커먼 장벽처럼 거친 강물을 에워쌌다. 아! 인간의 흔적이라고는 눈을 씻고 찾아봐도 없는 황량한 풍경이었다. 강물은 이미 그들의 무릎까지 차올랐다. 세찬 물결에 휩쓸려 하염없이 떠내려가던 뗏목은 어느 순간 제자리에서 뱅글뱅글 돌더니 거대한 소용돌이 물결 앞에서 한동안 멈춰 선 채 꼼짝도 하지 않았다. 그러다가 다시 물결에 휩쓸려 빠르게 떠내려가기 시작했다. 한 치 앞도 분간할 수 없을 정도로 어두운데다 덩굴로 묶어놓은 매듭이 거의 풀려 발을 딛고 서 있기조차 무척 힘들었지만, 그들은 서로의 몸에 의지해 간신히 버텨냈다.

뗏목이 뭍에 다다랐을 무렵엔 가슴께까지 물이 차올랐다. 어디쯤인지 도통 분간할 수가 없었다…… 풀과 잡목이 무성하게 자란 땅이었다. 기다시피 해 강둑으로 올라온 그들은 바닥에 엎드린 채 그대로 한참을 움직이지 않았다.

잠에서 깼을 때는 해가 눈부시게 빛나고 있었다. 잡초가 우거진 땅은 내륙 쪽으로 20미터가량 펼쳐지며, 강과 밀림을 가르는 경계였다. 잠시 숨을 고른 뒤, 남쪽으로 반 쿠아드라 정도 내려가자 파라나강의 지류가 나타났다. 그들은 일단 기운을 되찾고 개울을 건너기로 했다. 그러나 바라는 만큼 빨리 기운이 차려지지 않았다. 먹은 것이라고는 풀이파리와 대나무 애벌레밖에 없는데 어디서 힘이 나겠는가. 스무 시간 가까이 쏟아진 비로 인해 불어난 파라나강은 바다처럼 허연 거품을 일으키며 넘실거렸고, 작은 개천에 지나지 않는 파라나강의 지류도 범람해 강줄기가 세찼다. 이런 상황이라면 샛강을 건너기는 불가능했다. 그런데 그 순간, 물방울을 뚝뚝 떨어뜨리며 권총을 짚고 간신히 자리에서 일어난 포델레이가 카예에게 총구를 겨누었다. 계속 열이 떨어지지 않아 정신이 나간 상태였다.

"당장 건너, 자식아!……"

카예는 급기야 헛소리까지 하는 친구에게 더 기대할 것이 없다고 판단했다. 이럴 땐 몽둥이질이라도 해서 기절을 시키는 수밖에 없었다. 카예는 포델레이 몰래 작대기라도 집을 생각으로 몸을 살짝 숙였다. 그런데 그때 포델레이가 다시 고함을 질렀다.

"어서 물을 건너란 말이야! 네놈이 나를 여기까지 끌고 왔잖아! 당장 건너가!"

거무죽죽하게 변해버린 그의 손가락이 방아쇠 앞에서 가늘게 떨리고 있었다.

일단 카예는 그가 시킨 대로 강물에 뛰어들었다. 그는 굽이진 강물을 따라 물결에 떠내려가다가 잡초가 우거진 땅 뒤쪽으로 자취를 감췄다. 잠시 후 그는 겨우 물에서 빠져나와 강둑으로 기어올라갔다.

잠시 숨을 고른 카예는 나뭇잎에 몸을 가린 채 포델레이가 있는 곳을 조심스럽게 엿보았다. 비가 쉬지 않고 퍼붓는데 포델레이는 두 손으로 무릎을 감싸안고 다시 비스듬히 드러누웠다. 카예가 다가가자, 그는 사납게 퍼붓는 빗물 때문에 제대로 눈을 뜨지도 못한 채 고개를 들면서 중얼거렸다.

"카예…… 에잇, 빌어먹을…… 추워 죽겠어……"

가을 장맛비가 죽어가는 사람 위로 밤 내내 소리 없이 내렸다. 새벽녘, 포델레이는 빗물 무덤에 누운 채 더이상 움직이지 않았다.

카에는 밀림과 불어난 강물, 그리고 계속 퍼붓는 비 때문에 풀과 잡목으로 우거진 땅에 갇혀 풀뿌리와 애벌레로 연명하면서 일주일을 버텼다. 하지만 점점 몸에 힘이 빠져 나중에는 손가락 하나 움직일 수 없었다. 추위와 배고픔을 이기지 못하고 자리에 주저앉은 카에는 파라나 강만 멍하니 바라보며 죽어갔다.

날이 저물 무렵, 그곳을 지나가던 실렉스호가 우연히 반송장이나 다름없는 카에를 발견하고는 구해주었다. 이젠 살았구나 하는 안도감도 잠시, 다음날 그 배가 상류로 거슬러올라가고 있다는 사실을 알아차린 카에는 공포에 휩싸였다.

"제발 살려주세요!" 그는 울면서 선장에게 말했다. "저를 상류 X포구에 내려주지 마세요. 그 사람들이 당장 절 죽여버릴 거라고요!…… 불쌍한 목숨 하나 살려주는 셈 치고 제 부탁 좀 들어주세요!……"

실렉스호는 비에 흠뻑 젖어 벌벌 떨고 있는 멘수를 태우고 포사다스로 돌아갔다.

그러나 포사다스에 내린 지 십 분도 채 지나지 않아, 카에는 다시 계약서에 사인을 하고 그 돈으로 흥청망청 술을 마셨다. 결국 거나하게 취한 그는 비틀거리며 향수를 사러 가게로 향했다.

야구아이

그나저나 저기가 분명했다. 야구아이*는 바위의 냄새를 맡은 다음—바위라고는 하지만 사실은 단단한 철광석이다—조심스럽게 주위를 빙 둘러보았다. 한낮의 햇빛을 받아 뜨거워진 공기가 미시오네스 지방의 거무스레한 바위땅 위에서 하늘거리며 춤을 췄다. 폭스테리어는 이런 날씨를 그다지 좋아하지 않았지만, 저 아래쪽 바위 위에 있는 도마뱀붙이 한 마리는 따뜻한 햇살을 즐기고 있었다. 강아지는 다시 주변을 한 바퀴 돈 다음 바위틈 사이에 주둥이를 밀어넣고 킁킁거렸다. 그래도 성에 안 차는지 녀석은 본능적으로 뜨거워진 바위를 파헤치려고 잠깐 애를 썼다. 아무런 소득이 없자, 녀석은 느릿느릿한 걸음으로 돌아와

* 과라니어로 '강아지'를 뜻한다.

양쪽에 코를 박고 킁킁댔다.

집으로 돌아온 야구아이는 곧장 주방으로 들어가 찬장과 벽 사이에 벌렁 드러누웠다. 식구들이 못마땅해했지만, 녀석은 서늘한 그곳을 자기의 영역으로 여겼다. 볕이 들지 않아 늘 어두컴컴하고 기압이 낮아 숨쉬기조차 어려운 날이면 더할 나위 없이 좋은 장소였지만, 뜨거운 북풍이 몰아치는 날에는 근처에 갈 엄두도 낼 수 없었다. 이는 폭스테리어 녀석이 최근 들어 깨달은 사실이었다. 그는 여기와 반대로 온화한 기후—할아버지와 자신의 고향인 부에노스아이레스를 말한다—에서 얻은 유전자와 자기도 모르게 싸우고 있었다. 그래서 녀석은 밖으로 나가, 뜨거운 바람을 맞으며 오렌지나무 아래 앉았다. 후끈거리기는 해도 바람 덕분에 숨쉬기는 훨씬 수월했다. 개들은 땀을 거의 흘리지 않기 때문에, 길게 빼문 혓바닥 위로 살랑거리며 땀을 날려보내주는 바람이 야구아이로서는 더할 나위 없이 고마웠다.

그때 기온은 이미 40도에 육박했다. 그러나 순수한 혈통을 이어받은 폭스테리어는 사방을 에워싼 고요한 정적이 무슨 징조인지 애써 모른 척했다. 한낮의 뜨거운 햇볕이 내리쬐는 고원—화산 폭발로 생긴 것이다—에 도마뱀붙이 몇 마리가 모습을 드러냈다. 안 그래도 벌건 땅이 끓어오르는 것처럼 보였다.

야구아이는 입을 굳게 다문 채 철조망을 넘어갔다. 그러자 그의 눈앞으로 넓은 사냥터가 나타났다. 지난 9월부터 다들 낮잠 자는 시간에 사냥을 나와도 매번 공치기 일쑤였다. 그러나 이번에는 도마뱀붙이 네 마리를—그나마 몇 마리밖에 없었다—쫓아서, 그중 한 마리는 놓치고 나머지 세 마리를 잡았다. 그러고 나서 멱을 감으러 갔다.

집에서 100미터가량 떨어진 곳에, 그러니까 고원의 끝부분과 바나나 농장이 맞닿은 곳에 우물이 하나 있었는데, 넓적한 바위 한가운데 움푹 파인 모양새가 아주 독특했다. 전문가가 다이너마이트로 폭파한 뒤 그대로 방치해둔 것을, 어떤 농부가 곡괭이를 이용해 대충 마무리한 모습이었다. 우물이라고는 하지만 깊이가 2미터도 채 되지 않는데다, 새 발톱처럼 한쪽 방향으로 구부러져 있었다. 얕은 우물이었지만, 근 두 달 동안 물이 마른 적이 없었다. 이 정도만 해도 미시오네스 지방에서는 대단한 일이었다.

폭스테리어는 틈나는 대로 거기서 멱을 감곤 했다. 우선 목을 축이고 배에 물을 적신 다음, 한동안 물속에 앉아 있다가 마지막으로 헤엄을 쳐서 나왔다. 그러고는 주변에 아무도 없는지 확인한 다음에야 집으로 돌아갔다. 그리고 해가 질 무렵, 야구아이는 다시 우물을 찾았다. 그곳에 가면, 자신의 종이 태생적으로 견디기 어려운 열대성 불볕더위를 그나마 수월하게 이겨낼 수 있을 뿐만 아니라 몸에 득실거리는 벼룩도 어느 정도 떨쳐낼 수 있었다.

폭스테리어 녀석은 마른 나뭇잎만 보면 공격적인 본능이 나타났다. 그러다 주변에 나비가 날아들면 잡으려고 펄쩍펄쩍 뛰어오르고 그림자를 쫓다가, 결국 주변에 어슬렁거리는 도마뱀붙이를 빤히 바라보곤 했다. 11월이 되면 집안에 있는 생쥐들이 모두 야구아이 앞에서 설설 기었지만, 정작 녀석은 오로지 도마뱀붙이에만 관심이 있었다. 가끔 낮잠 시간에 집에 도착하는 일꾼들은 뜨거운 햇볕 아래에서 헥헥거리면서도 구석에 꼼짝 않고 앉아 있는 녀석의 고집에 혀를 내둘렀다. 물론 그들은 야구아이가 사냥을 하고 있다고만 생각했다.

"저 개는 말이야." 어느 날, 한 명이 고갯짓으로 개를 가리키면서 말했다. "도마뱀붙이 잡는 것 말고는 아무짝에도 쓸모가 없어……"

그런데 야구아이의 주인이 우연히 그 말을 들었다.

"그럴지도 모르지." 그가 대답했다. "하지만 말이야, 자네들의 개가 아무리 이름난 개라고 해도, 이 녀석을 따라 하지는 못할 걸세."

사람들은 아무런 대답도 하지 않고 빙긋 웃기만 했다.

하지만 쿠퍼는 숲속에 사는 개들이 얼마나 사냥에 능한지 익히 알고 있었다. 반면 자기가 키우는 폭스테리어는 도무지 사냥이라고는 할 줄 몰랐다. 사냥하는 방법을 가르치면 되지 않느냐고? 어쩌면 그럴지도 모른다. 그러나 녀석에게 어떻게 가르쳐야 할지 당최 방법이 떠오르지 않았다.

바로 그날 오후, 일꾼 하나가 쿠퍼에게 달려오더니 사슴이 강낭콩을 죄다 망쳐놓았다고 투덜거렸다. 그는 쿠퍼에게 엽총 한 자루만 빌려달라고 부탁했다. 일꾼에게는 사냥개도 있었지만 단번에 사슴을 잡으려면 아무래도 총이 필요했다……

쿠퍼는 엽총을 빌려주면서, 이왕이면 밤에 나가보라고 일러주었다.

"하지만 오늘밤에는 달이 안 뜨는뎁쇼." 일꾼이 대꾸했다.

"그건 상관없네. 대신 자네 개를 밭에 풀어놓도록 하게. 이 녀석이 자네 개를 쫓아가는지 한번 보려고 말이야."

그날 밤 그들은 함께 콩밭으로 갔다. 일꾼은 주인이 시킨 대로 자기 개를 풀어놓았다. 그러자 녀석은 사슴의 흔적을 찾아 어두운 숲속으로 쏜살같이 달려들어갔다.

친구의 모습을 본 야구아이도 용기를 내서 용설란 숲속으로 들어가려고 덤벼들었지만 허사였다. 겨우 숲속으로 들어간 야구아이는 친구의 뒤를 부지런히 좇아갔다. 하지만 녀석은 떠난 지 이 분 만에 다시 원래의 자리로 되돌아왔다. 잠깐이었지만, 칠흑 같은 어둠을 헤치고 갔다 온 것이 스스로 대견스럽다는 표정을 짓고서 말이다. 아무리 사냥에 재주가 없는 녀석이라도 주변 10미터 내에 사슴이 사는 곳이 있다면 분명 냄새를 맡았을 것이다.

그러나 사슴의 흔적을 찾아 새벽부터 오후 세시까지 쉬지 않고 숲속을 달린다는 것은 애초에 불가능한 일이었다. 일꾼의 사냥개는 마침내 사슴 발자국 하나를 찾아냈지만, 거기서 끊어지는 바람에 허탕을 쳤다. 한 시간 뒤, 사냥개가 주인에게 돌아오자 모두들 다시 집으로 향했다.

실험이 완전히 끝난 것은 아니지만, 쿠퍼는 참담한 기분을 감출 수 없었다. 그는 당분간 이 문제에 대해 아무 생각도 하지 않기로 했다. 그런 주인의 심정을 아는지 모르는지 폭스테리어는 계속해서 생쥐와 도마뱀, 그리고 굴속에 있는 여우와 도마뱀붙이를 잡으러 다니느라 바빴다.

그러는 사이 하루하루가 흘러갔다. 눈을 뜰 수 없을 정도로 강한 햇볕이 내리쬐는데다, 숨도 쉬지 못할 만큼 무더운 날씨가 이어졌다. 눈부시게 하얀 정오의 하늘 아래에서 이미 시들 대로 시든 채소들은 북쪽에서 불어오는 뜨거운 바람을 맞아 축 처져 있었다. 35도와 40도 사이를 오르내리면서 온 세상이 타들어가는데도, 비가 올 기미는 전혀 보이지 않았다. 나흘 동안 숨막힐 듯한 무더위가 기승을 부리자 사방은 적막감마저 감돌았다. 사람들은 하루빨리 남쪽의 저기압이 한 달 내내 북쪽에서 불어오는 뜨거운 바람을 폭우로 바꾸어주기만을 바랐다. 그러나 애타게 기다려도 비는 끝내 오지 않았고, 끔찍한 가뭄에 계속 시달려야 하는 사람들의 얼굴에는 체념하는 기색이 역력했다.

그때부터 폭스테리어 녀석은 오렌지나무 아래에 앉아 지냈다. 기온이 어느 정도를 넘어서면 개들은 제대로 숨을 쉴 수가 없기 때문이다. 혀를 빼물고 눈을 게슴츠레 뜬 채, 녀석은 봄에 움튼 모든 생명이 서서히 죽어가는 모습을 바라보았다. 오랜 가뭄으로 밭은 빠르게 말라붙었다. 얼마 전까지만 해도 푸릇푸릇하던 옥수수 밭 역시 금세 희누르스름하게 변했다. 밭 주인이 시든 옥수수 줄기를 죄다 베어버리는 바람에, 11월 말경에는 거무죽죽한 빛깔로 변한 밑동만 삭막하게 남아 있었다. 만디오카*만 더위와 싸우면서 씩씩하게 버티는 중이었다.

폭스테리어가 자주 찾던 우물도 초록빛을 띤 물이 나날이 줄어들었다. 연일 계속되는 무더위에 지친 녀석은 아침에만 잠깐 그곳에 들렀다 가버렸다. 더구나 숲속에도 예외 없이 몰아닥친 극심한 가뭄 때문에 물을 구하려고 내려온 아페레아나 아구티**, 그리고 바위족제비 같은 동물들의 흔적이 남아 있는데도, 녀석은 이를 본체만체하고 지나쳤다.

이른아침 우물에서 멱을 감고 온 개는 다시 마당 한구석에 앉아 점점 더 강해지는 바람을 바라보았다. 동틀녘에는 15도 정도로 선선한 편이지만, 오후 두시가 되면 41도까지 치솟으며 불볕더위가 기승을 부렸다. 공기가 건조한 탓에, 폭스테리어는 삼십 분마다 한 번씩 물을 마셨다. 그런데 너무 목이 탄 나머지 물통으로 몰려드는 꿀벌과 말벌을

* 아메리카 열대지방에서 자라는 대극과 식물로 뿌리가 매우 크고 살이 많아 식용으로 재배한다.

** 모두 설치류 동물.

쫓아내려면 한바탕 난리를 피워야 했다. 한편 암탉들은 바나나나무와 정자, 그리고 빨간 꽃이 주렁주렁 달린 덩굴나무 아래로 드리워진 그늘에서 날개를 편 채 숨을 헐떡이고 있었다. 노란 개미도 금세 타죽을 정도로 강한 햇살인지라, 닭들은 감히 모래 위로 발을 내디딜 엄두도 내지 못했다. 폭스테리어의 눈에는 주변에 있는 모든 것이, 즉 쇳덩어리와 용암괴석, 그리고 숲조차 더위 때문에 어지러워서 흐느적거리는 것처럼 보였다. 서쪽, 숲으로 뒤덮인 계곡—양쪽으로 치솟은 산맥 때문에 계곡은 푹 꺼진 듯 보였다—에서는 납빛을 띤 파라나강이 흐름을 멈춘 채 한시라도 빨리 오후가 오기를 기다리고 있었다. 어스름한 빛을 띠기 시작한 대기는 수증기가 뿌옇게 피어오르는 지평선을 뒤덮어버렸다. 강 위로 저물어가는 태양은 마치 물속에서 허우적거리는 핏빛 원 같았다. 바람은 잦아들었지만, 공기는 여전히 뜨거웠다. 고원을 터덜터덜 걸어가는 야구아이의 모습이 자그마한 하얀 얼룩처럼 보였다. 반면 루비 빛으로 반짝이는 강물 위로 가지를 늘어뜨린 채 미동도 않는 야자나무는 호화로우면서도 음울한 오아시스 같은 느낌을 주었다.

세상을 모두 태워버리기라도 할 것처럼 뜨거운 날씨가 계속되었다. 폭스테리어가 매일 가던 우물도 결국 말라붙고 말았다. 그날 오후, 근근이 버티던 야구아이에게도 가혹한 시련이 닥치기 시작했다.

숲속에 사는 쿠퍼의 인부 하나가 오래전부터 이 흰 강아지를 탐내고 있었다. 멧돼지를 잡으러 다니느라 거의 숲속에서 생활하는 그는 근사한 사냥개를 세 마리나 길렀다. 하지만 녀석들이 멧돼지 대신 긴코너구리만 쫓아다니는 바람에, 시간은 시간대로 허비하고 큰 사고가 일어날 위험도 도사리고 있었다. 왜냐하면 아무리 용감한 사냥개라도 긴코너

구리에게 잘못 물리면 목이 날아가기가 십상이기 때문이다.

어느 날 폭스테리어가 에이라*를 구석에 몰아넣고 옴짝달싹 못하게 하는 모습을 지켜본 프라고소는 속으로 감탄을 금치 못했다. 비록 꼬리는 잘라놓은 것처럼 뭉땅해도, 에이라의 등과 목덜미 사이를 꽉 물고 놓아주지 않을 정도라면 보통 개가 아니라는 생각이 들었다. 그래서 그는 쿠퍼에게 야구아이를 빌려달라고 끈덕지게 졸라댔다.

"주인 나리를 위해 저 녀석에게 사냥하는 법을 가르치겠습니다." 그가 말했다.

"생각 좀 해보고." 쿠퍼가 대답했다.

하지만 푹푹 찌는 날씨라 딱히 할일도 없던 쿠퍼는—프라고소가 찾아온 덕분에 한동안 잊고 있던 일이 기억났다—달리기 훈련이라도 시킬 겸 해서 그에게 야구아이를 빌려주었다.

녀석은 쿠퍼가 예상했던 것보다 훨씬 더 잘 달렸다.

프라고소는 야베비리강** 왼쪽 언저리에 살았다. 그가 지난 10월에 심은 만디오카는 아직 수확을 하지 못했고, 0.5헥타르의 밭에 심은 옥수수와 강낭콩은 가뭄으로 싹 다 말라죽고 말았다. 예전에 야구아이는 사냥꾼들의 필수 식량인 강낭콩을 거들떠보지도 않았다. 그러나 프라고소의 집에 온 후로 강낭콩은 야구아이의 새로운 식량이 되었다. 쿠퍼의 집에 있을 때, 녀석은 주인의 비위를 맞추기 위해 익힌 만디오카만 봐도 일부러 꼬리를 살랑살랑 흔들고, 요리하는 아줌마가 로크로***를 끓

---

* 남아메리카산으로 퓨마와 비슷하게 생긴 족제빗속 육식동물.

** 미시오네스 지방을 흐르는 샛강.

*** 호박, 옥수수, 콩, 감자 등을 넣고 걸쭉하게 끓인 스튜 요리로, 안데스산맥 지역에서

이고 있으면 잘 보이려고 사방으로 코를 킁킁거릴 정도로 눈치가 빨랐다. 야구아이는 식사를 하는 새 주인 앞에 앉아 눈빛을 반짝거리며 그를 빤히 쳐다보았다. 매일 한 줌씩 나눠주는 설익은 옥수수가 어서 나오기를 기다리면서, 이미 세 녀석이 깨끗이 비운 접시를 싹싹 핥아먹었다.

밤이 되면 사냥개 세 마리는 저희들끼리 사냥에 나섰다. 녀석들이 사냥감을 찾아 숲을 뒤지는 것은 일차적으로 혹독한 훈련의 결과였지만, 허한 속을 달래기 위한 본능적인 행동이기도 했다. 반면 폭스테리어는 배가 고플수록 집에만 틀어박혀 있으려고 했다. 따지고 보면 집에는 언제나 먹을 것이 있으니까 그리 틀린 생각도 아니다. 훌륭한 사냥개라면 잡은 먹이를 다 먹어치우기 마련이다. 그러나 야구아이의 종은 태어날 때부터 사냥을 단지 스포츠 정도로 여기는 경향이 강하다.

프라고소는 폭스테리어에게 연습할 기회를 주려고 했다. 그러나 야구아이를 사냥개 세 마리와 함께 풀어놓으면 사냥에 도움은커녕 방해가 되기 일쑤였다. 그래서 때가 되면 본격적으로 훈련시키기로 하고, 녀석을 집안에 남겨두고 사냥을 나갔다.

그러는 사이, 작년에 심은 만디오카도 결국 다 말라죽고 말았다. 낟알을 하나도 맺지 못한 채 허옇게 말라비틀어진 옥수수가 바닥에 굴러다녔다. 평소에도 배가 고파 설설 기던 사냥개들은 엄청난 위기를 맞은 셈이었고, 야구아이도 이번만큼은 허기를 이겨낼 도리가 없었다. 이러한 상황에 맞닥뜨린 폭스테리어는—이 나라 개들이 대개 그렇듯이—

많이 먹는다.

자존심을 꺾고, 비굴하고 치사한 수를 써서 살아남는 법을 빠르게 익혔다. 가령 녀석은 밤만 되면 이웃집 주변을 배회하는 버릇이 생겼다. 다리를 유연하게 구부리며 조심조심 걸음을 내딛다가, 조금이라도 수상쩍은 소리가 들리면 천천히 풀숲 뒤로 몸을 숨겼다. 또한 아무리 화가 나고 두려워도 절대로 시끄럽게 짖지 않았다. 이웃의 조그마한 강아지가 자기 영역을 지킨답시고 목뒤털을 세우고 이빨을 드러내도, 녀석은 나직한 소리로 으르렁거리기만 했다. 녀석은 혼자 닭장에 가보기도 하고, 포개진 접시를 주둥이로 밀어보기도 하고, 안에 뭐가 들었는지 한적한 풀밭에 가서 쏟아볼 요량으로 비계가 든 통조림을 입에 물고 가기도 했다. 시간이 흐르면서, 수지를 발라놓은 밧줄과 기름때가 묻은 구두, 그리고 그을음이 잔뜩 묻은 솥과—가끔은—대나무 통 속에 보관한 꿀의 맛을 알게 되었다. 녀석은 행인이 다가오면, 그 즉시 길에서 벗어나 풀숲에 숨어 몸을 웅크린 채 끝까지 그를 주시할 만큼 용의주도해졌다. 1월 말이 되자, 폭스테리어 특유의 이글거리는 눈빛과 눈 위까지 내려온 귀, 그리고 위로 치솟아 도발적인 느낌을 주던 꼬리는 자취를 감추고 차마 눈뜨고 못 볼 정도로 앙상하게 여윈 몸만 남아 있었다. 녀석은 옴이 옮아 온몸에 딱지가 더덕더덕 붙은 채로 귀를 뒤로 축 늘어뜨리고 꼬리는 비굴하게 감추고서 주위의 눈치를 살피며 걸어다녔다.

가뭄은 좀처럼 가실 줄 몰랐다. 숲이 서서히 사막으로 변해가자, 동물들은 이제 한줄기 물만 졸졸 흐르는 강가로 모여들었다. 사냥개 세 마리도 더이상 참기가 어려웠는지 산짐승들이 물을 마시던 곳으로 살금살금 다가갔다. 거긴 재규어가 자주 출몰해서 작은 동물들은 웬만하면 가기를 꺼리는 곳이었다. 한편 프라고소는 가뭄으로 농작물이 다 말라죽은데다 밭 주인과 사사건건 틀어지는 바람에, 아무리 배가 고파도 사냥할 기분이 나지 않았다. 우연한 기회로 불쌍한 사냥개들은 그나마 한숨을 돌리게 됐지만, 상황은 오히려 급속하게 악화될 기미를 보였다.

프라고소는 네 마리 개와 함께 산이그나시오*로 가야 했다. 가는 동안 녀석들은 어디선가 상큼한—정확히 말하자면 희미한—풀 냄새가 풍기는 듯한 느낌에 코를 벌름거리기 바빴다. 그러나 주인은 불볕더위 때문에 죄다 말라죽는 판에 풀이 어디 남아 있겠냐면서 개들을 타박했다. 사실 산이그나시오는 그래도 피해가 덜한 편이어서, 밭에는 옥수수가—처참한 몰골이기는 했지만—근근이 버티고 서 있었다.

그날 개들은 아무것도 먹지 못했다. 그러나 돌아오는 길에, 말 뒤를 헐떡거리며 따라가던 그들은 코에 스쳐지나간 상쾌한 느낌을 잊을 수가 없었다. 밤이 되자, 녀석들은 몰래 집을 나와 산이그나시오를 향해 조용히 발걸음을 옮겼다. 야베비리 강가에 이르러 걸음을 멈춘 그들은 우선 강물 냄새를 맡은 다음, 건너편을 향해 코를 쳐들고 킁킁거리기 시작했다. 그때 어두운 밤하늘을 배경으로 달이 떠올랐다. 누르스름한 빛을 띤 그믐달이었다. 녀석들은 자갈을 밟으며 조심스럽게 강물 속으로 걸어들어갔다. 가끔 뛰어오르기도 하고 헤엄도 치면서 앞으로 나아갔다. 수심이 3미터도 채 되지 않는 곳이라 건너기에 큰 어려움은 없었다.

강에서 나온 녀석들은 몸을 털지도 않고, 발소리를 죽인 채 근처의

* 미시오네스 지방에 위치한 도시로 파라나강에서 오른쪽으로 3킬로미터 떨어져 있다.

옥수수 밭을 향해 조심조심 다가갔다. 거기서 폭스테리어는 친구들이 날카로운 이빨로 줄기를 끊어내자마자 채 익지도 않은 옥수수를—그 들은 옥수수 끝에 달린 수염까지 모두 집어삼켰다—질겅질겅 씹어먹는 모습을 보았다. 물론 그도 똑같이 했다. 가뭄으로 말라죽은 나무가 늘어선 풍경은 마치 공동묘지처럼 섬뜩한 느낌을 주었다. 스산한 그믐 달빛 때문에 주변은 더 을씨년스러웠다. 그곳에서 한 시간을 보낸 뒤, 개들은 서로 으르렁대면서 갈대밭 쪽으로 움직였다.

그후로도 녀석들은 거기에 세 차례나 더 갔다. 그런데 세번째 날 밤, 가까이에서 총소리가 들려 그들은 바짝 긴장했다. 프라고소가 산이그나시오로 이사한 뒤로 겁도 없이 온 동네를 휘젓고 다니던 녀석들은 그제야 정신이 번쩍 들었다.

* * *

마침내 프라고소는 마을 끝자락에 거처를 마련했다. 숲이 타쿠아피*로 뒤덮인 걸로 봐서 아주 기름진 땅이 분명했다. 그리고 마체테로 잘라낸 대나무가 잔뜩 바닥에 널브러져 있는 걸 보면 밭을 일굴 준비가 다 되었다는 뜻이다.

그런데 프라고소가 그곳에 자리잡을 무렵, 타쿠아피가 누렇게 시들기 시작했다. 그는 우선 주변에 있는 풀을 다 베어낸 다음 0.25헥타르 면적의 땅을 태워버렸다. 그러고 나니 기적처럼 비가 쏟아질 것 같은

---

* 줄기 끝에 커다란 씨앗이 열리는 풀.

예감이 들었다. 아닌 게 아니라 날이 갑자기 궂어지더니, 눈부시게 하얗던 하늘이 금세 잿빛으로 변했다. 가장 더울 시간에 지평선에서 시커먼 먹구름이 몰려오고 있었다. 온도계는 39도를 가리켰지만, 북쪽에서 사납게 불어오는 바람을 타고 빗방울이 떨어졌다. 오랜 가뭄 끝에 내린 12밀리미터의 단비는 옥수수의 갈증을 풀어주었다. 비가 내린 뒤, 그는 옥수수가 싹을 틔우고 5밀리미터나 자라는 모습을 두 눈으로 보았지만 그걸로 끝이었다.

타쿠아피 숲에는 돋아나는 싹을 먹고 사는 설치류가 우글거렸다. 그런데 타쿠아피가 시들자 그들은 어쩔 수 없이 먹을 것을 찾아 밭으로 몰려들었다. 어느 날 밤, 프라고소의 개들은 밖으로 나가자마자 쥐에게 물린 코를 비비며 집으로 돌아왔다. 그날 밤 프라고소는 비계 통조림을 덮친 생쥐 네 마리를 때려잡았다.

야구아이는 그 자리에 없었다. 그러나 다음날 밤에는 녀석도 사냥개 세 마리와 함께 숲속으로 들어갔다. (폭스테리어 녀석은 빠른 사냥감의 뒤를 좇아가는 건 서툴러도 아르마딜로의 껍질을 벗기거나 뿔숲자고새의 둥지를 찾는 데는 일가견이 있었다.) 그런데 사냥개들이 밭을 가로지르는 대신 돌아서 가자 야구아이는 깜짝 놀랐다. 야구아이는 개의치 않고 밭을 가로질러갔다. 잠시 후 어둠 속에서 검은 그림자가 그를 둘러싸더니 한쪽 다리를 물었다.

야구아이는 그것이 무엇인지 알아차렸다. 열대 밀림의 잔인하면서도 비참한 분위기 속에서, 녀석의 눈빛이 순간 날카롭게 번득이더니 훌륭한 영국 품종의 후손답게 굵은 꼬리를 빳빳이 쳐든 채 당장이라도 공격할 태세를 갖추었다. 그간 지독한 배고픔 때문에 치욕과 수모를 수도 없이 겪었고, 살아남기 위해 교활해지기도 했지만, 쥐떼가 사방에서 새까맣게 몰려들자 대책이 없었다. 녀석은 너무 지친 나머지 피투성이가 된 몰골로 다시 바닥에 쓰러지고 말았다. 그러나 말 그대로 집으로 쳐들어가는 굶주린 쥐떼를 그대로 둘 수가 없어 녀석은 벌떡 일어나 뒤쫓았다.

예전과 달리 기백과 용기가 넘치는 야구아이의 모습을 보자 프라고소의 얼굴에 흡족한 미소가 떠올랐다. 그 순간 머릿속에 에이라를 잡으려고 용을 쓰던 녀석의 모습이 기억났다. 그때 야구아이는 에이라의 등을 꽉 물고, 턱을 세게 내리치기도 했다. 그후 쥐를 잡을 때도 그랬다.

저 많은 쥐가 어디서 왔는지 알아차린 프라고소는 큰 소리로 온갖 욕설을 퍼부어댔지만, 속으로는 이미 옥수수 밭을 단념한 상태였다. 대체 이런 상황에서 야구아이 혼자 뭘 할 수 있겠는가? 밭으로 간 프라고소는 폭스테리어를 쓰다듬으면서 휘파람을 불어 사냥개 세 마리를 불렀다. 그러나 녀석들은 쥐들에게 물린 주둥이가 쓰라린지 용감한 사냥개의 체면 따윈 내팽개친 채 낑낑거리기만 했고, 두 발로 서서 주둥이를 열심히 문질러댈 뿐이었다. 결국 프라고소와 야구아이 둘이서 전부 처리할 수밖에 없었다. 그러고 나니 프라고소는 손목이 욱신거렸고, 야구아이는 숨쉴 때마다 코에서 피거품이 일었다.

십이 일 동안 프라고소와 폭스테리어는 밭을 지키려고 혼신의 노력을 다했지만, 그럼에도 모조리 잃고 말았다. 자고새와 마찬가지로, 쥐들은 옥수수에 낟알 하나만 붙어 있어도 귀신같이 찾아내 뜯어먹는다. 그러는 사이, 또다시 불볕더위가 찾아왔다. 그가 힘들게 일군 밭—물론 지금은 황무지가 되었지만—에는 그늘이라고는 눈 씻고 봐도 찾을 수가 없었다. 하는 수 없이 프라고소는 일자리가 있나 알아보기 위해 산이그나시오로 향했다. 가는 길에 야구아이를 쿠퍼에게 돌려주기로 했다. 더이상 녀석을 키울 여력이 없었기 때문이다. 정든 녀석을 막상 떠나보내려니 마음이 아팠다. 특히 최근 들어 사냥을 하며 하얀 폭스테리어 녀석이 정말 인상적인 모습을 보여주었기에 아쉬움이 더 컸다.

가는 도중 가뭄으로 타들어가는 야베비리 강변의 잡목지에서 시끄러운 소리가 나자 폭스테리어는 그쪽으로 고개를 돌렸다. 숲가에 암소 몇 마리가 언뜻 보였다. 등에가 구름처럼 새까맣게 몰려드는 가운데, 암소들은 나뭇잎이 있는 곳에 닿기 위해 밑둥치부터 굽은 카티구아 나무를 가슴으로 밀면서 위로 올려가려고 애를 쓰고 있었다. 단단하지만 녹은 양초처럼 구부러진 열대 선인장이 눈에 들어왔다. 뜨겁던 태양도—기온은 38도에서 40도 사이를 오르내리고 있었다—붉고 탁한 원으로 변하며 희뿌연 오후의 지평선 너머로 넘어가고 있었다.

삼십 분 뒤 프라고소는 산이그나시오에 도착했지만, 쿠퍼의 집에 가기엔 너무 늦은 듯해서 다음날 아침에 찾아가기로 했다. 사냥개 세 마리는 배가 고파 미칠 지경이었지만, 생소한 곳이라 감히 돌아다닐 엄두를 내지 못했다. 하지만 야구아이는 달랐다. 쿠퍼의 말 앞으로 뛰어가곤 하던 기억이 불현듯 떠오른 녀석은 뒤도 보지 않고 옛 주인의 집으로 곧장 달려가기 시작했다.

* * *

네 달째 가뭄이 계속되면서—미시오네스 지방에서 이것이 무엇을 의미하는지 알 필요가 있다—이상한 상황이 속출했다. 이미 뼈만 앙상해진 지 꽤 된 사냥개들은 도저히 견딜 수 없어 밤마다 먹을 것을 훔치러 나갔다. 녀석들의 행태가 나날이 심해지자, 이웃 사람들도 가만히 두고 볼 수만은 없었다.

어느 날, 쿠퍼는 개 세 마리가 자기 집 암탉을 훔쳐 숲으로 달아나는 장면을 목격했다. 사실 천하의 게으름뱅이라도 굶주리다보면 자기 개를 훈련시켜 이웃이 키우는 동물을 잡아오도록 해 함께 배를 채울 수 있다. 그런 상황에서 쿠퍼가 인내심을 잃고 폭발한 것도 충분히 이해할 만하다. 그는 분노를 삭이지 못하고 밤도둑이 눈에 띄면 그 즉시 엽총을 쏘았다. 그는 산탄만 사용했지만, 효과는 여느 총알만큼이나 강력했다.

그러던 어느 날 밤, 그는 잠자리에 들려는 순간 도둑이 발톱으로 철조망을 밀치는 소리를 들었다. 쿠퍼는 짜증스러운 표정을 지으며 엽총을 꺼내 밖으로 나갔다. 하얀 얼룩 같은 것이 마당을 가로질러오는 모습이 보였다. 그는 재빨리 총을 발사했다. 그 순간 짐승이 고통스러운 듯 비명을 지르며 뒷다리를 질질 끌고 도망쳤다. 쿠퍼는 덜컥 겁이 나면서 왠지 불길한 느낌이 들었지만, 이내 마음을 진정시키고 그곳으로 천천히 다가갔다. 그러나 그 개는 이미 사라지고 없었다. 주변을 몇 차례 둘러본 뒤, 그는 다시 집안으로 들어갔다.

"뭐예요, 아빠?" 총소리 때문에 잠이 깬 딸이 물었다. "개예요?"

"응." 쿠퍼는 엽총을 벽에 걸면서 대답했다. "가까이 다가올 때 쏘긴 했는데……"

"아빠, 큰 개였어요?"

"아니, 작은 개였어."

"아, 가엾은 야구아이!" 훌리아가 중얼거렸다. "지금 어디 있는 거야!"

갑자기 총을 맞고 개가 고통스럽게 울부짖던 장면이 쿠퍼의 머리를 스치고 지나갔다. 그렇다면 그 개가 바로 야구아이였는지도…… 하지만 아무리 생각해도 녀석이 야밤에 이곳까지 올 리가 만무했기에, 쿠퍼는 마음을 가라앉히고 다시 잠자리에 들었다.

다음날 이른아침, 쿠퍼는 잠에서 깨자마자 마당에 난 핏자국을 따라가보았다. 바나나 밭 우물가에 강아지 한 마리가 죽은 채 쓰러져 있어 가까이 다가가니, 바로 자기가 기르던 폭스테리어였다.

그가 낭패감에 젖어 집에 돌아오자마자, 훌리아는 어젯밤에 총으로 쏜 개가 어떻게 됐는지 물었다.

"아빠, 그 개 죽었어요?"

"그래. 저기 우물가에…… 야구아이더구나."

쿠퍼는 삽을 들고 우물가로 달려갔다. 망연자실한 두 아이도 곧 아빠의 뒤를 따라갔다. 야구아이를 보고 한동안 꼼짝도 않던 훌리아는 흐느끼면서 천천히 쿠퍼에게 다가갔다.

"왜 그랬어요, 아빠!"

"얘야, 이 녀석인지도 모르고…… 잠깐 저리로 가 있어라."

그는 바나나 밭 한 귀퉁이에 야구아이를 고이 묻어준 다음 발로 땅을 다졌다. 두 아이의 손을 잡고 집으로 돌아오는 길에 쿠퍼는 가슴 깊은 곳에서 슬픔이 복받쳤다. 아이들도 아빠가 눈치채지 못하도록 숨죽여 울었다.

강에서 나무를 건져올리는 이들

그 일이 일어난 이유는 그 당시 홀 씨에게 식탁이 없었기 때문이다. 그리고 그의 축음기는 결국 그에게 덫이 되고 말았다.

칸디유는 '예르바 컴퍼니' 사무실에서 문을 활짝 열어놓은 채 자기 축음기를 만지작거리던 홀 씨를 보았다.

선량한 원주민 칸디유는 그 장면을 보고도 별로 놀라는 기색이 없었다. 단지 한줄기 불빛이 새어나오는 문 앞에 비스듬히 말을 세우고, 다른 곳을 쳐다보는 것만으로도 상당히 만족스러워하는 눈치였다. 땅거미가 내릴 무렵, 홀 씨는 더운지 셔츠 소매를 걷어올리고 위스키병을 옆에 놓아둔 채, 메스티소*보다 백배는 더 신중한 영국인답게 돌아가는

* 아메리카대륙의 원주민과 백인 사이에서 태어난 사람.

음반에서 눈을 떼지 않았다. 자기도 모르게 그 장면에 마음이 이끌린 칸디유는 마침내 문가에 말을 대고, 문턱에 팔꿈치를 괴고서 그를 지켜보았다.

"안녕하십니까, 나리? 음악이 참 좋네요!"

"그럼요. 아주 좋은 노래지요." 홀 씨가 대답했다.

"좋은데요!" 칸디유가 같은 말을 되풀이했다. "근데 소리가 무지하게 크네요!"

"아, 소리가 너무 크군요." 홀 씨는 그의 말에 공감을 표했다. 칸디유가 불쑥 내뱉기는 했지만 따지고 보면 아주 틀린 말은 아니었기 때문이다.

칸디유는 홀 씨가 새로 꺼낸 음반을 놀란 눈으로 바라보았다.

"나리, 돈이 많이 들었나요?"

"돈이 들다니…… 뭐에 말인가요?"

"저기 소리 나는 것 말이에요…… 노래하는 그 총각들이요."

한동안 어리둥절한 표정을 짓던 홀 씨의 얼굴이 환하게 밝아졌다. 그는 장사꾼의 면모를 드러내기 시작했다.

"물론 많이 들었지요!…… 당신도 사려고요?"

"만약 나리가 제게 파신다면야……" 칸디유는 무슨 말을 하려다 급하게 멈추었다. 설사 홀 씨가 판다고 해도 그걸 살 만한 처지가 아님을 잘 알고 있었기 때문이다. 하지만 홀 씨는 그의 얼굴에서 시선을 떼지 않았다. 그사이 금속 바늘이 음반에 난 홈을 따라 움직이면서 뿔 모양의 확성기에서 음악소리가 흘러나왔다.

"살 마음이 있으면 특별히 싸게 드리리다…… 50페소면 어때요?"

하지만 칸디유는 축음기와 주인을 번갈아 보며 고개를 저었다.

"제게 그만한 돈이 어디 있겠어요! 저는 돈 없어요."

"그럼 얼마면 되겠어요?"

칸디유는 아무 대답 없이 빙긋이 웃기만 했다.

"어디 살지요?" 홀 씨는 축음기를 그에게 넘기기로 작정한 듯 집요했다.

"강가 선착장 부근에요."

"아, 맞아! 당신이 누군지 알아요…… 이름이 칸디유죠?"

"그렇게들 부르지요……"

"그리고 강에서 나무를 건져올리는 사람이죠?"

"어쩌다 주인 없는 나무가 눈에 띄면요……"

"이렇게 하면 되겠군요! 이 축음기하고 나무를 맞바꾸는 거죠…… 나무 세 개를 구해 제대로 잘라주기만 하면 돼요. 일이 끝나면 내가 마차를 보낼게요. 어때요?"

칸디유는 웃었다.

"지금은 나무가 하나도 없어요. 그런데…… 저 기계 말이에요, 굉장히 복잡해 보이는데요?"

"전혀 복잡하지 않아요. 자, 봐요. 스위치라고는 여기 하나 하고, 저기 하나, 둘뿐이에요…… 제가 알려줄게요. 나무는 언제쯤 구할 수 있겠어요?"

"물이 불어나면요…… 조만간 하나 정도 떠오를 거예요. 근데 어떤 나무를 원하시는 거죠?"

"자단紫檀이요. 구할 수 있겠어요?"

"흠!…… 그 나무라면 물에 잘 가라앉지 않아서…… 물이 엄청나게 불어나야 구할 수 있을 텐데요. 참 멋진 나무죠! 그런 고급 목재를 좋아하시는군요……"

"그것만 구해주면 저 축음기는 당신 거예요. 어때요?"

흥정은 축음기에서 흘러나오는 영국 노래의 장단에 맞춰 계속되었다. 칸디유는 유혹을 뿌리치려고 무진 애를 썼지만, 영국인은 그를 막다른 골목으로 몰아가고 있었다. 물론 더위에 지치고 위스키가 좀 축나긴 했지만, 니퍼 더 도그*를 수십 개의 아름다운 목재와 맞바꿀 수만 있다면 홀 씨로서도 그리 밑지는 장사를 한 것은 아니었다. 반면 평소 하던 일을 며칠만 더 해주고 놀라운 소리를 내는 저 기계를 얻게 된다면 칸디유의 입장에서도 횡재나 마찬가지였다.

그런 이유로 흥정은 꽤 오랜 시간이 걸려서야 끝났다.

칸디유는 파라나 강변에서 삼십 년도 넘게 살았다. 지난 12월에 심한 열병을 앓고 난 뒤로 몸이 많이 약해진 상태지만, 간이 제 기능만 해주면 아직 몇 달 정도는 더 살 수 있을 듯하다. 요즘 그는 온종일 모자를 쓴 채 나뭇가지로 만든 간이침대에 꼼짝도 않고 앉아 있다. 그런데 군데군데 파르스름한 핏줄이 돋은 손만큼은—짐승의 발처럼 큰데다 거무죽죽한 빛깔의 손이 손목에 대롱대롱 매달려 있는 모습은 마치 그 부분만 확대한 사진처럼 기괴해 보였다—깃털 빠진 앵무새가 떨 듯이 쉴새없이, 그리고 단조로이 흔들린다.

---

* Nipper the dog. 니퍼는 영국 화가 프랜시스 바로가 그린 축음기 광고 속 축음기 앞에서 음악을 듣고 있는 개로, 이후 RCA뿐만 아니라 EMI, 그리고 도이치 그라모폰의 상표로 등록되었다.

그러나 과거 칸디유는 지금과 전혀 딴판이었다. 바나나 밭을 관리하는 번듯한 일자리를 가지고 있었을 뿐 아니라, 틈날 때마다—법적으로 따지면 문제가 없지는 않지만—강에 떠내려오는 나무를 건져올리기도 했다. 보통 때도 그렇지만, 특히 강물이 불어날 무렵이면 벌목장에서 베어낸 아름드리나무가 통째로 떠내려오는 경우가 허다하다. 뗏목처럼 묶어놓은 나무들 사이에서 저절로 빠져나오기도 하지만, 짓궂은 인부가 장난삼아 묶어놓은 밧줄을 마체테로 끊어버리는 경우도 있다. 칸디유에게는 망원경이 하나 있었다. 그는 오전 내내 강가에 앉아 망원경으로 강물을 유심히 살펴보곤 했다. 그러다 나무가 강물 위로 일자 모양의 허연 속살을 드러내면—이타쿠루비 곶머리에 앉아 있을 때 가장 눈에 잘 띈다—곧장 나룻배를 타고 그곳으로 출발했다. 나무를 제때 발견하기만 하면 끌어올리는 것은 그다지 어렵지 않았다. 용감하고 숙달된 남자라면 혼자서, 예인선의 도움 없이도 배에 비스듬히 누운 채 둘레 10피트에 길이가 40피트가량 되는 나무를 무난하게 끌어올릴 수 있었다.

* * *

지독한 가뭄이 칠십오 일 동안 계속된 후, 푸에르토 펠리시다드* 위쪽에 위치한 카스텔룸의 벌목장에 마침내 비가 내리기 시작했다. 극심한 가뭄으로 강물이 크게 줄어드는 바람에 목재 운반용 마차도 선착장

* 냐칸구아수천과 파라나강이 합류하는 지점에 위치한 마을.

에 발이 묶여 꼼짝 못하는 신세였다. 당시 벌목장에는 목재가 7천 개 쌓여 있었는데, 돈으로 환산하면 보통 사람은 상상할 수도 없을 만큼 어마어마한 액수였다. 선착장에 2톤 정도 나가는 원목 하나만 발이 묶여 있어도 마음이 천근만근 무거운데, 7천 개나 쌓여 있으니 카스텔룸과 회사측은 속이 타다 못해 재가 될 지경이었다.

그런 사정을 모르는지 부에노스아이레스에서는 당장 나무를 보내라고 연일 독촉이 왔다. 벌목장 소장이 목재 운반용 마차를 끌 노새를 보내달라고 하자, 그쪽에서는 첫번째 원목 대금을 지급하는 대신 그 돈으로 노새를 보내주겠다고 했다. 하지만 소장은 먼저 노새를 보내주면 일차 물량을 보내주겠다고 했다.

어느 한쪽도 양보하려고 하지 않았다. 카스텔룸은 벌목장으로 올라가서 야적장—냐칸구아수곶의 벼랑 위에 있었다—에 산더미처럼 쌓여 있는 원목 *재고*를 쳐다보았다.

"모두 팔면 얼마나 되지?" 카스텔룸이 소장에게 물었다.

"3만 5천 페소 정도 됩니다." 그가 대답했다.

일단 저 원목들을 모두 파라나강으로 옮기는 게 급선무였다. 날씨 탓할 여유가 없었다.

카스텔룸은 한동안 비를 맞으며—쉴새없이 그의 머리를 타고 흘러내리는 빗물 때문에 비닐 우의가 말에 착 달라붙었다—불어난 강물을 내려다보았다. 그는 우의 모자를 뒤로 젖히면서 급류를 이루며 콸콸 흘러내려가는 강물을 가리켰다.

"물이 이곳까지 차오를까?" 카스텔룸이 물었다.

"비가 많이 오면 그렇겠죠."

"일꾼들은 벌목장에 다 있나?"

그때까지 소장은 그의 명령이 떨어지기만을 기다리고 있었다.

"좋아." 카스텔룸이 말했다. "다 잘될 걸세. 이보게, 페르난데스. 오늘 오후에 냐칸구아수 강어귀에 밧줄을 단단히 묶어서 방책防柵을 만들게. 그리고 나무를 이곳, 벼랑으로 모두 끌어다놓도록 해. 자네 말마따나 아직 흙탕물이 밀려오진 않았으니 지금이 적기일세. 난 내일 아침 일찍 포사다스로 내려갈 테니까, 날씨가 궂어지면 나무를 강물에 떠내려보내게나. 무슨 말인지 알겠나? 아무래도 폭우가 몰아칠 것 같아."

소장은 눈을 휘둥그렇게 뜨고 그를 바라보았다.

"그렇지만 나무 천 개도 못 버티고 밧줄이 끊어져버릴 텐데요."

"나도 알고 있네. 하지만 지금 이 상황에 그까짓 것이 뭐 그리 대수겠나? 어차피 돈이 엄청나게 깨지게 생겼는데. 하여간 그 문제는 나중에 돌아와서 천천히 얘기해보세."

페르난데스는 어깨를 으쓱해 보이더니, 곧장 휘파람을 불어 현장감독들을 불러모았다.

그날은 비가 오지 않았다. 하지만 방책을 만들기 위해 부지런히 강물을 오가느라 일꾼들은 온몸이 흠뻑 젖어 있었다. 다행히 강물은 아직 고요했다. 그들은 밧줄을 팽팽히 당겨 강 양쪽에 묶은 다음, 나무를 하나씩 벼랑 끝으로 끌고 오기 시작했다. 한편 카스텔룸이 가 있던 포사다스는 7마일 떨어진 상류에서 밀려온 홍수 때문에 물에 둥둥 떠 있는 상태였다. 그가 구아이라*를 떠날 무렵에는 수위가 전날보다 7미터나

* 포사다스 시내에 있는 거리.

높아져 있었다.

긴 가뭄 끝에 비가 엄청나게 퍼부었다. 정오 무렵, 빗줄기가 굵어지더니 급기야는 폭우로 바뀌었고, 쉰두 시간 동안 쉬지 않고 비가 쏟아져 결국 숲 전체가 물에 잠기고 말았다. 벌건 흙탕물이 요란한 소리를 내며 모든 것을 집어삼킬 기세로 밀려오고 있었다. 일꾼들은 비에 젖은 옷이 딱 달라붙는 바람에 비쩍 마른 몸을 드러낸 채, 나무를 벼랑 아래로 밀어 떨어트리고 있었다. 얼굴을 잔뜩 찡그리고 일제히 영차영차 소리를 내며 나무를 밀었다. 벼랑 아래로 굴러떨어진 나무는 공중에서 몇 차례 요동을 친 뒤, 요란한 굉음과 함께 강물 속으로 가라앉았다. 나무가 강물로 떨어질 때마다 일꾼들은 기뻐 날뛰며 와! 하는 승리의 함성을 질렀다. 그러나 세차게 쏟아지는 빗속에서 몸을 부딪혀가며 일하느라 기운이 다 빠져버렸다. 더군다나 발이 푹푹 빠지는 진흙탕 속에서 오랜 시간 힘을 쓰다보니 무릎이나 발목이 삐는 경우도 허다했다. 온몸에 열도 났다.

그러다 어느 순간, 온 세상을 집어삼킬 듯 쏟아지던 폭우가 돌연 그쳤다. 사방이 갑자기 고요해진 가운데, 아직 주변 숲 위로 떨어지는 빗소리가 들렸다. 냐칸구아수에서는 보다 묵직하고 깊은 소리가 울려퍼졌다. 그렇게 퍼붓고도 아쉬움이 남았는지 하늘에서는 여전히 가는 빗방울이 한두 방울씩 떨어졌다. 실바람 한 점 불지 않아 숨이 턱턱 막힐 정도로 후텁지근했다. 사방에서 비릿한 물 냄새가 풍겨왔다. 일꾼들이 쉰 지 채 두 시간도 지나지 않아, 또다시 폭우가 쏟아졌다. 강물은 허연 소용돌이를 일으키며 무서운 기세로 불어났다. 당장 일을 마치지 않으면 모든 노력이 수포로 돌아갈지도 모르는 상황이었기에—일당을 톡

톡히 챙겨주기로 했다—폭우가 이어지는 와중에도 일꾼들은 악을 쓰며 나무를 강물로 밀었다. 그러다 몇 명은 미끄러져 얼음장처럼 차가운 강물에 빠지기도 했다.

가장 먼저 떠내려온 나무들은 냐칸구아수 강어귀에 걸쳐놓은 방책에 가로막힌 채 더이상 앞으로 나아가지 못했다. 하지만 아무리 튼튼한 방책이라도 사나운 기세로 밀려드는 나무의 엄청난 힘을 감당하기에는 무리였다. 집채만한 나무를 막느라 활처럼 구부러지면서 고통스러운 신음소리를 내던 밧줄은 결국 끊어지고 말았다.

* * *

칸디유는 망원경으로 강물을 관찰하고 있었다. 산이그나시오의 수위가 전날에 비해 2미터나 높아진 걸 보면—그 바람에 그의 나룻배도 떠내려가고 말았다—포사다스 너머로 엄청난 홍수가 날 것이 분명했다.* 그 무렵 삼나무나 그보다 못한 아름드리나무들이 상류에서 떠내려왔다. 칸디유는 심호흡을 하면서 정신을 집중했다. 그날 밤 강물의 수위는 1미터 더 높아졌다. 다음날 오후, 칸디유는 망원경으로 강을 살펴보다 놀라운 장면을 목격했다. 밧줄이 풀어진 원목 한 무더기가 이타쿠루비곶을 굽이치면서 우르르 몰려오고 있었다. 잘 건조된 나무가 물위로 허연 등을 드러낸 채 떠내려왔다. 이제 그가 나설 차례였다. 그는 곧장 통나무배에 올라타 나무가 오는 방향으로 노를 젓기 시작했다.

---

* 산이그나시오는 포사다스에서 동북쪽으로 50킬로미터가량 떨어진 곳, 즉 파라나강 상류에 위치하고 있다.

파라나 강물이 불어나면 좋은 원목에 앞서 오만가지 것들이 다 떠내려오기 마련이다. 특히 뿌리째 뽑힌 나무들이 거무죽죽한 뿌리를 물위로 드러낸 채 떠내려오는 모습을 보면 마치 문어가 발버둥치는 것 같다. 죽은 소와 노새는 물론, 물에 빠져 죽었거나 어금니 위쪽에 화살이 박혀 죽은 온갖 야생동물도 급류에 휩쓸려 무더기로 떠내려온다. 직접 보지는 못했지만 수선화 줄기와 거품에 살짝 가려진 채 떠내려오는 호랑이도 있을 것이다. 물론 독사는 일일이 헤아릴 수 없을 정도로 많다.

나무가 있는 곳으로 다가가던 칸디유의 통나무배는 거센 물결에 휩쓸려 엉뚱한 곳으로 떠내려가기도 하고, 뭔가와 부딪혀 배가 뒤집어지기도 했다. 가까스로 그는 떠내려오던 나무 가까이 접근할 수 있었다. 핏빛의 나뭇결이 나 있는 자단 원목이었다. 나무가 코앞으로 다가온 순간, 그는 있는 힘을 다해 마체테로 내리찍었다. 그는 나무에 기댄 채 한동안 물결을 따라 비스듬히 떠내려갔다. 하지만 상류에서 쉴새없이 떠내려오는 나뭇가지와 뿌리째 뽑힌 나무의 힘에 못 이겨 계속 떠밀려가기만 했다. 이대로 가다가는 모든 노력이 물거품이 될 게 뻔했다. 방법을 바꿔야 했다. 그는 밧줄로 나무를 묶은 다음, 혼신의 힘을 다해 쉴새없이 노를 저으면서 소리 없는 투쟁을 시작했다.

불어난 강물을 타고 바위라도 부술 듯이 사나운 기세로 떠내려오는 나무를 보면 장정 셋이라도 감히 덤비지 못하고 망설인다. 그러나 지난 삼십 년 동안, 홍수가 나든 가뭄이 들든 한결같이 강에서 몰래 나무를 건져올리던 칸디유는 정신을 가다듬고 마지막 남은 힘까지 다 쏟아부었다. 그의 머릿속은 온통 축음기 생각뿐이었다.

땅거미가 내려도 사정은 좀처럼 나아지지 않았다. 강물은 여전히 사나운 기세로 흘렀다. 정체를 알 수 없는 시꺼먼 물체들이 그의 양옆으로 쉴새없이 떠내려갔다. 그런데 그 순간 배에 뭔가 쿵 하고 부딪히는 소리가 들렸다. 물에 빠져 죽은 사람이었다. 칸디유가 고개를 숙여 아래를 내려다보니 남자는 입을 벌린 채 죽어 있었다. 이윽고 달갑지 않은 손님들—강물이 불어나면 배 측면의 수차水車를 타고 선실까지 올라오는 독사들—이 배 위로 기어올라왔다.

칸디유는 젖 먹던 힘까지 다해 배를 저었다. 물속에서 노가 가늘게 떨렸지만, 배는 여전히 물결에 휩쓸려 떠내려가기만 했다. 그는 거의 탈진상태였다. 그는 뱃머리를 돌려 강가로 가려고 안간힘을 쓴 끝에 가까스로 테유쿠아레 바위 부근에 이르렀다. 얼마나 용을 썼는지 목덜미와 가슴팍이 돌덩이처럼 딱딱하게 굳어 있었다. 하지만 그걸로 끝이 아니었다. 칸디유는 그후로도 십 분 동안 홍수로 불어난 강물에서 목재를 끌어내기 위해 다른 이들은 꿈도 꾸지 못할 초인적인 힘을 발휘했다. 결국 그가 탄 통나무배는 바위에 부딪혀 산산조각이 나면서 뒤집히고 말았다. 다행히 밧줄을 붙잡고 나무를 끌고 나올 만큼의 힘은—그 이상은 아니라 해도—칸디유에게 남아 있었다.

그로부터 한 달이 지나서야 홀 씨는 서른여 개의 고급 나무판자를 손에 넣을 수 있었다. 그리고 나무를 받은 지 이십 초 후, 그는 약속대로 스무 장의 음반과 함께 축음기를 칸디유에게 넘겨주었다.

카스텔룸과 회사측은 나무가 떠내려간 쪽으로 증기선 수십 척을 띄워—그것도 한 달 넘게—주변을 샅샅이 뒤졌지만, 잃어버린 나무가 적지 않았다. 카스텔룸이 언젠가 산이그나시오에 있는 홀 씨의 집을 방문해, 장밋빛 원목으로 만든 가구를 본다면 감탄을 금치 못하리라.

천연 꿀

살토 오리엔탈에는 사촌 둘이 살고 있다. 이제 그들은 어엿한 어른이 되었지만 열두 살 때만 해도 쥘 베른*의 소설에 깊이 탐닉한 나머지 집을 떠나 숲에서 살리라는 야무진 포부를 가지고 있었다. 숲이라고 해봐야 자기들이 살던 도시에서 불과 2레구아 정도 떨어져 있었지만, 두 꼬마는 거기서 사냥과 낚시만 하면서 원시적으로 살 계획이었다. 그렇게 큰소리를 쳐댔지만 녀석들은 정작 엽총과 낚싯바늘이 뭔지도 모르는 철부지에 지나지 않았다. 하여간 두 꼬마에게 그 숲은 행복이 샘솟는 자유의 공간이자, 마법처럼 한없이 마음을 설레게 만드는 모험의 공간이었다.

* 『해저 2만 리』 『80일간의 세계 일주』 등을 쓴 프랑스 소설가.

안타깝게도, 그들은 모험을 떠난 지 이틀째 되는 날 자기들을 찾던 어른들에게 들키고 말았다. 그동안 소중하게 키워온 꿈이 한순간에 물거품이 되자 꼬마들은 온몸에 맥이 풀린 채 망연자실하지 않을 수 없었다. 어린 동생들은—그들도 이제 막 쥘 베른의 소설에 빠져들기 시작했다—예상과 달리 형들이 여전히 두 발로 걸어다니고, 말도 할 줄 안다는 사실에 놀라 입을 다물지 못했다.

만약 두 꼬마 로빈슨*이 도시에서 멀리 떨어진 외딴 숲에서 모험만 했더라도 제대로 구색이 맞았을 것이다. 이곳, 미시오네스에서는 이처럼 어디론가 떠나면 예측 불가의 상황이 벌어진다. 가브리엘 베닌카사가 바로 그런 경우였다. 그는 스톰부츠에 대한 자부심 하나 때문에 한 치 앞도 보이지 않는 세계 속으로 이끌려 들어갔다.

베닌카사는 공인회계사 과정을 마친 후, 불현듯 밀림의 세계가 못 견디게 궁금해졌다. 그렇다고 그의 성격이 충동적이거나 변덕스러웠던 것은 아니다. 오히려 조용하고 차분했으며, 발그스레한 얼굴에 통통한 몸집으로 전체적으로 건강한 편이었다. 평소에도 숲속에 먹을 게 뭐가 있나 궁금해하기보다는 조용히 차와 케이크를 즐기는 것을 더 좋아하는 분별 있는 사내였다. 하지만 아무리 점잖은 남자라도 결혼식 전날이면 자유분방한 삶과 작별하기 위해 친구들과 질펀하게 놀아야 한다고 생각하기 마련이다. 베닌카사 역시 두어 차례 강렬한 경험을 해서 평탄한 삶에 좋은 추억거리를 남기고 싶었다. 그가 그 유명한 스톰부츠를 신고 파라나강을 거슬러 벌목장까지 간 것도 그런 이유 때문이었다.

---

* 대니얼 디포의 소설 주인공인 로빈슨 크루소를 의미한다.

코리엔테스*를 벗어나자마자, 그는 그 두껍고 질긴 장화로 갈아 신었다. 강변에 악어들이 우글거렸기 때문이다. 그렇지만 베닌카사는 그토록 애지중지하는 신발에 거미줄이나 더러운 것이 묻을까봐 여간 신경이 쓰이지 않았다.

그는 마침내 자신의 삼촌이자 대부가 운영하는 벌목장에 도착했다. 삼촌은 조카의 들뜬 마음을 진정시키려 애를 썼다.

"어디 가려고 그러니?" 불쑥 찾아온 베닌카사를 보고 깜짝 놀란 삼촌이 물었다.

"밀림에요. 그 속이 어떤지 돌아다녀보고 싶어요." 베닌카사는 윈체스터 엽총을 어깨에 걸면서 대답했다.

"아서라! 함부로 들어갔다가는 한 발짝도 못 가고 줄행랑을 칠 테니까. 정 가고 싶으면, 작은 오솔길이나 따라가보든지…… 일꾼 한 명을 딸려보내줄 테니까 내일 가도록 해. 그리고 제발 그 총은 좀 내려놔라."

혼자서 밀림을 탐험하겠다는 계획은 일단 단념할 수밖에 없었다. 그래도 베닌카사는 여전히 미련이 남아, 숲 언저리까지 걸어가보았다. 숲가에 서서 한동안 꼼짝도 않던 그는 안으로 한 발짝 내디뎌보려고 했지만, 쉽게 발이 떨어지지 않았다. 베닌카사는 주머니에 손을 찔러넣은 채 나무와 풀이 어지럽게 뒤엉킨 숲을 바라보면서 휘파람으로 노랫가락을 가만히 흥얼거렸다. 숲속을 이리저리 살펴보던 그는 착잡한 마음을 안고 발걸음을 돌렸다.

다음날, 그는 숲 한가운데로 난 오솔길을 따라 1레구아를 걸어갔

* 미시오네스주 남서쪽, 파라나강 좌안에 있는 코리엔테스주의 주도.

다. 비록 어깨에 메고 간 엽총을 쓸 일은 전혀 없었지만, 베닌카사는 실망하지 않았다. 때가 되면 짐승들이 알아서 조금씩 모습을 드러낼 터였다.

이튿날 밤, 드디어 기다리던 짐승들이—기대만큼 대단하지는 않았지만—나타나기 시작했다.

대부가 깊게 잠들어 있는 베닌카사를 깨웠다.

"이런 잠꾸러기하고는! 산 채로 잡아먹히기 전에 어서 일어나."

베닌카사는 잠이 덜 깨 부스스한 얼굴로 침대에 걸터앉았다. 바람에 이리저리 흔들리는 허리케인 램프* 세 개의 불빛 때문에 눈이 부셔서 앞을 제대로 분간할 수가 없었다. 그의 대부와 일꾼 두 명이 바닥에 물을 뿌리고 있었다.

"무슨 일이에요? 무슨 일 있나요?" 베닌카사가 자리에서 벌떡 일어나면서 물었다.

"일은 무슨 일…… 발 디딜 때 조심해…… 코렉시온이 있을지도 모르니까."

베닌카사는 이상하게 생긴 그 개미의 이름이 코렉시온이라는 것을 이미 알고 있었다. 검은색에 크기가 작고 윤이 나며 너른 강도 빠르게 건널 만큼 힘이 세다. 더군다나 육식성이다. 녀석들은 길을 가다 눈에 띄는 것이 있으면 뭐든 다 먹어치운다. 거미나 귀뚜라미는 물론이고, 전갈이나 두꺼비, 심지어는 독사마저 녀석들 앞에서는 하릴없이 당하고 만다. 일단 이놈들이 떼로 덤벼들기 시작하면, 아무리 덩치가 크고

* 강풍에도 촛불이 꺼지지 않도록 등피를 씌운 램프.

힘이 어마어마하게 세다 한들 피할 수 없다. 이 녀석들이 집안에 들어오면 살아 있는 것은 다 끝장이라고 보면 된다. 왜냐하면 녀석들은 집안 구석구석, 아무리 걸신들린 개미떼라도 들어오지 못할 것 같은 작은 구멍까지 다 들쑤시고 다니는 통에, 어디 한 군데 남아나는 곳이 없기 때문이다. 이 검은 개미떼의 공격을 받은 개나 소가 고통스럽게 울부짖어도 그냥 내버려두고 달아나는 게 상책이다. 열 시간 만에 돌아와보면 모두 갉아먹히고 뼈만 달랑 남아 있다. 놈들은 한 장소에 하루나 이틀 정도 머문다. 그리고 벌레나 고기, 기름진 먹이가 많은 곳에서는 닷새까지 머물기도 한다. 하여간 그곳에 있는 먹잇감을 죄다 먹어치울 때까지는 절대 떠나지 않는다.

세상에서 아무것도 겁날 게 없는 녀석들이지만, 크레졸이나 그와 비슷한 소독약 앞에서는 꼼짝도 못한다. 벌목장에 크레졸이 많아서인지, 한 시간 전부터 코렉시온은 관사에서 싹 자취를 감추었다.

베닌카사는 제자리에 선 채, 개미에게 물려 자줏빛으로 퉁퉁 부어오른 발을 유심히 살펴보았다.

"물린 데가 너무 아파요!" 그는 대부가 있는 쪽으로 고개를 들며 놀란 목소리로 말했다.

하지만 대부는 방정을 떠는 조카를 보고는 대수롭지 않은 듯 대꾸도 하지 않고, 개미떼의 침입을 제때 막아서 다행이라는 말만 했다. 지난 밤 내내 열대의 악몽으로 잠을 설친 베닌카사는 다시 잠자리에 들었다.

다음날 그는 마체테를 들고 다시 밀림으로 들어갔다. 언제 위험한 짐승과 맞닥뜨릴지 모르는 밀림에서는 엽총보다 마체테가 훨씬 더 쓸모 있으리라 판단했기 때문이다. 사실 그는 힘이 세지도 않고, 그렇다고 몸놀림이 유연하거나 민첩한 편도 아니었다. 어쨌든 마체테로 나뭇가지를 쳐내면서 숲속으로 간신히 들어가기는 했지만, 그 과정에서 얼굴 여기저기를 긁힌데다 그토록 애지중지하던 장화도 군데군데 찢어지고 말았다. 이 모든 일이 한꺼번에 일어났다.

빛이 들지 않아 어둑어둑한 숲속을 걷다보니 피로가 몰려왔다. 그곳은—정확히—낮에 보는 무대같이 적막한 인상을 풍겼다. 밀림이라면 온갖 종류의 열대 동물이 득시글거려야 정상일 텐데 코빼기도 보이지 않았다. 짐승이나 새는커녕 바스락거리는 소리조차 들리지 않았다. 마치 연극이 끝나고 불이 꺼진 극장 같은 분위기였다. 베닌카사가 발길을 돌리려는 순간, 어디선가 웅웅거리는 소리가 들렸다. 10미터 앞쯤의 속이 빈 나무에서 나는 소리였다. 자세히 보니 구멍 주변으로 작은 벌들이 가득 몰려, 마치 구멍에 후광이 드리워진 듯한 모습이었다. 그는 그곳을 향해 조심스럽게 발걸음을 옮겼다. 놀랍게도 구멍 안쪽으로 달걀만한 크기의 거무칙칙한 공같이 생긴 것이 여남은 개 들어 있었다.

"꿀이로군." 베닌카사는 입맛을 다시며 중얼거렸다. "꿀이 잔뜩 든 밀랍덩어리일 거야……"

그런데 그—베닌카사—와 밀랍덩어리 사이에는 헤아릴 수도 없을 정도로 많은 벌이 우글거리고 있었다. 잠시 쉬는 동안, 좋은 생각이 그의 머리를 스치고 지나갔다. 그래! 나뭇가지로 연기를 피워보면 어떨까? 꿀을 훔칠 생각으로 그는 젖은 나뭇잎을 방패 삼아 한 걸음 한 걸음 조심스럽게 다가갔다. 그사이 네다섯 마리의 벌이 그의 손에 앉았지만 다행히 쏘지는 않았다. 그중 한 마리를 집어 배를 꾹 눌러보았는데, 침은 없었다. 베닌카사의 입안에 절로 침이 고였다. 세상에 이보다 근사하고 좋은 벌레들이 어디 있단 말인가!

그는 눈 깜짝할 사이에 밀랍덩어리를 꺼낸 뒤, 벌떼의 끈질긴 추적을 피하기 위해 있는 힘을 다해 달아났다. 더이상 벌떼가 보이지 않자 그는 그루터기에 주저앉았다. 열두 개 중 일곱 개에는 꽃가루가, 그리고 나머지에는 꿀이 가득 들어 있었다. 어두운 빛깔의 투명한 꿀이었다. 베닌카사는 손가락으로 꿀을 찍어 맛을 보았다. 그런데 뭔가 독특한 맛이 났다. 뭐지? 정확히 뭐라고 딱 집어 말하기 어려운 맛이었다. 과일나무나 유칼립투스나무의 수지 맛과 비슷한 것 같기도 했다. 그리고 진한 꿀은 떨떠름한 뒷맛을 남겼다. 하지만 향기 하나는 기가 막히게 좋았다!

살펴보니 실제로 먹을 수 있는 것은 그중 다섯 덩어리뿐이었다. 베닌카사는 본격적으로 맛을 보기 시작했다. 방법은 간단했다. 벌집을 입 위에 대고 있기만 하면 꿀이 흘러 떨어질 터였다. 그러나 꿀이 몹시 되직해서 제대로 나오게 하려면 우선 구멍을 넓혀야 했다. 그런 다음 꿀이 떨어지기만을 기다리며 입을 있는 대로 크게 벌렸다. 삼십 초가 지나자 꿀이 구멍에 대롱대롱 매달렸다. 워낙 진한 꿀이라 끊어질 듯 말 듯 하면서도 가느다란 실처럼 그의 혀까지 이어졌다.

그렇게 해서 베닌카사는 다섯 개를 모조리 비웠다. 그래도 성에 차지 않는지, 그는 벌집을 입 위에 대고 흔들어보기도 하고, 다 먹어치운 벌집 안을 샅샅이 뒤져보기도 했지만 아무 소용이 없었다. 그때라도 욕심을 버렸어야 했다.

계속 고개를 젖히고 있어서 그런지 갑자기 현기증이 나면서 눈앞이 아득해졌다. 더구나 그 진한 꿀을 허겁지겁 먹은 탓에 가슴까지 답답했다. 그는 꼼짝 않고 앉아 눈을 부릅뜨고 어둑해진 밀림을 다시 둘러보았다. 나무와 땅이 한쪽으로 비스듬하게 기울어져 보였다. 눈앞에서 요상하게 흔들거리는 풍경을 따라 베닌카사의 머리도 같이 움직였다.

"갑자기 왜 이렇게 어지럽지……" 회계사는 생각했다. "근데 그보다……"

자리에서 일어나 걸으려는 찰나, 눈앞이 핑 도는 바람에 그는 다시 그루터기에 주저앉고 말았다. 온몸이 납덩이처럼 무거웠다. 특히 다리가 퉁퉁 부은 것 같은 느낌이 들었다. 그리고 손발이 저려 견딜 수가 없었다.

"이게 대체 무슨 일이지? 무슨 일이야! 무슨 일이냐고!" 베닌카사는 몹시 당황해 왜 이렇게 됐는지 따져볼 겨를도 없이 같은 말만 되풀이했다. "몸속에 개미떼가 우글거리는 것 같아…… 그래! 코렉시온, 바로 그놈들이야!" 그는 결론을 내렸다.

그러자 겁이 덜컥 나면서 숨이 가빠왔다.

"그 꿀 때문이야!…… 독이 있는 꿀이었어!…… 맙소사, 내 손으로 독을 마시다니!"

다시 몸을 일으키려고 했지만, 두려움으로 온몸의 털이 곤두섰다. 손가락 하나도 움직일 수 없었다. 이제는 허리까지 저려오면서 하반신이 마비된 것 같았다. 다시는 어머니도 친구도 보지 못하고, 깊은 밀림 속에서 혼자 비참하게 죽어갈지도 모른다는 공포에 휩싸였다. 그가 스스로 목숨을 보전할 수 있는 방법은 아무것도 없었다.

"이제 곧 죽고 말 거야!…… 조금만 있으면 나도 끝장이군!…… 이젠 손가락 하나도 움직일 수가 없어!"

제정신이 아닌 상황에서도, 그는 이상한 점을 알아차렸다. 독이 온몸에 퍼졌다면 열이 나고 목이 타들어가는 것처럼 고통스러울 텐데, 전혀 그렇지 않았다. 더구나 심장과 폐도 분명히 정상적으로 기능하고 있었다. 그러자 죽음의 공포가 말끔히 사라졌다.

"난 마비된 거야, 이건 마비 증세라고! 그나저나 여기서 이러고 있으면 사람들이 나를 못 찾을 텐데……"

돌연 온몸이 나른해지면서 졸음이 쏟아지기 시작했다. 몸은 정상적으로 기능하고 있는데, 현기증은 갈수록 심해졌다. 이리저리 흔들리던 땅바닥이 검게 변하면서 눈앞이 핑핑 돌 정도로 심하게 요동쳤다. 그 순간 그의 머릿속에 까만 코렉시온 개미떼가 다시금 떠올랐다. 땅바닥을 시커멓게 뒤덮은 것이 개미일지도 모른다는 생각이 들자, 그는 극도의 공포에 사로잡혔다……

마지막으로 엄습한 공포에서 벗어나기 위해, 그는 남은 힘을 짜내 큰 소리, 아니 비명에 가까운 소리를 질렀다. 베닌카사의 입에서 겁에 질린 어린아이의 목소리가 났다. 새까만 개미들이 그의 다리를 타고 스멀스멀 기어오르고 있었다. 그 주변으로 코렉시온 개미떼가 땅을 새까맣게 뒤덮고 있었으며, 반바지 밑으로도 육식성 개미들이 강물처럼 밀려드는 것이 느껴졌다.

대부가 그를 발견한 것은 그로부터 이틀 뒤였다. 발견 당시, 베닌카사는 온데간데없이 사라지고 바닥에 옷만 덩그러니 남아 있었다. 옷 안에는 살점이 하나도 붙어 있지 않은 유골만 가지런히 놓여 있었다. 여전히 주변을 돌아다니고 있는 코렉시온 개미떼와 바닥에 버려진 벌집을 보자 충분히 짐작이 가고도 남았다.

천연 꿀에 온몸을 마비시킬 정도로 강한 마취 성분이 있는 경우는 흔하지 않지만, 그래도 간혹 발견된다. 열대지방에는 그런 성분을 가진 꽃도 적지 않고, 열대 밀림에 오래 산 사람들은 대부분의 경우 맛만 봐도 금세 구별할 수 있다. 베닌카사가 꿀을 찍어 먹어본 다음에 유칼립투스나무 수지 비슷한 뒷맛이 느껴진다고 했는데, 바로 그런 꿀에 마취 성분이 들어 있다.

우리가 처음 피운 담배

마리아 누나와 나는 이모가 죽었을 때보다 더 즐거웠던 적이 없는 것 같다.

루시아 이모는 지난 세 달간 부에노스아이레스에 있다가 얼마 전에 돌아왔다. 그날 밤 함께 잠자리에 들었을 때, 우리는 루시아 이모가 엄마에게 하는 말을 우연히 들었다.

"이상한 일도 다 있네!…… 눈썹 주변이 퉁퉁 부었어."

이모의 눈썹을 자세히 살펴보던 엄마가 잠시 후 입을 열었다.

"그러네…… 아프진 않아?"

"응…… 별로."

다음날 오후 두시쯤, 조용하던 집안이 갑자기 소란스러워졌다. 문이 벌컥벌컥 열리더니 대화중에 절규가 터져나오고, 사람들의 얼굴은 하나같이 시퍼렇게 질렸다. 루시아 이모가 천연두에 걸린 모양이었다. 그것도 모자라, 부에노스아이레스에 있을 때 시작된 출혈 증세까지 보였다.

그후로 누나와 나는 집안에서 벌어지는 기막힌 드라마를 만끽했다. 사람들은 대부분 자기 집안에는 큰일이 닥치지 않을 거라는 어리석은 생각을 품고 살아간다. 그런데 지금 우리 이모가—뜻밖에도 우리 이모가!—천연두에 걸리고 만 것이다! 그 시절, 나는 친구가 된 어느 경찰관의 이야기와 공연중 객석으로 뛰어내려와 내 옆자리에 앉은 어릿광대 이야기를 자랑스럽게 늘어놓곤 하는, 모든 게 즐겁기만 한 어린아이였다. 그런데 진짜 엄청난 사건은 바로 우리집에서 일어나고 있었다. 우리집 문 앞에 있던 친구에게 그 사실을 알릴 때, 내 표정에는 으스대는 기색이 역력했다. 엄숙한 상갓집 아이가 어리둥절하면서도 내심 부러워하는 이웃집 꼬마 녀석들 앞에서 처음 부려보는 허세나 다름없었다.

그날 오후, 우리 식구는 근교에 있는 오래된 별장으로 모두 피신해야만 했다. 그나마 그 집도 집안 어른들이 나서서 이리저리 수소문한 끝에 간신히 구한 것이었다. 우리집에는 어릴 때 천연두에 걸린 적이 있는 이모 한 분만 남아 루시아 이모 곁을 지키기로 했다.

별장으로 피신하고 처음 며칠 동안, 엄마는 천연두에 걸린 줄도 모르고 이모와 뽀뽀를 하고 얼굴을 비벼댄 아이들 걱정에 발을 동동 구르며 안절부절못했다. 하지만 정작 우리는 마치 로빈슨 크루소라도 된 양 별장 주변을 이리저리 돌아다니는 데 정신이 팔려 이모 문제까지 신경쓸 겨를이 없었다. 별장은 그늘지고 습한 공기 속에서 오랜 세월을 묵묵히 버텨온 듯했다. 깍지벌레 때문에 허옇게 변해버린 오렌지나무. 쇠스랑에 긁힌 자국이 선명하게 남아 있는 복숭아나무. 버드나무와 비슷하게 생긴 마르멜루나무. 보살피지 않아 제멋대로 자란 무화과나무. 그 나무들은 지나가지도 못할 정도로 잎이 무성하게 자라나 있어서 마치 낙원에 온 듯한 느낌을 주었다.

그렇다고 우리가 아담과 이브처럼 지냈다는 얘기는 아니다. 그보다는 비록 집안일 때문이기는 했지만 엉뚱한 곳으로 떠밀려간 로빈슨 크루소가 된 기분이었다. 우리가 모험을 떠난 지 나흘 만에 이모는 결국 세상을 떠났다.

우리는 하루종일 별장 주변을 샅샅이 뒤지고 다녔다. 기괴할 정도로 울창하게 자란 무화과나무 근처만 가도 오싹한 느낌이 들기는 했지만 말이다. 버려진 우물 또한 우리의 호기심을 한껏 자극했다. 오래전에 파다가 무슨 이유에서인지 14미터 정도에서 공사가 중단된 듯했다. 틈새로 허연 돌바닥이 희미하게 보였다. 그런데 공작고사리 같은 양치류가 벽을 잔뜩 뒤덮고 있어서 안을 제대로 확인하기는 불가능했다. 일단 아래로 내려가봐야 직성이 풀릴 것 같았다. 우리는 미리 철저히 연구를 한 뒤, 젖 먹던 힘까지 다 내서 우물을 덮고 있던 커다란 바위를 가장자리로 밀어내는 데 성공했다. 다행히 사탕수수 밭이 그 주변을 둘러싸고 있어, 엄마한테 들킬 위험도 없었다. 평소 모험을 할 때면 언제나 감탄을 불러일으키는 마리아의 풍부한 상상력은 이번에도 유감없이 발휘되었다. 마리아는 큰비가 올 때까지 이 모험을 연기하자고 나를 설득했다. 비가 오면 우물에 물이 반쯤 찰 테고, 그때 내려가면 과학적으로나 예술적으로나 더 큰 만족감을 얻을 수 있지 않겠냐는 얘기였다.

그러나 우리의 마음을 사로잡은 것은 무엇보다 사탕수수 밭이었다. 겉에서 보기와는 달리 어찌나 넓은지 모두 둘러보는 데 보름이나 걸렸다. 범람원에 빽빽이 들어찬 사탕수수 중에는 여전히 싱싱하고 푸른 것도 있는 반면, 이미 시들어버린 것도 있고, 몸을 꼿꼿이 세운 것이 있는가 하면, 바람에 꺾이고 부러져 고개를 숙인 것도 있었다. 시들어 떨어지다가 중간에 걸린 이파리들 때문에 빈틈이라고는 찾아볼 수 없었다. 이파리를 살짝만 건드려도 먼지가 풀풀 날렸다.

이제 우리의 비밀을 털어놓아야 할 때가 온 것 같다. 사탕수수 밭 한 구석에는 우리만의 은신처가 있었다. 누나와 나는 어두컴컴한 그곳에 나란히 앉은 채 아무 말도 하지 않고 몇 시간을 보내곤 했다. 이젠 아무것도 두려울 것이 없다는 사실만으로도 가슴이 뿌듯했다.

우리가 그곳에 처음 간 것은 어느 날 오후였다. 당시 우리는 뭔가 새로운 경험을 해보고 싶은 마음이 간절했지만, 쭈뼛거리며 눈치만 보고 있었다. 결국 용기를 내서 담배를 피워보기로 했다. 우리는 홀어머니 밑에서 자랐다. 보통 때에는 이모 둘과 함께 살았지만, 그 무렵에는 루시아 이모와 함께 부에노스아이레스에서 올라온 외삼촌도 우리집에 있었다.

스무 살인 외삼촌은 늠름하면서도 허세가 심한 편이었다. 우리집에 오자마자 그는 엄마를 대신해서 자기가 두 가지 권한을 행사하겠다고 공언했다. 사실 그동안 엄마는 우유부단한 성격 탓에 우리가 잘못을 저질러도 마지못해 몇 마디 타이르고 말았다.

마리아와 나는 별안간 아버지 행세를 하려는 외삼촌에게 대놓고 반감을 드러냈다.

"내가 말이야." 그는 턱으로 우리를 가리키면서 엄마에게 말했다. "누나하고 살면서 저 녀석들 버르장머리를 제대로 고쳐놓고야 말겠어. 저대로 뒀다간 누나 속을 어지간히 썩일 거야."

"그냥 둬!" 그럴 때마다 엄마는 지긋지긋하다는 듯이 잘라 말했다.

식구들이 함께 모여 식사를 할 때도 누나와 나는 수프 그릇 너머로 서로의 얼굴을 힐끗거릴 뿐, 한마디도 입 밖에 내지 않았다.

그리고 우리는 용감하게도 호랑이 같은 외삼촌의 주머니에서 담배 한 갑을 훔쳤다. 담배를 보자 갑자기 호기를 부리고 싶은 마음이 치솟았지만, 파이프가 완성될 때까지 참기로 했다. 파이프라고 해봐야 사탕수수 줄기 속을 파서 대롱을, 그리고 구리로 된 커튼 봉 끄트머리를 떼어내서 물부리를 만든 다음, 최근에 산 퍼티*로 붙였을 뿐이다. 어쨌거나 파이프는 꽤 근사했다. 크고 가벼우며 색깔도 다채로웠다.

사탕수수 밭의 은신처로 간 마리아와 나는 기도라도 드리듯이 경건한 자세로 파이프에 담배를 채워넣었다. 우선 담배 다섯 개비에서 가루를 털어 파이프 안에 넣고 꾹꾹 누른 다음 무릎을 세우고 앉았다. 나는 파이프에 불을 붙이고 한 모금 빨았다. 마리아는 궁금해 죽겠다는 표정으로 나를 뚫어지게 바라보았고, 그 순간 내 눈에 눈물이 흥건히 고이기 시작했다. 세상에서 이보다 불쾌한 느낌은 앞으로도 영원히 없을 것 같았다. 곧이어 속이 메스꺼워지면서 신물이 올라왔지만, 눈 딱 감고 삼켜버렸다.

"어때? 맛있니?" 옆에서 안절부절못하던 마리아가 내게 손을 뻗으며

---

* 창틀에 유리판을 고정하거나 목공품을 붙이는 데 주로 사용하는 접합제.

물었다.

"응. 맛있어." 나는 그 끔찍한 기구를 건네주면서 말했다.

마리아는 뻑뻑 소리가 나게 담뱃대를 빨았다. 나는 숨을 죽이고 누나의 모습을 지켜보았다. 갑자기 누나의 눈에 눈물이 고이더니 입술과 혀, 그리고 목젖이 동시에 씰룩거렸다. 그러더니 천천히 연기를 내뿜었다. 역시 누나는 나보다 용감하고 인내심도 강했다.

"아주 좋은데." 말은 그렇게 해도, 눈에 눈물이 그렁그렁한 채 우거지상을 하고 있었다. 하지만 누나는 또다시 구리 물부리를 입에 물었다.

누나가 더이상 담배를 못 피우게 말려야 했다. 누나가 샹토*산 소금맛이 나는 쓰디쓴 연기를 다시 들이마시려고 하는 건, 오로지 자존심 때문이었다. 누나 앞에서 자존심을 세우느라 구역질이 날 정도로 메스꺼운 담배를 맛있다고 둘러대던 나의 속내와 다르지 않았다.

"쉿! 조용히 해봐!" 나는 귀를 쫑긋 세우고 말했다. "며칠 전부터 뉴트리아 소리가 들리는 것 같아…… 이 근처에 녀석들의 굴이 있는 게 분명해……"

내 말을 듣고 마리아는 담뱃대를 내팽개치면서 벌떡 일어났다. 우리는 숨죽인 채 주위를 두리번거리며 소리가 나는 쪽으로 살금살금 걸어갔다. 녀석들의 귀여운 모습을 당장 보고 싶어서 견딜 수가 없다는 듯이 말이다. 그러나 사실 그것은 구역질나는 담배 연기로부터 벗어나면서도 우리의 자존심이 구겨지지 않도록 내가 꾸며낸 핑곗거리에 지나지 않았다.

---

* 프랑스 중부지방에 위치한 마을.

한 달이 지난 뒤, 나는 담배 파이프가 있는 곳으로 다시 가보았다. 하지만 이번에는 전과는 전혀 다른 결과를 낳았다.

우리가 장난을 치기만 하면, 외삼촌은 무슨 큰일이라도 난 것처럼 고래고래 소리를 질러댔다. 누나와 나는 더이상 참을 수가 없어 엄마에게 달려가 하소연을 했다.

“그만해! 까짓것 못 들은 척하면 될 거 아냐!” 하지만 엄마는 우리의 말을 제대로 들어보지도 않고 심드렁하게 대답했다. “너네 외삼촌은 원래 그런 사람이잖니.”

“며칠 전에는 우릴 때리려고 했다니까요!” 마리아가 울먹거렸다.

“그렇게 억울하면 혼날 짓을 안 하면 되지. 너희들, 외삼촌한테 무슨 짓을 한 거니?” 엄마가 나를 돌아보며 말했다.

“아무 짓도 안 했어요, 엄마…… 그래도 내 몸에 손은 대지 않았으면 좋겠어요!” 이번에는 내가 말했다.

바로 그 순간, 외삼촌이 들어왔다.

“아! 누나가 그토록 애지중지하는 에두아르도 도련님이 여기 계셨군…… 저 녀석을 이대로 놔두었다가는 누나 속 꽤나 썩일 테니까, 한번 두고 봐.”

“근데 듣자하니 네가 애들을 때리려고 한다면서.”

“내가?” 외삼촌은 화들짝 놀라 소리쳤고, 잠시 뭔가를 생각하더니 입을 열었다. “애들한테 손찌검을 하다니, 난 그럴 생각조차 해본 적이 없다고. 하지만 앞으로 녀석들이 버릇없이 굴면……”

“그건 네 말이 백번 옳아.” 엄마가 외삼촌의 말에 맞장구를 쳤다.

“내 몸에 손대지 말라고요!” 나는 새쭉하고 붉게 달아오른 얼굴로 엄마한테 한 말을 되풀이했다. "우리 아빠도 아니면서 왜 그러는 거예요!"

"네 아빠가 없으니까 그런 거지. 그리고 남도 아니고 외삼촌한테 그러면 못쓴다." 엄마가 외삼촌과 우리를 갈라놓으며 말했다.

안마당에 단둘이 남은 마리아와 나는 이글거리는 눈빛으로 서로를 바라보았다.

"그 누구도 날 못 때려!" 나는 자신감에 찬 목소리로 말했다.

"당연하지…… 어떤 일이 있어도 날 때리지 못해!" 얼굴에 갑자기 화색이 돌면서 마리아가 내 말에 동의했다.

"외삼촌은 바보 멍청이야!"

바로 그 순간, 또다시 기막힌 생각이 떠올랐는지 마리아가 미친듯이 웃으며 마치 개선장군처럼 행진하기 시작했다.

"알폰소 외삼촌은…… 바보 멍청이래요! 알폰소 외삼촌은…… 바보 멍청이래요!"

그런데 얼마 지나지 않아 외삼촌과 정면으로 마주치고 말았다. 외삼촌의 눈빛이 심상치 않은 걸 봐서는 아무래도 우리가 하는 말을 들은 것 같았다. 하지만 우리는 이미 '발길질하는 담배'—인기 만화인 〈노새 모드〉*에서 영감을 얻어 붙인 이름이다—를 만들기로 계획을 세워둔 터였다.

간단히 말해 '발길질하는 담배'는 일종의 폭죽이다. 화약을 담배 종이에 말아 알폰소 외삼촌이 낮잠을 자는 틈을 이용해 침대 머리맡에 놓아둔 담뱃갑 속에 살짝 집어넣기로 했다.

---

* 미국 만화가 프레더릭 버 오퍼가 1904년 연재를 시작한 〈그리고 그녀의 이름은 모드다〉. 마음에 들지 않으면 주인이든 누구든 뒷발로 걷어차버리는 '노새 모드'가 주인공이다.

만에 하나라도 외삼촌이 다치는 일이 없도록 담배 끄트머리를 미리 잘라놓았다. 시험삼아 담배에 불을 붙여보았더니 사방으로 불꽃이 튀어올랐다. 그런데 문제는 속에 넣은 화약 때문에 담배가 너무 딱딱해졌다는 점이었다. 외삼촌이 잠이 덜 깬 상태에서 수상한 점을 알아차리지 못하는 것이 성공의 관건이었다.

살다보면 어떤 일이 예상보다 훨씬 빠르게 진행되는 바람에, 상세히 이야기할 틈조차 없는 경우가 종종 있다. 어느 날 오후, 낮잠을 잔 외삼촌이 방에서 허겁지겁 뛰쳐나오더니 주방에 있는 엄마에게 달려가던 모습이 지금도 선하게 떠오른다.

"아, 누나 거기 있었구나! 저 녀석들이 무슨 짓을 했는지 알기나 해? 누나한테 미리 말하는데, 이번만큼은 그냥 넘어가지 않을 거야!"

"알폰소, 진정해!"

"뭐라고? 누나도 똑같아!…… 얘들 가르칠 자신이 없으면 나한테 맡기라고! 내가 저 녀석들 버릇을 단단히 고쳐놓을 테니까."

우물가에서 누나와 땅바닥에 금을 그으며 한가롭게 놀고 있던 나는 화를 참지 못해 씩씩거리는 외삼촌의 목소리를 듣고, 뒷문을 통해 주방으로 들어가 엄마 뒤에 숨었다. 외삼촌은 나를 보자마자 와락 덤벼들었다.

"난 아무 짓도 안 했다고요!" 내가 소리쳤다.

"너, 거기 꼼짝 말고 있어!" 외삼촌이 식탁을 돌아 내 쪽으로 달려오면서 고함을 질렀다.

"알폰소, 제발 내버려두라니까!"

"너, 거기 안 서!"

"내 몸에 손대지 말라니까요!"

"알폰소! 어린애같이 왜 그래!"

하지만 화가 머리끝까지 치민 외삼촌을 더이상 말릴 방법이 없었다. 외삼촌은 욕을 내뱉으면서 나를 쫓아오기 시작했다. 걸음이 얼마나 빠르던지 하마터면 잡힐 뻔했다. 하지만 그 순간 나는 열린 문으로 쏜살같이 달아났다. 내 뒤를 바싹 쫓아오던 삼촌을 따돌리기 위해 뒤도 돌아보지 않고 별장이 있는 쪽을 향해 도망쳤다.

오 초 후, 외삼촌과 나는 복숭아나무와 오렌지나무, 그리고 배나무가 우거진 숲속을 번개처럼 빠르게 달리면서 쫓고 쫓기는 사투를 벌이고 있었다. 바로 그때, 숲속의 우물과 커다란 바위가 눈앞에 선명하게 떠올랐다.

"내 몸에 손대지 말라니까요!" 나는 도망치면서 고함을 질렀다.

"너, 거기 안 서!"

그즈음 우리는 사탕수수 밭에 이르렀다.

"계속 쫓아오면 우물 속으로 뛰어내릴 거예요!" 나는 엄마가 들으라는 듯이 울부짖었다.

"내가 널 잡아서 그 속으로 던져주지!"

나는 사탕수수 밭 안으로 숨어 그의 눈앞에서 모습을 감추었다. 그리고 단숨에 우물가로 달려가, 며칠 전 비가 오기를 기다리면서 마리아와 함께 밀어놓은 바위를 힘껏 밀치고는 옆으로 폴짝 뛰어넘어 커다란 낙엽 아래 몸을 숨겼다.

외삼촌도 곧 그곳에 도착했다. 외삼촌은 나를 찾다 말고, 무언가가 우물 바닥에 납작 엎드리고 있는 듯 안에서 새어나오는 기분 나쁜 소리를 들었다.

외삼촌은 얼굴이 하얗게 질린 채 그 자리에 꼼짝도 않고 서 있었다. 눈이 휘둥그레져서 사방을 두리번거리며 우물가로 다가왔다. 잠시 뭔가를 골똘히 생각하는가 싶더니 우물과 그 주변을 주의깊게 살펴본 다음, 나를 찾기 시작했다.

그런데 우리에게 불리한 점이 있었다. 얼마 전까지 알폰소 외삼촌도 자기 부모와 마주치지 않으려고 틈만 나면 어디론가 몸을 숨기곤 했다. 그 덕분에 그는 여전히 참신한 방법을 두루 꿰고 있어서, 나를 찾는 데 온갖 수단을 동원했다.

이윽고 그는 무언가 이상한 낌새를 느꼈는지 내가 숨어 있던 곳을 쳐다보더니 아예 몸을 돌려 그곳을 집요하게 노려보았다. 홍수에 떠내려온 커다란 나뭇잎에 가려 내 모습이 전혀 보이지 않았던 탓도 있지만, 내 몸이 우물 바닥에 떨어져 부딪히는 끔찍한 소리가 외삼촌의 뇌리에서 떠나지 않았다. 그 때문에 그는 제대로 나를 찾지 못했다.

결국은 내가 우물 속에 납작 엎드려 몸을 숨겨 외삼촌과의 갈등에 종지부를 찍은 셈이다. 이런 걸 두고 죽음의 복수라고 하던가. 사건의 경위는 아주 명확했다. 그런데 외삼촌은 자기한테 맞지 않으려고 내가 스스로 목숨을 끊었다는 사실을 엄마한테 어떻게 이야기할까?

그로부터 십 분이 흘렀다.

"알폰소!" 갑자기 안마당에서 엄마가 부르는 소리가 들렸다.

"메르세데스 누나야?" 외삼촌은 온몸을 부르르 떨면서 대답했다.

뭔가 심상치 않은 일이 일어났음을 직감했는지, 엄마의 목소리가 평소와 달랐다.

"에두아르도는? 걔는 어디 있어?" 엄마가 황급히 물었다.

"여기 지금 나랑 같이 있어!" 그가 웃으며 대답했다. "이제 더이상 안 싸우기로 했으니까 걱정 마."

너무 멀리 떨어져 있어, 엄마는 외삼촌의 하얗게 질린 얼굴도, 억지 웃음을 지었지만 실제로는 우거지상이던 표정도 알아채지 못했다. 그 덕분에 일단은 위기를 모면할 수 있었다.

"너, 걔 안 때렸지?" 엄마는 그래도 미심쩍은지 다짐을 받듯이 물었다.

"응, 그냥 장난삼아 그랬던 거야!"

엄마는 그제야 다시 집안으로 들어갔다. 장난삼아 그랬다니! 사실 장난을 시작한 것은 외삼촌이 아니라 나였는데 말이다.

그때 막 낮잠을 자고 일어난 큰이모 셀리아가 마당을 가로질러왔다. 알폰소는 셀리아를 보고 조용히 이리로 오라고 손짓을 했다. 잠시 후 셀리아 이모는 손으로 머리를 감싸쥐면서 소리 죽여 탄성을 내뱉었다.

"큰일이네! 이를 어쩌지! 아, 가엾은 메르세데스! 이게 웬 날벼락이람!"

메르세데스가 눈치채기 전에 손을 쓰는 것이 급선무였다. 과연 아이를 꺼내 살릴 수 있을까?⋯⋯ 깊이가 자그마치 14미터나 되는데다, 바닥에는 커다란 바위가 깊숙이 박혀 있었다. 하긴 누가 알겠는가⋯⋯ 하여간 아이를 무사히 건져올리려면 우선 튼튼한 밧줄과 건장한 장정을 구해와야 할 텐데. 더군다나 메르세데스는⋯⋯

"아이고! 불쌍한 재 엄마를 어쩌면 좋아!" 이모가 되풀이해 말했다.

그런데 이모는 정작 나를 위해서는, 존엄성을 지키기 위해 목숨을 바친 어린 영웅을 위해서는 눈물 한 방울 흘리지 않았다. 마침내 무슨 일이 일어났는지 알게 된 엄마는 가슴을 쥐어뜯으며 괴로워했다. 이를 보다못한 외삼촌과 이모가 나서서 엄마를 단념시키려고 애를 썼다. 저 깊은 우물 속으로 떨어졌으니, 살아 있을 가능성이 거의 없다면서 말이다. 아직 숨이 붙어 있는 사람한테 어떻게 저런 말을 내뱉을 수 있을까. 살아 있는 동시에 죽은 사람으로서 나는 자존심에 두 번이나 큰 상처를 입었다. 또다시 복수심이 강하게 불타올랐다.

삼십 분 뒤 우물가로 돌아온 엄마는 수심이 가득한 표정으로 나에 대해 다시 물었다. 그런데 셀리아 이모가 눈치 없이 호들갑을 떨자 엄마는 내가 변고를 당한 게 틀림없다고 생각했다.

"에두아르도! 이 일을 어쩌면 좋아!" 엄마는 이모의 손을 뿌리치면서 울부짖었다. 그러더니 몸을 제대로 가누지도 못한 채 비틀거리며 별장으로 뛰어가기 시작했다.

"메르세데스! 절대 그럴 리 없어! 벌써 밖으로 나왔을 거라고!"

"아이고, 불쌍한 내 아들! 이를 어쩌면 좋아! 알폰소!"

급하게 달려온 알폰소 외삼촌은 다시 우물가로 가려던 엄마를 붙잡았다. 엄마는 정신이 반쯤 나간 상태였다. 그런데 공포에 질린 외삼촌의 얼굴을 보자, 한 시간 전쯤 내가 바락바락 악을 쓰며 대들던 모습이 엄마의 뇌리를 스치고 지나갔다. 엄마의 입에서 섬뜩한 비명이 터져나왔다.

"아이고, 불쌍한 내 아들! 걔가 죽었다고! 이거 놔, 놓으란 말이야! 알폰소! 네가 걔를 죽인 거야!"

이모와 외삼촌은 의식을 잃고 쓰러진 엄마를 둘러메고 집으로 갔다.

그러나 나는 엄마의 처절한 절규를 듣고도 마음이 크게 흔들리지 않았다. 왜냐하면 나는 멀쩡히 살아 있었고, 감성이 풍부한 여덟 살짜리가 어른 흉내를 내서 엄마를 깜짝 놀라게 하고 싶었을 뿐이니까. 죽은 줄로만 알았던 아들이 다시 나타나면 얼마나 기쁘겠는가!

그러는 동안, 잔뜩 풀이 죽어 있을 외삼촌 생각에 고소한 기분이 들었다.

"흠!…… 날 그렇게 때리고 싶으면 한번 때려보라지!" 나는 여전히 커다란 나뭇잎에 몸을 숨긴 채 중얼거렸다. 잠시 후, 조심스럽게 몸을 일으켜 바닥에 웅크리고 앉은 다음, 나뭇잎 사이에 꼭꼭 숨겨둔 담배 파이프를 꺼냈다. 남겨둔 담배를 끝까지 다 피워볼 수 있는 절호의 기회였다.

연기를 들이마시자 목이 축축해지는 듯싶더니만 이내 따끔거렸고, 또다시 축축해지더니 입안이 바짝바짝 타는 듯했다. 연기를 거듭 들이마시자 쿰바리*와 코이레 용액**, 그리고 황산소다 맛이 났다. 처음 피울 때보다야 훨씬 더 수월했지만, 어린 나에게 결코 만만한 일은 아니었다. 나는 얼굴을 잔뜩 찌푸리고 이를 덜덜 떨면서 쓰디쓴 파이프를 피웠다.

그게 네번째 담배였던 것 같다. 그 순간 위에 있던 사탕수수 밭이 온통 새파랗게 보이면서 눈앞에서 춤을 추기 시작했다는 것 말고는 아무 기억도 나지 않는다. 그리고 마치 망치 두어 개로 두들겨맞아 관자놀

---

* 가짓과의 식물로 고추의 일종이다.

** 클로로하이드린 인산염(燐酸鹽)으로 만든 약으로 빈혈, 폐결핵, 구루병 등을 치료하는 데 사용했다.

이가 바스러진 듯이 머리가 지끈거렸다. 그런데도 내 위장은 입을 있는 대로 크게 벌린 채 마지막 한 모금까지 남김없이 들이마셨다.

* * *

식구들이 나를 안고 집으로 데려갈 때에야 제정신이 돌아왔다. 온몸이 천근만근 무겁고 머리가 깨질 듯이 아팠지만, 만일에 대비해 일단 계속 잠든 척했다. 얼마 후 엄마는 마치 실성이라도 한 것처럼 나를 사정없이 흔들어 깨웠다.

"아이고, 이 일을 어쩌나! 에두아르도, 제발 정신 좀 차려! 알폰소! 어쩌자고 애를 이 지경으로 만들어놓은 거야! 이번 일만큼은 절대 그냥 못 넘어가!"

"자, 이제 그만들 해!" 큰이모가 불쑥 끼어들었다. "메르세데스, 너도 진정해! 이렇게 무사히 구했으니 다 된 거 아니니."

"아!" 엄마는 가슴을 치고 땅이 꺼지도록 긴 한숨을 내쉬더니 힘겹게 입을 열었다. "그래, 맞아! 이제 다 됐지…… 근데 알폰소, 명색이 외삼촌이라는 놈이 어린애를 이 모양으로 만들어놓고 어떻게 나 몰라라 할 수 있는 거냐? 아이고, 우물이라니! 생각만 해도!……"

외삼촌은 침통한 표정을 지으며 기어들어가는 목소리로 겨우 몇 마디 중얼거릴 뿐이었다. 어떻게 되든 엄마의 분노가 조금이라도 누그러질 때까지 버텨보겠다는 태도였다. 반면 가엾은 엄마는 내가 죽어간다는 생각에 그 독한 담배를 피우다 그런 꼴이 됐다는 것을 까맣게 모르고 있었다.

나는 마침내 살며시 눈을 뜨고 살짝 미소를 지은 다음, 다시 깊은 잠에 빠졌다. 이번에는 정말로 잠이 들었다.

한참 뒤, 알폰소 외삼촌이 나를 깨웠다.

"내가 어떻게 하면 좋겠니?" 외삼촌이 나를 내려다보며 말했다. 여전히 앙금이 남은 듯 앙칼진 목소리였다. "하여간 내일 네 엄마한테 사실대로 다 말할 거야. 내일은 참 재미난 일이 벌어질 것 같구나!"

아직도 앞이 제대로 보이지 않았다. 눈에 보이는 것은 죄다 춤을 추듯 흐느적거리는데다, 위장은 여전히 목구멍에 달라붙어 있는 느낌이었다. 그렇지만 나는 외삼촌에게 대꾸했다.

"만약 내일 엄마한테 다 일러바치면, 이번엔 정말 우물 속에 빠져버릴 거예요!"

죽을 용기로 담배를 피운 어린 꼬마의 눈빛에 과연 어떤 일이 있어도 절대 물러서지 않겠다는 의지가 서려 있었을까?

그럴지도 모른다. 하여간 한동안 나를 무섭게 노려보던 외삼촌은 어깨를 으쓱하더니 목까지 이불을 덮어주었다.

"차라리 이 꼬맹이와 잘 지내는 편이 더 낫겠군." 그는 중얼거렸다.

"저도 그렇게 생각해요." 나는 대답했다.

그러고는 곧바로 잠이 들었다.

뇌막염 환자와
그녀를 따라다니는
그림자

얼마나 놀랐는지 아직도 가슴이 벌렁거린다. 푸네스가 보낸 편지, 그리고 의사의 이야기. 대체 이게 무슨 일이란 말인가? 솔직히 말해, 나는 이게 무슨 영문인지 하나도 모르겠다.

사정은 대략 이렇다. 네 시간 전, 그러니까 오전 일곱시에 나는 푸네스로부터 엽서를 한 통 받았다. 거기엔 이렇게 적혀 있었다.

친애하는 친구에게

바쁘지 않으면, 오늘 저녁 우리집에 들러주기 바라네. 그전에 시간이 나면 내가 먼저 찾아가도록 하겠네.

루이스 마리아 푸네스

내가 놀란 것은 이 편지를 받고서부터였다. 저녁에 만나 이야기를 나누자고 아침 일곱시에 전갈을 보내는 사람이 세상에 어디 있단 말인가. 그 이유를 구체적으로 밝히지도 않고서 말이다. 더군다나 푸네스가 나와 얼마나 가깝다고 이런 편지를 보낸 걸까? 사실 그와는 정말 애매한 사이다. 푸네스의 집에 놀러간 적은 단 한 번뿐이지만, 그의 밑으로 아주 귀여운 동생 둘이 있다는 것은 분명히 기억난다.

그런데 시간이 지나면서 호기심이 일어났다. 물론 푸네스에 대해서 말이다. 한 시간 후, 집을 나서려는데 아예스타라인 박사가 불쑥 찾아왔다. 그는 나와 콜레히오 나시오날* 동창이지만, 푸네스와 마찬가지로 가깝지도 멀지도 않은 애매한 사이다.

그는 내게 이런저런 이야기를 하더니 다음과 같은 말로 끝맺었다.

"이보게, 두란. 자네도 잘 알겠지만, 내가 이런 쓸데없는 소리나 하러 이 시간에 자네 집에 찾아온 것은 아닐세. 그렇지 않겠는가?"

"그렇겠지." 나는 어쩔 수 없이 대답했다.

"암, 그렇고말고. 사실은 자네한테 긴히 물어볼 게 있어서 이렇게 염치 불고하고 찾아온 거라네. 자세한 이야기는 곧 해줄 테니까 하나만 물어봐도 되겠나?"

"좋을 대로 하게." 나는 두말없이 승낙했지만, 마음속으로는 경계를 늦추지 않았다.

아예스타라인은 친구를 만났을 때처럼 나를 보면서 빙긋이 미소를 짓더니 엉뚱한 질문을 던졌다.

---

* 부에노스아이레스의 콜레히오 나시오날로 추정된다. 공립 고등학교이며, 유럽의 김나지움을 모델로 1661년 설립되었다. 아르헨티나의 최고 명문 학교로 알려져 있다.

"자네, 마리아 엘비라 푸네스를 어떻게 생각하나?"

맙소사! 모처럼 찾아와 기껏 마리아 엘비라 푸네스—그녀는 루이스 마리아 푸네스의 여동생이다—에 대해 물어보다니! 내가 잘 알지도 못하는 사람을! 내가 아예스타라인을 미친 사람 보듯 빤히 쳐다본 것도 따지고 보면 그리 이상한 일이 아니다.

"마리아 엘비라 푸네스라고?" 나는 그녀의 이름을 되풀이했다. "어떻게 생각하고 자시고 할 것도 없네. 나는 그 사람을 잘 몰라. 그런데 어떻게……"

"아니, 잠깐만." 그는 내 말을 끊었다. "이건 정말 심각한 문제라서 그러네…… 제발 부탁이네만 자네와 그녀 사이에 아무 일도 없다고 말해 줄 수 있겠나? 친구로서 말일세."

"자네, 정신 나갔나!" 나는 더이상 참지 못하고 소리를 질렀다. "아무 일도 없네. 눈곱만큼도! 이제 됐나? 다시 한번 말하지만, 나는 그녀가 누군지도 잘 모른다고. 게다가 그녀는 날 기억도 못할 걸세. 그녀와는 딱 일 분, 그래 좋아, 이삼 분이라고 해두세, 잠깐 이야기를 나눈 것뿐일세. 그것도 그녀의 집에서 말이야. 그게 전부라네. 열 번도 넘게 말하지만, 잘 알지도 못하는 사람한테 특별한 마음 같은 거 없네."

"그것참 이상하군. 너무 이상해……" 그는 나를 뚫어지게 바라보면서 중얼거렸다.

제아무리 뛰어난 사람이라도 해도—실제로 그는 실력 있는 의사였다—자기 분야와 아무 상관도 없는 문제에 신경을 쓰는 그 친구가 점점 부담스럽게 느껴졌다.

"그럼 이제 된 것 같은데……"

그러나 내 말이 채 끝나기도 전에 그가 다시 끼어들었다.

"물론이지, 그렇고말고…… 근데 오늘밤까지 좀 기다려줄 수 있겠나? 두 마디만 들으면 대체 무슨 일인지 분명하게 알 수 있을 테니까. 결코 농담이 아닐세…… 사실은 내가 말한 그 사람이 지금 매우 위독한 상태라네. 오늘을 넘기기 힘들 것 같아…… 무슨 말인지 알겠나?" 그는 내 눈을 바라보며 말을 마무리지었다.

나도 한동안 그의 눈을 빤히 바라보았다.

"무슨 소리인지 하나도 모르겠네." 내가 대답했다.

"사실 나도 마찬가질세." 그가 어깨를 으쓱하며 말했다. "그래서 아주 심각한 문제라고 했던 거라네…… 어찌됐든 오늘밤에는 뭐라도 알게 되겠지. 그럼 거기로 올 수 있겠나? 자네가 꼭 있어야 해."

"알았네." 나는 어깨를 으쓱하며 대답했다.

나를 잘 알지도 못하는 푸네스의 여동생이 위독한 상태라는 것과, 마찬가지로 그녀를 잘 모르는 나 사이에 대체 무슨 연관성이 있는 걸까? 나는 온종일 멍하니 그 생각에만 매달렸다.

* * *

방금 푸네스네 집에서 돌아오는 길이다. 오늘 나는 태어나서 가장 희한하고 기괴한 일을 겪었다. 전생 체험이나 강신술, 혹은 텔레파시처럼 인간의 내면세계에서 일어나는 오만 가지 불가해한 현상도 오늘 내가 겪은 일에 비하면 아무것도 아니다. 상식적으로 도저히 이해할 수 없는 황당무계한 사건에 휘말린 셈이다. 얼핏 보기에는 대수롭지 않아도, 정신이 나갈 만큼 이상한 일이었다.

나는 푸네스네 집으로 갔다. 루이스 마리아 푸네스는 나를 서재로 데려갔다. 우리는 한동안 잡다한 신변사를 자못 진지한 표정으로—나중에 안 사실이지만, 우린 이야기하는 내내 서로 시선을 피했다—나누었다. 마침내 아에스타라인이 들어오자, 루이스 마리아 푸네스는 내 담배가 다 떨어진 것을 알고 자기 담배를 테이블에 놓아둔 채 나갔다. 둘만 남았을 때 내 동창은 다음과 같은 이야기를 들려주었다.

나흘인가 닷새 전, 마리아 엘비라는 집에서 손님을 맞이한 뒤 갑자기 몸 상태가 악화되었다. 어머니는 그날 오후 그녀가 차가운 물로 목욕을 해서 그렇다고 했다. 하여간 그녀는 머리가 깨질 듯이 아파 밤새도록 잠을 이루지 못했다. 다음날 아침이 되자, 병세가 호전되기는커녕 온몸에 열이 펄펄 끓었다. 모든 증세로 미루어볼 때, 뇌막염이 분명했다. 정신을 잃고 계속 헛소리를 해대는가 하면 가끔 극도의 불안감에 사로잡히기도 했다. 곁에 있던 이들이 갖은 애를 써도 그녀를 진정시킬 수 없었다. 그런데 첫날밤부터 한 가지 특이한 점이 눈에 띄었다. 그녀의 착란이 보여주는 심리상태는 어떤 사건, 오직 단 하나의 사건에서 비롯되었으며 이를 중심으로 진행되었다. 하지만 그 사건은 결국 그녀의 삶을 통째로 집어삼키고 있었다. "그건 일종의 망상, 그러니까—아에스타라인이 말했다—열이 41도까지 올라 보이는 착란 증세일 뿐이라네. 그녀는 단 한 순간도 문에서 눈을 떼지 않지만, 그렇다고 누구를 부르려고 하는 것도 아니야. 그저 바라만 볼 뿐이지. 그녀는 지금 마음 속에서 소리 없이 타오르는 불안감 때문에 신경이 쇠약해져 서서히 죽어가고 있어. 그래서 어제부터 동료들과 함께 그 증세를 진정시킬 방법에 대해 궁리하고 있는데…… 하여간 지금 저런 상태로는 오래 견디지 못할 걸세. 그런데 자네 혹시—그가 말했다—그녀가 혼수상태에 빠진 동안 누구 이름을 부른 줄 아나?"

"그걸 내가 어떻게 알겠나……" 나는 가슴이 두방망이질하는 것을 느끼며 대답했다.

"자네를 부르더군." 그는 내게 불을 달라고 하면서 말했다.

우리는 한동안 아무 말도 하지 않았다.

"아직도 무슨 소리인지 모르겠나?" 마침내 그가 침묵을 깨고 물었다.

"도대체 무슨 말을 하는 건지……" 나는 어리둥절한 표정으로 중얼거렸다. 마치 어떤 십대 소년이 영화관에서 나오는데, 유명한 여배우가 탄 자동차가 어둠 속에서 자기를 향해 문을 활짝 열어놓았을 때만큼이나 얼떨떨한 기분이랄까…… 하지만 나는 거의 서른이 다 된 어른이었기에, 아예스타라인 박사에게 어떻게 그런 일이 있을 수 있는지 물었다.

"어떻게 그러느냐고? 그걸 무슨 수로 알겠나. 내가 아무리 의사라고 해도 왜 그런 현상이 일어나는지 눈곱만큼도 모르겠다네. 그런데 자네가 알고 싶은 게 뭔가? 아, 그래…… 뭐라도 알고 싶다면 말이야, 이 세상 여기저기에 백만 종, 아니 이백만 종의 씨앗이 존재한다고 상상해보게나. 그런데 어느 날, 지진이 일어나 악마처럼 온 세상을 뒤흔들고 눈에 보이는 모든 것을 뒤엎어버린다고 해보세. 그 와중에도 어떤 씨앗은—그게 어떤 씨앗이든, 그리고 하늘에서 떨어졌든, 아니면 땅을 뚫고 나왔든 간에—싹을 틔울 거야. 참 엄청난 식물이지…… 이 정도면 충분한가? 나로선 더이상 해줄 말이 없네. 간단히 말해 자네는 그녀를 잘 모르고, 환자도 자네를 잘 모르는 상황일세. 그런데 어떻게 자네라는 특별한 씨앗이 그토록 심한 망상에 시달리는 그녀의 머릿속에 들어가 있었던 걸까? 더 알고 싶은 게 있나?"

"그건 분명……" 늘 따지고 드는 듯한 그의 눈초리가 오늘따라 여간 신경쓰이지 않았다. 무슨 말로든 반박해야겠다고 생각하는 순간 갑자기 등골이 오싹해졌다. 애초에 내 의지와 전혀 상관없이 환자가 내지르는 헛소리의 주인공이 된 것도 모자라, 내가 무슨 치료제라도 된 듯한 느낌이 들었기 때문이다.

바로 그때, 루이스 마리아 푸네스가 들어왔다.

"어머니가 좀 뵙자고 하시는데." 그는 아예스타라인 박사에게 용건을 전한 뒤, 나를 향해 고개를 돌리며 어색한 미소를 지었다.

"무슨 일인지 아예스타라인이 설명해주던가?…… 말하자면 어떤 사람 때문에 미쳐가고 있다는 얘길세……"

여기서 그가 말한 어떤 사람에 대해 더 상세한 설명이 필요할 듯하다. 그 집 식구들, 즉 내가 졸지에 휩쓸려들어가 그 일원이 되기 시작한 푸네스네 집 사람들은 유난히 자존심이 강하다. 집안 내력일 수도 있지만, 내 생각으로는 아마 그들의 운명인 듯싶다. 사정이 이렇다보니 집안의 예쁘디예쁜 아이가 내게 연정을 품고 있을 수도 있다는 사실에 꽤나 흡족해하는 눈치였다. 이왕 사랑에 빠지려면 별 볼 일 없는 작자보다, 엔지니어라는 든든한 직업을 가진 나, 카를로스 두란이 당연히 더 나을 테니까 말이다. 덕분에 내가 마치 젊은 귀족이라도 된 것 같아서, 내심 그들이 고맙기까지 했다.

"참 희한한 일도 다 있지……" 루이스 마리아가 떨떠름한 표정으로 성냥개비를 탁자 위에 늘어놓으면서 말했다. 잠시 후, 그는 또다시 어색한 미소를 지으며 입을 뗐다.

"이렇게 급히 와달라고 해서 미안하네. 혹시 불편하지는 않은가? 아예스타라인이 곧 올 걸세."

그의 말이 끝나기가 무섭게 아예스타라인이 들어왔다.

"또 시작이야……" 그는 루이스 마리아를 바라보며 고개를 저었다. 그러자 루이스 마리아는 나를 바라보며 또다시—그날 밤에만 벌써 세 번째였다—어색한 미소를 지었다.

"그럼 한번 가볼 텐가?"

"그러지." 나는 대답하고 그들과 함께 그녀가 있는 곳으로 갔다.

아예스타라인이 조용히 방문을 열고 들어갔다. 그리고 루이스 마리아와 내가 그의 뒤를 따랐다. 우리는 모두 일정한 간격을 두고 들어갔다. 예상했던 대로 그녀의 방은 짙은 어둠에 잠겨 있었다. 자리에 선 채로 나를 빤히 쳐다보던 그녀의 어머니와 여동생은 나를 향해 가볍게 고개를 숙였다. 그래서 나도 그들을 모른 체할 수 없었다. 자세히 보니 두 모녀는 생각보다 키가 큰 편이었다.

나는 침대 쪽으로 고개를 돌렸다. 얼음주머니 아래, 부릅뜬 그녀의 눈이 나를 향해 있었다. 나는 당황한 나머지 황급히 아예스타라인 박사를 돌아보았지만, 그는 눈짓으로 슬쩍 침대를 가리킬 뿐이었다. 하는 수 없이 침대로 다가갔다.

남자라면 누구나 직감으로 눈치채겠지만, 그녀의 눈빛은 기대와 설렘으로 가득차 있었다. 자기를 향해 천천히 다가오는 연인을 바라보는 소녀처럼 말이다. 내가 다가가는 동안 그녀는 행복에 겨운 눈빛을 감추지 못했다. 그리고 내가 그녀의 얼굴 위로 고개를 숙이자, 복받쳐오르는 기쁨에 사시가 되어버린 눈에서 섬뜩한 빛이 일렁거렸다. 37도의 정상적인 체온을 가진 여자라면 아무리 사랑에 눈이 멀어도, 저토록 눈빛이 강렬하지는 않을 터였다.

그 순간 그녀의 입에서 더듬더듬 희미한 소리가 흘러나왔다. 무슨 말을 하려는 것 같았는데 입술이 바싹 말라붙어 제대로 말을 하지 못했다. 무슨 말인지 도저히 알아들을 수가 없어서, 나는 어정쩡한 자세로 바보처럼 미소만 지었다. (그런 상황에서 달리 뭘 할 수 있었을지 묻고 싶다!) 그러자 그녀가 갑자기 내게 손을 뻗었다. 그녀의 의도를 알아차린 나는 그녀의 손을 살포시 잡았다.

"거기 앉으세요." 그녀가 속삭이듯 말했다.

나는 루이스 마리아가 침대 가까이 갖다준 의자에 앉았다.

이제 내가 얼마나 황당하고 기괴한 상황에 처했는지 보도록 하자.

신열, 그리고 완전히 빗나간 사랑으로 불덩이처럼 뜨거워진 손을 잡고 있는 이상, 나는 이 상황의 확실한 주인공이었다. 내 맞은편에는 아예스타라인 박사가 서 있었고, 루이스 마리아는 침대 끄트머리에 엉덩이만 살짝 걸치고 앉아 있었다. 그녀의 어머니와 여동생은 의자에 등을 깊숙이 기댔다. 모두들 입을 굳게 다문 채, 인상을 쓰고 나와 그녀를 주시했다.

그런 상황에서 난들 뭘 할 수 있었겠는가? 내가 대체 무슨 말을 해야 했겠는가? 여러분도 잠시 이 문제에 대해 생각해보기 바란다. 한편 내 눈동자만 빤히 쳐다보던 그녀는 이따금 시선을 돌려, 주변에 있는 사람들의 얼굴을 하나씩 초조하게 훑어보았다. 그런데 그녀의 표정으로 봐서는 아무도 알아보지 못하는 것 같았다. 그러고 나면 또다시 행복에 겨워 반짝이는 눈빛으로 나를 쳐다보았다.

시간이 얼마나 흘렀을까? 모르겠다. 삼십 분쯤? 아니, 그보다 더 긴 시간이었을지도 모른다. 나는 잠시 동안이라도 손을 빼려고 했지만, 그럴수록 그녀는 내 손을 더 세게 쥐었다.

“아직은 안 돼요……” 목덜미가 결리는지 그녀는 자세를 고치면서 힘없이 중얼거렸다. 주변에 있던 사람들이 침대로 다가와 이불을 올려주고 얼음주머니를 갈아주자, 그녀는 다시 행복에 잠긴 시선을 내게로 돌렸다. 그러나 가끔 불안한 표정으로 주변을 두리번거리면서 낯선 얼굴들을 훑어보았다. 그러다가 아예스타라인 박사와 두어 번 눈이 마주치자, 그를 빤히 쳐다보았다. 그럴 때마다 그는 내게 가만히 있으라는 눈짓을 보냈다. 얼마 지나지 않아, 나는 그의 판단이 옳았음을 알 수 있었다. 멀쩡하다가 갑자기 잠이 쏟아지는지 그녀는 스르르 눈을 감자마자 바로 곯아떨어졌다.

여동생만 빼고 모두 방을 나섰다. 그녀는 내가 차지하고 있던 의자로 가서 앉았다. 나가면서 위로의 말이라도 건네려고 했지만 막상 입이 떨어지지 않았다. 최소한 내 입장에서는 말이다. 그때 그녀의 어머니가 메마른 얼굴에 쓸쓸한 미소를 띠고 내게 다가왔다.

“세상에 이런 끔찍한 일이 또 어디 있겠어요? 마음이 아파서 견딜 수가 없어요!”

이런 무서운 일이 일어나리라고 누가 상상이나 했겠는가! 그들이 가장 견디기 어려웠던 것은 그녀의 병이 아니라 그 상황이었다. 그럼에도 불구하고 그들은 정성을 다해 나를 대했다. 그녀의 오빠뿐 아니라, 그녀의 어머니도…… 환자의 상태를 확인하고 나온 아예스타라인은 안도의 한숨을 내쉬었다. 그녀는 잠이 아주 깊이 든 모양이었다. 그녀의 어머니는 고개를 돌렸고, 나는 아예스타라인을 바라보았다. 내가 굳이 더 머무를 이유가 없었다. 나는 작별인사를 나눈 뒤, 집을 나섰다.

그런데 그날 밤, 나와는 전혀 상관없는 이상한 꿈 때문에 잠을 설쳤다. 다 푸네스 가족, 즉 루이스 마리아, 그의 어머니와 여동생들, 의사와 친척들 때문이었다. 지금까지의 상황을 간단히 정리하면 다음과 같다.

뛰어난 미모를 지닌 열아홉 살짜리 여자가 있다. 그녀는 나를 잘 모르고, 나 또한 그녀에게 전혀 관심이 없다. 그녀의 이름은 물론 마리아 엘비라다. 한편 젊은 남자가—엔지니어라고 해두자—있다. 과거에 그는 문제의 여인에 대해 생각한 적이 두 번 있는데, 이를 기억하지 못한다. 지금까지의 이야기는 전혀 이상할 게 없다. 누구든지 이해할 수 있는, 지극히 평범한 이야기다.

그런데 어느 날 그녀가 뇌막염인가 뭔가 하는 몹쓸 병에 걸린다. 고열에 시달리다 결국 착란상태—정말이지 정신이 극도로 혼미한 상태다—에 빠진 그녀의 가슴속에 돌연 사랑의 불길이 타오르기 시작한다. 누구를 향한 사랑이었을까? 사촌? 친구의 오빠? 아니면 그녀가 잘 아는 멋진 남자? 다 틀렸다. 주인공은 다름 아닌 나다.

웬 뚱딴지같은 소리를 하느냐고? 그래서 나는 우리집에 제일 먼저 찾아오는 사람에게 축복받은 그 집안에 대해 소상히 알려주기로 결심했다.

* * *

그렇다! 예상하던 대로 아예스타라인이 오늘 낮에 날 찾아왔다. 딱히 할말이 없던 나는 그녀의 뇌막염 증세가 좀 어떤지 물어볼 수밖에 없었다.

"뇌막염?" 그가 반문했다. "그게 뭔지 누가 알겠나! 처음 나타난 증세로 봐서는 뇌막염이 분명한 것 같았어. 어젯밤까지만 해도 그랬고…… 그런데 말일세, 오늘 보니까 이게 무슨 병인지 도무지 모르겠더군."

"그렇긴 해도," 나는 그의 말에 이의를 제기했다. "뇌질환이라는 게 항상……"

"골수도 마찬가질세…… 몇 군데만 손상돼도, 물론 어디가 손상되었는지 알 수는 없지만, 문제가 심각해지지…… 자네, 혹시 의학에 대해 좀 아나?"

"아주 조금……"

"좋아. 지금은 이장열* 증세가 나타나고 있네. 물론 원인은 알 수 없지만 말이야…… 사실 어젯밤까지만 해도 금세 죽을 수도 있는 위험한 상황이었네…… 지금은 소강 국면에 접어들었지만, 발열과 오한이 주기적으로 반복되고 있지. 마치 시계처럼 정확히 말일세……"

"그럼 착란 증세는," 내가 물었다. "여전한가?"

"물론이지! 좀처럼 호전될 기미가 보이질 않네…… 그건 그렇고, 오늘밤에 거기로 와줄 수 있겠나?"

더이상 저들에게 질질 끌려다닐 수만은 없었다. 이제 내 방식대로

---

* 하루 동안에 체온이 섭씨 1도 이상 오르내리고 최저 체온이 섭씨 37도 이상으로 열이 나는 증세.

해야겠다고 마음먹었다. 나는 그에게 어젯밤 내가 할 수 있는 역할을 다했기 때문에 더이상은 가지 않겠다고 말했다.

아에스타라인은 나를 뚫어지게 바라보았다.

"왜 그래? 무슨 일이라도 있었나?"

"아니, 솔직히 말해서 내가 그 자리에 꼭 있어야 할 필요가 없다는 생각이 드네…… 한 가지 물어보세. 잘 알지도 못하는 사람들 앞에서 어정쩡하게 있는 것이 얼마나 고역인지 자넨 알기나 하나?"

"그게 아니라……"

"아니긴 뭐가 아닌가? 졸지에 바보 신세가 되고 말았는데…… 똑똑한 자네가 그 정도도 모르다니 신기하군!"

"그런 소리 하지 말게. 물론 자네 입장은 충분히 이해하네…… 글쎄, 뭐랄까……" 그는 태평스럽게 말했다. "자존심이 걸린 문제 아니겠나."

"정말 어처구니가 없군!" 나는 펄쩍 뛰었다. "자존심이라니! 의사라는 사람이 고작 한다는 소리가 그거란 말인가! 내 입장도 한번 생각해보게. 밤 내내 침대 옆에 멍청하게 앉아 그녀의 손이나 붙잡고 있어야 한다네. 그것도 인상을 쓰고 그녀와 나를 주시하는 일가 친척들 앞에서 말일세. 그런데 그게 고작 자존심 문제라 이 말인가? 자네들 생각이 정히 그렇다면, 자네들끼리 알아서 해결하게. 난 빠질 테니까. 나도 할일이 많은 사람일세."

아에스타라인은 어젯밤 그 자리에서 일어난 일을 두 눈으로 똑똑히 지켜보아서인지, 내 말을 어느 정도 이해하는 눈치였다. 그후로 그는 내게 와달라고 부탁하지 않았다. 우리는 헤어질 때까지 그 이야기를 일절 꺼내지 않았다.

모든 게 다 잘 해결되어가는 듯했다. 적어도 십 분 전, 아예스타라인이 보낸 편지를 받기 전까지는 말이다.

친애하는 두란에게

아직도 화가 안 풀렸겠지만, 오늘밤만큼은 반드시 와주었으면 하네. 자네가 와서 클로랄과 베로날 같은 수면제 역할을 해줘야 그녀의 마음이 조금이라도 진정될 것 같네. 다시 한번만 생각해보고 꼭 와주기를 바라네.

조금 전, 나는 이 편지를 받는 순간 모든 게 뒤틀리기 시작했다고 말했다. 그건 분명한 사실이다. 그보다 더 신기한 것은, 오늘 아침부터 이 편지가 오기를 내가 막연하게 기다리고 있었다는 점이다……

결국 나는 일주일 내내—그녀는 정확히 매일 밤 열한시부터 새벽 한시까지 고열과 함께 착란 증세를 보였다—단 한 순간도 떨어지지 않으려는 연인처럼 마리아 엘비라 푸네스의 곁을 지켰다. 그녀는 그 집에 처음 갔을 때처럼 내게 가끔 손을 내밀었고, 때로는 내 얼굴을 빤히 쳐다보면서 내 이름을 한 글자씩 또박또박 말하기도 했다. 나는 그녀가 착란상태에 빠지면 나를 끔찍하게 사랑한다는 사실을 분명하게 알고 있었다. 그러나 일단 제정신이 돌아오면 내 존재—지금 이 순간이든 미래든 간에—에 대해 눈곱만치도 관심이 없다는 사실 또한 모르지 않았다. 이 정도라면 어떤 소설가라도 충분히 소재로 삼을 수 있을 만큼 기이한 심리상태였다. 정상적으로 이해할 수 없는 그녀의 이중적인 감정 상태는 내 마음까지도 심하게 뒤흔들어놓았다. 좀더 자세히 말하자면 다음과 같다. 이제 와서 말이지만 마리아 엘비라의 눈은 세상에서 가장 아름답다고 해도 과언이 아니다. 그 집에 처음 갔던 날, 내가 그녀의 눈동자에서 본 것은 뜻하지 않게 우스꽝스러운 상황에 내몰린 처량한 내 모습뿐이었다. 두번째 날 밤이 되자, 마음이 다소 가벼워졌다. 그때까지만 해도 억지로 행복한 표정을 짓느라 여간 고역스럽지 않았다. 그런데 세번째 날 밤, 그녀의 얼굴을 보자 마냥 행복한 기분이 들었다. 그뒤로, 나는 그녀와 내 마음을 하나로 묶어주는 뜨거운 사랑을 느끼고 꿈꾼다.

어쩌면 좋을까? 나는 너무도 잘 알고 있다. 이 모든 것은 일시적이라는 것을, 그리고 날이 밝으면 그녀는 내가 누군지조차 모른다는 것과—자리에 선 채로 그녀를 내려다보기만 하는—나 또한 그녀를 진정으로 사랑하지 않을지도 모른다는 것을 말이다. 그러나 이처럼 40도의 고열 속에서 단 두 시간 동안 지속되는 꿈속의 사랑은 낮이 되면 감쪽같이 사라진다. 그래서 만일 환한 대낮에 사랑에 빠질 만한 누군가가 나타난다면, 더이상 그녀와 깊은 밤에 덧없는 사랑을 나누지 못하게 될 거라는 생각이 든다…… 그러니 나는 그림자, 아니 환영을 사랑하고 있는 셈이다. 아예스타라인의 말마따나 그녀가 혼수상태에서 깨어나고, 더이상 나를 찾지도 원하지도 않는 낮시간이 너무도 원망스럽다.

사랑에 빠진 남자들이 그림자나 다름없는 여인에게 뜨거운 연모의 정을 느낀다면, 그 얼마나 잔인한 일인가.

아예스타라인이 방금 떠났다. 그는 방을 나서다 내게 다가오더니, 그녀의 상태가 점점 호전되고 있는 걸로 봐서 아무래도 자기가 오진을 한 것 같다고 말했다. 그러면서 앞으로 며칠만 지나면 나도 마리아 엘비라로부터 완전히 벗어나게 될 거라고 덧붙였다.

"그럼," 그가 나에게 말했다. "이젠 그런 어처구니없는 이유로 날밤을 샐 일도 없을뿐더러 머릿속으로 사랑을 나누는 일도, 또 주변 사람들의 인상 쓴 얼굴을 볼 일도 없을 거야…… 알겠나?"

그 말을 듣는 순간 속이 다 후련했지만, 밖으로 드러낼 수는 없었다. 능구렁이 같은 아예스타라인이 웃으면서 이렇게 덧붙였기 때문이다.

"그동안 고생이 많았으니 자네에게 마땅히 보답을 해야겠지…… 사실 지난 보름 동안 푸네스 집안사람들도 거의 제정신이라고 할 수 없었네. 그러다보니 모든 걸 일일이 챙길 수 없었을 테고. 특히 자네한테 말일세…… 그래서 내친김에 오늘 함께 저녁식사를 하기로 했다네. 더할 나위 없이 선량한 자네와 자네가 보여준 지극한 사랑이 없었더라면, 일이 어떻게 되었을지 가늠조차 안 되네…… 어때, 올 수 있겠나?"

"솔직히 말해서," 내가 대답했다. "푸네스네 사람들이 나를 저녁식사에 초대해준 것은 고맙지만, 나로서는 호의를 정중히 거절하고 싶네."

그러자 아예스타라인이 큰 소리로 웃기 시작했다.

"농담도 참!…… 다시 한번 말하지만, 그들은 딴 데 신경을 쓸 겨를이 없었다니까……"

"하지만 마드무아젤에게 줄 아편과 모르핀, 그리고 진정제는 한 번도 빠지지 않고 잘 챙기더군. 그렇지 않은가? 그럴 정도면 나를 잊었을 리는 없겠지!"

갑자기 그는 심각한 표정을 지으며 나를 빤히 바라보았다.

"자네, 지금 내가 무슨 생각을 하고 있는지 아는가?"

"말해보게."

"자네야말로 이 세상에서 가장 행복한 사람이라고 생각했다네."

"내가, 가장 행복하다고?……"

"달리 말하면, 자넨 정말 행운아일세. 무슨 말인지 알겠나?"

그는 여전히 나를 빤히 바라보고 있었다. 음! 나는 잠시 속으로 생각했다. 그렇다면 내가 바보 천치라는 말인데, 하긴 지금 상황으로 봐서는 제법 그럴듯해. 만약 그게 아니라면, 주머니에 있는 체온계가 부서지도록 저 친구를 꽉 껴안아주어야 마땅하겠지. 하여간 저 못된 녀석이 보기보다 많은 걸 알고 있는 게 분명해. 그렇다면 혹시…… 어쨌든 내가 다시 바보처럼 구는 게 가장 확실한 방법이겠군.

"내가 행복하다고?……" 나는 속내를 들키지 않으려고 같은 말을 되풀이했다. "그녀가 뇌막염에 걸렸다고 해서 자네가 꾸며낸 그 터무니없는 사랑 때문에 말인가?"

아에스타라인은 다시 나를 뚫어지게 바라보았다. 하지만 전과 달리 그의 표정에서는 아련한 괴로움과 슬픔이 희미하게 묻어나왔다.

"물론 그랬는지도 모르지. 하지만 정말 그렇게 생각한다면 어리석다고 할 수밖에……" 그는 중얼거리면서 내 팔을 잡고 같이 나가자고 했다.

가는 길에—우리는 베르무트를 마시러 아길라로 갔다—그는 세 가지 사실을 분명하게 말해주었다.

첫번째로, 그녀의 흥분 정도—그건 그녀의 착란상태에서 비롯된 우울증이었다—가 매우 심각했기에, 어떤 일이 있어도 내가 그녀의 곁을 지켜야 했다는 것이다. 두번째로, 푸네스네 식구들은 집안에서 벌어진 기괴하면서도 볼썽사나운 사건은 물론, 그녀가 꿈꾸던 말도 안 되는 사랑 이야기도 쉽게 이해할 수가 없었지만, 결국엔 현실을 있는 그대로 받아들였다. 세번째, 푸네스네 식구들은 그녀를 치료하기 위해 내가 환자 곁을 지키고, 또한 내 앞에 그녀가 있도록 해야 한다는 점을 내가 충분히 이해하리라고 믿었다.

"마지막으로 내가 한마디 하겠네." 그의 말이 끝나기가 무섭게 나는 내 생각을 말했다. "그러니까 지금 자네가 하는 얘기를 정리하면 이런 거로군. 실제로 그녀는 나에게 조금도 관심이 없으니 절대 엉뚱한 생각 품지 마라. 어때? 내 말이 틀렸나?"

"정확하네!" 의사가 어깨를 으쓱하며 말했다. "사실 자네도 그들 입장에서 생각해본다면……"

따지고 보면 저 잘난 친구의 말이 백번 옳다. 왜냐하면 만에 하나 그녀가……

어젯밤 나는 푸네스네 집에서 저녁식사를 했다. 루이스 마리아가 나를 한 가족처럼 대해주느라 혼자 애를 쓰기는 했지만, 그다지 즐거운 시간은 아니었다. 사실 루이스 마리아도 자기 어머니와 같은 말만 되풀이하는 듯했다. 그녀의 어머니도 식사 자리를 즐겁게 만들어보려고 나름대로 애를 썼지만, 나를 보는 눈초리가 곱지만은 않았다. 마치 내가 불청객이라도 된 것처럼 거북한 느낌을 지울 수 없었다. 물론 제정신이 아니기는 하지만, 어떤 남자를 간절히 원하는 딸아이를 보자 질투심이 인 모양이다. 충분히 이해할 수 있는 상황이니, 굳이 그녀를 비난하고 싶지는 않다. 더군다나 그녀는 딸과 번갈아서 마리아 엘비라를 간호하러 가느라 내내 들락거렸다. 다행히 그날 하루는 아무 탈 없이 무사히 지나갔다. 보름 만에 처음으로 밤에도 열이 오르지 않은 걸 보면, 의사

말마따나 확실히 차도가 있는 듯했다. 아예스타라인이 당부한 대로 새벽 한시까지 그녀의 집에 있기는 했지만, 그녀의 얼굴도 한 번 못 보고 집에 가야 했다. 지금 내 기분을 누가 이해할 수 있을까? 하루종일 그녀의 얼굴 한 번 못 보다니! 아! 하늘이시여, 40도든, 80도든, 120도든 다 좋으니 제발 그녀의 머리에서 열이 끓게만 해주소서……

그리고 드디어! 집에 도착하니 그 잘난 아예스타라인의 전보가 와 있었다.

또다시 착란 증세. 즉시 오기 바람.

정신이 온전한 사람이라도 이 전보를 받는 순간 너무 기뻐서 이성을 잃고 날뛰었을 것이다. 물론 나는 그 즉시 그녀의 집으로 달려갔다.

어젯밤 내가 방에 들어서자, 마리아 엘비라는 마치 처음 보는 사람처럼 내게 손을 뻗었다. 그녀는 왼쪽으로 돌아누운 채, 아주 편한 자세로 내 눈을 뚫어지게 쳐다보았다. 나는 그녀가 눈빛으로 무슨 말을 하려는지 도무지 알 수가 없었다. 어쩌면 그녀는 엄청난 희열에 휩싸여 자신의 모든 삶과 영혼을 내게 바치려고 했는지도 모른다. 무슨 말을 하려는 듯, 그녀의 입술이 실룩거렸다. 나는 그녀의 말을 들으려고 고개를 숙여야 했다.

"전 너무 행복해요." 그녀의 입가에 잔잔한 미소가 흘렀다.

잠시 후 그녀는 다시 내게 뭔가를 말하고 싶은 눈치였다. 나는 그녀의 입가에 귀를 갖다댔다.

"그리고 그다음에도……" 그녀는 들릴락 말락 한 목소리로 뭐라고 속삭인 뒤 천천히 눈을 감았다. 하려던 말을 갑자기 잊은 모양이었다. 그러나 그 순간 그녀의 얼굴 위로 환희의 불꽃이 스쳐지나가더니, 눈빛이 이상하게 변했다. 한줄기 빛이, 무서우리만큼 강렬한 빛이 또다시 그녀의 눈동자에 이글거렸다. 이번만큼은 분명히 들었다. 나는 그녀가 뭘 물어보려는지 분명하게 느낄 수 있었다.

"병이 다 나아서 더이상 착란 증세가 나타나지 않아도…… 지금처럼 절 사랑하실 건가요?"

내 심장에 용솟음치던 행복감! 그다음이라니! 더이상 착란 증세가 나타나지 않아도라니! 그런데 혹시 이 집에 있는 우리 모두가 죄다 실성한 건 아닐까? 그게 아니면 그다음이란 한마디 말이 밖으로 퍼져나가 메아리치면서 내 마음을 쉴새없이 괴롭히는 건 아닐까? 어떻게 그녀의 입에서 그런 말이 나올 수 있었을까? 그녀가 정말 뇌막염에 걸리기나 한 걸까? 착란 증세는? 그렇다면 나의 마리아 엘비라는……

그때 내가 뭐라고 대답을 했는지 모르겠다. 추측건대, 그때 집안에 있던 식구들이나 친척들이 들었다면, 길길이 날뛸 만한 말이었을 것이다. 하지만 나는 주변 사람들의 귀에는 거의 들리지 않을 만큼 나직한 목소리로 중얼거렸고, 그녀도 희미한 미소를 지으며 속삭이듯 뭐라고 말하더니…… 곧 잠이 들었다.

집으로 돌아가는 길에는 제정신이 아니었던 것 같다. 너무도 기쁜 나머지 펄쩍펄쩍 뛰고, 속시원하게 고함이라도 지르고 싶었다. 그 같은 상황이라면 누구라도 그런 기분이 들지 않겠는가? 좀더 분명히 말하자면, 애당초부터 모든 일이 그렇게 되도록, 즉 착란 증세—어떤 심리 상태에서 비롯되었든 간에—에 시달리던 한 여자가 오로지 망상에 사로잡힐 때만 X라는 남자를 사랑하게끔 계획되었던 것이 틀림없으니까 말이다. 반면 X라는 남자의 입장은 좀 복잡하다. 그는 그녀의 병세를 조금이라도 좋아지게 하는 것이 자신의 역할이라는 점을 누구보다 잘 알고 있다. 하지만 안타깝게도 그는 그런 역할에만 머물러야 한다는 것이 그다지 달갑지 않다. 이왕 말이 나왔으니 말인데, 뇌막염에 걸려 의식이 없는—그녀가 의식이 없다는 점은 확실하다—그녀가 우리의 친구에게 이렇게 속삭이는데, 거기에 현혹되지 않을 사람이 누가 있겠는가?

더이상 착란 증세가 나타나지 않아도…… 지금처럼 절 사랑하실 건가요?

내가 보기에 그리 심각하지는 않더라도 착란 증세가 분명했다. 어젯밤 집에 도착했을 때, 한동안 풀리지 않던 의문점이 마침내 해결된 듯한 생각이 들었다. 그러니까 마리아 엘비라는 고열에 시달린 나머지 꿈속에서 깨어 있었던 것이다. 사실 누구든 꿈속에서 꿈을 꾼 적은 없지 않을까? 이보다 더 간단한 설명이 어디 있겠는가?

거짓된 사랑에 완전히 가려 있어도, 우리를 너무나 행복하게 만드는 그녀의 커다란 눈망울은 절대 거짓일 수가 없는 사랑에 푹 빠져 있다. 차갑고 날카로운 눈빛으로 가족의 얼굴을 쭉 훑어보던 그녀는 한 남자에게 시선이 이르자, 황홀한 행복감을 감추지 못한다. 설령 그녀가 착란상태에 빠져서 그렇다고 해도, 그런 상황이라면 누구라도 그녀와—더 분명하게 말하자면, 마리아 엘비라 푸네스와—아름다운 사랑을 나누는 꿈을 꿀 권리가 있다.

꿈, 꿈, 비록 꿈일지라도 말이다! 두 달이나 지났지만, 나는 지금도 가끔 달콤한 환상에 잠기곤 한다. 도무지 원인을 알 수 없는 열병으로 그토록 자애롭던 가족들마저 냉담해진 상황에서 그녀가 정말로 내게 손을—그것도 팔꿈치까지 맨살을 훤히 드러낸 채로—내민 걸까, 아니면 내가 착각한 걸까? 그리고 영원처럼 느껴지던 그 짧은 순간, 마리아 엘비라가 사랑이 가득한 눈빛으로 쳐다본 이가 정말 나였을까, 아니면 그마저도 내 착각일까?

아니다. 그녀가 손을 내민 것도, 또 사랑의 눈빛으로 쳐다본 것도 분명 나였다. 하지만 모두 끝난 마당에, 애초에 그런 것이 존재하지도 않았던 것처럼 흔적도 없이 다 사라진 마당에 그걸 따져봐야 무슨 소용이 있겠는가. 그렇지만……

나는 그로부터 이십 일 뒤에 그녀를 만나러 갔다. 그 집 식구들과 함께 저녁식사를 했는데, 그날따라 왠지 그녀의 혈색이 좋아 보였다. 그러나 집안에 들어서자마자 식구들은 눈짓으로 그녀의 감정 상태가 심상치 않음을 암시했다. 사실 그 일이 있고 이십 일이나 지난 터라, 나는 그녀를 만나면 어떻게 해야 할지 미처 생각해두지 못했다. 그래서 일단은 그들이 하는 대로 최대한 따라 하기로 했다.

그렇지만 모든 일이 생각했던 것보다 순조롭게 흘러갔다.

"그런데," 그녀의 어머니가 미소를 지으며 입을 열었다. "우리가 그동안 너무 힘들게 해서 몸 둘 바를 모르겠어요. 그래, 이제 피로는 좀 풀렸나요?"

"별말씀을요. 별일도 아니었는데요……" 나는 웃으면서 대답했다. "그런 일이라면 언제든지 다시 할 용의가 있습니다."

마리아 엘비라는 내 말을 듣고 빙긋이 미소를 지으며 말했다.

"그렇게 좋으면 당신이나 하세요. 전 죽어도 싫으니까요. 정말이에요!"

그녀를 바라보는 어머니의 눈빛이 왠지 서글퍼 보였다.

"가엾은 것! 그동안 네가 보인 이상한 증상들을 생각하면…… 어쨌거나," 그녀는 다정한 얼굴로 나를 바라보면서 말했다. "당신은 이제 말하자면 우리와 한식구나 다름없어요. 루이스 마리아도 무척 고마워하고 있답니다."

그 말을 듣고 루이스 마리아가 내 어깨에 손을 얹더니 담배를 권했다.

"담배나 한 대 피우게. 어머니 말에 너무 신경쓰지 말고."

"루이스 마리아!" 그녀의 어머니는 갑자기 정색을 하고 그를 나무랐다. "누가 들으면 지금 내가 두란 씨에게 거짓말이라도 하는 줄 알겠구나!"

"진정하세요, 어머니. 지금 하신 말씀이 틀렸다는 게 아니니까요. 그리고 두란은 내가 무슨 뜻으로 한 말인지 잘 알 테니 괜히 걱정하지 마세요."

루이스 마리아는 혹시라도 내가 지루해할까봐 어머니의 말을 막으려는 심산이었지만, 나는 그의 호의가 전혀 달갑지 않았다.

그사이, 나는 남의 눈에 띄지 않도록 조심하면서 마리아 엘비라를 살펴보았다. 마침내 바라던 바가 이루어졌다! 그녀가 다시 건강한 모습으로 내 앞에 나타났으니 말이다. 지금까지 내가 사랑한 것은 그림자, 다시 말해 그녀의 아름다운 눈망울과 30센티미터의 가녀린 팔뿐이었다. 나머지는 기다랗게 늘어진 하얀 얼룩에 지나지 않았다. 그 쓸쓸한 어둠에서, 꼭 다문 꽃봉오리에서 저토록 눈부시게 아름답고 싱싱한, 그리고 나를 몰라볼 정도로 무관심하면서도 생기발랄한 자태가 피어나다니, 그저 놀라울 따름이었다. 그녀는 마치 친한 친구라도 만난 것처럼 따뜻한 눈길로 나를 바라보았다. 그녀가 환한 미소를 머금고 말할 때, 반짝이는 맑은 눈망울을 일 초만이라도 붙잡아두고 싶었다. 그러나 그뿐이었다. 그녀의 모습에는 과거의 희미한 흔적조차 남아 있지 않았고, 그녀와의 자존심 싸움에서 내가 최종 승리의 표시로 여겼던, 나를 안 보는 척하려고 애를 쓰는 기색도 없었다. 어떤 면에서 나는 그녀가 전혀 모르는 자—차라리 존재라고 하는 편이 적절할 듯하다—에 불과했다. 그녀를 바라보고 있노라니 문득 어느 날 밤 희미한 눈빛으로—지금은 관능적이기까지 한 그 눈빛으로—내게 이렇게 말하던 장면이 아스라이 떠올랐다.

"병이 다 나아도…… 지금처럼 절 사랑하실 건가요?"

도깨비불처럼 반짝이다가 이내 사라져버린 행복, 고열로 인해 제정신이 아닌 상태에서 깃든 행복의 환희를 이제 와서 무엇 하러 찾는단 말인가! 차라리 깨끗하게 잊는 편이 나으리라…… 마음이야 간절했지만, 더이상 어떻게 할 방법이 없었다.

잠시 후 나는 거실에서 루이스 마리아로부터 벗어날 기회를 잡았지만, 결국엔 그를 마리아 엘비라와 나 사이에 끼워넣고 말았다. 그래도 나는 루이스 마리아의 어깨 너머로 이곳저곳을 두리번거리는 척하면서 그녀의 모습을 몰래 훔쳐볼 수 있었다. 그녀의 육체를 머리카락부터 발끝까지 바라보면서 욕망의 불꽃이 다시 살아나기 시작했다. 그녀가 거실을 가로질러 자기 방으로 가는 동안, 치맛자락이 반짝거리는 구두에 부딪힐 때마다 내 영혼도 종잇장처럼 가볍게 그 안으로 끌려들어가는 것 같았다.

그녀는 내게로 몸을 돌리면서 미소를 지었다. 내 곁을 스치듯 지나가면서 어색하게 웃었다. 그녀가 그렇게 방으로 걸어가는 동안, 나는 얼빠진 사람처럼 그녀가 내 옆에서 갑자기 걸음을 멈추곤 한 손을, 아니 두 손을 내 관자놀이에 부드럽게 갖다대며 속삭이는 상상을 했다.

"자, 보다시피 이젠 이렇게 두 발로 일어설 수 있답니다. 지금도 절 사랑하시나요?"

맙소사, 이런 엉뚱한 상상을 하다니! 나는 풀이 잔뜩 죽은 모습으로 그들에게 작별인사를 건네고, 차가우면서도 부드러운, 그리고 깃털처럼 가벼운 그녀의 손을 한동안 꽉 잡았다.

* * *

그렇지만 이 한 가지, 마리아 엘비라가 한창 고열에 시달리던 당시, 자신이 무슨 생각을 했는지 기억조차 못할 거라는 점만큼은 분명하다. 적어도 나는 그렇게 생각한다. 그런데 놀랍게도, 그녀는 그동안 있었던 일을 하나도 빠짐없이 다 알고 있었다. 나중에 자기 입으로 이야기한 것이니만큼 이 점에 대해서는 의심할 여지가 없다. 그러니 그녀가 내게 조금도 관심이 없을 리는 만무하다. 나에 대한 육체적 욕망—신이시여, 이런 말을 하는 저를 용서해주시기를!—도 품지 않았을 리 없다. 그것이야말로 그녀가 내게 원하던 전부였으니까. 더구나 내게 관심이 없다? 그것도 스무날 연속으로 꿈에 그리던 남자에게? 그건 말이 안 된다. 따라서 그녀가 내게 하나도 관심이 없다는 것은 이치에 맞지 않는다. 그 점에 대해 그녀에게 직접 확인해봐야 내게 무슨 이득이 있겠는가? 그래 봐야 내가 얼마나 행복해지겠는가? 내가 보기에, 그럴 가능성은 전혀 없다. 더구나 마리아 엘비라는 혹시라도 내가 그 문제에 대해 꼬치꼬치 캐물을까봐 잔뜩 경계하는 눈치다. 이게 전부다.

그 문제에 관한 한, 그녀의 생각은 옳지 않다. 만약 내가 그 문제를 집요하게 물고늘어진다면, 그건 그리 나쁠 것 같지 않다. 반대로 뇌막염 진료 기록에 서명한 사랑의 약속어음을 지불하도록 요구하면 어떨까? 빌어먹을! 그건 절대 아니다.

* * *

오전 아홉시. 물론 잠을 자기에 적당한 시간은 아니지만, 저절로 눈이 감기려고 한다. 어젯밤, 로드리게스 페냐의 집에서 댄스파티가 끝나고 팔레르모*로 갔다. 그리고 다시 바를 돌아다녔다. 밤새 나는 혼자였다. 그러다 해가 뜨고서야 집에 돌아와 잠자리에 누웠다.

잠들기 전에 저 담뱃갑에 있는 담배를 모조리 다 피우고 싶은 마음이 자꾸 고개를 쳐든다. 내 마음이 이처럼 어수선한 이유는 이렇다. 어젯밤 나는 마리아 엘비라와 춤을 추었다. 춤을 춘 다음, 우리는 이야기를 나누었다.

"눈동자에 난 깨알만한 점들이," 그녀가 뷔페 테이블에 앉아 말했다. "없어지지 않아요. 이게 대체 뭔지 모르겠어요…… 아프기 전에는 없었거든요."

* 부에노스아이레스 북동부에 위치한 구역으로 번화가가 있다.

바로 그때, 옆에 있던 어떤 여자가 우리의 대화를 엿듣고는 그녀에게 상세하게 알려주었다. 여자가 이야기하는 동안 그녀의 눈은 유난히 반짝거렸다.

그녀에게 무슨 말을 하기도 전에 나는 이미 깊은 낭패감에 사로잡혔다. 하지만 때는 이미 늦었다……

"맞아요." 나는 그녀의 눈동자를 살펴보면서 말했다. "내 기억으로도 전에는 이런 게 없었는데……"

말을 마친 나는 조용히 눈길을 돌렸다. 그러자 마리아 엘비라가 돌연 웃음을 터뜨렸다.

"물론이죠. 그 문제에 대해 당신만큼 잘 아는 사람도 없을 테니까요."

아! 그 말을 듣는 순간 집채만한 바위가 떨어진 듯 가슴이 철렁 내려앉았다! 아무렇지도 않게 저런 말을 하다니!

"그야 그렇죠." 나는 애써 담담한 표정을 지으며 대답했다. "그런데 정말로 당신에 대해 나만큼 잘 아는 사람이 없을지…… 그건 모르겠군요. 하지만 내가 당신 집을 드나들기 시작한 이후를 말하는 거라면, 맞아요. 그때라면 내가 누구보다도 잘 안다고 장담할 수 있습니다!"

내 목소리는 점점 기어들어가다가 급기야는 말을 멈추었다.

"아, 그럼요!" 마리아 엘비라가 웃었다. 그런데 갑자기 표정이 심각해지더니, 시선을 돌려 우리 곁을 지나가던 커플을 쳐다보았다.

그녀와 나 사이에 한동안 어색한 침묵이 흘렀다. 표정으로 봐서, 그녀는 조금 전까지 우리가 무슨 말을 나누었는지조차 다 잊은 것 같았다. 반면 내 얼굴에는 어두운 그림자가 드리워졌다. 잠시 후, 그녀는 마치 영화의 한 장면처럼 우리 앞을 스쳐지나가는 수많은 얼굴이 흥미로운 듯 고개를 돌리지도 않은 채 내게 말을 건넸다.

"당신이 나의 연인이었을 때, 겉으로 보기에 말이죠."

"마침 말 잘했어요." 내가 말했다. "겉으로만 당신의 연인처럼 보였을 뿐이로군요."

그제야 그녀는 내게로 시선을 돌렸다.

"아뇨……"

그리고 이내 입을 다물었다.

"아니라니…… 무슨 뜻이죠? 어서 말해봐요."

"뭘요? 아무것도 아니에요."

"괜찮으니까, 어서 말해봐요."

그녀가 갑자기 웃음을 터뜨렸다.

"도대체 왜 이러는 거죠? 어찌됐든 간에…… 당시엔 겉으로는 그렇게 보이지 않았나요?"

"이거 정말 심한 모욕이군요." 나도 물러서지 않고 대꾸했다. "나는 누구보다 먼저 상황을 정확하게 판단한 사람입니다. 내가 당신의 연인이었을 때…… 아니, 겉으로만 그렇게 보였을 때 말이죠."

"그럼 좋을 대로 생각하세요!……" 그녀는 중얼거렸다. 그녀가 조롱하듯이 '그럼 좋을 대로 생각하세요!'라고 내뱉자, 나는 그만 제정신을 잃고 절대 입 밖에 내지 말았어야 하는 말을 해버리고 말았다.

"이봐요, 마리아 엘비라." 나는 그녀에게 몸을 기울이면서 말했다. "정말 아무것도 기억 안 나요? 그때 당신이 했던 그 말도 안 되는 이야기가 하나도 기억나지 않는다는 겁니까?"

그러자 그녀는 매우 심각한 표정으로 나를 노려보았다. 아니, 그보다는 거만하면서도 다소 조심스러운 눈빛으로 나를 보았다는 말이 더 적절할 듯하다. 그다지 불쾌하지 않은 말을 들을 때의 표정과 비슷했다.

"무슨 이야기 말인가요?" 그녀가 물었다.

"그러니까 내가 당신 곁을 지키고 있을 때 당신이 한……" 나는 그녀에게 분명하게 말해주었다.

"전혀요…… 정말 하나도 기억이 안 나요."

"자, 그럼 나를 한번 바라봐요……"

"그만해요! 당신을 본다고 기억이 나겠어요?" 그녀는 갑자기 웃음을 터뜨렸다.

"아뇨. 그런 게 아니에요! 얼마 전까지만 해도 당신은 지나치다 싶을 정도로 나를 많이 쳐다봤어요. 그것도 나 몰래 말이죠…… 그런데 마지막으로 열이 나던 밤에 당신이 내게 무슨 말을 했는지, 두어 마디 정도였을 텐데…… 혹시 전혀 기억 안 나요?"

마리아는 눈썹을 찌푸리며 생각에 잠겼다. 한참 뒤 그녀는 눈썹을 평소보다 더 높게 치켜올렸다. 그러고는 나를 유심히 바라보더니, 머리를 설레설레 흔들었다.

"네. 아무것도 생각나지 않아요……"

"아!" 나는 입을 다물었다.

우리는 한동안 아무 말 없이 앉아 있었다. 곁눈질로 살펴보니 그녀는 여전히 나를 응시하고 있었다.

"뭐죠?……" 그녀가 나직한 목소리로 물었다.

"예?…… 뭐라니요?" 나는 그녀의 말뜻을 알아차리지 못해 되물었다.

"그때 제가 뭐라고 했나요?"

"그건 나도 기억이 안 나는데……"

"아뇨. 당신은 분명 기억하고 있어요…… 그때 제가 뭐라고 했나요?"

"모르겠어요. 정말입니다……"

"거짓말하지 마세요. 당신은 알고 있어요…… 제가 무슨 말을 했죠?"

"이봐요!" 나는 다시 그녀에게 다가갔다. "만약 그날 밤 고열로 인해 환각상태에 빠져 아무것도 기억나지 않는다면, 당신이 그런 착란상태에서 내게 무슨 말을 했든 안 했든 그게 무슨 상관이죠?"

내 말에 그녀는 큰 충격을 받은 모양이었다. 하지만 마리아 엘비라는 내 말에 아무 대꾸도 하지 않고 한동안 나를 노려보더니 갑자기 어깨를 부르르 떨면서 시선을 딴 데로 돌려버렸다.

"자, 우리 함께 나가요." 그녀가 불쑥 말했다. "이 왈츠에 맞춰 춤추고 싶어요."

"듣던 중 반가운 소리네요." 나는 자리에서 일어섰다. "전에 꿈속에서 우리가 왈츠를 췄을 때는 전혀 즐겁지가 않았거든요."

그녀는 아무런 대답도 하지 않았다. 우리가 살롱으로 나가는 동안, 그녀는 평소 왈츠를 추던 파트너라도 찾는 듯 주변을 두리번거렸다.

"대체 어떤 꿈을 꾸셨기에 왈츠가 즐겁지 않았던 거죠?" 그녀는 여전히 살롱 안을 두리번거리면서 물었다.

"뭐랄까, 광란의 왈츠였다고나 할까요…… 아, 물론 지금과는 전혀 상관없는 일입니다." 나는 어깨를 으쓱하면서 대답했다.

그날 밤에는 더이상 대화를 나누기가 어려울 듯했다. 마리아 엘비라는 내 말에 아무 대꾸도 하지 않았지만, 그렇다고 자신이 꿈꾸던 파트

너를 찾으려는 것 같지도 않았다. 그녀는 자리에 멈춰 선 채 억지 미소를 지으며 말했다. 그간의 모든 사연을 숨기려는 듯 억지스러운 미소였다.

"원하신다면, 당신의 소중한 연인과 이 왈츠를 추는 건 어떨까요……"

"……겉으로만 연인처럼 보였던 사람이겠죠. 하여간 거기에 대해선 더이상 말하지 않겠습니다." 나는 그녀의 허리에 손을 두르며 말했다.

* * *

한 달이라는 시간이 흘렀다. 그사이 그녀의 어머니와 여동생 앙헬리카, 그리고 루이스 마리아가 시적인 신비로 가득찬 사람이 되었다고 생각해보라! 어머니는 마리아 엘비라가 힘들 때 친구처럼 속마음도 털어놓고 다정하게 입도 맞추는 사이가 되었고, 여동생은 언니의 벌거벗은 몸을 본 적도 있었다. 한편 루이스 마리아는 마리아 엘비라의 방에 들어가면 등을 돌리고 앉아 있는 그녀의 턱을 부드럽게 쓰다듬기도 한다. 보다시피 세 사람은 모처럼 오붓한 시간을 보내고 있지만, 얼마나 큰 행복을 누리고 있는지 정작 본인들은 전혀 모른다.

나는 연신 담배를 피우면서 세월을 보내고 있다. 담배를 입에 물 때마다 데이지 꽃잎을 한 장씩 태우듯이, 그녀가 나를 좋아할까? 좋아하지 않을까? 하고 속으로 되뇐다.*

---

* 스페인과 라틴아메리카에는 데이지 꽃잎을 한 장씩 뜯어내면서 사랑하는 사람의 마음을 헤아리는 풍습이 있다.

페냐의 집에서 함께 춤을 춘 후로, 나는 수요일마다 그녀를 만나기 위해 집으로 찾아갔다.

그녀는 특유의 사교성으로 친구들과의 관계를 계속 유지했다. 특히 화사한 미소로 모두의 마음을 사로잡았고, 처음 만난 사람에게는 애교를 부리며 상대의 마음을 사르르 녹였다. 그러나 내 곁에 있을 때면 단 한 순간도 친구들에게서 눈을 떼지 않는다.

딴사람들 신경쓰느라 나를 본체만체하다니, 이게 도대체 말이 되는가? 말도 안 된다. 이는 어떤 경우에도 절대 있을 수 없는 일이다. 줄담배를 피워댄 탓에, 결국 나는 한 달 전부터 후두염을 심하게 앓고 있다.

지난밤에는 잠깐 통증이 가라앉았다. 어제는 수요일이었다. 나는 그녀의 집에서 아예스타라인과 대화를 나누고 있었다. 마리아 엘비라는 네 겹으로 둘러싼 사람들의 어깨 너머로 우리 둘을 슬쩍 쳐다보았다. 그녀는 그렇게 살짝 시선을 던지는 것으로 우리의 대화에 자연스럽게 끼어들었다. 우리는 곧 그녀에 관해, 그리고 간략하게나마 지난 일에 대해 이야기를 나누기 시작했다. 잠시 후, 그녀가 우리 앞에 멈춰 섰다.

"무슨 얘길 하는 거죠?"

"그냥 이것저것요. 그런데 주로 당신에 관한 이야기였습니다." 아예스타라인 박사가 대답했다.

"아, 그럴 줄 알았어요……" 그녀는 작은 의자를 끌어다 다리를 꼬고 앉았다. 상체를 앞으로 약간 숙인 채 손으로 턱을 괴었다.

"듣고 있으니까 말씀 계속하세요."

"두란한테도 말했듯이," 아예스타라인이 말을 이었다. "마리아 엘비라 양에게 나타난 병의 증세가 의학적으로 매우 희귀한 경우긴 하지만,

그와 비슷한 사례가 전혀 없지는 않습니다. 이름은 생각이 안 나는데, 영국 출신의 작가 한 명이 바로 그런 경우였어요. 차이가 있다면, 그가 마리아 엘비라 양보다 좀더 행복했다는 정도겠지요."

"더 행복했다고요? 그게 무슨 소리죠?"

"그 작가의 경우 열에 시달리지는 않았지만, 두 분 모두 꿈속에서 누군가와 사랑에 빠진 건 비슷하죠. 다만 마리아 엘비라 양이 사랑한 사람은……"

내 생각에 아예스타라인이 상당히 교활하고 음흉한 인간인 것 같다고, 특히 나를 만날 때는 더 그렇다고 그녀에게 말한 적이 있던가? 만약 그런 말을 한 적이 없다면, 당장이라도 그녀에게 그의 영악한 면모를 알려주고 싶었다.

그런데 그 순간, 그녀는 웃음을 띠며 자리에서 일어났다. 내 눈빛을 보고 그런 생각을 알아차린 게 틀림없었다.

"두 분이 화해하도록 내가 자리를 비켜드리죠."

"망할 자식!" 그가 자리를 뜨자 나는 중얼거리듯 말했다.

"왜 그러죠? 저 사람이 당신에게 무슨 몹쓸 짓이라도 했나요?"

"마리아 엘비라 양." 나도 모르게 소리를 질렀다. "혹시 저 친구가 당신에게 치근거린 적이 있나요?"

"누구, 아예스타라인 말인가요?"

"네, 바로 그자 말입니다."

처음엔 쭈뼛거리며 눈치만 살피던 그녀는 곧 심각한 표정으로 내 눈을 빤히 쳐다보았다.

"네." 그녀가 대답했다.

"아, 예상했던 대로군요!…… 그래도 저 친구는 운이 좋았네요……" 나는 맥빠진 목소리로 말했다.

"무슨 뜻이죠?" 그녀가 물었다.

나는 대답 대신 어깨를 으쓱한 뒤, 눈길을 돌렸다. 그러나 그녀는 계속 내 시선을 좇았다. 그렇게 잠시 시간이 흘렀다.

"무슨 뜻으로 한 말이죠?" 그녀는 취향에 맞는, 꿈에 그리던 남자를 만난 여자처럼 집요하고 끈질기게 물고늘어졌다. 그녀는 한동안 의자에 무릎을 기댄 채 꼼짝도 않고 서 있었다. 그리고 종이를—그게 어디서 났는지 알다가도 모를 일이다—물어뜯으면서 나를 무섭게 노려보았다. 그녀의 눈썹이 미세하게 실룩거렸다.

"무슨 뜻이냐고요?" 나로서도 더이상 피할 방법이 없었다. "그래도 저 친구는 매일 밤 꼭두각시 인형처럼 침대를 지킬 필요는 없었으니까 운이 좋았다는 겁니다. 더군다나 내 말을 알아듣지 못해 눈을 부라리는 모습을 볼 일도 없이 자기가 하고 싶은 말을 다 할 수 있었을 테니까 말이에요…… 이제 무슨 말인지 알겠습니까?……"

마리아 엘비라는 잠시 생각에 잠긴 듯한 표정으로 나를 바라보았다. 그러고는 입에 종이를 문 채로 고개를 설레설레 저었다.

"조금 전에 한 말이 사실입니까?" 나는 그녀에게 되물었지만 속은 이미 바짝바짝 타들어가는 듯했다.

그녀는 다시 고개를 저었다.

"아뇨. 확실하진 않아요……"

"마리아 엘비라!" 멀리서 앙헬리카가 그녀를 불렀다.

다들 알겠지만, 이런 결정적인 순간에 오빠나 동생이 눈치도 없이 끼어드는 경우가 허다하다. 그러나 이번만큼은 정말이지 날벼락이라도 맞은 듯 눈앞이 캄캄했다.

마리아 엘비라는 종이를 뱉고, 한쪽 무릎을 살짝 구부렸다.

"이만 가볼게요." 그녀는 미소를 지으며 말했다. 사람들 앞에서 애교를 부릴 때 짓던 그 미소였다.

"금방 와야 해요!" 내가 말했다.

"곧 올 테니 걱정 마세요!" 그녀는 걸어가며 손을 내저었다.

이제 뭘 한담? 눅눅해진 종이쪽지를 삼키고, 그녀의 무릎에 눌려 움푹 들어간 자리에 입술을 파묻은 다음, 의자를 벽에 내동댕이치는 것 말고는, 그리고 멍청한 짓을 한 대가로 곧바로 거울에 내 몸을 내던지는 것 말고는 당장 할 수 있는 일이 아무것도 없었다. 무엇보다 나 자신이 너무 부끄럽고 미워서 견딜 수가 없었다. 아, 남자의 직감이란! 제아무리 똑똑하다고 해도 남자의 감이라는 게 얼마나 허황된지! 요염한 웃음과 자태로 내 마음을 송두리째 앗아간 여인. 그런 그녀가 저 의자에 자신의 무릎 자국을 선명히 남겨놓음으로써, 태연자약하게 내 생각과 느낌을 비웃고 있지 않은가!

이제 내가 할 수 있는 일은 아무것도 없다. 나는 그녀를 미친듯이 사랑한다. 그런데 그녀가 나를 진정으로 사랑하는지 알 수가 없으니 속이 타들어간다. 더군다나 나는 지나치리만큼 많은 꿈을 꾼다. 그것도 매번 똑같은 꿈을 말이다. 꿈속에서 그녀와 나는 다정하게 팔짱을 낀 채 커다란 홀 안을 걸어가고 있다. 순백의 드레스를 입은 그녀의 곁에 머리끝부터 발끝까지 검은색 정장을 입은 내가 서 있었다. 홀 안에 있는 사람은 모두 우리 또래로, 다들 자리에 앉은 채 우리가 지나가는 모습을 유심히 보았다. 그런데 알고 보니 그곳은 댄스홀이었다. 사람들이 우리를 보고 쑥덕거렸다. 뇌막염 환자와 그녀를 따라다니는 그림자로군. 그 순간 나는 화들짝 놀라 잠에서 깨어났다가 곧장 다시 꿈속으로 빠져들었다. 그 댄스홀은 전염병으로 매일같이 죽어나가던 사람들이 드나드는 곳이었다. 자세히 보니 마리아 엘비라가 입은 흰 드레스는 수의였고, 나는 예전과 마찬가지로 그녀를 따르는 유령*에 지나지 않았다. 하지만 당시 나는 그녀의 마음을 어느 정도 가늠할 수 있었다. 우리는 그때나 지금이나 뇌막염 환자와 그녀를 따라다니는 그림자일 뿐이다.

눈만 감으면 이런 꿈을 꾸는데, 난들 어떡하겠는가? 더이상 내가 할 수 있는 일은 없다. 그녀를 잊을 수만 있다면 유럽이든 아메리카든 어디라도 떠나려고 한다.

여기 남아서 뭘 하겠는가? 어릿광대처럼 혼자서 속을 태우며 그녀와의 관계를 다시 살려내라고? 아니면 서로의 마음이 하나가 될 때마다 떨어져 있으라고? 아, 더이상 그럴 수는 없다! 어찌됐든 이제 이걸로 끝을 내야 한다. 어떻게 해야 그녀에게 남은 마지막 감정마저 완전히 없애버릴 수 있을지(아, 내가 바라는 바는 아니지만 문제는 감정이다!), 아직은 잘 모르겠다. 그러나 이 상태로 머물러 있는 것만큼 어리석고 바보 같은 짓도 없으리라. 내가 무엇 때문에 그녀를 즐겁게 해주어야 한다는 말인가.

---

* 스페인어 'sombra'에는 '그림자' 외에 '유령'이라는 뜻도 있다.

* * *

내가 지금까지 밝힌 것과는 사뭇 다른 내용을 말할 수도 있을 테지만, 여기서는 마리아 엘비라를 마지막으로 만난 날 있었던 일에 대해서만 이야기하고 싶다.

허세였는지, 아니면 나 자신에게 도전을 해보고 싶은 마음이었는지—자살하려는 이가 왜 죽음을 택하는지 아무도 모르는 것처럼—나도 잘 모르지만, 하여간 나는 떠나기 전날 오후에 작별인사를 하려고 푸네스네 집에 갔다. 주머니에 배표를 넣어둔 지도 벌써 열흘이 지났다. 그런 걸 보면 나는 아직도 나 자신을 믿지 못하는 모양이다.

마리아 엘비라는 몸이 좋지 않아—목에 문제가 있거나 편두통에 시달리는 듯했다—방에 누워 있었지만, 나를 만나러 나올 수는 있을 정도였다. 나는 그녀에게 인사를 건네기 위해 현관에서 잠시 기다려야 했다. 그녀는 나를 보자 흠칫 놀란 표정을 짓더니만, 이내 정색을 하고 거울을 힐끗 쳐다보았다. 안색은 물론 입술도 핏기가 없이 창백했고, 눈은 움푹 꺼져 있었다. 그렇지만 내 눈에 비친 그녀는 여전히, 아니 훨씬 더 아름다워 보였다. 이미 그녀를 잃었기 때문에.

나는 그녀를 보자마자 이곳을 곧 떠난다고 말했다. 그리고 그녀에게 늘 행운이 함께하길 빈다는 말도 덧붙였다.

처음에 그녀는 내 말뜻을 전혀 이해하지 못했다.

"떠난다고요? 어디로요?"

"북아메리카로요…… 방금 말씀드린 대로 거기 갈 겁니다."

"아, 그렇군요!" 그녀는 자기도 모르는 사이에 입술을 깨물며 중얼거렸다. 이내 나를 빤히 바라보았지만 당황하는 기색이 역력했다.

"어디 편찮으신가요?"

"아뇨!…… 그런 건 아닌데…… 몸이 별로 좋지는 않아요."

"아, 그러시군요!" 그녀는 또다시 중얼거렸다. 그러고는 눈을 휘둥그렇게 뜨고 창밖을 내다보았다. 마치 혼이 나간 듯한 표정이었다.

더구나 밖에는 비가 부슬부슬 내리고 있어서, 현관이 어둑어둑했다.

그녀는 다시 내 얼굴을 바라보았다.

"왜 떠나시려는 거죠?" 그녀가 물었다.

"음!" 나는 어색한 웃음을 지었다. "사연이 꽤 길어요. 다 말씀드리자면 끝도 없을 겁니다…… 어쨌든 전 떠날 거예요."

마리아 엘비라는 내 눈을 빤히 쳐다보았다. 안 그래도 심상치 않던 표정에 어두운 그림자마저 드리워졌다. 여기서 끝을 내야 해. 나는 똑같은 말을 속으로 되뇌었다. 이왕 이렇게 됐으니 결판을 내기로 했다.

"자, 마리아 엘비라 양……"

그녀는 말없이 내게 손을 내밀었다. 편두통 환자의 손은 차갑고 축축했다.

"가시기 전에," 그녀가 입을 열었다. "왜 떠나려는지 말해줄 수 있나요?"

그녀는 착 가라앉은 목소리로 말했다. 갑자기 가슴이 터질 듯이 두근거렸지만, 바로 눈앞에 있는 그녀를 슬쩍 쳐다보는 순간 미소 띤 얼굴로 손을 내저으며 "아니에요. 이젠 충분히 만족스러운걸요"라던 그날 밤 그녀의 모습이 겹쳐 떠올랐다…… 아, 안 돼! 나도 그랬는데! 그 말만으로도 충분했는데!

"전 여길 떠날 겁니다." 나는 단호하게 말했다. "터무니없는 짓을 하는 것도, 마음고생을 하는 것도 이젠 다 지겹군요. 나 자신이 부끄러워 견딜 수가 없을 지경입니다! 이 지긋지긋한 상황에서 어서 벗어나고 싶어요. 이제 만족스러운가요?"

그녀는 여전히 내 손을 잡고 있었다. 그녀는 슬그머니 손을 빼내더니, 내게서 몸을 돌렸다. 그러고는 보면대에서 악보를 빼 피아노 위에 올려놓았다. 그녀의 몸가짐은 조금도 흐트러짐이 없이 차분했다. 그녀는 또다시 억지웃음을 지으며—그러나 이번에는 슬픔이 배어 있었다—나를 바라보았다.

"그런데 만약…… 내가 떠나지 말라고 부탁한다면 어떡하실 건가요?"

"뭐라고요! 하느님 맙소사!" 나는 소리쳤다. "이제 와서 그런 말을 하면 어쩌란 말입니까? 날 죽일 셈이에요? 불운이 연이어 닥치는 바람에 이젠 몸도 마음도 다 지쳤다고요! 이렇게 해서 우리가, 아니 당신이 얻는 게 대체 뭡니까? 얻을 게 아무것도 없어요. 그러니 제발 이제 그만 좀 해요! 혹시," 나는 그녀가 말을 끊기 전에 서둘러 말했다. "당신이 완전히 깨어나기 전날 밤 내게 무슨 말을 했는지 알기나 해요? 내 입으로 말해볼까요? 그럴까요?"

그녀는 미동도 없이 나를 빤히 쳐다보았다.

"네. 말씀해보세요……"

"그럼 하죠! 당신이 내게 그랬어요. 그 빌어먹을 밤에 말입니다. 분명히 이렇게 말했죠. 더이상 착-란-증-세가 나타나지 않아도…… 지금처럼 절 사-랑하실 건가요? 그때만 해도 당신은 여전히 착란 증세에 시달리고 있었어요. 그때 당신의 모습이 지금도 눈에 선합니다. 그런데…… 당신은 도대체 내가 어떻게 하기를 바라는 겁니까? 당신을 사랑하니까, 당신을 맹목적으로 사랑한다고 무조건 당신 곁에 있어야 한다는 겁니까? 오로지 당신만을 위해 살다가 나 자신을 서서히 파멸시키면서 말입니다…… 마리아 엘비라 양, 이건 명명백백한 사실입니다. 그렇지 않나요? 아, 한 가지 분명하게 말할 수 있는 건 말입니다, 이건 사는 게 아니라는 거예요! 이건 정말 사는 게 아닙니다!"

나는 유리창에 이마를 기댔다. 말을 마치자 갑자기 긴장이 풀리면서 온몸에 힘이 쭉 빠지는 것 같았다. 내 삶이 완전히 허물어져내린 듯 허탈감이 밀려왔다.

하지만 여기서 물러설 수는 없었다. 어쨌든 결말을 지어야 했다. 나는 그녀에게로 몸을 돌렸다. 그녀는 여전히 내 곁에 있었다. 나직이 흐느끼던 그녀의 눈에서—이번에는 행복에 겨운 감정이 섬광처럼 스쳐 지나갔다—나는 보았다. 촉촉이 젖은 그녀의 눈동자에 이미 사라진 줄로만 알았던 행복의 빛이 물결처럼 일렁거리는 것을 말이다.

"마리아 엘비라!" 나도 모르게 그녀를 부르짖었다. 아니, 그랬던 것 같다. "오, 내 사랑이여! 내 영혼처럼 소중한 이여!"

폭풍우가 지나간 뒤, 결국 사랑 앞에 무릎을 꿇은 그녀는 소리 죽여 울었다. 마침내 그녀는 행복에 겨운 표정으로 내 가슴에 머리를 살포시 기댔다.

이게 전부다. 따지고 보면 이보다 단순한 일이 있을까 싶다. 그러나 나는 몹시 괴로워했다. 어디 그뿐인가? 사랑의 고통으로 눈물짓고, 때로는 울부짖기까지 했다. 지금까지 내가 쓴 내용은 사실과 조금도 다르지 않다. 그런데 왜 이렇게 모두 까마득하게 느껴지는 걸까? 그녀가 바로 여기, 내 곁에 딱 붙어서 종이 위로 고개를 숙인 채 내가 쓰고 있는 글을—이 부분이 우리의 이야기 중에서 가장 재미있는 대목이다—꼼꼼히 읽을수록 지난 시절의 일들이 더 아득하게 여겨진다. 이따금 그녀는 내가 관찰하고 의견을 제시한 부분에 대해 이의를 제기하기도 했다. 하지만 우리 둘이 열심히 추구해온 문학예술을 존중하는 뜻에서 더이상 나서지 않고 이내 사려 깊은 아내의 자리로 돌아갔다. 그러나 단계별로 재구성된 이야기가 실제로 일어난 사건은 물론 우리가 함께 느끼고 괴로워한 경험을 어느 정도 정확히 반영하고 있다는 점에 대해서는 그녀도 내 생각과 다르지 않았다. 결론적으로 엔지니어가 쓴 작품치고 그리 나쁘지 않다는 이야기다.

지금도 마리아 엘비라는 마지막 줄에 쓴 내용이 사실과 다르다면서 글을 못 쓰게 막고 있다. 그러면서도 내가 쓴 이야기는 그럭저럭 봐줄 만한 정도가 아니라 아주 훌륭하다고 칭찬한다. 더이상 내가 반박하지 못하도록 그녀는 내 목에 팔을 두른 채, 그윽한 눈길로 나를 바라본다. 거리가 5센티미터도 안 되는 터라 그녀의 따스한 숨결이 고스란히 전해져온다.

"정말이에요?" 그녀는 중얼거리듯이, 아니 나지막이 속삭이듯이 말한다.

"달콤한 목소리로 속삭여줄 수 있겠어요?" 나는 그녀에게 묻는다.

"그럼요! 이렇게 속닥속닥!" 그러고는 내게 키스한다.

무슨 말이 더 필요할까?

부록

3판과 4판에서 삭제된 단편소설 세 편

음울한 눈동자

엘레나와 헤어진 지 몇 주 지난 어느 날 밤, 나는 친구들의 손에 이끌려 댄스파티에 가게 되었다. 하지만 춤을 출 기분이 나지 않아 자리에만 앉아 있었더니 지루해서 미칠 지경이었다. 바로 그때, 훌리오 사피올라가 나를 보고는 인사를 하러 다가왔다. 사피올라는 잘생긴데다 남자다운 성격을 지닌 청년이었다. 나는 이전부터 그를 좋게 생각해왔는데, 오랫동안 유럽에 있다가 얼마 전에 귀국한 터라 더할 나위 없이 반가웠다.

보통 때 같으면 여덟에서 열 마디 정도 나누다 말았을 테지만, 이번에는 그간 쌓인 회포를 푸느라 시간 가는 줄 몰랐다. 나는 그제야 그가 결혼했다는 사실을 알게 되었다. 그날 밤, 그의 부인도 그 자리에 있었다. 나도 그간의 사연—엘레나와 사귀다 최근에 헤어진 일—을 털어놓았다. 어떻게 해도 그녀와의 관계를 되돌리지는 못할 거라고 말한 기억이 나는 걸 보면, 그에게 실연의 아픔을 토로했던 모양이다.

"되도록 그 충격에서 빨리 벗어나도록 하세요." 사피올라가 차분하면서도 진지한 목소리로 말했다. "사실 우리에게 무슨 일이 일어날지, 혹은 나중에 어떻게 될지, 누가 알겠습니까. 내 경우만 해도 그렇답니다. 내가 결혼에 성공하기까지의 과정을 글로 엮으면 한 편의 소설이, 그것도 당신 이야기와는 비교도 안 될 만큼 복잡한 소설이 될 거예요. 숱한 우여곡절을 겪기는 했지만 나는 결국 이 세상에서 가장 행복한 남편이 되었죠. 나중에 시간이 나면 그녀에게 직접 들어보세요. 당신에게 큰 도움이 될 테니까요. 대략 오 년 전쯤, 난 베세라라고 대학 시절 굉장히 친했던 친구와 자주 어울려 다녔어요. 모르긴 해도, 그 친구가 나를 더 좋아했던 것 같아요. 하여간 그는 스스로 다짐한 것이라면 하나도 빠짐없이 모두 이룰 정도로 대단한 친구였습니다. 다만 감정에 치우친 면이 있어서 늘 성격이 불안정한 게 문제였지요. 그러다보니 여자들처럼 우울증과 히스테리 상태를 오가곤 했습니다. 엄밀히 말하면 그의 불안감과 의심은 병적인 수준이었어요. 그렇게 살면 얼마나 큰 고통에 시달리게 되는지 당신도 모르진 않을 겁니다.

그러던 어느 날, 그 친구는 나를 보자마자 자기가 사랑에 빠졌다면서 흥분을 감추지 못하더군요. 곧 결혼하게 될 것 같다고 했죠. 자기 여자친구가 얼마나 아름다운지 모른다면서 입에 침이 마르도록 칭찬을 했지만, 나는 내내 시큰둥하게 반응했어요. 그가 아름답니 뭐니 떠들어대도 내게는 헛소리로만 들렸거든요. 베세라는 내가 자존심을 세우느라 그런다고 우기면서 짜증을 부리더군요.

'그런데 자네가 하는 이야기가 자존심하고 무슨 관련이 있어서 그러는지 모르겠군.' 나도 답답해서 그에게 물었죠.

'그건 말일세! 내가 원체 병적이고 쉽게 흥분해서 헛것을 잘 보니까 그런 거겠지. 그러다보니 늘 실수투성이고. 하지만 자네는 전혀 그렇지 않아! 자네는 언제나 본 것을 제대로 생각해서 말하니까 말이야!'

'자네한테 분명히 말하겠는데……'

'또 무슨 소리! 이제 그만 좀 하라고!' 내가 차분하게 나올수록 그는 점점 더 짜증스러운 반응을 보이더군요. 차분한 태도도 그 친구에겐 자존심을 지키는 방법으로 보였던 모양입니다.

그뒤로도 계속 그 친구를 만났습니다. 그런데 그는 사랑의 열병에 짓눌려 나날이 더 심한 흥분에 휩싸여 있었어요. 눈에 띄게 여윈 것도 모자라, 움푹 들어간 눈에서는 섬뜩한 빛이 뿜어져나왔습니다.

'내 부탁 하나만 들어주겠나? 오늘밤, 그녀의 집에 나랑 같이 가세. 자네에 관해 이미 그녀에게 귀띔해두었으니까 걱정하지 않아도 돼. 오늘밤에 그녀를 만나보면 그동안 내가 한 말이 사실인지 아닌지 금방 알 수 있을 거야.'

우린 그날 밤 그녀의 집에 찾아갔습니다. 당신도 그런 느낌을 받은 적이 있는지 잘 모르겠네요. 그녀는 나를 보자마자 손을 내밀어 악수를 청했고, 우리는 아무 말 없이 서로를 바라보았습니다. 그런데 어정쩡하게 악수를 나누는 동안, 그 음울한 눈동자와 조용한 육체가 빚어내는 눈부신 아름다움이 마치 거센 파도처럼 내 안으로 밀려오는 듯한 느낌이 들더군요.

그녀의 집에서 나오자마자, 베세라가 내게 물었습니다.

'어때?…… 내가 말한 대로지?'

'그래.' 내가 대답했습니다.

'감수성이 예민한 사람들이라면 어떤 느낌이든 사실 그대로 전달할 수 있지 않을까?'

'그것도 맞는 말일세.' 그 친구의 말에 나는 웃을 수밖에 없었어요.

베세라는 곁눈질로 내 눈치를 살피더니, 한동안 아무 말도 하지 않았습니다.

'그런데,' 그가 별안간 내게 말하더군요. '자네는 그녀가 아름답다는 사실을 아주 교묘한 방법으로 인정하려는 것 같네!'

'자네 제정신인가? 무슨 말을 그렇게 하나.' 나도 불쾌한 기분이 들어 쏘아붙였습니다.

베세라는 내가 대답을 회피하기라도 한 것처럼 어깨를 으쓱하더군요. 그는 다시 입을 다물었습니다. 얼굴에 언짢은 기색이 역력했어요. 잠시 후, 그는 또다시 내게로 몸을 획 돌리면서 열에 들뜬 눈빛으로 나를 쳐다보더군요.

'자네가 보기에 그녀가 정말 예쁘던가? 진심으로 말일세.'

'그렇다니까, 이 멍청아! 도대체 몇 번이나 말해야 알아듣겠나? 정말 기가 막히게 예쁘더군. 더 해주기를 바라나?'

그는 그제야 안심하는 것 같았어요. 하지만 나와 같이 있던 한 시간 동안 여자들처럼 히스테리를 부리면서 어쩔 줄을 모르더군요. 자기 여자친구 생각에 애간장을 끓이면서 말입니다.

그후로도 여러 차례 베세라의 손에 이끌려 그녀를 만나러 갔습니다. 그러던 어느 날 밤, 그가 또 가자고 찾아왔지요. 저는 몸이 안 좋으니

다음에 가자고 얼버무렸습니다. 열흘 뒤에도 똑같이 대답했죠. 그리고 그다음주에도 그랬더니 베세라가 한동안 나를 말없이 노려보더군요.

'대체 왜 안 가겠다는 건가?'

'가기 싫다는 말이 아니야. 다만 오늘은 거기 갈 기분이 아니라서 그런 거니까 오해 말게.'

'거짓말하지 말게! 이제 더는 가고 싶지 않다는 거 아닌가!'

'내가?'

'그래. 자네가 정말로 내 친구라면 이번만큼은 솔직하게 대답해주기 바라네. 이제 안 가겠다는 이유가 뭔가?'

'별로 내키지 않아서 그래! 이제 됐나?'

베세라는 나를 빤히 쳐다보았어요. 마치 요양을 해야 하는 폐결핵 환자가 건장한 남자를—그가 자신의 힘을 과시하지 않는다고 해도—바라보는 듯한 표정으로 말입니다. 그런데 지금 생각해보면 그 무렵 그의 몸속에 결핵이 빠르게 퍼져나가고 있었던 게 아닌가 싶어요.

힐끗 보니 땀에 젖은 그의 손이 부들부들 떨리고 있었어요.

'며칠 전부터 손에 힘이 빠지는군…… 그건 그렇고, 자네가 왜 가기 싫은지 아나? 내가 대신 말해줄까?'

그는 가뜩이나 남들보다 콧구멍이 좁은 편인데, 흥분해서 숨까지 가빠지다보니 말문을 열 수조차 없는 지경이었죠.

'자! 이제 그만하고…… 좀 진정하게나. 안 그러면 큰일나겠어.'

'자네가 왜 안 가려고 하는지 내 입으로 말해주지!'

'무슨 헛소리를 그렇게 하나? 그렇게 흥분하다 무슨 일이라도 나면 어쩌려고 그러나?' 나로서는 그를 진정시키는 것이 급선무였습니다.

다행히 그 순간 숨이 끊어질 듯 심하게 기침을 하는 바람에 그도 더이상 말을 할 수가 없었죠. 그 틈을 타서 나는 그를 부드럽게 침대로 데려갔습니다.

'일단 자리에 눕게…… 자넨 좀 쉬어야 해.'

베세라는 내 침대에 모로 누워 두 손으로 이마를 감쌌어요.

그러곤 한참 동안 잠자코 누워 있기만 했습니다. 그러다 그가 불쑥 느릿느릿하게 말하더군요.

'내가 자네한테 하려던 말이 뭔지 아나?…… 그러다 마리아가 자네한테 푹 빠질까봐 두려운 거지…… 그래서 안 가려고 했던 거고.'

'바보 같은 소리 좀 그만하게!' 나는 웃으며 말했죠.

'그래, 나 바보일세! 어쩔 텐가! 자네 마음대로 해! 다 알아서 하라고!'

또다시 어색한 침묵이 이어졌습니다. 마침내 내가 그에게 다가갔어요.

'그럼 오늘밤에 같이 가자고.' 내가 말했습니다. '어때? 괜찮겠어?'

'물론이지.'

네 시간 후, 우린 그녀의 집에 도착했습니다. 마리아는 태연하게 내게 인사를 건네더군요. 마치 전날도 만난 것처럼 말이죠. 오랫동안 못 봤는데도 마음 쓰는 기색이 전혀 없었습니다.

'이 친구에게 직접 물어봐.' 베세라가 웃으면서 그녀에게 말하더군요. 대단한 일이라도 한 양 으스대면서 말입니다. '그동안 왜 여기 오지 않았는지 말이야.'

마리아는 미간을 살짝 찌푸리더니 이내 내게로 몸을 돌렸어요. 약간 놀란 표정이었지만, 그래도 반가운 듯 입가에 웃음을 지었습니다.

'다시는 안 오시는 줄 알았어요!'

꼭 대답할 필요는 없는 상황이었지만 마리아는 어떤 말이든 해주기를 바라는 듯 내 얼굴만 빤히 쳐다보고 있었어요. 옆을 힐끗 보니 베세라가 나를 잡아먹을 것처럼 노려보고 있더군요.

'부끄럽습니다만,' 저는 어쩔 수 없이 말했어요. '사실대로 말씀드리자면……'

'그럼 사실이 아니겠군요?' 그녀가 까르르 웃었습니다.

그런데 바로 그때 베세라가 발로 바닥을 치면서 코를 벌름거리기 시작했어요. 신경이 극도로 날카로워진 게 분명했죠.

'어서 말해주라고.' 그가 갑자기 마리아를 가리키며 소리쳤습니다. '왜 여기 오기 싫었는지 말이야.'

어떻게 그리도 비열한 방법으로 나를 궁지에 몰아넣을까 싶더군요. 나는 화가 머리끝까지 치밀어서 노려보았지만 베세라는 시치미를 떼며 모른 척했습니다. 오히려 갈수록 더 신경질적으로 발을 구르는 걸 보면, 언제 폭발할지 모르는 상황이었죠. 마리아는 눈살을 찌푸렸습니다.

'또 하실 말씀이 있나요?' 그녀가 억지웃음을 지으며 말했습니다.

'그럼, 이제 사피올라가 다 말해줄 거야……'

'베세라!' 나는 고함을 지르고 말았습니다.

'……자, 너무 흥분하지 말라고. 중요한 건 저 친구가 어떤 해명을 하느냐가 아니라, 저 친구가 왜 안 오려고 했는지 그 이유를 내가 알고 있다는 거야…… 마리아, 그 이유가 뭔지 알아?'

'지금 저 친구는 엉뚱한 생각을 하고 있어요. 당신이 나를 사랑하게 될 거라고 말입니다.' 나는 그의 말을 끊고, 마리아에게 몸을 돌리며 말했죠.

내가 이 말을 하면 또 어떤 가당치도 않은 일이 벌어질지 뻔했어요. 그러나 나도 어쩔 수 없었습니다. 마리아는 내 말을 듣자 재미있다는 듯이 웃음을 터뜨렸지만, 딱 봐도 진저리가 난다는 표정이었어요.

'그래요? 안테노르, 정말 그런 생각을 한 거예요?'

'천만에. 생각해봐…… 그냥 농담으로 말한 걸 가지고 저러는 거야.' 그도 그녀를 따라 웃으며 말하더군요.

그때 그녀의 어머니가 거실로 들어와, 우린 황급히 다른 얘기로 화제를 돌렸습니다.

'나쁜 자식 같으니.' 그녀의 집을 나서자마자 나는 베세라에게 으르렁댔죠.

'그래.' 그가 대답하더군요. '일부러 그런 거야.'

'그녀 앞에서 나를 웃음거리로 만들고 싶었다, 이건가?'

'그래…… 그러고 싶었네.'

'창피하지도 않은가? 대체 왜 이러는 건가? 무슨 억하심정이 있어서 날 이 꼴로 만드는 건가?'

하지만 그는 어깨만 으쓱할 뿐, 아무런 대답도 하지 않았어요.

'에잇, 빌어먹을!' 나도 화가 치밀어서 중얼거렸죠. 얼마 후, 그 친구와 작별하고 집으로 가려는데, 갑자기 이상한 느낌이 들더군요. 고개를 돌려보니, 그 친구가 못 믿겠다는 표정으로 나를 사납게 쏘아보고 있었습니다.

'이보게. 제발 부탁인데, 이번만큼은 솔직하게 말해주게. 내가 무슨 생각을 하는지, 자네 정말 모르겠나?'

'그래. 모르겠네.' 나는 퉁명스럽게 대답했습니다.

'거짓말하지 말게. 자네 지금 날 속이려는 거지?'

'아냐. 정말 몰라.'

사실은 다 알고 있었지만, 아무것도 모른다고 딱 잡아뗐죠.

'좋아, 그렇다면 다행이군…… 그럼 그 얘긴 그만하고 내일 만나세. 그녀의 집엔 언제 다시 갈 텐가?'

'다시는 안 갈 걸세! 이제 다 끝난 일이야.'

내 말을 듣고 충격을 받았는지, 그의 눈이 휘둥그레지더군요.

'다시는 안 가겠다고?' 그가 전과 달리 쉰 목소리로 말했어요.

'응. 절대로 안 갈 걸세.'

'자네 좋을 대로 하게…… 그런데 화난 건 아니지?'

'아, 제발 어린애처럼 굴지 좀 말게!' 나는 빈정거리는 투로 말했습니다.

솔직히 말해 그땐 베세라는 물론이고, 나 자신에게도 짜증이 나더군요……

다음날 해질 무렵, 베세라가 우리집에 왔습니다. 그날은 아침부터 비가 내렸는데, 간간이 폭우가 쏟아지기도 했어요. 하루종일 공기가 습한데다 으슬으슬 춥다보니 온몸이 다 찌뿌듯했습니다. 그런데 첫눈에 봐도 베세라는 너무 흥분해서 제정신이 아닌 게 분명했어요.

'한 가지 부탁할 게 있어서 왔네.' 그가 먼저 입을 열더군요.

'이제 좀 그만하게!' 나는 그의 말을 끊고 소리를 질렀죠. '오늘은 또

무슨 일로 온 건가? 자네는 별것도 아닌 문제에 인생을 걸고 있어. 무슨 말인지 알겠나?'

'내 인생 따윈 중요치 않네…… 몇 달만 지나면 다 결판이 날 테니까…… 차라리 잘됐지 뭔가. 그나저나 오늘 한 번만 더 거기 같이 가주었으면 하네.'

'싫네! 다시는 안 간다고 했잖나!'

'그러지 말고 같이 가자니까! 다시 한번 생각해주게! 그러지 않으면 내가 미쳐버릴 것 같다네! 대체 왜 가기 싫다는 건가?'

'이미 말했잖나. 절대로 안-간-다-고! 그 문제에 대해선 더이상 얘기할 것 없네. 알겠나?'

전날 밤 충격받았을 때처럼 그의 눈이 다시 휘둥그레지더군요.

'사실,' 그가 쉰 목소리로 말했어요. '어제 내가 그녀에게 거짓말했을 때 말이야, 자네가 했던 말이 바로 내 생각일세. 어쨌든 간에…… 이제 그 얘기는 그만하지. 별로 중요한 일도 아니니까. 그럼 내일 만나세.'

그가 몸을 돌리는 순간 나는 그의 어깨를 붙잡고 그의 팔을 꺾어 탁자 위로 쓰러뜨렸죠.

'가긴 어딜 가려고.' 내가 말했어요. '오늘은 우리집에서 자고 가. 자네는 혼자 있으면 안 돼.'

우리는 한동안 아무 말 없이 가만히 앉아 있었습니다. 마침내 그가 무미건조한 목소리로 말하더군요.

'요즘엔 죽고 싶은 생각밖에 없어……'

'그러니 하는 말 아닌가! 오늘밤엔 여기 있으라고 말일세!…… 지금 상태로는 절대로 혼자 있으면 안 되네.'

하지만 집에 가겠다고 막무가내로 고집을 부리는 바람에, 그를 붙잡아둘 수가 없었어요. 결국 나는 그 친구 때문에 불안해서 뜬눈으로 밤을 지새웠죠.

당신도 잘 알겠지만, 신경이 극도로 쇠약해진 상태에서 강박관념에 사로잡히면 자살하고 싶은 충동이 강하게 일기 마련입니다. 그 당시엔 우선 베세라가 혼자 있지 못하도록 하는 게 급선무였죠. 하지만 내가 곁에서 아무리 애를 써도 자살 충동까지 없앨 수는 없었습니다.

결국 우려했던 일이 터지고 말았습니다. 다음날 오전 일곱시, 베세라가 보낸 편지 한 통이 와 있더군요. 편지를 뜯어보니, 내가 자기 여자친구를 보고 사랑에 빠졌을 뿐만 아니라, 그녀도 나를 좋아하는 게 확실하다는 내용이었어요. 특히 마리아에 대해서는 심증을 굳힌 듯했습니다. 반면 내 경우는 그녀의 집에 안 가겠다는 의사를 확실히 밝힘으로써 오히려 내가 그녀를 사랑하고 있다는 사실을 그에게 확인시켜준 셈이었죠. 결국 그는 고통에 못 이겨 스스로 목숨을 끊었지만, 마지막 순간까지도 내가 눈치채지 못하도록 애를 쓴 것 같습니다. 그는 자신의 이기적인 행복을 지키기 위해 남을 희생시킬 만한 위인이 아니었으니까요. 그래서 그는 그녀와 나를 자유롭게 놓아주려고 했던 겁니다. 더군다나 당시 그의 폐는 더이상 버티기도 어려울 정도였고요…… 사실 그는 언제 세상을 뜰지 모르는 처지였습니다. 그가 원했던 것은 단 한 가지…… 마리아를 행복하게 해주는 것뿐이었어요.

그뒤로도 두세 줄이 더 있었습니다. 하지만 당시 그 문제로 내가 얼마나 괴로웠는지 세세하게 다 말씀드려봐야 무슨 소용이 있겠습니까? 그런데 그가 마지막으로 보낸 편지에서 분명하게 알 수 있었던 점은—그를 잘 아는 내 입장에서 봤을 때—그가 질투심에 못 이겨 결국 스스로 목숨을 끊었다는 사실이었어요. 그가 자살한 이유는 단지 그뿐이었습니다. 그 밖에 타인을 위해 희생했다든지 하늘을 우러러 한 점의 부끄러움도 없다든지 하는 것은 아무런 의미도 없는 말입니다.

그런 와중에도 돌연 마리아의 눈부신 모습이 생생하게 떠오르자 가슴이 설렐 정도로 행복하더군요. 그동안 그녀를, 베세라의 연인이던 그녀를 만나지 않기 위해 얼마나 애를 썼는지 나 스스로도 잘 알고 있으니까요. 그 순간 마리아도 나와 비슷한 경험을 했을 거라는 생각이 들더군요. 이제 우리 둘은 정말 자유의 몸이 되었던 겁니다! 하지만 싸늘한 시신이 우리 둘 사이를 가로막고 있었습니다.

그가 세상을 뜬 지 보름 후, 나는 그녀의 집을 찾아갔습니다. 이야기를 나누는 동안, 우린 그에 관한 이야기는 일절 내비치지 않으려고 애를 썼어요. 그런데 그녀는 내가 무슨 말을 해도 대답을 하지 않는 겁니다. 아무리 애를 써도 그녀의 얼굴을 단 한 순간도 똑바로 쳐다볼 수가 없더군요.

'그럼,' 나는 마침내 자리에서 일어서며 말했죠. '다시는 당신을 만나지 않는 편이 좋을 것 같군요.'

'제 생각도 그래요.' 그녀는 대답했습니다.

하지만 나는 꼼짝도 않고 서 있었어요.

'앞으로 영원히 말입니까?' 내가 물었습니다.

'네, 앞으로 절대…… 아, 좋으실 대로 하세요.' 그녀는 말을 맺지 못하고 흐느끼기 시작했습니다. 눈물이 뺨을 타고 흘러내렸어요.

내가 다가가자 그녀는 내 손을 잡고 자기 얼굴에 갖다대더군요. 얼굴에 내 손이 닿자 그녀는 몸을 부르르 떨면서 또다시 울음을 터뜨렸습니다. 나는 그녀의 머리를 살포시 안아주었죠.

'오, 내 사랑이여…… 어때요? 우린 정말 행복하게 살 수 있을 거예요. 지난 일은 다 잊어버리고…… 새로운 마음으로 다시 시작해보는 게 어때요?'

'안 돼요, 그럴 수 없어요!' 그녀는 거절하더군요. '우린 이제…… 안 돼요, 그건 불가능해요!'

'조금만 기다려봐요, 내 사랑!…… 그리고 나중에 결정해요, 네?'

'안 돼요, 안 돼, 안 된단 말이에요!' 그녀는 큰 소리로 흐느껴 울기 시작했어요.

나는 깊은 절망감에 빠진 채 집을 나섰습니다. 그 멍청이 같은 놈이 끝내 우리 둘 사이를 갈라놓고 떠났다는 생각에 기분이 씁쓸하더군요.

내 소설은 여기서 끝이 납니다. 이제 그녀를 만나고 싶지 않나요?"

"마리아!" 그는 옆을 지나가던 여자 쪽으로 몸을 돌렸다. "갈 시간이야. 벌써 세시나 됐다고."

"어머! 벌써 세시라고요?" 그녀도 그를 향해 몸을 돌렸다. "시간이 그렇게 된 줄 전혀 몰랐네요. 그럼 가요. 참, 잠깐만 기다리세요."

그때 사피올라가 내게 말했다.

"어떻게 된 일인지 이제 알겠죠? 이런 행복한 순간을 맞이하기까지 우리에게도 숱한 우여곡절이 있었죠. 조금 전에 말씀드렸던 것처럼 말입니다. 그러니까 당신의 경우는…… 아, 잠깐만요."

그리고 그는 자기 아내를 소개했다.

"X에게 우리가 자칫 불행해질 뻔했던 이야기를 해주고 있었어."

그의 아내는 그를 보면서 빙긋이 미소 지었다. 그 순간 나는 그가 얘기했던 그 음울한 눈동자를 보았다. 그렇지만 그런 성격을 가진 이들이 다 그렇듯이, 은은한 미소를 띤 그녀의 얼굴은 행복으로 환하게 빛났다.

"네." 그녀가 짤막하게 대답했다. "조금 힘들었죠……"

"이제 알겠죠!" 사피올라가 작별인사를 건네며 말했다. "내가 당신이라면 당장 그녀를 찾아갈 겁니다."

그들이 떠난 뒤 홀로 남자 다시 엘레나 생각이 났다. 가슴 한편이 아려왔지만, 사피올라가 마리아의 눈동자를 처음 봤을 때 어떤 느낌이었을까 하는 생각이 머리에서 떠나지 않았다.

그리고 나 또한 그녀의 묘한 눈빛을 잊을 수가 없었다.

내 손으로 만든 지옥

달이 뜬 밤이면 묘지기는 이상하고 뻣뻣한 걸음걸이로 무덤 사이를 지나간다. 그는 웃통을 다 벗어젖힌 채 커다란 밀짚모자만 쓰고 있다. 그의 굳은 미소는 왠지 그의 얼굴과 어울리는 느낌이다. 만약 그가 신발을 벗고 다닌다면, 엄지발가락을 잔뜩 구부리고 걷는 모습이 눈에 띌 것이다.

하지만 그가 클로로포름에 중독된 점을 감안한다면 그런 모습으로 걷는 것도 그리 이상한 일은 아니다. 그는 일을 하다 실수로 마취약을 마시고 말았는데, 알다시피 클로로포름이라는 게 한번 중독되면 어지간해서는 벗어나기가 힘들다. 그는 매일 밤 약병 뚜껑을 따는 순간만 기다리며 사는 신세가 되었다. 하지만 매사에 워낙 신중한 사람이라 자기만의 신성한 향연을 펼치기 위해 묘지를 고른 것이다.

일단 클로로포름을 들이마시면, 첫째로 속이 확 뚫리는 기분이 든다. 두번째로는 입안에 침이 잔뜩 고인다. 세번째로 팔다리가 서서히 마비되기 시작한다. 네번째로, 생각과 더불어 입술이 한껏 부풀어오른다. 그러고는 기이한 일이 일어난다.

묘지기는 마치 구름 위를 떠다니듯이 어느 빈 무덤으로 다가갔다. 오후에 이장을 하다가 시간이 모자라 열어둔 채로 내버려둔 무덤이었다. 철책 뒤에 놓여 있는 관은 뚜껑이 열려 있고, 그 바로 옆, 땅 위에는 무덤 속에 묻힌 사람의 하얀 유골이 가지런히 놓여 있다.*

……무슨 소리라도 들은 걸까? 묘지기는 빗장을 열고 안으로 들어갔다. 그는 다소 놀란 표정으로 유골 주위를 둘러본 뒤, 무릎을 꿇고 두개골의 눈구멍을 빤히 쳐다보았다.

저 안쪽, 울퉁불퉁한 후두골이 떠받치고 있는 머리뼈 바닥의 약간 위쪽에 작디작은 인간이 잔뜩 웅크린 채 부들부들 떨고 있었다. 누렇게 뜬 얼굴은 온통 주름으로 뒤덮인 듯했다. 자세히 보니 입은 보랏빛을 띠고, 눈은 움푹 들어간데다, 눈빛에는 초조한 기색이 감돌았다.

분명 코카인 중독으로 형해만 남은 사람의 모습이었다.

"코카인 좀 줘요! 제발 부탁이에요. 코카인 있으면 조금만 줘요!"

저런 사람이라면 금지된 클로로포름을 마시기 위해 침으로 약병도 녹여버릴 것임을 잘 아는 묘지기는 크게 당황하지 않았다. 어찌됐든 지금은 벌벌 떨고 있는 저 인간부터 도와주는 것이 도리인 듯했다.

묘지기는 밖으로 나가 공동묘지 의무실에서 지급받은 주사기를 한

* 라틴아메리카의 무덤은 작은 집 모양이고, 그 앞으로 철책이 둘려 있다.

가득 채워서 돌아왔다. 그런데 저렇게 작은 사람에게 이걸 어떻게 건네준단 말인가?……

"두개골에 난 틈 사이로 넣어줘요!…… 어서요!"

그래 맞아! 그는 왜 그 생각을 못한 걸까? 묘지기는 무릎을 꿇은 채 두개골에 난 틈에 바늘을 꽂아넣고 주사기를 천천히 눌렀다. 그러자 주사기 안에 든 것이 틈 사이사이로 감쪽같이 사라졌다.

하지만 이내 잠잠해진 걸 보면 그가 필사적으로 매달려 있던 곳으로 뭔가가 들어가긴 한 모양이었다. 지난 팔 년 동안 마약을 구경조차 못했다 해도, 몸안에 남아 있던 코카인 분자가 또다시 힘과 젊음, 그리고 아름다움을 되살리지 못한다는 법은 없지 않은가?

묘지기는 다시 해골의 눈구멍 속을 자세히 살펴보았는데, 그 남자가 다 죽어가는 사람처럼 보이지는 않았다. 우선 단단하고 윤기나는 피부에는 잔주름 하나 없었다. 앵두처럼 빨간 입술을 살짝 깨물고 있는 모습은 도저히 남자라고는 믿기 어려울 정도로 육감적이었다. 중독된 사람들 대부분이 여자처럼 생긴 것이 아니라면 말이다. 무엇보다 초점 없이 흐리멍덩하던 눈동자가 이제 열정으로 밝게 빛나고 있어서, 묘지기는 부럽기도 하고 놀랍기도 했다.

"근데요…… 코카인은요?" 그가 중얼거리듯 말했다.

안에서 울려퍼지는 소리는 말로 표현할 수 없을 정도로 매력적이었다.

"아! 지난 팔 년 동안 내가 얼마나 극심한 고통을 겪었는지 당신도 알아야 해요! 온몸이 얼어붙은 채 영원히 끝나지 않을 것만 같던 팔 년을 보냈다고요! 절망의 구렁텅이 속에서도 난 오직 코카인 한 방울이라도 얻을 날만을 기다리며 살아왔어요!…… 그래요, 모든 게 코카인 때문이죠…… 그런데 당신은?…… 아, 그 냄새는…… 혹시 클로로포름?"

"맞아요." 묘지기는 갑자기 자기만의 낙원이 너무 초라하게 여겨져 기어들어가는 목소리로 대답했다. 잠시 뜸을 들인 후, 그는 나지막한 목소리로 덧붙였다. "클로로포름도 마찬가지예요…… 이걸 끊느니 차라리 자살하고 말지."

그 순간 저 안쪽에서 비웃는 듯한 목소리가 들려왔다.

"자살이라! 그러기만 하면 가장 확실하게 끝나겠죠. 그 누구라도…… 세 시간이면 다 썩어 문드러질 테니까. 당신이나 당신의 욕망이나 모두 말입니다."

"그렇겠죠." 대답을 한 뒤, 묘지기는 생각에 잠겼다. 그 시간이면 나도 이 세상에서 사라지고 말 테지. 하지만 저 친구는 끝내 굴복하지 않았어. 팔 년이라는 세월이 지났는데도, 그는 여전히 포기하지 않고 열정을 불태우고 있잖아. 쾌락에 탐닉할 기회조차 없었는데 말이야. 그 열정을 만들어내고 지속시키던 육신이 사라졌는데도 멀쩡해. 죽음도 그의 열정을 없애지 못했어. 그 열정은 혼자만의 힘으로 살아남아서 불안하고 초조한 마음을 궁극적인 무상의 기쁨으로 바꿀 뿐만 아니라, 울퉁불퉁한 후두골 속으로 소리 없이 흐르는 영원에 맞서 당당히 버틴 거지.

쾌락에서 스며나오는 듯 그의 목소리는 부드러웠지만, 여전히 조롱기가 섞여 있었다.

"당신은 결국 자살하게 될 겁니다…… 그 얼마나 멋진 일이란 말이오! 나도 자살한 몸입니다…… 참, 묻지도 않았는데 내가 괜한 얘기를 했군요! 그렇죠? 우린 성향이 좀 달라서 말이에요…… 어찌됐든 냄새나 맡아보게 그 클로로포름 좀 주시오. 그리고 내 말을 들어봐요. 그러면 왜 클로로포름에서 코카인으로 넘어가게 되는지 당신도 알게 될 테니까. 자, 어서요."

묘지기는 바닥에 엎드려 팔꿈치를 괸 다음, 클로로포름 병을 코 아래 놓고 기다렸다.

"아, 이런! 솔직히 말해 별로 좋은 건 아니군요. 아까 당신이 준 모르핀도…… 혹시 향수 애착증에 대해 알고 있나요? 모른다고요? 그럼 지키 드 겔랑*은요? 그렇군요. 그럼 내 얘길 들어보세요. 난 서른 살에 결혼해서 자식이 셋 있었습니다. 돈도 있겠다, 아름다운 아내와 건강한 아이들도 있겠다, 남부러울 게 없었죠. 그런데 우리 식구에 비해 집이 너무 컸어요. 당신도 와봤죠. 참, 당신은 우리집에 온 적이 없군요…… 그래도 그런 집을 본 적은 있을 거예요. 하여간 거실과 방은 호화롭기만 했지 아무 쓸모도 없었습니다. 쓸데없이 커서 썰렁할 정도였죠. 그 집에 들어서면 무엇보다 쓸쓸하고 황량한 느낌이 들었어요. 겉으로는 으리으리하고 화려해 보여도, 안은 쥐죽은듯 조용하고 음울한 기운이 감도는, 그런 집이었습니다.

그러던 어느 날이었죠. 큰 녀석이 디프테리아에 걸린 지 열여덟 시간도 되지 않아 세상을 뜨고 말았습니다. 다음날 오후에는 둘째 녀석이 형의 뒤를 따라가더군요. 우리 곁엔 네 달 된 딸만 남았습니다. 그러자

* 프랑스 향수 회사인 겔랑에서 제조한 최초의 근대적 향수.

아내는 그 아이라도 살리려고 필사적으로 매달리더군요. 당시만 해도 우리는 그놈의 디프테리아니 전염병이니 하는 것이 대체 뭔지 전혀 몰랐어요. 그래서 의사의 경고에도 불구하고, 아내는 아이에게 계속 젖을 물린 겁니다. 그런데 아이가 갑자기 온몸에 경련을 일으키더니, 결국 여덟 시간 만에 죽고 말았어요. 엄마 젖을 견디지 못하고 죽은 겁니다.

18, 24, 8을 더해보세요. 쉰 시간 만에, 그러니까 이틀 남짓 사이에 우리집은 죽음과도 같은 정적에 휩싸이고 만 겁니다. 갑작스러운 비극 앞에서 우리는 속수무책이었어요. 아내는 충격을 이기지 못하고 방안에만 틀어박혀 있었습니다. 난들 뭘 어쩌겠습니까? 아내라도 지키기 위해 늘 곁을 얼쩡거릴 수밖에요. 그러다보니 집안은 정적뿐이었지요. 이틀 전만 하더라도 우리 곁엔 사랑스러운 세 아이가 있었는데 말이에요……

그래요, 아내는 나흘 내내 이불을 쥐어뜯으면서 발작을 일으켰습니다. 나도 모르핀에 의존해서 근근이 버틸 정도였죠.

'이제 모르핀은 끊도록 하세요.' 의사가 그러더군요. '건강에 해롭습니다.'

'그럼 어떻게 하면 좋죠?' 나는 호화롭지만 불길한 기운이 짙게 드리운 집을 가리키며 말했죠. 루비처럼 빨간 재앙의 불길이 천천히 타오르고 있던 그 집을 말입니다.

의사는 안타까운 표정으로 말했어요.

'그렇다면 차라리 술포날*이라든가…… 그 비슷한 것을 복용해보세

* 수면제·마취제의 하나. 현재는 독성 때문에 거의 사용하지 않는다.

요. 물론 일시적으로 진정시키는 효과만 있을 뿐이겠지만요.'

술포날, 브리오날, 흰독말풀*…… 흥, 이 정도로는 어림도 없어요! 역시 코카인이 최고지요! 빈 침대 발치에 하얀 재가 되어 흩어져 있는 행복한 느낌부터 다 타버린 행복을 다시 황홀하게 되찾는 것까지, 무궁무진하답니다! 코카인 한 방울에 그토록 무한한 세계가 모두 담겨 있다고요! 조금 전까지 왜 그렇게 고통스러워했는지 놀랄 정도죠. 그러고 나면 갑자기 삶에 자신감이 생깁니다. 밝은 미래가 자유로워진 내 영혼의 10센티미터 앞으로 성큼 다가온 듯한 환상에 사로잡혀요. 이 모든 것이 백금 주사기 바늘을 통해 혈관 속으로 빠르게 흘러들어오는 겁니다. 그런데 당신이 가져온 그 클로로포름은!…… 결국 내 아내도 세상을 떴어요. 그후 이 년 동안, 나는 코카인을 사는 데 돈을 펑펑 써댔어요. 얼마나 많이 썼는지 아마 당신은 상상도 못할 겁니다. 혹시 내성이 뭔지 아세요? 아무리 건장한 남자라도 모르핀 5그램만 있으면 저세상으로 갑니다. 그런데 드퀸시**는 매일 2그램씩, 십오 년 동안이나 복용했잖아요. 그 정도면 치사량의 사십 배나 됩니다.

하지만 나는 결국 그 대가를 치러야 했습니다. 가슴 저미는 슬픔을 꾹꾹 눌러 참느라 매일같이 약에 취해 살던 와중에도 이따금 제정신이 돌아올 때면 심한 자괴감에 시달리곤 했어요. 정신이 오락가락하는 가운데서도 나를 괴롭히는 허깨비부터 몰아내겠다고 각오를 다졌지요. 내 영혼 속으로 파고든 악마를 쫓아내려고 정말이지 혼신의 노력을 다

* 열매와 꽃잎, 그리고 꿀에 아트로핀과 스코폴라민이라는 물질이 들어 있어 섭취하면 환각, 정신착란, 공격적 행동, 혼수상태, 발작 등의 증세를 일으킬 수 있다.

** 영국 작가 토머스 드퀸시. 대표작으로 『어느 영국인 아편 중독자의 고백』이 있다.

했지만, 아무 소용이 없었어요. 한 달 동안 코카인을 끊은 적도 세 번이나 있었죠. 한 달 내내 말입니다. 하지만 매번 유혹을 물리치지 못하고 다시 코카인에 손을 대고 말았어요. 아마 당신은 잘 모를 겁니다. 아, 언젠가 알게 될지도 모르죠. 하루라도 약을 안 먹으면 그 고통이, 그 불안과 공포가 얼마나 큰지 말입니다!

결국 뼛속까지 마약에 중독된 나는 고통과 환각의 소용돌이 속으로 빨려들어가고 말았지요. 말이 사람이지 실은 껍데기나 다름이 없었어요. 피도 생명도 다 빠져나가버린 산송장 말입니다. 코카인 때문에 나는 하루에 열 번도 더 다른 사람으로 변했어요. 그럴수록 정신은 혼미해져만 갔습니다. 마침내 나는 마지막으로 남은 자존심이라도 지키기 위해 요양원에 가기로 결심했죠. 입원하자마자 그들은 치료한답시고 내 손발을 다 묶어버리더군요.

모든 게 저들의 뜻에 따라 움직이는 그곳에서 나는 하루종일 감시를 당했어요. 다시는 마약에 손댈 생각도 못하게 만들려는 속셈이었겠지요. 하여간 나는 코카인을 끊을 수밖에 없었습니다.

그러고 나서 어떻게 됐는지 아세요? 난 말이죠, 고통에 장렬히 무릎을 꿇기 위해 코카인이 든 작은 병을 주머니에 몰래 숨기고 있었답니다…… 자, 그럼 내가 말한 열정이 뭔지 이제 감이 좀 잡힐 거예요.

병원에서 실패를 겪은 뒤 일 년 동안 나는 계속 주사를 맞았죠. 워낙 오랜 세월 동안 중독된 탓인지 신기한 반작용이—이런 힘이 대체 어디서 나오는 건지 나도 잘 모르겠지만—생기더군요. 그 무렵 나는 사랑에 빠졌어요."

* * *

그가 말을 마치자 갑자기 주위가 조용해졌다. 내내 멍청한 미소를 흘리며 그의 이야기를 듣고 있던 묘지기는 그에게 눈을 가까이 갖다댔다. 어두운 빛깔의 흐릿한 막이 그의 눈동자에 드리워진 듯했다. 반면 그의 살갗에는 주름이 선명하게 패었다.

"그런데," 그가 다시 입을 열었다. "그건 시작에 지나지 않았습니다…… 이제 이야기를 마무리지어야 할 때가 왔군요. 하지만 내 친구인 당신에게 이 이야기만큼은 꼭 해야 할 것 같네요.

그녀의 부모는 어떻게든 막아보려고 갖은 애를 다 썼어요. 하고많은 사람들 중에서 하필이면 모르핀인지 뭔지에 중독된 놈을 만날 게 뭡니까! 나와 그녀, 아니 우리 둘의 운명이었는지, 나는 극도로 예민하고 신경질적인 여인을 만나게 되었습니다. 하지만 그녀는 어디 하나 흠잡을 데 없이 아름다웠어요! 열여덟 살밖에 안 됐지만, 어떤 신비로운 본질을 표현하기라도 하듯 정교하게 세공된 크리스털처럼 화려한 용모를 타고난 여인이었죠.

그녀를 처음 만나는 자리였는데, 미리 주사를 놓는다는 걸 깜박 잊는 바람에 갑자기 온몸에 힘이 빠지면서 정신이 멍해지고 덜컥 겁이 났어요. 그녀는 안 그래도 크고 아름다운 눈을 휘둥그렇게 뜨고 나를 빤히 바라보더군요. 이상할 정도로 겁을 먹은 눈빛이었죠! 하는 수 없이 나는 그 자리에서 주사를 놓았습니다. 그녀는 얼굴이 하얗게 질린 채 꼼짝도 못하고 내 모습을 바라보았어요. 그날 밤 내내 그녀는 단 한 순간도 내게서 시선을 떼지 않았습니다. 그렇게 나를 바라보는 그녀의 큰 눈망울 뒤로 그녀의 신경증 증세뿐만 아니라, 병원에 갇혀 있는 그녀의 삼촌과 간질병에 걸린 남동생의 모습이 어른거리더군요……

다음날, 그녀의 몸에서 지키 향수 냄새가 풍겼습니다. 그녀가 제일 좋아하는 향수였어요. 그녀는 그 전날 내내 수면제에 대한 글을 닥치는 대로 읽었다고 하더군요.

그건 그렇고, 두 사람이 가까워지려면 비정상적인 삶을 살면서 쾌락에 빠져드는 것만으로도 족하지요. 기이한 방식으로 쾌락을 얻을수록 서로를 더 깊이 이해할 수 있으니까요. 그러면 두 사람은 그 즉시 하나가 되기 마련입니다. 단둘이 꾸민 낙원에서 행복에 취해 살기 위해 다른 생각은 일절 안 할 테니까요.

육체와 아름다움, 그리고 젊음과 우아함이 한데 어우러진 매력도 이십 일이 지나자 취할 정도로 강한 그녀의 향수 냄새에 가려 더이상 느껴지지 않았어요. 내가 코카인에 빠져 허우적거리듯이 그녀도 지키 향수에 취해 환각상태 속에서 살아가기 시작했습니다.

짧은 시간이기는 했지만 그녀의 집에서 몽유병자처럼 사는 것이 우리 모두에게 위태로워 보이더군요. 그래서 우린 우리만의 낙원을 새로 만들기로 했습니다. 그러기에는 우리집만큼 좋은 곳도 없었죠. 아내와 아이들이 세상을 뜬 후로 손을 대기는커녕 단 한 번도 들어가지 않았으니까 말입니다. 거실에는 폭이 넓고 나직한 소파가 있었어요. 우리 아이들을 죽음으로 이끈 바로 그곳, 화려함 속에 음울한 정적과 불길한 기운이 감돌던 그곳에 말입니다. 오후 한시에도 전등을 켜두어야 할 정도로 거실은 깊은 적막과 어둠에 잠겨 있었죠. 진한 향수 냄새가 공기를 가득 채운 가운데, 우리는 아무 말 없이 마치 남매 같은 연인 사이로 시간을 보냈어요. 나는 죽은 사람처럼 핏기 하나 없는 창백한 얼굴에 눈을 뜬 채로 드러누워 있었고, 그녀는 얼음처럼 차가운 손으로 지키 향수병을 코 아래 갖다댄 채 소파에 누워 있었죠.

마음속에 들끓던 욕망이 흔적도 없이 사라져버리자 그녀의 눈가에 짙게 드리워진 검은 그늘이나 헝클어진 머리카락, 그리고 때묻지 않은 그녀의 치마가 얼마나 아름답게 보이던지!

세 달 내내 그녀가 내게 붙어 있지 않은 때는 거의 없었습니다. 사실 그녀로서도 주변의 의심을 사지 않으려면 종종 외출을 나가야 했을 거예요. 하지만 그녀가 어떤 이들을 만나고, 또 누구의 결혼식이나 가든파티에 갔는지 나는 전혀 모릅니다. 어쩌다 한 번 나가면 다음날 불안한 표정으로 돌아왔어요. 집안에 들어오면 나는 거들떠보지도 않고, 모자를 휙 집어던진 다음 그대로 소파 위에 몸을 던졌지요. 그러곤 고개를 뒤로 젖히고 눈을 게슴츠레 뜬 채 지키 향수 냄새를 맡으며 취하는 겁니다.

간단히 말씀드리죠. 어느 날 오후였습니다. 마약에 중독된 육체는 자기방어를 위해 그간 쌓아두었던 에너지를 갑자기 분출하는 경우가 있어요. 말로 설명하기는 어렵지만—물론 모르핀 중독자라면 누구나 잘 알고 있죠!—그런 경험을 통해 나는 마음속 깊은 곳에 웅크리고 있던 희열을 느꼈습니다. 그런데 그건 코카인 때문이 아니라, 누가 봐도 탐낼 만한 아름다운 열여덟 살짜리 여자의 육체 때문이었어요. 그날 오후, 불이 켜진 거실의 화려한 정적 속에서 그녀의 관능적인 아름다움이 희미하게 빛을 발하기 시작하더군요. 그때 받은 충격이 얼마나 컸던지, 나는 소파에 앉아 멍하니 그녀를 바라볼 수밖에 없었습니다. 이제 열여덟 살밖에 안 된 여자아이가…… 저토록 아름답다니!

그녀는 미동도 않고 내가 다가오는 모습을 지켜보더군요. 그러곤 천천히 몸을 숙이면서 의아스러운, 그리고 차가운 눈초리로 나를 빤히 쳐다봤습니다.

'응……' 나는 중얼거리듯 말했어요.

'안 돼요. 안 된다니까요……' 그녀는 앙칼진 목소리로 소리치고는 세차게 고개를 저으면서 내 입을 피하더군요.

마침내, 마침내 그녀는 체념한 듯 고개를 뒤로 젖히면서 스르르 눈을 감았습니다.

아! 남자의 힘과 남자의 자존심이 되살아난 것이 아니라면, 잠시 기운을 되찾아봐야 무슨 소용이 있겠습니까? 남자로서의 힘과 자존심은 그동안 코카인의 바다에 빠져 허우적거리다 결국 영원히 죽어버렸어요! 나는 그녀의 옆에 털썩 주저앉았죠. 그러고는 그녀의 치맛자락에 얼굴을 묻은 채 한 시간 동안 아무 말도 하지 않고 가만히 있었어요. 그녀 역시 꼼짝도 않고 창백한 표정으로 천장을 뚫어지게 쳐다보고 있더군요.

그런데 거의 허물어지다시피 한 감각에서 순간 섬광이 일면서 놀라운 반응이 나타나는 겁니다. 내 안에서 서서히 죽어가던 남자로서의 명예심과 수치심이 갑자기 의식의 표면으로 떠올랐어요. 요양원에서 겪은 깊은 좌절감과 자존심 때문에 괴로워하던 나날도 그 순간에 비하면 아무것도 아니었습니다. 무슨 말인지 알겠어요? 그동안 난 내 손으로 만든 지옥에 갇혀 빠져나올 수 없었습니다. 그런데 그런 지옥조차 나를 완전히 집어삼키지 못했다면 대체 뭘 위해 살아야 하는 거냐고요! 한 순간에 빠져나와서 결국 그러한 종말을 맞이했는데 말입니다!

나는 자리에서 일어나 익숙한 방으로 들어갔어요. 권총이 그대로 있더군요. 내가 다시 돌아왔을 때, 그녀는 지그시 눈을 감고 있었어요.

'우리 같이 죽자.' 그녀에게 말했죠.

눈을 살짝 뜬 그녀는 한동안 내게서 시선을 떼지 못하더군요. 그녀가 황홀한 기분에 빠질 때면 그렇듯이, 반듯한 이마가 또다시 미세하게 떨렸습니다.

'그래요. 같이 죽어요.' 그녀가 웅얼거리더군요.

그녀는 전등불이 환하게 켜져 화려해 보이지만 음울한 분위기가 감도는 거실을 쭉 둘러보았습니다. 그러곤 눈썹을 찌푸렸어요.

'여기서는 안 되겠어요.' 그녀가 말했습니다.

우리는 뭔가에 취한 사람들처럼 거실을 나와 방방을 돌아다녔어요. 걸음을 옮길 때마다 발소리가 집안에 울려퍼졌죠. 어떤 방 앞에 이르자 그녀는 문에 몸을 기댄 채 눈을 감더군요. 그녀의 몸이 벽을 타고 힘없이 무너져내렸습니다. 그리고 그다음에는 나 자신에게 총구를 겨눠 스스로 목숨을 끊었죠.

총소리가 나는 순간, 갑자기 턱이 빠지면서 머리가 엄청나게 욱신거리더군요. 그리고 심장이 두어 번 벌떡벌떡 뛰더니만, 완전히 멈춰버렸어요. 내 뇌와 신경, 그리고 피가 되살아날 가망은 전혀 없었습니다. 이로써 코카인에게 진 빚을 완전히 갚았다는 생각이 들더군요. 그런데 나 스스로 목숨을 끊은 것도 모자라, 그녀까지 죽이고 말았어요!

내 생각이 틀렸던 겁니다! 잠시 후, 그녀의 손을 잡고 비틀거리면서 거실 문에 이르자, 죽은 우리의 모습이 보이더군요. 서서히 굳어가는 우리의 육체가 말입니다……"

갑자기 그의 목소리가 갈라졌다.

"코카인 좀 줘요! 제발 부탁이에요. 코카인 있으면 조금만 줘요!"

광견병에 걸린 개

올해 3월 20일, 산타페 차코 지방의 어느 마을 사람들은 아내를 엽총으로 쏜 다음, 자기 앞을 지나가던 인부까지 쏴죽인 미친 남자를 추적하고 있었다. 짐승 같은 자를 잡으려 무장하고 숲으로 들어간 마을 사람들은 마침내 나무 위에 숨어 있던 그를 찾아냈다. 그는 여전히 엽총을 든 채, 섬뜩하게 울부짖었다. 아무래도 한 방에 쏴죽여야 할 듯했다.

3월 9일

광견병에 걸린 개가 어둠을 틈타 우리 방에 들어온 지도 벌써 삼십

구 일이나 지났다. 내가 지금 기억하는 건, 녀석이 들어오고 두 시간이 지난 후부터의 상황이다.

사실 우리집은 어머니가 살던 방만 빼고 문이 하나도 없었다. 애당초 이 집을 지을 때부터 불안한 마음이 들었다. 처음 며칠 동안 급하게 일을 하느라, 나무판자를 톱으로 잘라 어머니 방에만 문짝과 창을 달았다. 그리고 한숨 돌릴 겸해서 우리 방에는 나무문 대신 두꺼운 마포를 걸쳐놓았다. 솔직히 말해 내가 좀 밀어붙이기는 했지만, 아내도 근사한 문이라고 흡족해하는 눈치였다. 그때는 여름이었기 때문에 거칠거칠한 천 쪼가리를 문에 매달아놓았다고 해서 건강을 해칠 리는 없었지만, 우리의 불안감이 완전히 해소되지는 못했다. 그러다 결국 광견병에 걸린 그 개가 가운데 복도로 이어지는 마포 문을 밀고 들어와 나를 무는 불상사가 일어나고 말았다.

어떤 이들에게는 간질 환자가 내지르는 비명이 나를 만들어낸 인류가 아닌 짐승의 울부짖음으로 느껴질지도 모른다. 그러나 광견병에 걸린 그 개가 밤마다 우리집 주변에서 미친듯이 울부짖는 소리를 듣는다면 누구라도 불안하고 불길한 느낌이 들 게 분명하다. 그 개는 당장 숨이 끊어지기라도 할 것처럼 고통스러운 단말마의 비명을 내지른다. 구슬프면서도 음산하기 그지없는 울음소리로 판단하건대 광견병에 걸린 게 확실하다.

녀석은 짧은 귀에 덩치가 큰 검은 개다. 그런데 한 가지 당혹스러운 점은, 우리가 여기에 도착한 이래로 하루도 빠지지 않고 비가 왔다는 사실이다. 불어난 물로 벌판이 고립된데다 온종일 어두운 탓에 오후와 저녁 시간은 언제나 눈 깜짝할 사이에 쓸쓸히 지나가버렸다. 쉴새없이 쏟아지는 폭우로 들판이 완전히 물바다로 변해버리는 바람에 집밖으로 나가기조차 어려웠다. 어머니의 얼굴에 점점 수심이 짙게 드리워졌다.

그러면서 마을 개들이 하나둘씩 미쳐갔다. 어느 날 아침, 인부 한 명이 헐레벌떡 뛰어와서는, 전날 밤에 개 한 마리가 집 주변을 어슬렁거리더니 갑자기 자기 개를 물었다고 했다. 이틀 전 밤에는 누런 개가 들판에서 기분 나쁜 소리로 울부짖었다고도 했다. 하여간 그의 말에 따르면, 그 외에도 많은 개들이 이상한 행동을 보인다는 거였다. 아내와 나는 그의 말을 듣고도 대수롭지 않게 여겼다. 하지만 어머니는 이를 불길한 일이 일어날 조짐으로 여겨, 짓다가 만 우리집이 몹시 불안해진 모양이었다. 어머니는 틈만 나면 복도로 나와 길가를 둘러보았다.

그러던 어느 날 아침, 우리집에서 일하는 꼬마 녀석이 마을에서 돌아와 모든 사실을 확인해주었다. 온 마을에 광견병이 돌기 시작했다는 거였다. 한 시간 전부터 마을 사람들이 미친개의 뒤를 쫓고 있는데, 인부 하나가 틈을 노려 마체테로 녀석의 귀를 내리쳤단다. 그러자 개는 주둥이를 땅에 박고 꼬리를 다리 사이로 말아넣은 채, 잔걸음을 치며 우리집으로 난 길을 가로질러가다가 길에서 마주친 망아지와 돼지를 차례로 물었다고 했다.

소문은 그뿐만이 아니었다. 그날 새벽, 어떤 개가 우리 이웃의 밭에 들어와 외양간을 뛰어넘으려다 그냥 돌아갔다는 말도 들었다. 덩치는 큰데 비쩍 마른 개 한 마리가 오래된 여인숙으로 이어진 샛길을 따라 말 탄 소년을 쫓아갔다는 소문도 들렸다. 오후에도 그 개가 고통스럽게 내지르는 비명소리가 숲에서 들려오는 것 같았다. 아홉시 무렵 경찰관

두 명이 급히 달려오더니, 지금까지 목격된 미친개들의 생김새를 알려 준 다음 각별히 조심할 것을 당부하고 떠났다.

상황이 이쯤 되자 어머니도 용기를 잃었다. 웬만한 일에 눈 하나 깜짝하지 않는 어머니지만, 어린 시절에 목격한 끔찍한 사건 때문인지 미친개 이야기만 들어도 겁에 질려 부들부들 떤다. 하늘이 먹구름으로 뒤덮이고 쉴새없이 비가 내려 안 그래도 신경이 극도로 날카로워져 있던 터라, 어머니는 미친개들이 잔걸음으로 집안까지 쫓아들어오는 환각에 시달렸다.

어머니가 개를 그토록 두려워하는 데는 다 이유가 있다. 가난해서 제대로 먹이지도 못하면서 개를 많이 기르는 곳이면 어디든 그렇듯이, 여기도 밤만 되면 굶주린 개들이 집 주변을 어슬렁거렸다. 그렇다고 함부로 총을 쏘거나 돌이라도 집어던지면 녀석들은 정말로 사나운 짐승으로 돌변했다. 개들은 몸을 잔뜩 웅크린 채 어슬렁거리면서 다가오는데, 움직임이 전혀 느껴지지 않을 정도다. 그러고는 주린 배를 채우려고 눈에 띄는 것이면 뭐든—이런 상황에서 이 말이 적절하다면—빼어간다. 게다가 놈들은 어지간한 소리에는 절대 도망가지 않는다. 그랬다가는 오히려 더 큰 소리가 나기 때문이다. 대신 다리를 구부리면서 조용히 자리를 뜬다. 그리고 풀밭에 납작 엎드려 한 시간 반가량 기다리다가 어디론가 떠난다.

평소에도 유독 우리집 주변을 어슬렁거리는 개들이 많았다. 어머니가 저토록 불안해하는 것도 밤길을 훤히 꿰고 있는 미친개들이 언제든지 집안으로 들어올 수 있기 때문이다.

그날 오후, 어머니는 살짝 방심한 채로 문을 향해 천천히 걸어가고 있었다. 그러다 어느 순간, 나는 어머니의 비명소리를 들었다.

"페데리코! 미친개가 들어왔어!"

어머니가 있는 곳으로 갔더니, 등이 구부러진 누런 개 한 마리가 일직선으로 달려오고 있었다. 나를 보고 걸음을 멈춘 놈은 등을 곤두세웠다. 나는 엽총을 가져오려고, 몸을 돌리지 않은 채 뒷걸음질쳤다. 하지만 녀석은 그사이 달아나버렸다. 뒤를 쫓아갔지만, 이미 감쪽같이 사라지고 없었다.

이틀이 지났다. 비 내리는 들판은 여전히 황량한 슬픔에 젖어 있고, 광견병에 걸린 개들은 나날이 늘어만 갔다. 혹시라도 어린아이들이 길에 나왔다가 넘어지면 병균에 감염될 수 있기 때문에, 학교는 일제히 휴교에 들어갔다. 매일 일곱시와 열두시에 고요한 들판에 활기를 불어넣어주던 아이들마저 사라지면서 인적이 싹 끊긴 길에는 음산한 적막만이 흘렀다.

어머니는 안마당 밖으로 나갈 엄두도 내지 못했다. 어디선가 개 짖는 소리만 나도 화들짝 놀라면서 문 쪽을 바라봤다. 그리고 사방에 어둠이 깔리면, 번쩍거리는 개들의 눈동자가 풀숲 사이로 이리저리 움직이는 모습을 멍하니 바라보곤 했다. 저녁을 다 먹고 나면, 어머니는 방에 틀어박힌 채 어디서 개들의 울음소리가 들리지 않는지 귀를 쫑긋 세웠다.

사흘째 되는 밤, 나는 이슥한 시간에 잠에서 깼다. 누군가 비명을 지르는 소리를 들은 것 같은데, 비몽사몽간이라 정확히 분간이 되지 않았다. 나는 잠시 기다려보기로 했다. 그런데 갑자기 복도 아래쪽에서 아주 고통스러운, 짧고 날카로운 비명소리가 울렸다.

"페데리코!" 어머니가 숨넘어가는 목소리로 말했다. "너도 들었니?"

"네." 나는 침대에서 미끄러져 나오면서 대답했다. 어머니는 그 소리를 분명하게 들은 듯했다.

"맙소사! 미친개구나! 페데리코, 절대 나가면 안 돼! 후아나! 네 남편 절대로 못 나가게 해라!" 어머니는 아내를 향해 정신없이 소리를 질렀다.

또다른 울음소리가 들렸다. 이번에는 문 앞, 가운데 복도에서 나는 소리였다. 갑자기 오싹해지면서 식은땀 한줄기가 등을 타고 허리춤까지 흘러내렸다. 이 야심한 시간에 미친개들이 울부짖는 것보다 더 을씨년스러운 것도 없을 터였다. 개가 계속 울부짖자 어머니도 악에 받친 듯 고함을 질렀다.

"페데리코! 당장 방에 들어가! 절대 나오면 안 돼! 오, 하느님! 절대 나오지 마라! 후아나! 네 남편한테 단단히 일러둬!……"

"페데리코!" 아내가 내 팔을 붙잡았다.

하지만 저 개가 집안에 들어올 때까지 기다린다면, 상황은 걷잡을 수 없이 심각해질 것이 분명했다. 나는 전등을 켜고 엽총을 꺼내들었다. 엽총을 들고 마포 문을 들어올리자, 짙은 어둠이 검은 세모꼴 모양으로 눈앞에 나타났다. 밖으로 발을 내딛자마자 뭔가 단단하고 미지근한 것이 내 허벅지를 스치고 지나갔다. 미친개가 우리 방에 들어오고 만 것이다. 나는 무릎으로 녀석의 머리를 냅다 갈겨버렸다. 그러자 화가 난 녀석은 내게 달려들어 물려고 했지만, 내 몸에 이빨만 부딪혔을 뿐 제대로 물지는 못했다. 그러나 잠시 후 날카로운 통증이 느껴졌다.

어머니와 아내 그 누구도 내가 물린 것을 알아차리지 못했다.

"페데리코! 뭔 일이냐?" 내가 걸음을 멈추고, 개가 무는 소리를 들은 어머니가 놀라서 고함을 질렀다.

"아무것도 아녜요. 저놈이 들어오려고 해서요."

"아!……"

또다시, 이번에는 어머니의 방 뒤쪽에서 불길한 울음소리가 들렸다.

"페데리코! 저건 미친개야! 나가지 마!" 어머니가 애원하듯이 말했다. 바로 1미터 앞, 나무 벽 뒤에 개가 있음을 안 어머니는 이미 정신이 나간 상태였다.

겉으로는 온당하고 합리적으로 보이지만 실제로는 이치에 맞지 않는 것들이 있다. 나는 한 손에 램프를, 그리고 다른 손에는 엽총을 들고 밖으로 나갔다. 마치 겁에 질린 생쥐를 잡으러 가는 듯한 기분이어서, 당장이라도 램프를 바닥에 내려놓고 쇠스랑 끝으로 놈을 죽일 수 있을 것 같은 마음의 여유가 생겼다.

나는 복도를 따라 걸었다. 사방이 쥐죽은듯 고요했다. 그러나 어서 총소리가 나기만을 기다리는 어머니와 아내의 애끓는 목소리가 방에서 흘러나오고 있었다.

하지만 개는 이미 사라진 뒤였다.

"페데리코!" 돌아오는 내 발소리를 듣고 어머니가 소리쳤다. "개는 갔니?"

"나갔는지 보이지 않아요. 내 발소리를 들은 모양이에요."

"그래, 어쩐지…… 페데리코, 혹시 네 방에 들어간 건 아닐까?…… 오, 하느님 맙소사! 네 방엔 문이 없잖니. 여기 그대로 있거라! 언제 또 돌아올지 모르니까 말이다!"

어머니 말마따나 언제라도 돌아올 수 있는 놈이었다. 새벽 두시 이십분. 우리는 전등을 환하게 켜둔 채, 평생 잊지 못할 두 시간을 보냈다. 아내는 침대에 눕고 나는 앉아서, 펄럭이는 마포 문에서 단 한 순간도 눈을 떼지 않았다.

그전에 나는 물린 상처를 치료했다. 녀석이 문 자국이 선명하게 남아 있었다. 우선 보랏빛으로 변한 두 구멍을 있는 힘을 다해 누른 다음, 과망가니즈산염을 발랐다.

나는 광견병에 대해 떠도는 소문 중 극히 일부만 믿는다. 어제부터 개를 잡으려고 집집마다 독약을 놓기 시작했는데, 극심한 불안에 떨던 우리 식구는 스트리크닌을 준비했다. 불길한 울음소리와 물린 상처는 그대로였다. 하지만 나는 개들이 울부짖는 소리에 더 신경이 쓰였다. 내가 상처를 그다지 대수롭게 여기지 않은 것도 아마 그 때문인 듯하다.

마침내 날이 밝았다. 여덟시쯤, 우리집에서 네 블록 떨어진 곳에서 어떤 행인이 사납게 달려오던 검은 개—외견상 광견병에 걸린 게 분명했다—를 권총으로 쏴죽였다. 우리는 곧바로 그 사실을 알게 되었고, 나는 주사를 맞으러 당장 부에노스아이레스에 가야 한다고 다그치는 어머니와 아내를 진정시켜야 했다. 상처는 비교적 깨끗한 편인데다, 이미 과망가니즈산염으로 깨끗하게 소독한 다음 붕대로 잘 동여매어놓았다. 그것도 물린 지 오 분 만에 다 마쳤다. 필요한 응급조치를 다 취했는데 그렇게 걱정할 이유가 뭐란 말인가! 오랜 시간 설득하고 달랜 끝에 어머니와 아내의 마음도 다소 진정이 되었다. 걷잡을 수 없는 기세로 퍼지던 전염병—이처럼 마을에 몹쓸 병이 돈 것도 따지고 보면 쉬지 않고 내린 비 때문인 듯했다. 정말이지 이 마을에 비가 이렇게 지긋지긋하게 퍼붓는 건 처음이다—이라도 갑자기 사라지고 나면, 사람들은 언제 그랬냐는 듯이 다시 정상적인 삶으로 되돌아가기 마련이다.

하지만 그 일로 인해 어머니와 아내는 정상적인 시간 감각을 잃어버리고 말았다. 널리 알려진 바와 같이 사십 일이라는 시간이 특히 어머니의 마음을 무겁게 짓눌렀다.* 그래서 그동안 큰 탈 없이 버텼음에도, 개에게 물린 지 삼십구 일째가 되자 어머니는 땅이 꺼질 듯이 깊은 한숨을 내쉬면서 조마조마한 마음으로 내일을 기다리고 있다. 그날 밤 겪었던 공포가 생생하게 되살아나는 모양이다.

다른 건 몰라도 그날 있었던 일을 하나하나 떠올려야 한다는 게 나로선 영 거북하다. 하지만 내일 밤, 그러니까 사십 일째가 되는 밤만 지나면 어머니와 아내가 병의 증상을 찾아내기라도 하려는 듯 내 얼굴을 샅샅이 살피는 일도 다 지난 이야기가 될 것이다.

* * *

3월 10일

드디어 무사히 지나갔다! 이제부터는 죽음의 왕관을 머리에 두를 필요 없이, 여느 사람들처럼 살 수 있으리라. 기다리던 사십 일이 다 지나

---

* 당시 광견병에 걸린 개에게 물려 상처를 입은 경우 발병하기까지 사십 일 정도가 걸린다는 미신이 퍼져 있었다.

자, 어머니와 아내의 얼굴에 짙게 드리워진 수심도, 혹시라도 내가 이상한 행동을 하거나 섬뜩한 비명을 지를까봐 내내 나를 지켜보던 습관도 영영 자취를 감추었다.

어머니와 아내는 경사스러운 날을 특이한 방식으로, 즉 나 모르게 이겨내야 했던 끔찍한 경험을 하나씩 이야기하면서 축하해주었다. 가령 내가 입맛이 조금만 없어도 두 사람은 깊은 불안감에 사로잡혔다고 한다.

"그건 광견병이 시작된다는 조짐이야!" 그들은 신음하듯이 말했다.

어느 날 아침 내가 늦잠을 자자, 어머니와 아내는 몇 시간 동안 아무 일도 하지 않고 다른 증상이 나타나기만을 기다리기도 했다. 또 언젠가는 손가락에 염증이 생겨 사흘 정도 열이 나고 안절부절못했던 적이 있는데, 두 사람은 이를 광견병의 증상이 시작되는 결정적인 증거로 여기고 나 몰래 망연자실 괴로워했다.

그렇게, 내가 조금이라도 기분이 안 좋거나 약간만 의기소침해도, 어머니와 아내는 지난 사십 일간 극심한 불안에 떨었다고 한다.

아무리 지난 이야기라고 해도, 감쪽같이 속고 지낸 사람으로서는 듣기가 거북할 수밖에 없다. 물론 두 사람이야 천사처럼 선량한 뜻으로 한 일이겠지만 말이다. 그렇지만 나는 말을 듣고 너털웃음을 터뜨렸다.

"아, 얘야! 자기 아들이 광견병에 걸렸다고 생각해봐! 엄마한테 이보다 끔찍한 일이 어디 있겠니! 무엇보다 말이다…… 광견병, 광견병은!……"

아내는 물론 어머니보다는 신중한 편이지만, 지난 이야기를 하다가 틈만 나면 옆길로 새곤 했다. 어찌됐든 이제 다 끝났으니 얼마나 다행스러운 일인가! 부지불식간에 순교자가 될 뻔한 상황, 그리고 언제 죽을지 모른다는 터무니없는 두려움 때문에 시시각각으로 보살핌을 받는 갓난아기의 처지가 되어버린 상황은 그리 달갑지 않다. 아, 마침내 우리는 전처럼 편안하게 살아가리라! 제발 내일 혹은 모레 아침에 머리가 깨질 듯 아프고, 착란 증세가 다시 나타나지 않기를.

3월 15일

정말 예전처럼 편안하게 살고 싶었지만, 이젠 그마저 불가능해지고 말았다. 더 답답한 것은 이런 상황이 도통 끝날 기미조차 보이지 않는다는 점이다. 어머니와 아내는 온종일 곁눈질로 나를 살피는가 하면, 자기들끼리 쉴새없이 속닥거리다가도 내가 인기척만 내면 아무 일도 없었던 듯이 모른 척하기 일쑤다. 더구나 식사를 하는 중에도 이상한 점이 없는지 내 얼굴을 몰래 살핀다. 이젠 나도 더이상 견딜 수가 없을 지경이다.

"대체 뭣들 하는 거예요, 제발 좀!" 나는 참다못해 소리쳤다. "나한테서 뭐 이상한 점이라도 찾아낸 거예요? 아니면 내가 예전과 달라지기라도 했어요? 그놈의 광견병 이야기라면 이제 지긋지긋하다고요!"

"아니, 페데리코!" 두 사람은 놀라 눈이 휘둥그레진 채 대꾸했다. "우리가 뭐라고 하기라도 했어? 더구나 우린 그때 일이라면 생각도 안 한다니까!"

그런데 두 사람은 밤낮을 가리지 않고 몰래 나를 살피는 일 외에는 아무것도 하지 않는다! 혹시 내가 그 몹쓸 개한테서 병이라도 옮았을까봐 말이다!

3월 18일

내가 원하는 대로—아니, 이렇게 사는 게 당연하지만—산 지 사흘이 지났다. 어머니와 아내는 마침내 나를 편안하게 내버려두었다! 마침내, 마침내, 마침내!

3월 19일

아, 또 시작이다! 또 시작되었다! 저들은 내가 정말 광견병에 걸리기를 바라기라도 하는지, 단 한 순간도 나를 감시하는 눈길을 거두지 않는다. 멀쩡한 사람들이 어떻게 저런 어리석은 짓을 할 수 있단 말인가! 이젠 더이상 숨기려고 들지도 않을뿐더러, 대놓고 큰 소리로 나에 대해 떠들어댄다. 그런데 이게 무슨 변고란 말인가. 저들이 무슨 말을 하는지, 한마디도 알아들을 수가 없다. 내가 가까이 가면 저들은 갑자기 말을 멈추었다가 내가 물러나기가 무섭게 현기증이 날 정도로 조잘조잘 지껄이기 시작한다. 이젠 더이상 참을 수가 없어, 나는 참았던 분노를 터뜨렸다. "얘기할 게 있으면 내 앞에서 해! 비겁하게 내 등뒤에서 수군대지 말고!"

하지만 나는 저들이 무슨 이야기를 하든 듣기 싫어서 그냥 자리를 떠버린다. 정말이지 이건 사는 게 아니다!

저녁 8시

저들이 집을 떠나려고 해! 이제 더이상 나하고 못 살겠다는 거야!

아, 맙소사! 왜 나를 버리고 떠나려는 건지 모르겠어!……

3월 20일
오전 6시

아, 저 울부짖음! 개들이 또 울부짖는다! 밤새 개들이 울부짖는 소리만 들렸다! 저 소리 때문에 뜬눈으로 온밤을 꼬박 새우고 말았다! 아, 개들! 어젯밤, 우리집 주변에는 개들만 우글거렸다! 아내와 어머니는 깊이 잠든 척했다. 나를 노려보던 개들의 울부짖음을 혼자 뜬눈으로 들어보라는 듯이 말이다!……

오전 7시

이젠 독사만 우글댄다! 집안은 온통 독사 천지다! 세수하러 갔더니, 세면대에 독사 세 마리가 똬리를 틀고 있지 뭔가! 외투 안감에도 독사들이 득실거렸다! 어디 그뿐인가! 아내가 집안을 독사로 가득 채워놓았다! 게다가 온몸이 검은 털로 뒤덮인 거미도 집안에 잔뜩 풀어놓아 놈들이 나를 쫓아다닌다! 아내가 왜 밤낮을 가리지 않고 내 일거수일투족을 몰래 살폈는지 이제야 알 것 같다! 이제 속시원히 다 알겠어! 그래서 떠나려고 했던 거야!

오전 7시 15분

안마당에도 독사들이 득실거린다! 발 디딜 틈이 없을 정도다! 안 돼, 안 돼!…… 살려줘!……

아내가 어디론가 뛰어가고 있어! 어머니도 떠났어! 저들이 날 죽인 셈이라고!…… 아, 엽총!…… 빌어먹을! 탄약이 장전되어 있군! 지금 그게 중요한 게 아니라……

소리가 엄청나군! 그런데 총알이 빗나가고 말았어…… 또 독사들이네! 저기, 저기 어마어마하게 큰 독사가 하나 있어!…… 맙소사! 사람 살려, 제발 살려줘!!

다들 날 죽이려고 해! 나를 없애려고 독사들을 보낸 거라고! 숲에는 거미가 우글거려! 집에서부터 날 쫓아온 거야!……

또다른 살인마가 오고 있군!…… 손에 독사를 잔뜩 들고 오네! 놈은 독사들을 바닥에 내팽개치고 있어! 맙소사, 입에서 독사들을 꺼내서 내 쪽으로 던지고 있잖아! 아! 하지만 저놈은 오래 못 살 거야…… 내가 있는 힘을 다해 내리쳤거든! 같이 있던 독사들과 함께 뒈졌어!…… 거미떼다! 맙소사! 사람 살려!!

아니, 저기 한꺼번에 몰려오잖아!…… 나를 잡으러, 날 잡으러 말이야!…… 내가 있는 쪽으로 독사 백만 마리를 던졌어! 독사들을 모조리 땅에 풀어놓았네! 어쩌지, 탄약이 다 떨어졌는데!…… 놈들이 나를 본 모양이야!…… 한 놈이 나에게 총을 겨누고 있어……

사랑-광기-죽음의 변주곡

1. 오라시오 키로가: 문학과 삶의 궤적

죽음: 운명의 그림자

모파상, 포, 체호프의 작품과 더불어 근대 단편소설의 고전으로 평가받는 키로가의 작품에는 언제나 죽음과 공포의 그림자가 드리워져 있다. 하지만 키로가는 죽음을 단지 형이상학적 관점에서만 접근하지 않는다. 그의 작품에서 죽음은 추상적 혼란이 아니라 실제로 벌어지는 사건이다.* 그의 작품세계 전체를 관류하는 공포는 죽음에서 비롯된다. 고독과 외로움, 알코올, 태양과 가뭄, 홍수와 폭풍, 독사와 벌 등, 키로가의 삶과 문학을 집요하게 파고드는 죽음의 공포는 여러 가면을 쓰고

* Héctor Tizón, "Inventario, balance y rescate de Horacio Quiroga", Libros, Nº. 4, Madrid, Sociedad Española de Crítica de Libros, febrero de 1982, p.21.

텍스트에 등장한다. 죽음에 대한 강박관념은 실제 삶의 경험, 즉 평생 동안 그의 뒤를 그림자처럼 따라다니던 죽음의 경험과 무관하지 않다.

키로가의 삶은 어린 시절부터 죽음이라는 비극적 경험으로 점철되었다. 비극은 그가 태어난 지 두 달 되던 무렵, 아버지가 사냥에서 돌아오는 길에 오발 사고로 가족이 보는 앞에서 목숨을 잃은 사건부터 시작된다. 그후 가족의 연이은 이주 또한 그의 불안정하고 예민한 성격에 일조했을 것으로 보인다. 어머니가 재혼하면서 어린 키로가는 의붓아버지와 어렵게 가족의 정을 쌓아나가지만, 얼마 지나지 않아 의붓아버지마저 뇌출혈로 쓰러져 불수가 되는 비극을 맞이한다. 키로가가 곁을 지키며 간호했으나, 의붓아버지 아센시오 바르코스는 결국 엽총으로 스스로 목숨을 끊는다. 당시 열일곱 살이던 키로가는 그 장면을 목격하고 엄청난 충격을 받는다.

하지만 운명의 여신은 키로가를 놓아주지 않았다. 이번에는 단순히 죽음의 목격자에 그치는 것이 아니라—물론 실수로 인한 것이지만—비극적 사건의 한복판에 서게 됨으로써 삶의 행로가 완전히 바뀐다. 1902년 키로가는 함께 문학적 열정을 나누던 친구 페데리코 페란도가 난처한 사건(헤르만 파피니 사스라는 기자가 페란도는 물론, 우루과이의 모데르니스모 시인들을 모욕하는 기사를 연이어 올리자, 분을 이기지 못하고 결투를 신청한다)에 휘말리자, 증인 자격으로 나선다. 그런데 그가 총을 살펴보던 중 오발 사고가 나 페란도는 그 자리에서 목숨을 잃는다. 이 사건으로 충격을 받은 키로가는 몬테비데오를 떠나 부에노스아이레스에 있던 마리아 누나의 집으로 피신한다. 1910년에는 누나 파스토라와 형 프루덴시오가 차코 지방에서 장티푸스로 때 이른 죽음을 맞는다.

부모의 완강한 반대를 무릅쓰고 결혼한 아나 마리아 시레스의 죽음은 키로가의 삶을 비극적 파국에 한 걸음 더 다가서게 만들었다. 결혼 육 년째 되던 1915년 12월, 음독자살을 시도한 아나 마리아는 팔 일간 사경을 헤맨 끝에 결국 세상을 떠났다. 미시오네스의 오지에서 혼자 쓸쓸히 아내의 죽음을 지켜본 키로가는 이 사건에 대해 죽을 때까지 입을 열지 않았다. 1933년에는 청년 시절 친구이자 든든한 후원자였던 발타사르 브룸 대통령이 테라 박사의 쿠데타에 항거하기 위해 스스로 목숨을 끊는 비극적 사건이 일어난다. 브룸 덕분에 외교관으로서 안정적인 생활을 하던 키로가는 모든 직책에서 물러나게 되었고, 그의 삶은 커다란 혼란과 불안에 빠진다. 비극의 소용돌이는 결국 우리의 주인공을 집어삼키고 만다. 1937년 위암 판정을 받은 키로가는 부에노스아이레스의 한 병원에 입원해 치료를 받던 중, 청산가리를 마시고 자살한다.

하지만 저주는 키로가의 죽음으로도 끝나지 않았다. 그가 죽고 몇 달 뒤 장녀인 에글레가, 그리고 몇 년 후에는 장남인 다리오가 자살로 삶을 마감했다. 이로써 오라시오 키로가의 삶을 집요하게 따라다니던 죽음의 저주가 대단원의 막을 내린다.

글쓰기: 죽음에 맞선 투쟁

죽음이라는 운명에 온몸으로 맞서던 오라시오 키로가에게 당시 라틴아메리카대륙에서 싹튼 모데르니스모운동*과 레오폴도 루고네스의 문학세계는 구원이나 마찬가지였다. 모데르니스모는 키로가의 문학과 삶이 본격적으로 시작되는 출발점이었다. 기존의 가치 체계와 질서를 거부하고 새로운 세계와 삶의 형식을 모색하던 모데르니스모와 마찬가지로 키로가 또한 자신의 삶과 문학을 그 극한으로 밀고 올라갔다. 댄디 문학청년에서 탐험가로, 살롱을 드나드는 생활에서 벗어나 밀림의 원시적인 삶에 정착하는 등 변신을 거듭하던 결정의 근원에는 "모든 규범과 가치에 반기를 들고, 과감하게 이를 넘어서려는 모데르니스모의 아나키즘 정신"**이 자리했다. 하지만 다른 작가들과 달리 키로가는 모데르니스모의 이념을 문학 영역에만 국한하지 않고, 문자 그대로 삶의 전반을 전복시키는 것으로 이해했다. 따라서 그에게 가장 절실한 것은 사유와 성찰이 아니라, 행동과 실천이었다. 죽음에 맞선 투쟁은 결국 안온한 삶의 조건을 버리고 미지의 세계로 자신을 내던지는 행동—두 차례에 걸친 여행—으로 나타났다.

1900년 3월, 키로가는 화려한 옷차림을 하고 특별실을 이용해 파리로 떠났다. 당시 파리는 라틴아메리카 지식인들에게 동경의 대상이자 정치적·문화적 이상향이었다. 특히 루벤 다리오와 루고네스 같은 모데르니스모 시인들에게 프랑스의 상징주의 문학은 자신들이 도달해야 할 본보기였다. 하지만 파리에서 그를 기다리고 있던 것은 아름다운 꿈과 이상이 아니라 처참한 현실이었다. 무절제한 생활 탓에 경제적으로

---

* modernismo. 1890년대 라틴아메리카에서 부르주아의 가치관을 거부하고, 문단의 관행에 반기를 든 문학운동. 모데르니스모를 통해 라틴아메리카 문인들은 비로소 자신의 내적 감수성과 삶을 그들만의 고유한 언어로 표현할 수 있게 되었다. 대표적인 시인으로는 루벤 다리오, 미겔 구티에레스 나헤라, 호세 아순시온 실바 등이 있다.

** Leonor Fleming, "Introducción", Horacio Quiroga, Cuentos, ed. Leonor Fleming, (Madrid: Ediciones Cátedra, 1995), p.14.

어려워진 키로가는 친구의 도움은 물론, 거리에서 구걸까지 해야 했다. 더구나 몽마르트르의 카페에서 교유하던 라틴아메리카 시인들은 그에게 환멸만 안겨주었다. 결국 키로가는 수척해진 얼굴에 수염을 덥수룩하게 기른 채 현지 대사관의 도움을 받아 간신히 우루과이에 돌아왔다. 하지만 두 달여간의 파리 체류를 통해 유럽에 대한 막연한 동경에서 벗어나—유럽에 대한 탈신비화!—라틴아메리카의 대지에 새롭게 눈을 뜨게 되었다. 그는 외부에서 내부로, 중심에서 주변부로 시선을 돌린다.

1903년 9월, 키로가는 레오폴도 루고네스가 주도한 산이그나시오 예수회 유적 조사단에 사진사로 참가했다. 산이그나시오는 아르헨티나 북동부 끝에 있는 미시오네스주의 도시로, 아열대 밀림으로 덮여 있는 오지다. 루고네스의 제안은 파리에 대한 환멸과 페란도의 죽음에 대한 죄책감으로부터 벗어나, 삶에서 죽음의 그림자를 몰아내기 위한 도전이자 투쟁의 기회였다. 이때 그가 마주한 자연은 심미적인 인식의 대상이 아니라, 인간의 상상력이 감당하기 어려운 거대한 세계, 살아 움직이는 실체였다. 앞을 못 볼 정도로 눈부신 태양과 숨막힐 듯한 습기, 고된 노동, 폭우와 모든 것을 휩쓸고 지나가는 급류, 그리고 독사와 살인 개미의 위협 등, 열대 밀림에서의 삶은 인간에게 극히 적대적이다. 그럼에도 불구하고, 키로가에게 열대 자연은 공포와 유혹이라는 두 얼굴로 다가온다. 산이그나시오 탐사 작업 후, 밀림의 세계에 매료된 키로가는 아예 그곳에 뿌리내리기로 결심하고 차코에서 목화를, 미시오네스 지역에서는 마테차를 재배했다. 어쩌면 위협적인 자연 속에서 키로가는 죽음이라는 운명과 마주하는 인간 존재의 모습을 떠올렸는지도 모른다. 오라시오 키로가가 문학/글쓰기를 삶과 언어의 경계선으로 밀어붙이기 위해 새로운 형식을 추구하기 시작한 곳도 바로 이곳이다. 따라서 작가에게 삶은, 더 나아가 문학은 자연/죽음과 벌이는 투쟁의 방식이었을 것이다. 그러한 삶과 문학이야말로 작가가 평생에 걸쳐 추구하던 새로운 삶의 형식, 즉 "온전한 삶vida íntegra" 혹은 "용감한 삶vida brava"이었을 것이다.

2.『사랑 광기 그리고 죽음의 이야기』: 사랑-광기-죽음의 변주곡

오라시오 키로가의 『사랑 광기 그리고 죽음의 이야기』에 대해 이야기하기 전에 주목해야 할 점이 한 가지 있다. 바로 이 작품의 제목이다. 전해지는 말에 따르면, 이 작품을 출간한 부에노스아이레스 출판협동조합과 아르헨티나의 소설가 마누엘 갈베스는 원래 '모든 색으로 된 이야기'라는 제목을 붙이려고 했지만, 작가의 고집으로 무산되었다고 한다. 그런데 그보다 더 중요한 것은 사랑-광기-죽음이라는 주제가 구두점 없이 연결된다는 점이다.* 작가가 통상적인 어법을 무시하고 굳이 구두점을 제거한 것은 세 영역이 존재론적으로 동등한 가치를 지니고 있음을 암시하려는 의도로 보인다. 사랑=광기=죽음. 이 세 가지

* 1917년 부에노스아이레스 출판 협동조합에서 간행한 초판 및 재판의 제목에는 구두점이 없지만, 바벨 출판사에서 출간된 3판부터 쉼표가 들어갔다. Jorge Lafforgue, "Introducción biográfica y crítica", Horacio Quiroga, Los desterrados y otros textos, (Madrid: Editorial Castalia, 1980), p.98.

주제는 텍스트에서 복잡하게 뒤얽히면서 끊임없이 삶의 새로운 의미와 전망을, 즉 언어 너머의 재현 불가능한 세계의 모습을 보여준다. 키로가의 대부분의 작품에서 "비밀 이야기의 결말이 텍스트의 표면 위로 떠오를 때", 독자들에게 "놀라움 효과"*를 일으키는 것도 바로 그 때문이다. 말하자면 키로가의 단편소설은 숨겨진 무언가를 인위적으로 드러내기 위한 구성을 취한다. 단 하나의 경험—'죽음'의 유령—을 새롭게 "반복"함으로써 삶의 불분명한 표면—'사랑'과 '광기'—을 가로질러 그 아래 숨어 있는 진실, 바로 "저 문 너머"**에 있는 미지의 세계를 드러낸다. 그러한 "깨달음"은 키로가 단편소설의 단순한 내용이나 주제가 아니라, "형식"***으로 등장한다.

(불가능한) 사랑

「사랑의 계절」「엘 솔리타리오」「이졸데의 죽음」, 그리고 마지막 작품인 「뇌막염 환자와 그녀를 따라다니는 그림자」는 모두 사랑, 그것도 불가능한 사랑을 다루고 있다. 작가가 보기에, 사랑은 본질적으로 불가능한 것이다. 특히 「사랑의 계절」은 작가가 젊은 시절 경험한 사랑의 좌절과 그 상흔을 사계 교향곡 형식으로 그린 중편소설이다. 사육제에서 리디아를 보고 첫눈에 반한 옥타비오 네벨은 사랑의 열병을 앓는다.

---

* Ricardo Piglia, "Tesis sobre el cuento", Formas breves, (Bracelona: Editorial Anagrama, 2000), p.106.

** Julio Cortázar, "El perseguidor", El perseguidor y otros textos: Antología Ⅱ, (Buenos Aires: Colihue, 2005), p.115.

*** Ricardo Piglia, 앞의 책, p.111.

때묻지 않은 순수한 사랑(봄). 하지만 네벨과 리디아의 사랑은 현실의 높은 벽 앞에서 허물어지기 시작한다. 속물주의에 무너지는 사랑(여름). 오랜 세월이 흐르고 우연히 전차에서 마주친 리디아의 어머니는 네벨의 농장에서 모녀가 요양할 수 있게 해달라고 부탁한다. 짙게 드리워지는 환멸의 그림자(가을). 네벨은 다시 만난 리디아에게 잠시 연모의 정을 느끼지만, 이내 현실의 질서로 돌아온다. 이를 알아차린 리디아는 뒤도 돌아보지 않고 농장을 떠난다. 순수한 사랑의 비극적 결말(겨울). 불가능한 사랑은 당시 금기시되던 사랑, 즉 불륜 관계나 삼각관계처럼 어긋난 사랑으로 변주되기도 한다.

「이졸데의 죽음」은 (지나간) 사랑의 '반복'과 악순환의 고통을 그린 단편으로, 바그너의 〈트리스탄과 이졸데〉를 바탕으로 한 오페라 형식이다. 사랑은 '지나간 것'으로 존재하면서 '순결한 사랑이 불러일으키는 고귀한 아름다움의 화신'으로 기억 속에 '반복'될 뿐, 현재화되지 못한다. 트리스탄과 이졸데의 설화가 오랜 세월 수많은 이야기로 다시 재현되는 것처럼, 연극에 나오는 상황 또한 현실에서 반복된다. 불가능한 사랑의 반복. 파디야는 네벨과 마찬가지로 "악몽처럼 되풀이되는 그 장면, 이미 지나가버린 행복에서 헤어나지 못하는 인물"인 셈이다. 키로가는 이 대목에서 영원회귀와 동일성의 악무한적 반복에서 초탈하기 위해 초인의 영웅적인 함성을 부르짖는다.

> 오, 영원한 트리스탄이여, 이미 굳어버린 우리의 기쁨 위로 초인적인 열정의 함성을 질러라!

이처럼 순수하고 고귀한 사랑은 모두 지나가버린 것, 즉 과거 속에 응고되어 있을 뿐이다. 키로가에게 불가능한 사랑의 본질은 시간—굳어버린 과거—에 있다. 네벨과 리디아, 파디야와 이네스 모두 애절한 마음으로 과거를 더듬으면서 사랑을 회상한다. 「이졸데의 죽음」에서 이네스의 외침이 이를 명료하게 대변한다. "안 돼요, 안 된다고요…… 너무 늦었어요!……" 반면 「엘 솔리타리오」에서 잘 드러나듯, 현재의 사랑은 '환멸'에 지나지 않는다. 자신의 기술과 노동에 전념하는 카심과 물질적 욕망에 따라 움직이는 마리아. 내부와 외부, 사용가치와 교환가치라는 회로를 따라 움직이는 두 세계는 팽팽한 긴장 관계를 이룬다. (카심 Kassim이라는 이름은 아랍어로 '분리된' 혹은 '나누어진'이라는 뜻이 있다.) 시종일관 평행선을 달리던 그 두 세계는 작품의 결말에 이르러 드디어 그 접점을 찾게 된다. 마리아가 잠든 사이, 카심은 다이아몬드*를 향한 그녀의 욕망을—문자 그대로(!) 그녀의 것이 되도록—충족시켜 준다. 카심은 마리아의 물질적 욕망을 영원히 충족시키는 방법이 죽음밖에 없다는 것을 잘 알고 있었다. (그렇지만 이 작품은 교환가치 체계를 사용가치로 대체해야 된다는 낭만주의적 견해를 지향하지 않는다. 다만 상품 세계의 자장을 벗어나기 위해서는 저 너머의 세계, 즉 죽음 외에 달리 방법이 없다는 점을 암시한다.) 현재 = 불가능한 사랑 = 죽음.

반면 「뇌막염 환자와 그녀를 따라다니는 그림자」는 키로가의 작품 중에서 사랑이 결실을 맺는 거의 유일한 경우다. 그렇다고는 해도 그

---

* 이 작품의 원제인 'El solitario'는 교환가치가 지배하는 상품 세계에 갇힌 고독한 남자라는 의미와 사랑의 현실적 불가능성을 표상하는 이미지로서 외알 다이아몬드를 동시에 암시한다.

결실은 낭만주의적 사랑이 아니라, 뇌막염으로 인한 "착란 증세", 즉 '광기' 속에서 가능해진 사랑이다. 착란과 광기 속에서 이루어진 사랑은 과거로 굳어버리지도, 현재에서 죽음으로 치닫지도 않는다. 대신 "아름다운 사랑을 나누는 꿈"처럼 끊임없이 미래로 연기될 뿐이다. 따라서 '나'와 마리아 엘비라의 사랑은 미래로 거침없이 흘러가는 광기의 흐름으로 실현된다(혹은 실현된 것으로 보인다). 결국 (불가능한) 사랑은 시간에 갇힌 유한한 존재의 운명으로서의 '죽음'(「사랑의 계절」「이졸데의 죽음」「엘 솔리타리오」), 그리고 삶의 질서를 무너뜨리는 '광기'(「뇌막염 환자와 그녀를 따라다니는 그림자」)의 흐름으로 접속된다.

광기

『사랑 광기 그리고 죽음의 이야기』를 대표하는 작품인 「목 잘린 닭」과 「깃털 베개」, 그리고 「사람들을 자살하게 만드는 배」에서는 '광기'가 텍스트의 전면을 차지한다.

「목 잘린 닭」에서는 유전과 환경이 인간의 삶을 결정한다는 자연주의의 영향이 짙게 드러난다. 하지만 이 작품에서 주목해야 할 것은 백치 아이들이 하루종일 멍하니 쳐다보는 '벽돌담'의 존재다. 여기서 담은 백치 아이들뿐만 아니라, 모든 인간의 삶과 인식을 제약하는 현실이라는 경계를 상징한다. 우리는 현실을 주어진 것으로 받아들이고 그 너머의 세계—만약 그런 것이 있다면—를 공포의 대상으로 여긴다. 가끔 담 너머로 들려오는 소리가 아이들의 삶을 뒤흔들어놓듯이, 경계 밖의 세계는 안정된 삶의 토대를 뒤흔들어놓는다. 키로가는 백치 아이의 눈을 통해 '현실이란 무엇인가?'라는 근원적인 질문을 던지며 '광기'를 통해 담이라는 경계를 가로질러 재현 불가능한 세계를 언어로 표현하고자 모색한다. 키로가의 문학은 베르티타처럼 벽돌담 위에 올라서서 양쪽을 내려다보는, 따라서 언어로 표현될 수 없는 저 너머의 세계를 표현하려는 (불안한) 시도일지도 모른다.

반면 「깃털 베개」는 (불가능한) 사랑-광기-죽음이 하나로 연쇄되면서 한층 더 높은 완성도를 보여주는 작품이다. 결혼이라는 현실에 부딪혀 무너지는 여성의 성적 환상이 이 작품의 모티브다.

불가능한 사랑의 꿈은 '괴물에 의한 흡혈'이라는 환각을 낳고, 이러한 광기에 사로잡혀 아내는 결국 죽음에 이른다. 뒤집어 말하면 「깃털 베개」는 죽음을 통해 삶의 현실을 넘어 다른 세계—불가능한 사랑의 꿈—에 이르고자 하는 광기와 꿈의 텍스트랄 수 있다. 이 작품은 보르헤스와 아돌포 비오이 카사레스가 주도한 1940년대 아르헨티나의 환상문학literatura fantástica을 낳은 씨앗으로 평가받는다.

죽음

그 외의 작품들에서는 밀림과 오지를 배경으로 한 '죽음'을 다룬다. 키로가의 작품에서 죽음은 단순히 비극적인 차원에 머물지 않는다. 불가능한 사랑과 광기가 뒤섞이는 서사의 소용돌이 속에서 만화경처럼 다양한 무늬로 드러나는 죽음은 키로가 문학의 수원水源이다. 죽음은 삶의 끝이 아니라, 오히려 저 너머의 다른 세계로 진입하는 관문이다. 죽음은 현실처럼 고정되고 안정된 것이 아니라, 끊임없이 변하면서 기존의 삶을 뒤흔들고 다양한 삶의 형식을 만들어낸다. 따라서 키로가의 서사 공간은 19세기 아르헨티나 문화의 지배 이데올로기(문명이냐 야만이냐)의 패러다임에서 벗어나 있다. 당시 아르헨티나의 문학은 자연 세계를 야만으로 규정하고, 문명의 힘으로 정복해야 한다는 자유주의 이데올로기를 충실히 따랐다. 반면 키로가는 인간과 자연에 대한 선악 이원론에서 벗어나 다양한 관점, 특히 짐승의 관점에서 그 관계를 탐구하고 표현하고자 했다.

우선 「표류」는 짧은 분량이지만, 자연의 거대한 힘과 나약한 인간 존재, 다시 말해 자연과 인간, 그리고 죽음과 운명을 압축적이고 상징적인 방식으로 표현한 수작이다. 이 작품의 탁월성은 주인공의 상태에 따라서 주변 자연에 대한 묘사가 급격하게 바뀐다는 데 있다. 파울리노가 사경을 헤매는 순간에는 모든 것이 "거대한 구렁" "시커먼 숲" "음산한 장벽", 그리고 "죽음과도 같은 정적"처럼 "위압적인 느낌"을 주는 검은 이미지(「목 잘린 닭」을 지배하는 붉은 이미지와 비교해보라!)로 묘사되고 있다. 반면 몸 상태가 좋아지고 희망이 보일 때는 어둠이 사라지고 세상이 황금빛으로 물든다. 이처럼 인물의 심리적 내면세계에 초점을 맞추는 묘사는 자유간접화법을 통해 자연과 인간의 관계에 대한 변증법적인 이미지를 드러낸다. 파울리노는 시간이 흐를수록 제정신이 들고 몸이 가뿐해지지만(그렇게 느끼지만) 서사의 시간은 파라나강처럼 빠른 속도로 과거를 향해 거슬러올라간다. 그리고 파울리노는 온몸이 굳어가면서 결국 죽음을 맞이한다. 한편, 「천연 꿀」은 「표류」와 정반대의 작품이다. 마취 성분이 든 천연 꿀을 마셨다가 식인 개미떼에게 잡아먹히고 마는 베닌카사는 밀림/자연 세계의 법칙을 알지 못했다.

파울리노와 반대로, 베닌카사는 무지로 인해 자연의 엄격한 "법"에 의해 처형된 인물로 볼 수 있다.

「일사병」「가시철조망」「야구아이」는 죽음을 자연의 관점에서—기존의 표현대로라면 야만의 관점에서—드러낸다는 점이 매우 흥미롭다. 특히 「일사병」은 사람이나 동물이 죽을 때, 자신과 똑같이 생긴 분신 환영이 다가와 그와 하나가 된다는 미신을 모티브로 한 작품이다. 그런데 육신을 가진 유령, 즉 '죽음의 사자'는 인간이 아니라 개들에 의해서만 인지될 수 있다. 「가시철조망」과 「야구아이」 역시 각각 말과 소, 그리고 폭스테리어의 관점에서 서술함으로써 문명(선)/자연(악)의 이원론을 넘어서며, 사랑-광기-죽음이 한데 어우러지면서 인간이 지각할 수 없는 또다른 세계에 이르는 문을 열어준다. 따라서 이 작품들은 일상적인 삶의 근본적인 조건을 전복시킴으로써 현실에 대해 다시 성찰하게 해준다는 점에서 환상문학의 출발점으로 평가해야 마땅할 것이다.

판본에 대해서

오라시오 키로가의 글쓰기에서 가장 두드러진 점은 명확성, 정확성, 간결함을 집요할 정도로 추구한다는 사실이다. "단 한 줄에 삶의 강렬한 인상을 담아야 한다는 것intensidad de una sola línea"이 그의 문학적 모토였다. 키로가가 작품을 주로 발표했던 매체, 즉 간결함과 압축성을 요구하는 문예지나 일간지의 영향이 컸을 것이다. 하지만 키로가는 발표한 작품들을 책으로 출판하는 과정에서 내용은 물론, 제목까지 바꾸는 경우도 적지 않았다. 다른 작가들과는 달리, 키로가의 경우에는 수정을 통한 문체의 변화가 그의 작품세계의 진화와 발전을 가늠할 수 있게 해주는 주요한 척도가 된다.

오라시오 키로가의 『사랑 광기 그리고 죽음의 이야기』는 1917년 부에노스아이레스 출판 협동조합에서 출간되고, 그 이듬해 초판 2쇄가 나왔다. 그런데 1925년에 아르헨티나 바벨 출판사에서 출간된 3판과 4판은 초판과 다른 점이 많다. 오라시오 키로가가 작품을 세부적으로 수정한 것도 적지 않지만, 무엇보다 초판에 수록되어 있던 「음울한 눈동자」와 「내 손으로 만든 지옥」, 그리고 「광견병에 걸린 개」를 자신의 의도에 따라 제외한 것이 눈에 띈다. 이 세 작품은 작품집 전체의 통일성이라든지, 자신의 견지하던 미학의 기준에 따라 3판부터 작가 자신이 삭제한 것으로 알려져 있다. 그러나 카를로스 다마소 마르티네스가 편집한 1997년 세익스 바랄 출판사 전집부터 다시 세 작품이 수록되었다. 오라시오 키로가의 문학세계 전체를 새로운 각도에서 보자는 시도로 추정된다. 따라서 역자는 이러한 관점에 따라 오라시오 키로가의 문학세계를 보다 정확히 이해하기 위해서 초판에 수록된 작품을 모두 본 번역서에 싣기로 한다.

엄지영

1878년 12월 31일, 우루과이 살토시에서 우루과이 주재 아르헨티나 부영사인 프루덴시오 키로가와 우루과이 상류계급 출신의 후아나 페트로나 포르테사 사이에서 사 형제 중의 막내로 태어남.

1879년 살토주 산안토니오 치코의 농장으로 이주. 3월 14일, 아버지가 사냥을 마치고 보트에서 내리던 중 실수로 엽총이 발사돼 가족이 보는 앞에서 사망. 사고 직후, 아르헨티나 코르도바의 산악 지방으로 이주.

1883년 다시 살토로 돌아와 공제조합에서 운영하던 이람 학교에서 초등교육을 받음.

1891년 2월 28일, 어머니가 아르헨티나인 아센시오 바르코스와 재혼함. 의붓아버지와 함께 몬테비데오로 이주.

1893년 몬테비데오 국립중등학교를 거쳐 살토 기술학교에서 수학함.

1896년 알베르토 J. 브리그놀레, 훌리오 J. 하우레체, 호세 아스다와 함께 '삼총사 모임'을 결성해 다르타냥 역을 하며 리더로서 자질을 드러냄. 동네 폐가에 모여 프랑스 퇴폐주의 시를 읽고, 창작한 시와 산문을 낭독함. 이 시기에 쓴 스물두 편의 작품이 48쪽의 공책(키로가의 최초 문학 기록이기도 함)에 남아 있음. 브리그놀레를 통해 레오폴도 루고네스의 「나신 송가*Oda a desnudez*」를 읽고 모데르니스모의 미학과 루고네스의 시세계에 경도됨.

9월 5일, 신병을 비관한 의붓아버지 아센시오 바르코스의 자살을 목격함.

1897년 살토의 지역 잡지인 『사회지*La Revista social*』와 『개혁*La*

reforma』에 기고함.

1898년 살토 사육제에서 첫사랑인 마리아 에스테르 후르콥스키를 만남. 양가의 극심한 반대 탓에 실연. 이때의 경험이 「사랑의 계절*Una esatción de amor*」과 「사랑의 꿈*Un sueño de amor*」, 그리고 희곡 『희생당한 여인들*Las sacrificadas*』의 소재가 됨.

기예르모 에인아르트라는 필명으로 본격적인 문필활동을 시작함. 『사회지』와 주간지 『힐 블라스*Gil Blas*』에 시 두 편과 산문 일곱 편을 발표했는데, 산문시인 「야상곡*Nocturno*」과 「엘레니카*Helénica*」는 퇴폐적 낭만주의에서 모데르니스모로 변신한 이정표가 됨.

브리그놀레와 함께 마리아 에스테르를 만나러 부에노스아이레스로 갔다가 바라카스에 있던 루고네스의 집을 방문함. 이 만남을 계기로 평생에 걸친 문학적 우정이 시작됨.

1899년 사촌이자 『힐 블라스』의 편집장인 호세 마리아 페르난데스 살다냐, 아스드루발 델가도, 그리고 알베르토 브리그놀레와 아틸리오 브리그놀레 형제와 함께 문학과 사회과학 주간지 『살토지*Revista del Salto*』를 창간함. 이 잡지에 자신의 첫번째 단편인 「잠 못 이루는 밤을 위하여*Para noche de insomnio*」(9호)와 문학 및 사회 비평을 발표함. 모데르니스모는 물론, 루고네스, 샤를 보들레르, 에드거 앨런 포 등에 대한 동경심을 가감 없이 드러냄.

1900년 이탈리아에서 시타 디 토리노호를 타고 3월 30일 파리로 출발해 4월 24일 도착함. 몽마르트르에 있던 카페 시라노에서 루벤 다리오, 엔리케 고메스 카리요, 마누엘 마차도 등과 교류하지만 실망감을 느낌. 6월 12일, 두 달여간의 체류 끝에 우루과이로 돌아옴.

몬테비데오에서 훌리오 하우레체와 같이 생활하던 하숙방으로 살토의 친구들이 다시 모여들자 '콘시스토리오 델 가이 사베르

Consistorio del Gay Saber'(1323년 음유시인들의 서정시를 되살리기 위해 프랑스 툴루즈에서 설립된 시문학 학회명을 차용) 조직함.

아킬리노 델라고아라는 필명으로 『적과 백*Rojo y blanco*』(17호)에 단편을 발표함. 그리고 『새벽*La alborada*』 주최 소설 공모전에서 단편 「이유 없이 피곤한*Sin razón, pero cansado*」으로 2등상을 수상함.

1901년 레오폴도 루고네스가 '콘시스토리오 델 가이 사베르'를 방문함. 그동안 쓴 시와 단편을 모아 비센테 푸익의 삽화를 담아서 『산호초*Los arrecifes de coral*』 출간.

키로가의 누나 파스토라와 형 후안 프루덴시오가 아르헨티나 차코에서 장티푸스로 사망함.

1902년 페데리코 페란도가 신문 문학면 기사를 놓고 기자인 헤르만 파피니 사스와 격한 논쟁을 벌인 끝에 결투를 벌이게 됨. 키로가가 결투의 증인 자격으로 총을 살펴보던 중 오발되어 페란도가 즉사함. 이 사건으로 유치장에 구금되지만, 마누엘 에레라 이 레이시그 박사(모데르니스모 시인 에레라 이 레이시그의 형)의 도움으로 석방됨. 석방 후, 부에노스아이레스에 있던 마리아 누나의 집에서 임시로 기거함. 페란도의 사망과 키로가의 피신으로 '콘시스토리오 델 가이 사베르'는 해체됨.

1903년 매형인 에두아르도 D. 포르테사의 도움을 받아 부에노스아이레스의 영국인 학교에서 스페인어 임시 교사 자리를 얻음. 3월부터 부에노스아이레스 문예지 『검투사*El gladior*』에 단편소설을 발표해 한 해 동안 다섯 편이 실림.

9월, 루고네스가 조직한 산이그나시오 예수회 유적 조사단에 임시 사진사로 참가함.

1904년 단편집 『타인의 범죄*Crimen del otro*』 출간. 아르헨티나 차코주의 주도인 레시스텐시아 남서쪽의 살라디토 강변에 있는 땅을 사서 목화밭을 일구느라 작품을 쓰지 못함. 다만 페르난데스 살다냐와 주고받은 편지로 당시 키로가가 도스토옙스키에 심취했고 어린 시절 사랑의 열병을 거듭 떠올리고 있었다는 사실을 알 수 있음.

1905년 연말에 부에노스아이레스로 돌아가 브리그놀레와 함께 살기 시작함. 12월 18일, 처음으로 문학예술 시사 주간지 『얼굴과 가면 *Caras y caretas*』에 작품을 발표함. 이후 15년 이상 키로가의 주요 작품들이 이 잡지를 통해 발표됨.

1906년 정부 지원을 받아 마테차를 재배하기 위해 산이그나시오 인근에 185헥타르의 토지를 매입함. 키로가의 말에 따르면, 이는 "문명으로부터의 도피"이자 "미시오네스 지방으로의 마지막 여행".

1907년 『얼굴과 가면』에 「깃털 베개*El almohadón de plumas*」를 비롯한 단편을 다수 발표함.

아나 마리아 시레스와 사랑에 빠짐. 부모의 완강한 반대에도 불구하고 1909년 12월 30일 결혼식을 올림.

1908년 중편 「쫓기는 자들*Los perseguidos*」을 발표해 부에노스아이레스 문단에서 호평을 받음. 이 작품에서부터 모데르니스모의 영향을 벗어나 자기만의 소설세계를 구축하기 시작함. 장편 『어지러운 사랑의 이야기*Historia de un amor turbio*』 출간. 산이그나시오에 가서 현지 일꾼들의 도움을 받아 나무 지붕을 얹은 소박한 방갈로를 지음. 3월 7일, 밀림에서의 경험을 그린 최초의 단편 「일사병*La insolación*」을 발표함. 『얼굴과 가면』에 「공범인 짐승들 *Las fieras cómplices*」을 연재하기 시작함.

1909년 열 편 이상의 단편소설을 발표함. 이중에서 『얼굴과 가면』(562호)에 실린 「목 잘린 닭*La gallina degollada*」이 가장 주목을 받음. 이 잡지에 소설 「살인 원숭이*El mono que asesinó*」 연재를 시작함.

1910년 아나 마리아 시레스와 함께 산이그나시오로 이주함. 『얼굴과 가면』에 소설 「인조인간*El hombre artificial*」 연재를 시작함.

1911년 장녀 에글레가 태어남. 미시오네스주 주지사 후안 호세 라누세에 의해 산이그나시오 관할 지역 치안판사와 호적 관리직에 임명됨. 산이그나시오의 자연을 탐색하고 주민들과 외지인들의 행동을 주의깊게 관찰하기 시작. 이러한 경험으로부터 「멘수들*Los mensú*」과 『추방당한 자들*Los desterrados*』의 인물들이 탄생함.

1912년 3월 15일, 장남 다리오 출생. 얼마 후, 아나 마리아 시레스가 부에노스아이레스로 이주함. 밀림에 새로 지은 집에서 집필에 몰두하며 「표류」(『프라이 모초*Fray Mocho*』 6호)와 「가시철조망」 등의 작품을 연달아 발표함. 『얼굴과 가면』에 「로마제국의 멸망*El remate del Imperio Romano*」 연재를 시작함.

1913년 키로가의 불같은 성격과 밀림 생활로 아나 마리아 시레스와의 관계는 악화일로를 걸음. 그사이, 「강에서 나무를 건져올리는 이들*Los pescadores de vigas*」(『프라이 모초』 53호)을 발표함. 집필활동을 하는 동안에도 계속 식물과 동물, 경작에 대해 연구함.

1914년 단편 「멘수들」(『프라이 모초』 101호) 발표함.

1915년 12월 14일, 아나 마리아 시레스가 염화수은을 마시고 음독자살을 기도해 여드레 동안 사경을 헤맨 끝에 사망함. 키로가는 밀림에서 집필활동을 이어가는 한편, 두 자녀에게 자신이 만든 이야기를 들려주기 시작함. 이 이야기들은 『밀림 이야기*Cuentos de selva*』에 모두 수록됨.

1917년 부에노스아이레스 카닝 거리의 어느 지하실에 집을 얻음. 지인의 도움으로 아르헨티나 주재 우루과이 총영사관에서 회계 담당 서기관으로 일하게 됨.

그간 발표한 단편을 모아 아르헨티나 작가인 마누엘 갈베스가 세운 부에노스아이레스 출판 협동조합에서 『사랑 광기 그리고 죽음의 이야기』를 출판. 비평계와 독자로부터 호평을 받음.

1918년 아구에로 거리의 작은 아파트로 이사함. 연재소설 「한 일꾼*Un Peón*」과 「숯장수들*Fabricantes de carbón*」, 그리고 「하프백 후안 폴티*Juan Polti, Halfback*」 등을 발표함. 『밀림 이야기』가 부에노스아이레스 출판 협동조합에서 출간됨. 『사랑 광기 그리고 죽음의 이야기』 초판 2쇄를 찍음.

1919년 5월 2일에 이등 서기관으로, 9월 26일에 영사로 승진함. 희곡 『희생당한 여인들』(「사랑의 계절」을 희곡 형식으로 개작)과 여섯 편의 단편, 미시오네스주 체류기 등을 발표함. 영화평론이라는 생소한 분야를 개척하기 시작해 1919년에만 오십여 편을 발표함. 키로가를 후원하던 발타사르 브룸이 우루과이 대통령직에 오름.

1920년 단편집 『야만인*El salvaje*』과 희곡 『희생당한 여인들』을 부에노스아이레스 출판 협동조합에서 출간. 단편 「죽은 사람*El hombre muerto*」 「타쿠아라 대나무로 만든 집*Tacuara-mansión*」 「카메라 옵스쿠라*Cámara oscura*」 등을 발표함. 이 작품들은 후일 『추방당한 자들』에 수록됨.

1921년 단편집 『아나콘다*Anaconda*』가 출간됨. 「유령*El espectro*」을 포함한 여섯 편의 단편소설을 발표함. 부에노스아이레스 아폴로극장에서 『희생당한 여인들』이 상연됨. 호르헤 루이스 보르헤스가 유럽에서 귀국해 아르헨티나 문단에 새로운 바람을 일으키나, 키로가와 보르헤스는 평생 적대적인 관계로 지냄.

1922년 어린이를 위한 이야기 모음집 『어느 사냥꾼의 편지*Cartas de un cazador*』(사후인 1977년 아르카 출판사에서 출간)에 수록될 작품들이 잡지에 발표됨. 일간지 〈라 나시온La Nación〉에 단편 「향나무 지붕*Techo de incienso*」을 발표함. 브라질 독립 100주

년 기념 축하 행사에 우루과이 특별사절단의 일원으로 참여함.

1923년 「황무지*El desierto*」「오렌지 증류주 제조업자들*Los destiladores de naranjas*」 등의 단편소설과 「문학의 주식 시장*Bolsa de valores literarios*」「작가라는 직업에서 만족스러운 것들 *Satisfacciones de la profesión del escritor*」 등의 비평문을 발표함.

1924년 단편집 『황무지』가 바벨 출판사에서 출간됨.

1925년 미시오네스 지방으로 돌아갈 준비를 함. 키로가의 가장 중요한 문학이론 텍스트인 「완벽한 단편 소설가를 위한 입문서*Manual del perfecto cuentista*」(『엘 오가르*El hogar*』 808호)와 「완벽한 단편 소설가의 수법들*Los trucos del perfecto cuentista*」(『엘 오가르』 814호)을 발표함. 『사랑 광기 그리고 죽음의 이야기』 3판이 바벨 출판사에서 간행됨.

1926년 키로가의 작품 중에서 가장 호평을 받은 『추방당한 자들』이 바벨 출판사에서 출간됨. 베니토 린치, 세사르 페르난데스 모레노, 루이스 프랑코, 후아나 데 이바르부루 등 동료 문인들이 참여한 『오라시오 키로가에게 바치는 문집*Homenaje a Horacio Quiroga*』 출간. 당시 18살이던 마리아 엘레나 브라보를 만남.

1927년 7월 16일, 마리아 엘레나 브라보와 결혼식을 올림. 키로가에게 문학적 위기가 시작됨. 창작의 원동력이 약화되자, 대신 문학에 대한 자신의 생각을 담은 글(「완벽한 단편 소설가를 위한 십계명*Decálogo del perfecto cuentista*」「문학이라는 직업*Profesión literaria*」)을 발표하기 시작함.

1928년 키로가와 아르헨티나의 청년 작가 에세키엘 마르티네스 에스트라다 사이에 우정이 싹틈. 작가들의 지적재산권 보호에 앞장선 키로가는 루고네스와 함께 아르헨티나작가협회(SADE)를 설립함. 딸 피토카가 태어남(1988년 자살로 생을 마감함).

1929년 소설 『지나간 사랑*Pasado amor*』을 바벨 출판사에서 출간하지만, 주목을 받지 못함. 미시오네스 지역에서 노동자들에게 가해지던 처참한 억압과 착취의 현장을 목격하고, 사회적이고 정치적인 성격을 지닌 단편 「선구자들*Los precursores*」을 발표.

1930년 마리아 엘레나 브라보와의 관계가 악화됨. 게다가 아르헨티나 문예지 『마르틴 피에로*Martín Fierro*』를 중심으로 활동하던 보르헤스와 레오폴도 마레찰 등 젊은 전위주의 작가들로부터 심한 비판과 공격을 받음. 이에 대해 키로가는 「법정에 서서*Ante el tribunal*」(『엘 오가르』 1091호)를 발표함으로써 대응함.

1931년 아르헨티나 작가 레오나르도 글루스베르그와 함께 『고향땅*Suelo natal*』을 F. 크레스피요 출판사에서 출간함. 도시 생활에서 벗어나기 위해 아내와 아이들을 데리고 미시오네스 지방으로 이주하기로 결정함. 친구들의 도움으로 영사관 내에서 같은 직책과 연봉을 유지함.

1933년 단편 「파리들*Las moscas*」을 발표함.

3월 31일, 우루과이 대통령 가브리엘 테라 박사가 의회 해산을 명령하자, 항거의 뜻으로 발타사르 브룸이 자살함.

1934년 4월 15일, 영사직에서 해임되고 절필을 선언함. 마지막으로 자신의 삶을 서간문 형식으로 정리한 책을 펴내려고 했지만 실패함.

1935년 세사르 티엠포와 알프레도 마리오 페레이로 등 아르헨티나와 우루과이 문인들이 설립한 출판 협동조합 '라플라타 책들의 친구'에서 단편집 『저 너머*Más allá*』를 출간함. 아모림과 페레이로의 주선으로 정부는 키로가를 명예 영사로 임명함. 전립선 비대증으로 고통받음.

1936년 부부 관계의 악화로 마리아 엘레나는 딸 피토카를 데리고 부에노스아이레스로 돌아감. 홀로 남은 키로가는 도스토옙스키와 입센, 헤밍웨이와 어스킨 콜드웰과 같은 미국 작가들의 작품에 심취함. 병세가 악화되자, 부에노스아이레스의 클리니카스 병원에 입원함. 아내와 문인들이 병상을 지킴.

1937년 위암 진단을 받고, 2월 18일 청산가리를 먹고 자살함. 아르헨티나작가협회 본부가 있는 카사 델 테아트로에서 장례식이 거행된 후, 유골은 고향인 우루과이 살토 묘지에 안장됨.

문학동네 세계문학전집 발간에 부쳐

세계문학은 국민문학 혹은 지역문학을 떠나 존재하는 문학이 아니지만 그것들의 총합도 아니다. 세계문학이라는 용어에는 그 나름의 언어와 전통을 갖고 있는 국민문학이나 지역문학의 존재를 인정하면서 그것을 넘어서는 문학의 보편적 질서에 대한 관념이 새겨져 있다. 그 용어를 처음 고안한 19세기 유럽인들은 유럽문학을 중심으로 그 질서를 구축했지만 풍부한 국민문학의 전통을 가지고 있는 현대의 문학 강국들은 나름의 방식으로 세계문학을 이해하면서 정전(正典)의 목록을 작성하고 또 수정한다.

한국에서도 세계문학 관념은 우리 사회와 문화의 변화 속에서 거듭 수정돼왔다. 어느 시기에는 제국 일본의 교양주의를 반영한 세계문학 관념이, 어느 시기에는 제3세계 민족주의에 동조한 세계문학 관념이 출현했고, 그러한 관념을 실천한 전집물이 출판됐다. 21세기 한국에 새로운 세계문학전집이 필요하다는 것은 명백하다. 우리의 지성과 감성의 기준에 부합하는 세계문학을 다시 구상할 때가 되었다.

문학동네 세계문학전집은 범세계적으로 통용되는 고전에 대한 상식을 존중하면서도 지난 반세기 동안 해외 주요 언어권에서 창작과 연구의 진전에 따라 일어난 정전의 변동을 고려하여 편성되었다. 그래서 불멸의 명작은 물론 동시대 세계의 중요한 정치 · 문화적 실천에 영감을 준 새로운 작품들을 두루 포함시켰다.

창립 이후 지금까지 한국문학 및 번역문학 출판에서 가장 전문적이고 생산적인 그룹을 대표해온 문학동네가 그간 축적한 문학 출판 경험을 바탕으로 새로운 세계문학전집을 펴낸다. 인류가 무지와 몽매의 어둠 속을 방황하면서도 끝내 길을 잃지 않은 것은 세계문학사의 하늘에 떠 있는 빛나는 별들이 길잡이가 되어주었기 때문이다. 우리가 자부심과 사명감 속에서 그리게 될 이 새로운 별자리가 독자들의 관심과 애정에 힘입어 우리 모두의 뿌듯한 자산이 되기를 소망한다.

문학동네 세계문학전집 편집위원

민은경, 박유하, 변현태, 송병선, 이재룡, 홍길표, 남진우, 황종연

지은이 **오라시오 키로가**

1878년 12월 31일 우루과이 살토에서 태어났다. 1899년 『살토지』를 창간해 첫 단편 「잠 못 이루는 밤을 위하여」와 문학 및 사회 비평을 발표했으며, 1901년 그동안 쓴 시와 산문을 엮은 책 『산호초』를 출간했다. 중남미 환상문학의 기틀을 마련한 작품이라 평가받는 「깃털 베개」와 「목 잘린 닭」을 비롯해, 아열대 밀림 지역에서의 생활을 바탕으로 자기만의 소설세계를 구축해나가며 다수의 단편을 썼다. 대표작으로는 『사랑 광기 그리고 죽음의 이야기』 『밀림 이야기』 『야만인』 등이 있다. 1937년 위암 진단을 받고 스스로 목숨을 끊었다.

옮긴이 **엄지영**

한국외국어대학교 스페인어과를 졸업하고, 동 대학원과 스페인 콤플루텐세대학교에서 라틴아메리카 소설을 전공했다. 옮긴 책으로 『미친 장난감』 『영혼의 미로』 『7인의 미치광이』 『까떼드랄 주점에서의 대화』 『우리가 불 속에서 잃어버린 것들』 『계속되는 무』 『말라 온다』 『인공호흡』 『느림의 중요성을 깨달은 달팽이』 등이 있다.

세계문학전집 190

사랑 광기 그리고 죽음의 이야기

1판 1쇄 2020년 8월 20일
1판 5쇄 2023년 1월 5일

지은이 오라시오 키로가 | 옮긴이 엄지영
책임편집 김수현 | 편집 이미영 이희연 김경은
디자인 고은이 최미영 | 저작권 박지영 형소진 이영은 김하림
마케팅 정민호 이숙재 박치우 한민아 이민경 안남영 왕지경 김수현 정경주 김혜원
브랜딩 함유지 함근아 김희숙 고보미 박민재 박진희 정승민
제작 강신은 김동욱 임현식 | 제작처 영신사

펴낸곳 (주)문학동네 | 펴낸이 김소영
출판등록 1993년 10월 22일 제2003-000045호
주소 10881 경기도 파주시 회동길 210
전자우편 editor@munhak.com | 대표전화 031)955-8888 | 팩스 031)955-8855
문의전화 031)955-3578(마케팅), 031)955-2686(편집)
문학동네카페 http://cafe.naver.com/mhdn
인스타그램 @munhakdongne | 트위터 @munhakdongne
북클럽문학동네 http://bookclubmunhak.com

ISBN 978-89-546-7401-0 04870
978-89-546-0901-2 (세트)

1, 2, 3 안나 카레니나 레프 톨스토이 | 박형규 옮김
4 판탈레온과 특별봉사대 마리오 바르가스 요사 | 송병선 옮김
5 황금 물고기 르 클레지오 | 최수철 옮김
6 템페스트 윌리엄 셰익스피어 | 이경식 옮김
7 위대한 개츠비 F. 스콧 피츠제럴드 | 김영하 옮김
8 아름다운 애너벨 리 싸늘하게 죽다 오에 겐자부로 | 박유하 옮김
9, 10 파우스트 요한 볼프강 폰 괴테 | 이인웅 옮김
11 가면의 고백 미시마 유키오 | 양윤옥 옮김
12 킴 러디어드 키플링 | 하창수 옮김
13 나귀 가죽 오노레 드 발자크 | 이철의 옮김
14 피아노 치는 여자 엘프리데 옐리네크 | 이병애 옮김
15 1984 조지 오웰 | 김기혁 옮김
16 벤야멘타 하인학교 – 야콥 폰 군텐 이야기 로베르트 발저 | 홍길표 옮김
17, 18 적과 흑 스탕달 | 이규식 옮김
19, 20 휴먼 스테인 필립 로스 | 박범수 옮김
21 체스 이야기 · 낯선 여인의 편지 슈테판 츠바이크 | 김연수 옮김
22 왼손잡이 니콜라이 레스코프 | 이상훈 옮김
23 소송 프란츠 카프카 | 권혁준 옮김
24 마크롤 가비에로의 모험 알바로 무티스 | 송병선 옮김
25 파계 시마자키 도손 | 노영희 옮김
26 내 생명 앗아가주오 앙헬레스 마스트레타 | 강성식 옮김
27 여명 시도니가브리엘 콜레트 | 송기정 옮김
28 한때 흑인이었던 남자의 자서전 제임스 웰든 존슨 | 천승걸 옮김
29 슬픈 짐승 모니카 마론 | 김미선 옮김
30 피로 물든 방 앤절라 카터 | 이귀우 옮김
31 숨그네 헤르타 뮐러 | 박경희 옮김
32 우리 시대의 영웅 미하일 레르몬토프 | 김연경 옮김
33, 34 실낙원 존 밀턴 | 조신권 옮김
35 복낙원 존 밀턴 | 조신권 옮김
36 포로기 오오카 쇼헤이 | 허호 옮김
37 동물농장 · 파리와 런던의 따라지 인생 조지 오웰 | 김기혁 옮김
38 루이 랑베르 오노레 드 발자크 | 송기정 옮김
39 코틀로반 안드레이 플라토노프 | 김철균 옮김
40 어두운 상점들의 거리 파트릭 모디아노 | 김화영 옮김
41 순교자 김은국 | 도정일 옮김
42 젊은 베르테르의 슬픔 요한 볼프강 폰 괴테 | 안장혁 옮김
43 더블린 사람들 제임스 조이스 | 진선주 옮김
44 설득 제인 오스틴 | 원영선, 전신화 옮김
45 인공호흡 리카르도 피글리아 | 엄지영 옮김
46 정글북 러디어드 키플링 | 손향숙 옮김
47 외로운 남자 외젠 이오네스코 | 이재룡 옮김
48 에피 브리스트 테오도어 폰타네 | 한미희 옮김
49 둔황 이노우에 야스시 | 임용택 옮김
50 미크로메가스 · 캉디드 혹은 낙관주의 볼테르 | 이병애 옮김

51, 52 염소의 축제 마리오 바르가스 요사 | 송병선 옮김
53 고야산 스님·초롱불 노래 이즈미 교카 | 임태균 옮김
54 다니엘서 E. L. 닥터로 | 정상준 옮김
55 이날을 위한 우산 빌헬름 게나치노 | 박교진 옮김
56 톰 소여의 모험 마크 트웨인 | 강미경 옮김
57 카사노바의 귀향·꿈의 노벨레 아르투어 슈니츨러 | 모명숙 옮김
58 바보들을 위한 학교 사샤 소콜로프 | 권정임 옮김
59 어느 어릿광대의 견해 하인리히 뵐 | 신동도 옮김
60 웃는 늑대 쓰시마 유코 | 김훈아 옮김
61 팔코너 존 치버 | 박영원 옮김
62 한눈팔기 나쓰메 소세키 | 조영석 옮김
63, 64 톰 아저씨의 오두막 해리엇 비처 스토 | 이종인 옮김
65 아버지와 아들 이반 투르게네프 | 이항재 옮김
66 베니스의 상인 윌리엄 셰익스피어 | 이경식 옮김
67 해부학자 페데리코 안다아시 | 조구호 옮김
68 긴 이별을 위한 짧은 편지 페터 한트케 | 안장혁 옮김
69 호텔 뒤락 애니타 브루크너 | 김정 옮김
70 잔해 쥘리앵 그린 | 김종우 옮김
71 절망 블라디미르 나보코프 | 최종술 옮김
72 더버빌가의 테스 토머스 하디 | 유명숙 옮김
73 감상소설 미하일 조센코 | 백용식 옮김
74 빙하와 어둠의 공포 크리스토프 란스마이어 | 진일상 옮김
75 쓰가루·석별·옛날이야기 다자이 오사무 | 서재곤 옮김
76 이인 알베르 카뮈 | 이기언 옮김
77 달려라, 토끼 존 업다이크 | 정영목 옮김
78 몰락하는 자 토마스 베른하르트 | 박인원 옮김
79, 80 한밤의 아이들 살만 루슈디 | 김진준 옮김
81 죽은 군대의 장군 이스마일 카다레 | 이창실 옮김
82 페레이라가 주장하다 안토니오 타부키 | 이승수 옮김
83, 84 목로주점 에밀 졸라 | 박명숙 옮김
85 아베 일족 모리 오가이 | 권태민 옮김
86 폭풍의 언덕 에밀리 브론테 | 김정아 옮김
87, 88 늦여름 아달베르트 슈티프터 | 박종대 옮김
89 클레브 공작부인 라파예트 부인 | 류재화 옮김
90 P세대 빅토르 펠레빈 | 박혜경 옮김
91 노인과 바다 어니스트 헤밍웨이 | 이인규 옮김
92 물방울 메도루마 슌 | 유은경 옮김
93 도깨비불 피에르 드리외라로셸 | 이재룡 옮김
94 프랑켄슈타인 메리 셸리 | 김선형 옮김
95 래그타임 E. L. 닥터로 | 최용준 옮김
96 캔터빌의 유령 오스카 와일드 | 김미나 옮김
97 만(卍)·시게모토 소장의 어머니 다니자키 준이치로 | 김춘미, 이호철 옮김
98 맨해튼 트랜스퍼 존 더스패서스 | 박경희 옮김
99 단순한 열정 아니 에르노 | 최정수 옮김

100 열세 걸음 모옌 | 임홍빈 옮김
101 데미안 헤르만 헤세 | 안인희 옮김
102 수레바퀴 아래서 헤르만 헤세 | 한미희 옮김
103 소리와 분노 윌리엄 포크너 | 공진호 옮김
104 곰 윌리엄 포크너 | 민은영 옮김
105 롤리타 블라디미르 나보코프 | 김진준 옮김
106, 107 부활 레프 톨스토이 | 박형규 옮김
108, 109 모래그릇 마쓰모토 세이초 | 이병진 옮김
110 은둔자 막심 고리키 | 이강은 옮김
111 불타버린 지도 아베 고보 | 이영미 옮김
112 말라볼리아가의 사람들 조반니 베르가 | 김운찬 옮김
113 디어 라이프 앨리스 먼로 | 정연희 옮김
114 돈 카를로스 프리드리히 실러 | 안인희 옮김
115 인간 짐승 에밀 졸라 | 이철의 옮김
116 빌러비드 토니 모리슨 | 최인자 옮김
117, 118 미국의 목가 필립 로스 | 정영목 옮김
119 대성당 레이먼드 카버 | 김연수 옮김
120 나나 에밀 졸라 | 김치수 옮김
121, 122 제르미날 에밀 졸라 | 박명숙 옮김
123 현기증. 감정들 W. G. 제발트 | 배수아 옮김
124 강 동쪽의 기담 나가이 가후 | 정병호 옮김
125 붉은 밤의 도시들 윌리엄 버로스 | 박인찬 옮김
126 수고양이 무어의 인생관 E. T. A. 호프만 | 박은경 옮김
127 맘브루 R. H. 모레노 두란 | 송병선 옮김
128 익사 오에 겐자부로 | 박유하 옮김
129 땅의 혜택 크누트 함순 | 안미란 옮김
130 불안의 책 페르난두 페소아 | 오진영 옮김
131, 132 사랑과 어둠의 이야기 아모스 오즈 | 최창모 옮김
133 페스트 알베르 카뮈 | 유호식 옮김
134 다마세누 몬테이루의 잃어버린 머리 안토니오 타부키 | 이현경 옮김
135 작은 것들의 신 아룬다티 로이 | 박찬원 옮김
136 시스터 캐리 시어도어 드라이저 | 송은주 옮김
137 고독한 산책자의 몽상 장자크 루소 | 문경자 옮김
138 용의자의 야간열차 다와다 요코 | 이영미 옮김
139 세기아의 고백 알프레드 드 뮈세 | 김미성 옮김
140 햄릿 윌리엄 셰익스피어 | 이경식 옮김
141 카산드라 크리스타 볼프 | 한미희 옮김
142 이 글을 읽는 사람에게 영원한 저주를 마누엘 푸익 | 송병선 옮김
143 마음 나쓰메 소세키 | 유은경 옮김
144 바다 존 밴빌 | 정영목 옮김
145, 146, 147, 148 전쟁과 평화 레프 톨스토이 | 박형규 옮김
149 세 가지 이야기 귀스타브 플로베르 | 고봉만 옮김
150 제5도살장 커트 보니것 | 정영목 옮김
151 알렉시 · 은총의 일격 마르그리트 유르스나르 | 윤진 옮김

152 말라 온다 알베르토 푸겟 | 엄지영 옮김
153 아르세니예프의 인생 이반 부닌 | 이항재 옮김
154 오만과 편견 제인 오스틴 | 류경희 옮김
155 돈 에밀 졸라 | 유기환 옮김
156 젊은 예술가의 초상 제임스 조이스 | 진선주 옮김
157, 158, 159 카라마조프가의 형제들 표도르 도스토옙스키 | 김희숙 옮김
160 진 브로디 선생의 전성기 뮤리얼 스파크 | 서정은 옮김
161 13인당 이야기 오노레 드 발자크 | 송기정 옮김
162 하지 무라트 레프 톨스토이 | 박형규 옮김
163 희망 앙드레 말로 | 김웅권 옮김
164 임멘 호수 · 백마의 기사 · 프시케 테오도어 슈토름 | 배정희 옮김
165 밤은 부드러워라 F. 스콧 피츠제럴드 | 정영목 옮김
166 야간비행 앙투안 드 생텍쥐페리 | 용경식 옮김
167 나이트우드 주나 반스 | 이예원 옮김
168 소년들 앙리 드 몽테를랑 | 유정애 옮김
169, 170 독립기념일 리처드 포드 | 박영원 옮김
171, 172 닥터 지바고 보리스 파스테르나크 | 박형규 옮김
173 싯다르타 헤르만 헤세 | 권혁준 옮김
174 야만인을 기다리며 J. M. 쿳시 | 왕은철 옮김
175 철학편지 볼테르 | 이봉지 옮김
176 거지 소녀 앨리스 먼로 | 민은영 옮김
177 창백한 불꽃 블라디미르 나보코프 | 김윤하 옮김
178 슈틸러 막스 프리슈 | 김인순 옮김
179 시핑 뉴스 애니 프루 | 민승남 옮김
180 이 세상의 왕국 알레호 카르펜티에르 | 조구호 옮김
181 철의 시대 J. M. 쿳시 | 왕은철 옮김
182 카시지 조이스 캐럴 오츠 | 공경희 옮김
183, 184 모비 딕 허먼 멜빌 | 황유원 옮김
185 솔로몬의 노래 토니 모리슨 | 김선형 옮김
186 무기여 잘 있거라 어니스트 헤밍웨이 | 권진아 옮김
187 컬러 퍼플 앨리스 워커 | 고정아 옮김
188, 189 죄와 벌 표도르 도스토옙스키 | 이문영 옮김
190 사랑 광기 그리고 죽음의 이야기 오라시오 키로가 | 엄지영 옮김
191 빅 슬립 레이먼드 챈들러 | 김진준 옮김
192 시간은 밤 류드밀라 페트루셉스카야 | 김혜란 옮김
193 타타르인의 사막 디노 부차티 | 한리나 옮김
194 고양이와 쥐 귄터 그라스 | 박경희 옮김
195 펠리시아의 여정 윌리엄 트레버 | 박찬원 옮김
196 마이클 K의 삶과 시대 J. M. 쿳시 | 왕은철 옮김
197, 198 오스카와 루신다 피터 케리 | 김시현 옮김
199 패싱 넬라 라슨 | 박경희 옮김
200 마담 보바리 귀스타브 플로베르 | 김남주 옮김
201 패주 에밀 졸라 | 유기환 옮김
202 도시와 개들 마리오 바르가스 요사 | 송병선 옮김

203 루시 저메이카 킨케이드 | 정소영 옮김
204 대지 에밀 졸라 | 조성애 옮김
205, 206 백치 표도르 도스토옙스키 | 김희숙 옮김
207 백야 표도르 도스토옙스키 | 박은정 옮김
208 순수의 시대 이디스 워턴 | 손영미 옮김
209 단순한 이야기 엘리자베스 인치볼드 | 이혜수 옮김
210 바닷가에서 압둘라자크 구르나 | 황유원 옮김
211 낙원 압둘라자크 구르나 | 왕은철 옮김
212 피라미드 이스마일 카다레 | 이창실 옮김
213 애니 존 저메이카 킨케이드 | 정소영 옮김
214 지고 말 것을 가와바타 야스나리 | 박혜성 옮김
215 부서진 사월 이스마일 카다레 | 유정희 옮김
216 사람은 무엇으로 사는가 레프 톨스토이 | 이항재 옮김
217, 218 악마의 시 살만 루슈디 | 김진준 옮김
219 오늘을 잡아라 솔 벨로 | 김진준 옮김
220 배반 압둘라자크 구르나 | 황가한 옮김
221 어두운 밤 나는 적막한 집을 나섰다 페터 한트케 | 윤시향 옮김

● 문학동네 세계문학전집은 계속 출간됩니다